노고단 老姑壇

노고단 老姑壇 ❶

발행일	2021년 8월 13일		
지은이	권혁태		
펴낸이	손형국		
펴낸곳	(주)북랩		
편집인	선일영	**편집**	정두철, 윤성아, 배진용, 김현아, 박준
디자인	이현수, 한수희, 김윤주, 허지혜	**제작**	박기성, 황동현, 구성우, 권태련
마케팅	김회란, 박진관		
출판등록	2004. 12. 1(제2012-000051호)		
주소	서울특별시 금천구 가산디지털 1로 168, 우림라이온스밸리 B동 B113~114호, C동 B101호		
홈페이지	www.book.co.kr		
전화번호	(02)2026-5777	**팩스**	(02)2026-5747
ISBN	979-11-6539-925-2 04810 (종이책)	979-11-6539-926-9 05810 (전자책)	
	979-11-6539-924-5 04810 (세트)		

(주)북랩 성공출판의 파트너

북랩 홈페이지와 패밀리 사이트에서 다양한 출판 솔루션을 만나 보세요!

홈페이지 book.co.kr • **블로그** blog.naver.com/essaybook • **출판문의** book@book.co.kr

작가 연락처 문의 ▸ ask.book.co.kr

작가 연락처는 개인정보이므로 북랩에서 알려드릴 수 없습니다.

권혁태
대하소설

1

노고단
老姑壇

랩 book Lab

차
/
례

1

타관으로 떠나는 사람들

1

노고단이 눈앞에 다가온다. 장만수는 노고단을 바라보며 걸음을 재촉한다. 읍내에 도착하자마자 광의면 연파리 이 대감 집을 찾아가는 길이다. 읍내를 빠져나와 서시천 섶다리를 건너 지천리, 대산리를 지나 신지리 마을에 도착한다. 신지리 마을을 지나자, 골목 하나를 사이에 두고 연파마을이 시작되는 곳에 규모가 큰 양조장이 버티고 서 있다. 술 익는 냄새가 코를 찌른다. 양조장 뒤쪽 바위 언덕 너머 비탈에는 수백 년은 됨직한 아름드리 당산나무가 군락을 이루고 있다.

"연파리는 면 소재지 마을로 학교와 면사무소, 주재소, 진료소, 신사, 5일 장터까지 자리를 잡고 있습니다. 연파마을 인근에는 골목 하나를 사이로 두거나, 천은천과 서시천을 경계로 신지, 공북, 하대,

상대, 선월리의 여섯 개 마을이, 500여 가구를 이루고 있는 곳입니다. 특이하게도 여러 개의 마을이 연파리를 중심으로 다닥다닥 붙어 있는 곳입니다. 연파마을에는 당산나무가 네 곳이나 있을 만큼 동네가 넓습니다. 동네 입구 도갯집 옆에도 당산나무 군락이 있고, 연파보 앞과 서시천 둑방 장정지, 그리고 이 대감 집으로 올라가는 마을 안쪽 새뜸 골목에도 당산나무가 있습니다."

당산나무 숲을 따라 이 대감 집을 찾아가라는 말을 떠올린다. 아니나 다를까, 당산나무 숲을 끼고 마을 골목이 보인다. 골목과 함께 마을 전체가 시야에 들어온다. 엄청나게 큰 마을이다. 언덕 꼭대기까지 마을 뒤편으로는 병풍처럼 대나무 숲이 길게 뻗어 있다. 그 골목을 지나 서시천을 따라 계속해서 걷는다. 서시천과 천은천이 합수하는 곳에 이르니, 서시천은 천은천의 서너 배나 더 넓은 물줄기를 이루고 있다. 시야가 확 트인다. 마을의 절반은 서시천이, 그리고 그 절반은 천은천이 감싸고 흐른다. 천은천 쪽 연파보를 향하여 조금 더 걸어간다. 연파보 건너편에는 광의장터가 자리를 잡고 있다. 느티나무 서너 그루가 한 줄로 길게 늘어서 있다. 아름드리 느티나무 모양새가 수백 년은 족히 넘어 보인다. 느티나무와 천은천 둑방을 따라 점방들이 쭉 늘어서 있다. 연파보 둑방 길을 따라 걸어가다 사거리에서 점방을 끼고 돌아서자 주재소와 면사무소 앞 광장이 나타난다. 지금은 광의장터 자리가 다리 건너편으로 옮겨졌지만, 수백 년 동안 광의장터가 있었던 자리다. 동학혁명이 발발하였을 때 삼남 일대의 동학 농민들이 구례로 집결했던 곳이다. 수백 명의 동학군들이 집결하여 결의를 다졌던 광장, 이 광장에 발을 들여놓다니,

장만수는 울분이 솟구친다. 이 광장은 아버지가 동학군으로 출정했던 곳이다. 동학혁명을 완수하기 위하여 농민들이 이 광장에서 함성을 질렀다고 하니, 그 함성이 귓전을 때리는 것만 같다. 동학군으로 출정하여 훗날 지리산으로 숨어들어 의병 활동을 했던 아버지의 모습을 떠올린다.

　남원 운봉에 있는 관군을 격파하기 위하여, 동학 농민군들이 광장에 모였다. 하늘을 찌르는 기개와 함성이 메아리쳤던 곳이다. 탐관오리들의 수탈은 한계를 넘어 섰다. 견디다 못한 백성들이 분연히 일어섰다. 동학교도들과 합세하여 세력은 점점 거세졌다. 동학교도들은 무력 사용을 반대했지만, 농민들의 봉기는 봉건제도의 타파를 외치는 혁명으로 발전된다. 무기력한 조정의 집권 세력을 타파하기 위해 동학군들은 조정을 향해 칼을 겨눈다. 조정은 그야말로 무기력했다. 청에 도움을 요청하여 청군이 조선에 진군하자, 일본도 이를 핑계 삼아 조선으로 진군하게 된다. 청과 일본이 조선 땅에서 전쟁을 벌이는 어이없는 일이 벌어지고 만 것이다. 조정은 탐관오리들을 징계하거나, 백성의 민심을 파악하고 반성하기는커녕, 백성들은 죽어 나가든 말든, 권력을 지키는 데만 혈안이 되었다. 동학 농민군들은 수적으로 우세했지만 신식 무기로 무장한 일본군과 관군을 대적하기에는 역부족이었다. 추풍에 낙엽처럼 동학군들은 힘없이 쓰러진다.

　　새야 새야 파랑새야 녹두밭에 앉지 마라

　　녹두꽃이 떨어지면 청포 장수 울고 간다

장만수가 돌아선다. 점방을 향해 다시 내려온다.

"서시천을 끼고 쭉 따라 올라가다 보면 연파보가 나올 겁니다. 당산나무가 서너 그루 줄지어 서 있는데, 첫 번째 당산나무 아래에 큰 점방이 있습니다. 그 점방 골목 안으로 돌아 들어가면 당산나무 한 그루가 또 보일 겁니다. 동네 가운데로 들어가면, 당산나무와 마을 공동 우물인 새뜸샘이 나옵니다. 당산나무를 끼고 언덕 꼭대기까지 올라가면 이 대감 집이 있습니다."

당산나무 아랫길에는 잡화점, 이발소, 건어물집, 한약방, 포목집, 선술집, 여관이 쭉 늘어서 있다. 점방 밖에까지 물건들이 가득 진열되어 있는데, 점방은 현대식으로 유리창을 끼워 안이 훤히 들여다보인다. 점방 안에는 어른 키 높이의 선반을 좌, 우, 정면까지 만들어 놓았다. 장만수가 유리창 너머로 진열된 물건을 살펴본다. 계단식으로 진열된 물건 사이로 사람이 서 있다. 보아하니 일본인 행색을 한 주인이다. 장만수는 이렇게 시골 촌구석까지 일본 사람이 경제 주도권을 쥐고 있으리라 생각하니 기분이 썩 좋지 않다. 점방 안에 있는 주인의 동태를 살핀다. 웬만하면 일본인이 운영하는 점방에는 들어가고 싶지 않지만, 우선 급한 대로 길도 물어봐야 하고 고무줄도 하나 구입해야 한다. 장만수는 점방 안으로 발을 들여놓는다. 일본인 복장을 한 주인 야스다가 공손히 장만수를 맞이한다.

"어서 오셔요."

야스다가 밝은 목소리로 장만수를 맞이한다. 점방 안에 다른 손님은 없다. 장만수는 점방 주인의 인사를 귓전에 두고, 점방 안에 진열된 물건들을 훑어본다. 고무줄을 찾아야 하는데 눈에 띄지 않는다. 물건을 찾고 있는 장만수를 야스다가 힐끗힐끗 쳐다본다.

"무얼 찾으시므니이까?"

야스다의 조선말이 서투르다.

"저… 거시기… 고무줄…."

장만수가 말을 머뭇거리자 야스다가 장만수의 말을 금방 알아듣는다. 야스다가 한 걸음을 떼더니 진열대에 걸려 있는 고무줄을 찾아 꺼내 놓는다.

"고무줄 여기 있스므니다."

"아 예. 고무줄 하나만 주세요."

"예, 여기 있스므니다."

야스다가 고무줄을 내밀자, 장만수가 건네받으며 야스다와 눈이 마주친다. 야스다는 웃는 얼굴로 장만수를 계속 쳐다본다. 야스다의 웃는 얼굴에 장만수도 살짝 미소를 지으며 말을 건넨다.

"당산나무가 요 앞에 줄줄이 서 있는데… 뒷골목에도 당산나무가 있나요?"

"예 예. 점방 바로 뒷골목으로 돌아가면 수백 년 묵은 당산나무가 또 있스므니다."

야스다는 친절하게 장만수에게 길을 안내한다. 장만수가 고개를 끄덕인다.

"안녕히 가십시오!"

야스다가 고개를 숙이며 큰소리로 인사를 하자, 장만수도 야스다에게 고개를 숙여 인사를 건네고 점방을 나온다.

야스다가 알려 준 대로 점방 뒷골목으로 들어선다. 뒷골목을 따라 돌아가자마자 초가지붕 너머로 당산나무가 한눈에 들어온다. 언덕길을 따라 계속 올라가다 보니 아름드리 당산나무 한 그루가 삼거리 골목에 버티고 있다. 당산나무 길옆에 새뜸샘이 보인다. 동네 한가운데 있는 새뜸샘은 제법 넓은 자리를 차지하고 있고, 돌담이 그 주위를 둘러싸고 있다. 그 돌담 안에 사각형 모양으로 시멘트와 돌로 견고하게 만든 샘은 어른 허리만큼 높다. 샘을 확인하고서야 길을 제대로 찾아온 것임을 안다.

"동네 가운데로 들어가면, 당산나무와 마을 공동 우물인 새뜸샘이 나옵니다. 당산나무를 끼고 언덕 꼭대기까지 올라가면 이 대감 집이 있습니다."

장만수가 당산나무를 끼고 언덕길 골목에 들어선다. 양쪽으로 초가집들이 다닥다닥 붙어 있다. 구불구불 골목길을 한참을 더 오른다. 골목길 언덕 끝에 거대한 솟을대문이 우뚝 서 있다. 말로만 듣던 이 대감 집을 찾아온 것이다. 솟을대문을 향하여 가파른 언덕을 단숨에 올라 대문 앞에 당도한다. 솟을대문의 위압에 눌려 멈칫거리며 대문 처마를 한번 올려다본다. 대문을 흔들어야 되나? 소리를 질러 인기척을 내야 하나? 망설이다가 대문을 살며시 밀자 천천히 열린다. 문틈으로 고개를 들이밀어 본다. 아무 인기척이 없다. 대문 안으로 한 발짝 들여놓는다. 눈앞에는 그야말로 말로만 듣던 이 대감 집의 고래 등 같은 기와집의 위용이 드러난다. 대문 앞에 당도했을 때는 솟을대문에 가려 집 안이 잘 보이지 않았는데, 입이 딱 벌어지고 만다. 넓은 마당을 지나 안채가 버티고 있다. 안채는 마당에서도 서너 계단 더 높은 곳에 자리를 잡은 다섯 칸으로 된 기와집이다.

천은사 극락보전의 위용보다 웅장하다. 언덕을 한참이나 올라온 것도 그렇고, 언덕 꼭대기에 있는 기와집이어서인지 절간에라도 들어선 기분이다. 위용을 자랑할 만하다. 고개를 들어 처마를 올려다봐야 할 만큼 높아 보인다. 마당에서 지붕 꼭대기까지 한참을 올려다봐야만 다다를 수 있는 높은 처마다. 검은색 기와지붕도 대궐집의 위엄을 뽐낸다. 지붕 위로는 하늘만 보인다. 이 동네 가장 높은 곳에 자리를 잡은 곳이어서 거칠 것이 없는 하늘이다. 잠시 넋을 잃은 채 하늘을 쳐다본다. 안채 왼쪽으로는 아래채가, 오른쪽으로는 사랑채가 서로 마주 보고 있다. 아래채와 사랑채는 안채보다 낮은 위치로 마당과 거의 수평을 이룬다. 안채는 평평한 마당에 아래채와 사랑채의 호위를 받아 우뚝 솟아 있다. 사랑채 뒤에는 대문에서 오른쪽으로 계단을 오르면 행랑채가 있고 행랑채를 지나 계단을 오르면 안채 뒤에 사당이 있다. 아래채와 사당 뒤로는 수백 평의 대나무밭이 하늘을 찌르고 있다. 수백 평에 걸쳐 있는 대나무들이 바람과 함께 몸을 비벼 댄다.

쉬쉬쉬 쏴아 쉬쉬쉬 쏴아 쉬쉬쉬 쏴아….

대나무에서 나는 특이한 소리다. 그 소리는 들으면 들을수록 오묘하다. 바람에 흔들리는 풍경처럼 절간 분위기를 느낄 수 있다. 집 안에는 제법 많은 식솔들이 분주하게 움직인다.

대문 열리는 소리에 김 서방이 사랑채에서 대문 쪽을 쳐다본다. 흰 무명옷을 입은, 평범한 옷차림의 장만수를 발견한다. 김 서방이 대문으로 향한다. 대문 안으로 들어서는 장만수를 향해 공손하게 고개를 숙인다. 장만수는 대궐집을 구경하느라 벌어진 입이 다물어지기도 전에, 김 서방의 인사에 집 구경하던 눈을 멈춘다. 장만수도 다가온 김 서방에게 허리를 굽혀 인사를 한다.

"뭔 일로 오셨당가요?"

"주인어른 계싱기요?"

김 서방은 장만수의 강한 경상도 말투에 타관에서 온 사람임을 알아챈다. 김 서방이 다시 한번 장만수를 쳐다본다.

"어째 말투를 봉깨로… 쩌그… 타관에서 오셨능가 뿌네."

타관에서 온 손님이라는 말을 김 서방이 혼잣말로 한다.

"우리 대감마님은 안에 계신디요! 어디서 오셨능기요?"

김 서방도 경상도 어투를 흉내 낸다. 구례장을 가면 화개 쪽 접경인 토지면과 화개 사람들의 말투를 많이 들었던 터라 쉽게 경상도 어투를 따라 해 본다.

"아, 예. 화개에서 왔구만애!"

장만수가 경상도 특유의 빠른 말투로 대답한다.

"금매, 말투를 봉깨로 경상도가 맞구먼… 이짝으로 따라오실라요?"

김 서방이 몸을 돌려 마당 가운데로 걸어간다. 그 뒤를 따라 장만수도 마당을 가로지른다. 장만수는 김 서방을 따라가면서 다시한번 고개를 올려 우람한 안채의 문간이며 처마를 올려다본다. 안채의 오른쪽에는 탁 트인 누마루의 난간 기둥이 보인다. 아래채와 사랑채를 두리번거리면서 안채 앞마당에 섰다. 마루에 오르기 전, 마당에서 바라본 안채는 높기만 하다. 마루 밑이 허리께에 와 닿고, 그 중간에 댓돌이 놓여 있다. 마루는 어른 키 높이에 놓여 있다. 마당에 서서 닫혀 있는 방문을 올려다보며 방문이 열리기만을 고대한다.

"대감 어른! 손님이 오셨는디요!"

잠시 정적이 흐른다. 김 서방의 인기척을 듣고 방문이 열린다. 고개를 뒤로 젖혀야 안방에서 나온 사람의 얼굴을 볼 수 있다. 장만수가 고개를 뒤로 젖힌다. 방문을 열고 나온 사람은 이 대감이 아니라 절골댁이다. 마당에 서 있는 손님이 장만수임을 알아챈 절골댁은 웃음 띤 얼굴로 부산하다. 마루에서 댓돌 위에 놓여 있는 신발을 신고, 뜰방으로 내려 다시 중간 계단을 밟고, 마당으로 내려와 장만수를 반긴다. 마루에서 마당까지 내려오는 시간이 한참이나 걸린다.

"웨매! 누구당가 잉! 어서 오시게!"

"오랜만입니더! 그간 별고 없으셨능기요?"

경상도 특유의 강한 억양이 섞인 말투로 장만수가 인사를 건넨다. 장만수가 구례에 살다가 화개골로 들어가더니 말투가 어느새 경상도 억양으로 변해 버렸다. 구례의 토지면은 경상도 화개와 경계에 있어, 그쪽 사람들은 경상도 억양의 말투를 쓴다. 그래도 전라도 말투가 간간이 섞여 나온다. 장만수는 절골댁 친정 쪽의 친척뻘 집안 동생이라서 말투를 내려놓고 편하게 지내던 사이다.

"그렁깨로 말이여, 겁나게 오랜만에 보는그마 잉! 쬐깐할 때 보고… 그래, 얼마 만에 보는지 모르겠당깨로. 장가들어서 아그들이랑 있다고 들었는디, 참말로 오랜만이네 잉!"

절골댁이 장만수의 얼굴을 빤히 쳐다보며 웃음을 짓는다.

"그러고 봉깨로, 아부지랑 도싱(비슷)하마, 도싱해! 아부지를 많이 탁했당깨로! 인자 봉께로, 눈이랑 코랑 아부지랑 도싱하게 탁해부렀구망!"

"그렁기요! 아! 아부지 아들잉깨로 아부지를 탁했것지라!"

절골댁의 아버지 얘기에 장만수는 미소를 지으며 답한다. 절골댁은 장만수를 보면서 장만수 아버지를 떠올리고, 장만수는 절골댁의 아버지를 닮았다는 소리에 아버지를 떠올리며 기분 좋게 서로 웃는 얼굴로 바라본다.

"며칠 전부터 동상이 올 거라는 소식은 들었는디, 기다리고 있었당깨로! 거시기 뭐냐? 거, 뭐? 만주인가? 어디로 멀리 간다는 소식을 들었는디. 언제 간당가?"

"오늘 갈라고 인사드리러 왔구만이라."

"그런가? 근디, 혼자만 간당가?"

"어라애. 식구들은 먼저 찬수 역전으로 보냈그만요."

"그래. 애들도 많이 컸겠구망?"

"예. 가시내 하나와 아들이 있는디, 가시내는 일곱 살이구, 아들은 세 살이라애."

"아이고 벌써 그렇게 됐구마 잉! 그나저나, 여기까징 오니라고 고상 많았그망, 어서 안으로 들어가자고."

장만수네 가족과 일행이 만주로 떠나는 날이다. 장만수가 만주로 가는 기차를 타기 위해 화개를 떠나 찬수 역전을 향하는 길에 읍내에 들렀다. 장만수는 일행 틈을 빠져나와 절골에 들러 장민성 어른을 먼저 만나고, 광의면 연파리 이대길 집에 도착한 것이다. 절골댁 친정아버지 장민성은 만주로 보낼 사람을 은밀히 찾고 있었다. 장만수는 절골댁의 친정집인 절골 집안의 사람이었으므로 장만수에게 일을 맡기는 걸로 결정되어 있었다. 몇 달 전에 친정집에 들른 절골댁이 친정아버지에게 만주로 떠난 인철이의 소식을 전했다. 만주로 가는 인편이 있으면, 인철을 찾아봐 달라고 신신당부를 하였던 터다. 마침, 만주로 떠나는 장만수가 연결이 된 것이다.

일본으로 유학을 간 큰아들. 이 집의 장손인 인철은 비밀리에 만주로 간다는 편지 한 장 달랑 남기고 그동안 아무 소식이 없었다. 절골댁은 자식이 죽었는지 살았는지, 어디서 끼니는 챙기고 다니는지 매일 밤잠을 설치기 일쑤였다. 절골댁은 자다가도 만주 얘기만 나오면 벌떡 잠이 깼다. 아들이 걱정도 되고, 보고 싶어서 미칠 지경이었다.

"사돈어른은 안에 계싱기요?"

"안에서 아까부터 기다리고 계싱구만. 얼릉 올라가드라고."

절골댁이 먼저 오르고 장만수가 뒤따라 오른다. 마당에서 계단을 올라 뜰방 댓돌 위에 신발을 벗어 반듯하게 놓은 후 마루 위로 올라선다. 절골댁을 따라 안방에 들어서면서 장만수가 인사를 건넨다.

"사돈 어르신 안녕하셨능기요?"

이대길에게 허리를 숙여 깍듯이 인사한다.

"사돈, 어서 오시게."

이대길이 안방에 앉아 있다가 일어서면서 장만수를 반갑게 맞이한다.

"그래. 화개에 산다며 거기서 오는 길인가?"

"예, 화개에서 읍내에 들렀다가 광의로 오는 길입니다."

"그동안 어떻게 지냈는가? 고상이 많았네. 화개가 여기서 어디라고… 오느라고 욕봤네."

이대길은 장만수가 화개골로 들어간 사연을 아는지라, 먹고살기 힘들어 고생을 하였으리라는 짐작을 한다. 오랜만에 보는 얼굴이라서 더욱더 안쓰러운 것이다. 화개에서 걸어서 오려면 반나절 이상이 족히 걸리는 거리임을 알고 있다.

"어데애."

장만수의 목소리가 우렁차다.

"그래 점심은 했는가?"

절골댁이 점심을 챙긴다.

"예, 읍내에 도착해서 묵었심더."

"점심을 묵었다고? 그럼 입맛 다실 것이라도 내와야 쓰겄네. 쪼깨 이야기들 하고 있드라고 잉!"

절골댁이 안방을 나간다. 장만수가 이대길에게는 처갓집 절골댁 집안의 손아래 처남뻘이 되는 셈이라 편하게 대하고 싶은 눈치다. 이대길이 아랫목에 앉자 장만수도 윗목에 자리를 잡고 앉는다.

"편히 앉게."

"예."

잠시 침묵이 흐른다. 밝은 햇살이 방 안 가득하다. 집이 서향이라 정오가 지나면 밝은 햇살이 방 안으로 들어온다.

"그래 언제 떠나는가?"

"지금 떠나는 길에 기별을 받고 들렀습니더. 오늘 중으로 기차를 타려고 합니더."

"그런가? 식솔들과 같이 간다는 소식을 들었는데, 몇 식구나 가는가?"

"저희 집은 안사람과 애들이 둘에다, 다른 집 식구들이랑 세 집 식구들이 몽땅 갑니더."

"여러 식구가 함께 가서 외롭지는 않겠구먼…. 의심도 덜 받고…."

이대길이 혼잣말로 짐작을 하는 소리다. 여러 식구들이 만주로 이주를 하는 모양새여서 안심이 된다.

"애들이 어리다고 들었는데…."

"예, 큰애는 가시낸디 일곱 살이고, 작은놈은 아들놈인디 세 살입니더."

"그럼 식솔들은 어디 있는가?"

"찬수 역전에서 기다리고 있습니더."

"만주까지 갈라면 먼 길일 텐데… 조심해야 되네."

"예, 여부가 있겠습니꺼?"

"가는 곳은 정해져 있는가?"

"어데애, 정해 놓고 가는 것은 아니지만 미리 자리를 잡은 사람들로부터 오라는 기별을 받고 가긴 하는데… 우리 살라고 미리 정해 놓은 집도 없고…."

고개를 떨구며 대답을 한다. 당당하던 장만수의 목소리가 다소 누그러진다.

"내사 아시다시피… 지는 편히 살라는 팔자는 아닌 듯합니더."

목소리가 다시 생기를 찾는 듯 소리가 조금 높아진다.

"살길을 찾아 봐야것쥬. 만주 용정으로 갈 계획입니더. 저에게 말겨진 중대한 임무도 있고 해서… 일단 만주 용정에 도착하면, 임무를 마치고 차차 알아볼 계획입니더.”

장만수는 만주로 떠나는 날만 기다린 이유가 있었다. 혼자 떠나려던 계획을 바꾸어 아예 가족들을 모두 데리고 떠나기로 한 것이다. 아직은 젊은 나이에 남들은 나라 잃은 울분으로 일본 놈들을 상대로 의병 활동이다, 만세운동이다, 독립운동이다 하면서 다들 야단인데, 가만히 지낸다는 게 장만수로서는 받아들여지지 않는 일이었다.

동학군으로 의병 활동을 하다가 돌아가신 아버지의 죽음으로 가세는 기울어져 버렸다. 아버지 일행 중에 살아남은 자들은 하나둘 만주로 떠났다. 그 애비의 그 아들이라고 장만수도 만세운동이 일어나자 어린 나이지만 가만히 있을 수만은 없었다. 장터로 나가 만세운동을 하다 감옥에 다녀왔다. 어린놈이 만세운동을 한다고 그냥 봐줄 리 만무했다. 감옥에서 출소하자 순사들의 감시 대상이 되었다. 사상이 불손한 집으로 낙인이 찍혀 버린 것이다. 순사들이 사사건건 집안의 동태를 파악하고 있었다. 소작이라도 부쳐 먹고살아야할 형편이었는데, 그놈들이 훼방을 놓는 바람에 소작도 어려운 처지가 되었다. 구례에 발을 붙이지 못하고 어머니와 인연이 닿은 외가댁 화개골 깊은 산속으로 들어갔지만 어머니도 세상을 떴다. 장가를 들어 처자식을 거느린 가장이었지만, 일본 놈들에게 대적하기 위하여 은밀히 활동하고 있었다. 아무에게도 들키지 않고, 만주로 떠나는 일이 이 나라 독립을 위해 할 수 있는 일이라는 것을 차츰 깨달았다. 일본 순사들에게 장만수는 감시 대상인 요시찰 인물이 되어 버렸다. 나라까지 빼앗긴 판국에 독립운동을 한다는 일은 불 속으로 뛰어드는 불나방과 다름없다고 생각했다. 기미 만세운동으로 일본 놈들의 무자비한 총칼 앞에 얼마나 많은 사람들이 죽어 나갔던가? 조선인으로서는 힘이 없었고 불가항력이었다. 그런 장만수에게 은밀히 주어진 임무도 있고 해서, 이왕 떠나는 김에 식솔들을 모두 데리고 떠나기로 한 것이다. 이번에 떠나면 만주에서 정착해 볼 생각이다.

한참 말이 없던 이대길이 긴 담뱃대를 다시 입에 문다. 담배를 피우면서 잠시 침묵이 흐른다. 이대길이 인철의 얘기를 꺼낸다. 이대길은 장만수를 통해서 독립자금을 전달하는 일도 중요하지만, 인철이 소식이 더없이 궁금하다.

"만주 용정에 가면 우리 인철이 갸를 만날 수 있을 걸세. 어디든 수소문을 해서라도 갸를 찾아야 하네. 자네가 애를 좀 써 줘야겠네. 내가 짐작하건대 대종교 모임을 수소문해 보면 알 수 있을 걸세. 지가 어디 갔겠는가? 쪼깨라도 구례 사람들과 아는 사람들 찾아갔겠지? 내 짐작에는 그런디…"

힘이 빠진 말투다. 어디에 있는지 정확히 몰라서 지레짐작으로 하는 말인 것을 안다. 이대길은 대종교 모임에 인철이가 관련되어 있으면 하는 바람에서 그냥 추측으로 하는 소리다. 그쪽에 모인 사람들이 고향 사람들과 관련이 있는 사람들이기에 그쪽을 찾아갔으리라는 바람이어서 하는 말이다.

"독립운동을 하는 나철, 이기 등이 구국제민救國濟民의 기치 아래 대종교 단체를 중심으로 많은 조선 사람들이 그곳으로 모인다는 소문이 있으니, 그곳을 수소문해 보면 찾을 수 있을 걸세. 자네도 알 겠지만, 지천리 왕석보 어른의 제자인 나철을 중심으로 대종교를 만 들었다는 얘기가 들리고, 대종교를 중심으로 독립운동을 하는 사람 들이 3·1 만세운동 후에는 일본 놈들의 탄압을 피해 만주에 모여서 큰일을 꾸미고 있다는 소문을 들었네. 쬐끔이라도 지가 발붙일 곳 을 찾아갔을 것으로 짐작은 가네…."

"예."

대종교 모임이 독립운동의 근거지임을 장만수도 잘 안다. 중국에 서 활동하던 독립운동가들이 무오년에 '무오독립선언문'을 발표한다. 무오독립선언문에 서약한 39인 중 25인 대부분이 대종교인이었음을 안다. 그들은 이미 무장투쟁의 길에 들어선 사람들이었다. 그 무오 독립선언문에 기초하여 일본 동경 유학생들이 '2·8 독립선언문'을 발 표하게 되었고, 연이어 '기미독립선언문'이 발표되어 3·1 만세운동이 일어난 사실을 알고 있다. 3·1 만세운동의 기초가 무오독립선언문이 었기 때문에 대종교인들이 주축이 되어 독립운동의 의지를 불어넣 어 준 계기가 된 것임을 안다. 광의면 지천리 천사川社 왕석보 어른 은 호남이 낳은 대학자였다. 나철(나인영)은 왕석보의 어른께 가르침 을 받은 제자였다. 나철, 이기, 홍필주 셋이서 을사늑약이 체결되자 일본으로 건너가 나철은 일왕에게 글을 올린다.

"최근 신문 보도에 의하면, 러일전쟁이 끝나면 조선을 일본의 보 호국으로 한다는 소문인데…. 청일전쟁 때 '조선은 엄연한 독립국인 데 청나라가 마치 속국인 것처럼 조선을 내정 간섭하므로 일본이 전쟁을 일으킨다.'라고 하였습니다. 러일전쟁에서 조선의 안전과 동양의 평화를 위해 싸운다고 하였습니다. 속담에 '여항의 필부도 거짓말을 않는다.'라고 하였습니다. 하물며 한 나라의 군주가 거짓말을 하여서야 되겠습니까?"

나철 일행은 백방으로 항의문을 전달한다.

'동양 평화를 위하여 조·일·청 삼국은 상호 친선 동맹을 맺고 대한제국에 대하여는 선린의 교의로써 부조하라.'라는 의견서를 일본의 정객들에게 제시하였으나 응답이 없자 일본의 궁성 앞에서 3일간 단식 투쟁을 하였다. 그러던 중 이등박문이 조선과 새로운 협약을 체결한다는 소식이 발표되자 이등박문에게도 글을 보냈다. 그 후에는 나라 안에 있는 매국노들을 모두 제거해야 국정을 바로잡을 수 있다 생각하고, 귀국하여 이완용 등 을사오적을 처단하기 위한 시도를 한다. 을사오적에게 총을 발사하고 발각되었던 오적암살단 사건이 그것이었다.

장만수가 만주로 간다고 하니, 이대길은 큰아들 인철을 금방이라도 만날 것만 같은 기분이 들어서 구구절절 장만수에게 말을 늘어놓는다. 대종교 모임에 인철이가 찾아갔을 거라는 추측이다. 만주에 간 조선 사람들이 그 모임에 많이 몰리고 있다는 소문을 들은 터였다. 이대길이 만주를 가 보지는 않았지만, 그곳에 가면, 인철이 그곳에 있을 거라는 추측을 계속 해 왔기 때문이다.

"그 사람들은 단군신앙으로 국난을 타개하기 위해 홍익인간弘益人間, 이화세계理化世界의 이념을 주창한다는 얘기를 들었네. 수천 년 우리 민족의 역사를 아는 사람들이 하는 일이라는데, 다 좋은 일 아닌가? 그 사람들이 앞장서서 자금을 모으기도 한다는 얘기를 들었네. 일본 놈들에 의해서 대종교 모임 싹을 아예 잘라 버리려고 탄압을 하는데, 그게 일본 놈들 맘대로 되는 일인가? 그 사람들은 무오년부터 만주나 중국으로 피해 다니면서도 일본 놈들과 죽을 때까지 육탄혈전으로 맞설 것이라고 선전포고를 하지 않았는가…. 지금 국내외에서 독립운동을 하는 사람들은 대종교를 기치로 모이고 있지 않은가 말이시…. 인철이, 갸를 만나거든 자네가 알아들을 수 있게, 잘 설득해야 하네. 곧장 집으로 올 수 있게 말일세. 아! 그놈이 자네도 알다시피 우리 집 장손 아닌가?"

"…"

말을 하다 말고 긴 담뱃대를 빨아 담배 연기를 길게 내뿜는다. 한참 동안 말이 없이 침묵만 흐른다.

"자네만 믿겠네. 만주 땅에서 뭘 하고 있는지나 알아보게. 일본에서 대학교를 다니던 놈이 학교를 그만두고, 편지 한 장 달랑 보내고, 곧바로 만주로 가 버렸으니…. 나라가 일본 놈들에게 넘어가고 온통 왜놈판인 이 판국에 정신이 있는 조선 사람이라면 공부가 제대로 되지도 않을 것은 뻔한 일 아닌가?"

이대길은 긴 담뱃대를 쭉쭉 빨아서 휴! 하고 뿜어 댄다. 속상한 마음을 담뱃대에 화풀이를 하고 있는 셈이다.

"갸가 성정이 불같아서 그냥 있지는 않을 걸세. 이 나라 독립을 위해서 무슨 일이든 하고 있을 걸세. 그때 그 일이 있은 후에 많은 심경의 변화를 받았던 놈이라서…."

그때 그 일이란 광의면 지천리에 사는 박경현이 주도하여 구례장날 장터에서 태극기를 흔든 사건을 두고 하는 말이다. 박경현은 기미년 만세운동 사건으로 투옥되어 징역 8개월 동안 만세만 불렀다. 감옥 안에서도 목이 터져라 만세만 부르다 보니, 감옥에 함께 있던 사람들이 '박만세'라 부르기도 했다. 일본 놈들의 모진 고문으로 감옥에서 출옥한 후 2년 만에 그는 목숨을 잃고 말았다.

광의면 지천리 천변 마을의 왕재일은, 지천리에 있는 호양학교를 졸업하고 광주로 진학하여 광주 학생들의 비밀결사 조직인 성진회 醒進會를 만들었다. 총무라는 중책을 맡아 광주학생운동에 앞장서서 봉기하다가, 일본 경찰에 체포되어 1년 6개월간의 감옥 생활을 하였던 일을 말한다. 광주에서 학교를 다녔던 인철에게는 일본에 대한 반항 의식이 싹텄다. 일선에 나서지는 못하고, 일본으로 유학을 떠났지만 조선의 학생들에게는 마음 깊숙이 민족의식이 살아 있으리라 본다.

이대길이 장만수에게 쌈지 한 묶음을 꺼내 놓자마자 장만수가 얼른 허리춤에 감춘다. 사전에 다 얘기가 되었던 터라 허리를 굽히면서 물건을 챙긴다. 돌아서서 바지춤을 풀고 점방에서 샀던 고무줄로 속곳 속에 전대를 찬다. 만주 용정에 가져갈 독립자금이다. 이대길이 집안 식구들 모르게 준비한 자금이다. 용호정 시우회 모임에서도 회원들이 십시일반으로 은밀하게 준비한 자금을 가져온 것이다. 절골댁의 친정아버지 장민성과 도갯집 강진태를 비롯한 용호정 시우회 사람들과 자금 전달을 고민해 왔다. 믿을 만한 사람을 찾던 중에 장만수 편에 자금을 보내기로 미리 의논하여 결정했던 터다. 나라가 온통 일본 놈들의 판이니 살아도 사는 게 아니었다. 매일 일본 순사 놈들에게 감시를 받아야 하고, 수천 년을 이어 온 조선의 한민족 전통이 점점 말살돼 가고 있었다. 그중에서도 제일 가슴 아픈 일은 이 나라, 이 강토가 일본 놈들에게 짓밟혔다는 사실이다. 의병을 일으켜 일본 놈들과 항쟁을 해도 그놈들의 총칼 앞에 힘없이 무너졌다. 이 나라를 되찾는 것은 참으로 어렵고 현실적으로 불가능한 일이었다. 특히 자라나는 자식들에게 어른들로서 할 말이 없었다. 그래서 목숨을 걸고 독립운동을 하는 만주 땅에 독립자금을 보내는 일은 당연한 일이라고 이대길은 늘 생각해 왔다. 그렇다고 일본 순사들에게 적대시하는 마음을 대놓고 표시할 수는 없는 일. 조상 대대로 내려온 이 집안의 전통이며 문중 재산과 많은 친척들과 집안 식솔들을 간수하려면 놈들과 적당한 선에서 타협을 하며 살아가야만 했다.

"단단히 챙겨야 하네. 만주 용정에 가거든 꼭 전해야 하네. 그래야 자네도 살고, 이 나라, 이 민족도 살 수 있는 거라네."

"예. 예. 사돈어른. 여부가 있겠습니꺼."

이대길의 말에 걱정하지 말라는 대답이다. 장만수는 이 돈이 어떤 돈이란 걸 잘 알고 있는 터였다. 비밀리에 이 돈을 전달해야만 하는 사명감에 불타고 있다.

"…"

잠시 침묵이 흐른다. 장만수도 일어나 출발하려고 이대길의 눈치를 살핀다.

"내 부탁을 잊지 말게… 인철이를 꼭 찾아보게. 자네 아니면 누구에게 이런 부탁을 하겠는가?"

"예. 예. 제가 도착하면 수소문해 보겠습니다."

이대길은 반복해서 인철의 얘기를 꺼내 놓는다. 아비의 자식을 향한 심정이 초조하기만 할 따름이다.

"만주에 가면 갸를 꼭 찾아야 되네. 갸를 만나거든 에미 애비가 늘 걱정이더라고 전해 주게. 자네 임무가 크네. 모든 게 이 나라의 독립을 위해서 아닌가? 일본 놈들이 이제는 만주까지 집어삼키고 있으니… 천벌을 받을 놈들! 그놈들이 만주사변을 일으켜서 기세가 등등할 걸세. 조선을 손아귀에 넣은 놈들이 만주를 집어삼키려 하자 독립군과 중국군들이 합심하여 일본 놈들과 크게 한판 싸웠다는 소문을 들었네. 만주에도 일본 놈 순사들이 쫙 깔려 있다니 조심허고, 또 조심혀야 되네."

"예. 예."

장만수가 이대길에게 허리를 굽혀 악수를 하고 헤어진다.

장만수 일행이 찬수 역전에서 기차를 기다린다. 구례구역은 구례가 아닌 승주군에 위치해 있지만 역명을 구례구求禮口역이라 하였다. 구례의 관문이라는 뜻이다. 그러나 대부분의 사람들은 잔수진殘水津의 명칭을 따라서, 찬수역이라 불렀다.

애—행.

저 멀리 괴목 쪽 쏘련재 굴을 빠져나온 기차가 긴 여운의 기적 소리를 내며 달려온다.

칙칙폭폭 칙칙폭폭 칙칙폭폭….

검은 연기를 내뿜는 기차가 천지를 진동한다. 요란한 소리를 내면서 서서히 구례구역에 도착한다.

　끼익, 덜커덩.

　요란한 쇳소리를 내며 기차가 멈춘다.

　피식, 쏴—아.

　기차가 도착하면서 내는 수증기가 찬 공기와 함께 기차를 휘감는
다. 짐을 잔뜩 짊어진 장만수가 부인과 아이 둘을 데리고 일행들과
함께 열차에 올라탄다. 장만수 일행을 태운 기차가 다시 기적 소리
를 낸다.

　애—행.

　긴 여운의 기적 소리를 길게 울린다. 기차는 수증기를 토해 내며
검은 연기를 세차게 내뿜는다. 기차가 덜컹거리면서 서서히 움직이
기 시작한다. 기차는 섬진강 강변에 놓인 철로를 따라 북으로 달려
나간다.

　애—행, 칙칙폭폭, 칙칙폭폭….

　시커먼 연기를 내뿜으며 북으로 달려 나가는 기차의 뒷모습이 아
련해진다.

2

　소작농들은 살기가 점점 더 어려웠지만, 만주 벌판은 끝없이 넓어
서 부지런히 개간만 하면 소작을 하지 않아도 살아갈 수 있다는 소
문이 자자했다. 초근목피라도 면하기 위해서는 만주로 떠나야만 했

다. 정든 고향 땅을 떠나는 일이 쉬운 일은 아니지만, 기미년 만세 운동 이후 일제의 혹독한 탄압을 피하기 위해 만주로 떠나는 사람들은 점점 늘어 갔다. 일정 치하에서 살기가 힘들어 떠나가는 사람들. 만주와 연해주, 일본으로 건너가는 사람들도 부지기수로 늘어났다. 일본으로 건너가 정착하고, 가족들을 초청하여 현해탄을 건너가는 사람들. 그러지 못한 사람들 중에는 밀항을 하는 사람들도 있었다. 섬진강 지역은 예로부터 뱃길을 통하여 일본과의 왕래가 많았던 지역이다. 섬진강에 뱃길이 열리고 그 뱃길은 호남 내륙에 다다르는 주요 관문이었다. 바다로 연결된 뱃길을 통하여 일본으로 진출하는 사람들과 화물이 급속도로 늘어났다. 개화 바람이 일찍부터 불어 일본에 정착하는 사람들이 늘어나기 시작하더니, 일제 치하에 들어가고부터는 많은 조선인들이 부산, 여수를 통해서 일본으로 오고 갔다. 고을마다 한두 명 정도는 일본으로 유학을 가는 학생들이 있었다. 일본에서 눌러앉아 자리를 잡은 사람들이 조선 사람들을 불러들이고 있어서 일본에는 수십, 수백만 명의 조선인들이 살게 되었다. 일본에는 일자리가 조선보다 많다는 소문이 파다하여 무작정 밀항을 하는 사람들도 점차 늘어났다.

정기훈이 일본으로 가는 날이다. 이른 아침부터 친척들과 동네 이웃들이 그의 집에 모여들었다.

"느그 어매를 생각해서라도 몸 건강히 잘 있다가 와야 한다 잉!"

"돈 많이 벌어 와서, 그동안 고생 고생한 느그 어매, 호강시켜 드려야 된다 잉!"

"예. 예. 예."

기훈은 그저 모든 친척들에게 굽실거리며 인사하기 바쁘다.

"어머이!"

기훈의 목이 멘다. 어머니의 손목을 잡자 그동안 참았던 눈물이 왈칵 쏟아진다. 꺼끌꺼끌하게 거칠어진 어머니 손이 더더욱 기훈의 감정을 북받치게 한다. 어머니의 손목을 붙잡은 채 눈물이 하염없이 쏟아져 내린다. 식구들을 먹여 살리기 위해서 농사일에 거칠어진 어머니의 손이 이렇게 거칠다니… 기훈에게는 어머니에 대한 애틋함이 더더욱 밀려온다. 울음을 멈출 수가 없다. 기훈이 고개를 숙인 채 흐느낀다.

"흑흑흑…"

"오냐! 아이고, 내 새끼!"

구만리댁은 기훈의 손을 쓰다듬으며 울고 있는 아들을 달랜다. 기훈이 어머니 품에 안긴다. 어머니 품에 안기어 더욱더 큰 울음을 쏟아 낸다. 구만리댁도 눈물을 글썽이며 기훈의 머리를 쓰다듬는다. 기훈이 벌겋게 충혈된 눈을 비비면서 다시 마음을 가다듬고 어머니에게 작별 인사를 한다.

"어머이, 다녀오겠습니다."

"오냐! 아이구, 내 새끼… 그래! 어딜 가더라도 배곯지 말고 끼니는 꼭 챙겨야 된다 잉!"

떠나는 사람, 배웅하는 사람이 한데 어울려 모두가 한바탕 눈물을 훔치느라 정신이 없다. 구만리댁은 기훈이 보이지 않을 때까지 신작로에 나와서 손을 흔든다. 기훈도 어머니가 안 보일 때까지 뒤를 돌아보면서 손을 흔들고 있다.

기훈이 나룻배를 타고 섬진강을 건넌다. 찬수에 다다랐다. 예로부터 잔수진殘水津을 찬수라 부른 곳으로, 범선이 지나다니면서 나루터가 있었던 곳이다. 구례구역에 기차가 개통되어 콘크리트 다리 공사가 한창이다. 북에서 남으로 흐르던 섬진강이 잔수진에 와서는 동쪽으로 흐르면서 동서로 구례를 관통한다. 지리산 노고단 정상을 향해 흐르는 자태가 장관이다. 수태극水太極이라 불리는 S 자를 만들면서 구례 오산을 휘돌며 섬진강도 쉬어 간다는 곳이다. 오산의 봉우리 중턱에 사성암四聖庵이 아른거린다. 다른 사찰과는 달리 오산 중턱 가파른 계곡에 매달려 있어, 제 몸 하나 지탱하기 어려울 만큼 아슬아슬하다. 원효, 도선, 진각, 의상대사 네 분이 수도했던 곳이라 하여 사성암이라 불린다. 원효대사가 사성암에서 수도할 때 섬진강 물소리가 시끄러워 물이 잔잔히 흐르도록 도술을 부려 잔수라는 이름을 얻었다는 전설이 남아 있다.

기훈은 여수행 기차표를 끊고 두어 시간을 기다리는 동안 섬진강 강가로 나왔다. 강을 따라 걷는다. 남북으로 흐르던 강이 동서로 물길이 이어진다. 섬진강의 고요한 흐름이 찬수 역전을 지나서 오산을 휘돌아 구례를 가로지르는 아름다운 풍경. 노고단이 한눈에 들어온다. 매일 눈만 뜨면 바라다보던 정겨운 노고단. 구례를 떠나면, 저 노고단도 볼 수가 없겠구나. 숨을 크게 들이마신다. 노고단이 가슴속 깊이 들어온다. 한참을 노고단에서 눈을 떼지 못한다.

압록역을 출발한 기차가 기적 소리를 내며 달려온다.

애애—행, 애—행.

기차가 구례구역에 들어서자 지축을 흔드는 요란한 굉음을 내며 멈춰 선다.

푸— 피식.

기차가 요란한 소리와 함께 수증기를 뿜어 댄다. 기훈은 서둘러 기차에 오른다. 기차 안에는 사람들로 붐빈다. 기훈이 자리를 잡고 앉자 기차는 다시 한번 '애—행', 긴 여운의 기적 소리를 내며 찬수역을 출발한다. 차창으로 보이는 섬진강과 지리산 노고단은 가슴 뭉클한 아쉬움을 뒤로한 채 남으로 달리기 시작한다.

처음 타 보는 기차의 속도에 기훈은 귀도 멍멍해지고 어안이 벙벙해진다. 차창으로 기찻길 옆의 풍경이 시시각각 뒤로 밀려난다. 뒤로 물러나는 풍경과 함께 기훈도 뒤로, 뒤로만 정신없이 밀려나는 기분이다. 기훈은 정신이 하도 없어서 먼 산을 바라본다. 이제야 정신이 돌아온 듯하다. 달리던 기차는 부지불식간에 쏘련재에 머리를 처박고 힘차게 터널 속으로 빨려 들어간다. 갑자기 암흑천지로 변한다. 구례에서 순천을 가려면 험준한 쏘련재가 있는데 그 쏘련재를 터널로 만들어 기차가 통과한다. 달리던 기차는 괴목역, 순천역을 지나서 여수역에 도착한다. 여수역에 내린 후 여수항으로 간다. 일본 하관(시모노세끼)으로 가는 연락선을 타야 하기 때문이다. 멀고도 먼 여정이다. 연락선에 승선하고 보니 일본 사람, 조선 사람들이 많은 짐을 이고 지고 뒤엉켜 있다. 선실에는 발 디딜 틈이 없을 정도로 짐과 사람들로 가득 차 있다. 뱃고동 소리가 울린다.

뚜우—. 뿌—웅.

출발 신호를 알리자 배가 천천히 움직이기 시작한다. 뱃고동 소리를 울리며 연락선은 물살을 뒤로 힘차게 내뿜는다. 통통통통통…. 연락선은 요란한 엔진 소리를 내며 검은 연기를 내뿜는다. 점점 속도가 붙으며 물살을 가르고 바다를 향해 나아가기 시작한다. 여수항 바로 앞에 한 점 떠 있는 오동도의 멋진 풍광이 눈앞에 보인다. 구름 한 점 없이 맑은 하늘에 갈매기가 '끼룩끼룩' 하면서 연락선을 따라나선다. 배에 탄 사람들이 뱃머리에 나와 선창에서 배웅하는 사람들에게 손을 흔든다. 점점 멀어지는 여수항. 오동도의 등대가 눈에 들어온다. 여수항을 중심으로 옹기종기 많은 집들이 산 중턱까지 다닥다닥 붙어 평화롭고 멋스럽게 연락선을 배웅한다.

3

신식 양복에 중절모를 쓴 멋진 신사가 대문을 밀고 들어선다. 멋진 신사를 알아차린 식솔들이 그에게 인사를 깍듯이 한다. 신사는 묵례로 답하고 성큼성큼 걸어서 안채로 향한다. 김 서방이 그 뒤를 바짝 따른다.

방 안에 들어서자 학길이 이대길을 향해서 깍듯이 허리를 구부려 인사를 한다.

"형님! 그동안 잘 계셨는가요?"

이대길이 양복 차림을 한 학길이에게 인사를 건네받자 웃으면서 다가가 악수를 청한다.

"동상! 오랜만이네. 신수가 훤해졌네 그려!"

"예. 형님 염려 덕분에 잘 지내고 있습니다."

악수를 마친 형제가 방바닥에 마주 앉는다.

"그래, 별일 없다니 다행이네. 사업은 잘되어 가나?"

"아직 자리를 잡으려면 멀었습니다만, 그런대로 잘 견뎌 내고 있습니다. 일본은 점점 공업화가 되어 가고 있습니다. 요즘 들어 눈 코 뜰 새 없이 바쁘게 돌아가고 있습니다. 물건은 만들기가 바쁘게 팔려 나가고 있습니다. 형편이 좀 나아지면 공장을 하나 인수해 보려고 합니다. 조선 사람들도 이제는 제법 많이 일본에 들어온 것 같습니다. 조선 사람들을 자주 만나게 됩니다. 이참에 공장을 인수해서 조선 사람들을 데리고 있으려고 합니다."

"일자리를 찾으러 많은 사람들이 일본으로 건너간다는 소식은 접하고 있네. 반대로 일본에서도 조선으로 한밑천 잡으려고 오는 일본 사람들이 많다고 들었네. 여기야 시골이라 일본 사람들이 많지는 않지만, 요즘은 이곳저곳에 제법 많은 일본 사람들이 눈에 띄기도 한다네. 연파리 면 소재지에도 일본 점방이 신식으로 들어서서 백화점마냥 온갖 물건들을 화려하게 진열해 놓고, 없는 물건 없이 구색을 갖추었다네. 소금이니 담배까지 독점하는 점방이다 보니 장사가 아주 잘되고 있다네."

"그럴 겁니다. 조선을 통치하려면 많은 사람들이 필요할 겁니다. 부산항에 도착하면 부산은 온통 일본 사람들 천지입니다. 부산항에서 전차가 다니는 길에는 양쪽으로 일본 가게가 즐비하게 늘어서 있습니다. 일본 천지가 되어 가고 있는 느낌입니다."

"어쨌든 타관이니까 아무리 사업도 사업이지만 몸조심해야 하네. 동상이 보내 준 편지는 잘 받아 보았네. 사업이 점점 자리를 잡아 가고 있다니까 다행이긴 하네만…"

"예. 여부가 있겠습니까. 번번이 형님께 심려를 끼쳐 드려 죄송합니다."

"형제지간인데 도울 일이 있으면 도와야지…. 암, 그렇고 말고…"

학길이가 이번 참에 사업을 늘리기 위해 도움을 요청한다는 편지를 받고, 망설임 없이 이대길은 돈을 준비하였다. 객지에 나가, 그것도 일본까지 건너가 사업을 해 보려고 애쓰는 것을 보면, 많은 도움을 주고 싶기는 하지만, 도와주는 것도 한계가 있는 법이다.

"어쨌든 이번에는 사업이 잘되어야 하네. 매번 내가 도와줄 수 없는 일 아닌가?"

"예, 형님. 명심하겠습니다."

"…"

"인철이는 아직도 소식이 없나요?"

학길이 이대길의 눈치를 보며 인철이의 소식을 조심스럽게 먼저 꺼낸다. 이대길이 동생 학길의 물음에 대답 대신 담배를 한 모금 길게 빨아 댄다. 학길이는 인철이 만주로 간 줄도 몰랐다. 한참 뒤에 만주로 갔다는 소식을 듣고 형님 볼 면목이 없었다. 인철이 학길에게는 한마디 말도 없이 일본을 떠나 버린 게 마음 한구석으로는 섭섭하기도 하였다. 한편으로는 모든 책임이 작은아버지랍시고 일본 땅 지척에 있었는데도, 인철의 마음을 한 번도 헤아리지 못한 자신에게 있는 것 같아 미안하기도 하고, 그저 아쉬울 따름이었다. 사업 때문에 워낙 바쁘게 돌아다니다 보니, 인철과 학길이 일본 땅에 있었어도, 서로 만날 기회가 생기지 않았다. 인철은 인철대로 학교생활을 하느라 통 연락을 주고받을 수가 없었다.

"글쎄… 그놈이 어쩌자고 그 먼 만주로 갔는지. 그놈의 속을 도통 알 수가 있어야 말이지…"

"제가 형님 볼 면목이 없습니다. 제가 일본에 있으면서도 잘 보살피지 못한 것 같아 송구스러울 따름입니다. 저도 사업을 하느라 바쁘다 보니…"

"동상 탓이겠는가? 지 팔자가 그런 거지. 나라도 없어진 이 난리 통에, 젊은 혈기에 공부가 들어오기야 하겠는가? 만세운동 이후로 유학생들도 맘이 항상 뒤숭숭할 텐데 말이시…"

학길이에게 모든 걸 뒤집어씌우지 않으니, 덜 미안하긴 하다. 형님의 말이 고마울 따름이다. 누가 누굴 탓할 일도 아닌 걸 안다. 부모에게도 상의 안 한 일을, 작은아버지에게까지 의논할 상황은 아니었으리라 생각한다. 시국 탓이었으리라.

"자. 여기 있네."

이대길이 돈 묶음을 학길이 앞에 내놓는다.

"형님. 고맙습니다. 번번이 형님에게 신세를 져서 미안합니다."

학길이 돈을 받아 챙기면서 형님에게 고맙다는 인사를 건넨다.

"별소리를 다 하네. 어쨌든 동상, 사업이 잘 풀리기만을 바라네."

돈을 받아 양복 주머니에 챙긴 학길이 일어선다.

"형님, 그럼 가 보겠습니다."

"그래, 어쨌든 몸을 잘 챙겨야 하네. 이번에도 혼자 가는가?"

"예. 아직은⋯ 자리가 잡히는 대로 식구들을 데리러 오겠습니다. 제가 없는 동안 제집 식구들은 형님이 잘 보살펴 주시리라 믿습니다."

"어허! 우리가 옆에서 돌봐 주긴 하겠지만⋯ 지아비만 하겠는가? 얼른 자리를 잡아서 식구들을 데리고 들어가야지⋯."

"예. 형님! 그렇게 하도록 하겠습니다. 그럼 가 보겠습니다."

"그래. 조심하게."

이대길이 학길에게 조심하라고 신신당부를 한다. 동생이 빨리 일본에서 사업이 잘 풀려 자리를 잡았으면 하는 바람이다. 몇 년째 일본을 들락거리며 사업을 한다고 돈을 요구해서 아직까지는 사업 밑천을 지원하고 있지만, 그보다도 식솔들을 데려가지 못하고 혼자서 사업상 들락거리는 모습이 안타까울 따름이다.

정장 차림의 양복에 모자를 쓴 이학길이 일본으로 떠나는 길이다. 대산리댁과 민정이가 마주 보고 섰다. 민정이가 손을 흔든다.

4

빠—앙.

남형석이 관부연락선 갑판 위에 서 있다. 일본으로 유학을 가는 길이다. 검푸른 망망대해 위를 거침없이 달리는 연락선 위에서 꿈에 부풀어 있다. 일본에 가면 가 보고 싶은 곳을 몇 군데 정해 놨기 때문에, 도착하는 대로 여행을 할 계획에 설렌다. 남형석 집은 삼남 일대에서 제일 명성이 자자한 유기 공방이 됐다. 조상 대대로 유기 공방 기술을 전수받은 부모님들이 명품을 만들어 내기 위하여 심혈을 기울이고 있다. 남형석은 재산을 많이 모은 부모님 덕택에 어려움 없이 성장했다. 순천에서 학업을 마치고, 대학은 일본으로 가기로 결정하였다. 일본 유학은 유기 공방에 필요한 기술이나 재료를 구입하러 일본을 자주 드나드는 아버지의 적극적인 추천에 의한 것이었다. 남형석은 일본에서 새로운 세계를 펼치리라는 기대로 가득차 있다. 연락선이 빨리 일본에 도착하기만을 바라는 마음에서 갑판 위를 수시로 올라와 본다.

乙

용호정

龍湖亭

구례장날이다. 장터는 사람들로 붐빈다. 사람들 틈을 비집고 장터 우시장 옆에 있는 진주옥에 사람들이 한 명씩 들어선다. 술을 한 잔씩 나누면서 비밀리에 만난다. 강진태를 비롯하여 구례 지역 유지들이 상호부조의 친목이나 하자면서 회합을 가지는 것이다. 신간회가 해산된 이후로 단순한 회합이라도 모임을 가진다는 건 큰 모험이 아닐 수 없었다. 모임이 있는 곳이라면 경찰들이 눈을 부릅뜨고 의심하기 때문에 비밀리에 모임을 규합한 것이다. 특히 감옥까지 다녀온 사람들이 규합을 한다는 것은 쉬운 일이 아니어서, 장터 음식점에 마련한 비밀 모임 장소였다. 경찰에 발각되더라도 친목을 위한 모임이라고 우기기로 하였다. 사람 사는 일에 모임을 절대 불허한다는 것은 안 될 일이다. 모임을 가진 후 다시 한 사람씩 주위를 살펴 가며 장꾼들 속으로 사라진다.

신간회는 전국적인 조직으로 발전하였지만, 구례의 작은 고을에서 천여 명이 모인 것은 참으로 고무적인 일이었다. 그 모임에 이름을 올리는 것만으로도 자부심을 가질 만큼 관심과 참여가 많았다. 구례 전 지역을 망라할 만큼 대단했다. 신간회 회관까지 지어서 활발한 활동을 하는 듯했으나 경찰은 가만두지를 않았다. 감시가 뒤따랐고, 간부들이 투옥되기도 하여 결국은 해산을 하게 되었다. 강진태도 신간회 임원을 하다가 구속되기에 이르렀다.

"일—소—비—하—처—엉…."

시조창 소리를 한 소절, 한 소절 아주 느리게 숨이 턱밑에 찰 때까지 길게 뽑아낸다. 소리를 낼 때마다 높낮이를 조절하며 섬진강 물소리와 함께 잔잔하게 흘러간다. 긴 여운이 섬진강에 드리워지자 또다시 숨을 몰아쉬고 한 소절 한 소절 읊어 나간다. 그 소리가 아득히 멀게 퍼져 나간다. 눈을 감고 들어야만 온갖 시름도 함께 잊혀질 듯, 여운이 깊은 소리다. 매천이 지은 한시가 지리산골 산하를 떠올리며 유유히 흘러간다.

일소비하청一笑比河清

비공홍록일毖恐紅鹿逸

안득여매인安得如梅人

백년담상대百年澹相對

한 번 웃음은 물이 맑음과 비교되고

사소하게 세속에 더럽힐까 두렵다

언제 매화 같은 사람을 얻어

백년을 두고 담박하게 상대할 것인가

세속에 물들지 않고, 매화처럼 고결한 인품과 지조를 지키며, 감동을 주는 그런 사람을 만나고 싶다는 소망을 담아낸 「매梅」라는 시다. 참으로 매천의 자호自號를 딴 이유가 여기에서 드러난다.

시조창이 끝날 때마다 박수 소리가 나고 사람들이 웅성거린다. 흰한복에 두루마기를 걸치고 갓을 쓴 사람이 대부분이고, 검은 양복에 정장 차림을 한 사람도 눈에 띈다. 인원은 어림잡아도 수십 명이다. 구례 전역에서 모인 사람들이다.

용호정龍湖亭은 용두마을 섬진강 쪽, 낭떠러지가 닿기 전 소나무 숲에 세워진 시회소詩會所로 시를 읊기 위해 세운 정자다. 정면 세 칸, 측면 두 칸 규모의 팔작지붕을 이고 있다. 용호정시계龍湖亭詩契라는 시우 단체의 계원들이 돈을 거출하여 건립하였다. 용호정은 조선과 일본의 병합에 울분으로 자결했던 매천 황현 선생의 문하생들이 주축을 이룬다. 국치國恥의 한을 시로 달래며 민족혼을 길러 온 정자다. 경찰의 압박에도 이곳에서는 항일 사상을 고취하며 계 모임처럼 수시로 만남을 유지하고 있다. 용호정은 경관이 좋은 관계로 학생들의 소풍 장소로도 알려진 곳이다. 시우회 계원이 아닌 사람들도 나들이를 나와 경관을 즐기는 사람들이 붐비는 곳이다.

용두마을은 지리산의 용맥龍脈이 노고단 형제봉을 경유하여 내려오다가 섬진강에 이르러 머물렀다. 지리산 줄기가 강물에 침식되어 깎아 세운 듯한 절벽이 강물에 잠기듯 굽어보고 있다. 절벽의 형상이 용의 머리 같다고 하여 용두龍頭라 불렸다. 용호정에서 바라보는 섬진강은 바다처럼 넓다. 예로부터 선박이 드나들고 다양한 물자가 운반되었다. 구례에서 뱃길로 하동과 부산으로 이어지고, 더 나아가서는 멀리 일본까지 뱃길이 닿았다. 그 뱃길을 따라 구례 고을의 유생들이 일본 유학길에 올라 신문물을 일찌감치 받아들인 곳이기도 하다. 임진왜란 때는 왜군들이 화엄사의 범종을 훔쳐 가려고 이곳 용호 나루터까지 옮겨 왔는데, 지리산 신이 노하여 배가 출발하자마자 용에게 용틀임을 시켜 배가 뒤집히게 되었다고 한다. 그 배에 타고 있던 왜놈들은 모조리 몰살되고, 범종은 강물 깊은 곳에 빠지고 말았다. 그래서 지리산의 용이 이곳에 얼굴을 파묻고 용소 깊은 곳에서 살아가고 있다고 여긴다. 용소를 신령한 곳으로 여기는 전설이 지금까지 전해지고 있다.

용호정에 모인 사람들이 악수를 나눈다. 읍내 장터 진주옥에서 만난 사람들도 모두 모였다. 이대길과 강진태도 반갑게 악수를 한다. 구례 전역에서 모인 사람들 틈에, 광의 출신 사람들과의 악수는 더더욱 각별하다. 악수를 나누며 눈빛으로 서로의 안부를 묻는다. 이들은 눈빛만으로도 마음이 통하는 사이가 됐다. 긴박할 때는 눈빛으로 위험을 알리는 등 암호를 주고받은 적이 있기 때문이다. 신간회로 인하여 많은 사람들이 경찰서에 잡혀 들어갔지만, 다행히 큰 문제가 없었으므로 모두 석방되었다. 의심되는 사람은 무조건 잡아다가 취조를 하다 보니 암암리에 활동을 해 오던 사람들이 모두 잡혀가는 실정이었다. 그래도 용호정에서의 모임은 계속해 오던 터라 경찰의 제지를 받지는 않았다.

매천 황현은 조선의 이건창, 김택영과 더불어 '구한말 삼재三才'로 불렸다. 광양에서 태어난 매천은 어릴 때부터 영특하였는데 친인척의 연고로 구례 광의면 지천리에 사는 천사 왕석보의 제자가 된다. 어려서부터 시를 지어 어른들을 깜짝 놀라게 하여 신동 소리를 듣기도 하였다. 20대에는 서울로 상경하여 조선 시대 당대 최고의 문장가들과 교유하였다. 부모님들이 간절히 바랐던 과거시험 보거과保擧科에 응시하여 장원으로 합격한다. 그러나 시관試官은 매천이 시골 출신임을 알고 장원에서 둘째로 깎아내린다. 관기는 해이하고 부패하여 매관매직이 성행하던 때였다. 엄청난 뇌물을 요구하여 매천은 크게 실망하고 구례로 귀향한다. 이후 매천 나이 34세에 부모님의 평생소원인 과거에 급제하기 위하여 다시 한양으로 향한다. 성균회시成均會試 이소二所 생원시生員試 소과에 응시하여 장원으로 급제한다. 이로써 조선 당대 최고의 문장가로 실력을 알리는 계기가 되고, 성균관을 출입하는 유생 생활이 시작된다. 그 당시 조정 안팎에서는 당파 싸움이 치열하고, 족벌 정치가 만연하여 부정부패가 극에 달했던 때였다. 이를 본 매천은 크게 실망하여 임금에게 상소문을 올리게 된다. 상소문을 올리는 일은 자칫 죽기를 각오하는 일이었다. 논리적이지 못하고, 무례하거나 허튼 수작을 부리기라도 하면 감옥에 가거나 귀양살이를 해야만 하는 엄청난 일이었지만, 매천은 올곧은 성정으로 상소문을 올린다.

신은 남들보다 훨씬 식견이 얕고 능력이 부족한데도 외람되이 과거에 급제하여 신하의 대열에 발을 들였고, 10년도 못 되어 어느새 시종侍從의 반열에 이르렀습니다. 이렇게 사사로이 받은 은혜가 너무나 커서 몸이 가루가 되도록 노력해도 갚을 길이 없습니다만, 마침 갑오년의 변란을 만났을 때, 신의 충분忠憤이 너무 격한 나머지 망령되이 상소를 하나 올렸습니다. 그러고 나서 조만간 섬으로 귀양을 가거나 죽음을 당하리라 생각하고 있었는데, 성상聖上께서 너그러운 도량으로 포용해 주시어 죄를 묻지 않으셨을 뿐만 아니라, 오히려 다시 관직을 올리고 품계를 높여 주시어, 당시에 같이 상소를 올린 신하들과 함께 당상관堂上官의 반열에 오르게 되었습니다. 이는 실로 충성스러운 말과 훌륭한 계책을 올려 간언諫言한 것에 대해 상을 내리는 것 같은 측면이 없지 않습니다. 하여 성상의 은혜를 조금이라도 갚고자 이렇게 상서를 올립니다.

첫째, 언로言路를 열어 나라의 명맥命脈을 소통시키는 일입니다.

둘째, 법령을 신뢰할 수 있게 하여 사람들의 마음을 안정시키는 일입니다.

셋째, 형벌을 엄격하게 적용하여 법의 기강을 진작시키는 일입니다.

넷째, 절검節儉을 숭상하여 재원財源을 넉넉하게 하는 일입니다.

다섯째, 외척外戚을 내침으로써 공분公憤을 풀어 주는 일입니다. 아아, 천하가 넓고 백성이 많으니, 임금이 어찌 일일이 가가호호에 위엄을 보이고 경책할 수 있겠습니까. 요는 신상필벌信賞必罰을 분명히 하여 백성이 절로 심복心服하게 하는 길뿐입니다.

여섯째, 인재를 보증하여 천거하는 제도를 엄격하게 하여 능력과 덕을 갖춘 인재를 등용하는 일입니다.

일곱째, 관직 재임 기간을 길게 하여 다스림의 성과를 책임지우는 일입니다.

여덟째, 군제軍制를 바꾸어 화란禍亂의 싹을 없애는 일입니다. 아아, 병농兵農이 나누어진 지가 오래되었습니다. 군사를 양성하고 조련하는 일은 실로 오늘날 천하에서 공통적으로 행하는 가장 시급한 일입니다. 군사의 양성과 조련은 숫자를 채우거나 대단하게 보이기 위한 것이 아니라 폭동과 혼란을 막는 데에 실제로 쓰기 위해서입니다.

아홉째, 토지대장을 조사하여 나라의 재정을 넉넉하게 하는 일입니다.

신은 재주와 지혜가 노둔하고 용렬하며 기질이 어리석고 우매하여, 실로 당세의 이로움과 폐단에 대해 다 알 수는 없습니다만, 견마지로犬馬之勞를 다하겠다는 진심은 다른 사람에게 뒤지지 않는다고 생각합니다. 금기를 범하였고 말을 가려서 하지 못하였으니, 신의 죄는 만 번 죽어 마땅합니다. 오직 명철하신 성상께서는 긍휼히 여기시고, 저의 간언을 잘 판단하여 취사선택하소서.

매천은 성균관 유생이 거쳐야 하는 대과를 포기하고 구례로 다시 낙향하게 된다. 구례로 낙향하여 학문에 전념하면서 후진 양성을 위해 구례 간전면에 '구안실' 서재를 세우고 그 재실에서 제자들을 가르쳤다. 제자들을 가르치면서도 저술 활동을 계속한다. 『동비기략』은 동학농민운동 당시의 상황과 배경에 대하여 기록한 것이다. 『매천야록』이야말로 고종 원년부터 시작하여 일제에 의한 강제 병합이 내려져 자결할 때까지 47년간의 역사의 현장을 생생하게 다루어 놓은 방대한 기록이다. 갑오경장 전후의 혼란스러웠던 정세, 외세의 침략과 함께 위기가 점점 고조되고, 일본의 악랄한 침략에 대한 대항 면에서 제대로 대처하지 못한 위정자들의 비리, 비행, 안타까운 실정을 소상하게 비판한다. 특히 일제의 침략을 구구절절 기록하였다. 갈수록 일제의 침략은 가속화되는데도 점점 힘을 잃어 가는 조정 대신들의 처신은 물론, 일제의 침략에도 끝까지 저항하려 했던 여러 사건들을 소상히 기록하여 놓은 글이다.

간전에서 몇 년을 보낸 후 광의면 월곡마을로 이사하여 정착하고 지역 유지들의 도움으로 광의면 지천리에 '호양학교'를 세워 후학들을 가르치기 시작한다.

일제에 의한 병탄併呑으로 강제로 조선과 일본의 병합령이 반포되자, 신문으로 망국의 비보를 전해 들은 매천은 방문을 걸어 잠그고 식음을 전폐한 채 비탄에 쌓였다. 그리고 동생 황원을 불러들인다.

"아! 오백 년의 조선 왕국이 저 왜놈들과 총칼로 대적하여 전쟁이라도 일으켜 싸워 보지도 못하고 망하였다니, 이 어찌 통탄하지 않을 수 있겠는가? 세상 꼴이 이러니 만약 죽지 않는다면… 이 나라의 이 꼴을 보고 있노라면, 말라비틀어져 죽을 것이니, 선비라면 진실로 죽어 마땅하다…"라면서 매천은 월곡마을에서 「절명시」를 남긴 후, 소주에 아편을 섞어 마시고 자결하였다.

난리곤도 백두년亂離滾到 白頭年

기합연생 각미연幾合捐生 却未然

금일진성 무가내今日眞成 無可奈

휘휘풍촉 조창천輝輝風燭 照蒼天

요기엄예 제성이妖氣晻翳 帝星移

구궐침침 주루지九闕沉沉 晝漏遲

조칙종금 무부유詔勅從今 無復有

임랑일지 루천사琳琅一紙 淚千絲

조수애명 해악빈鳥獸哀鳴 海岳嚬

근화세계 이침륜槿花世界 已沉淪

추등엄권 회천고秋鐙掩卷 懷千古

난작인간 식자인難作人間 識字人

증무지하 반연공曾無支廈 半椽功

지시성인 불시충只是成仁 不是忠

지경근능 추윤살止竟僅能 追尹穀

당시괴불 섭진동當時愧不 躡陳東

난리 속에 어느덧 백발의 나이 되었구나

몇 번이고 죽어야 했지만 그러지 못했네

오늘 참으로 어쩌지 못할 상황 되니

바람 앞 촛불만 밝게 하늘을 비추네

요기(매국노)가 자욱하여 황제의 별 옮겨 가니

침침한 궁궐에는 낮이 더디 흐르네

조칙은 앞으로 더 이상 없으리니

종이 한 장 채우는 데 천 줄기 눈물이라

금수도 슬피 울고 산하도 찡그리니

무궁화 이 세상은 이미 망해 버렸다네

가을 등불 아래서 책 덮고 회고해 보니

인간 세상 식자 노릇 참으로 어렵구나

짧은 서까래만큼도 지탱한 공 없었으니

살신성인 그뿐이지 충성은 아니라네

결국 겨우 윤곡이나 따르고 마는 것을

부끄럽네, 왜 그때 진동처럼 못 했던고

  매천 선생이 남기고 간 「절명시」 4수를 보면, 선생의 죽음은 선비로서 의義를 지킨 죽음이었다. 국가가 망해 가는데 목숨을 지탱하기가 어렵고, 슬픔을 주체하지 못해 더 이상 살아갈 수가 없는 세상, 바람 앞의 등불처럼 가물거리는 애절함의 표출이었다. 이제 나라도 없는 국민이 되었으니 비감한 눈물만 흘린 매천.

  "새도 짐승들도 슬피 울고 강산도 통곡하며 무궁화 이 강산은 침몰하는데 선비로서 조국의 역사를 돌이켜보니 글 아는 선비 행세하기도 힘이 드는구나. 일찍이 나라 위한 공을 세우지도 못하고 송나라의 윤곡(몽고군과 항전하다가 함락 위기에 빠지자, 스스로 불을 질러 타 죽었음.)을 따르는 데 그치고, 송나라 진동(금나라와 내통한 간신들을 주살하라고 상소하다가 저잣거리에서 목을 베어 죽었지만, 왕이 뉘우치고 증 직을 내림.)의 행적에 미치지 못하고 목숨을 끊어 죽을 뿐 의병을 일 으키지 못한 것이 부끄럽구나."

"나라가 망하는 날 조선 팔도를 통틀어 죽은 자 한 사람 없다면 어찌 통탄하지 않겠는가. 내가 위로는 하늘이 내린 도리를 저버리지 않았고, 아래로는 평소 읽었던 책을 저버리지 않았다. 너희들은 나 의 죽음을 너무 슬퍼하지 말아라."

망국민으로 통곡을 하는 사람도 거의 없이 침묵하지만, 조선의 지 식인으로서 왜놈들에게 소나 돼지처럼 순진한 조선인이 아니라는 것 을 보여줌으로써, 조선인을 경계하라는 자존심이기도 했다. 매천이 순국殉國하자 전국 팔도 당대의 선비들이 애사哀辭를 써서 순국을 애 도했고, 수십 명이 제문祭文을 지어 문상하였다. 당대 최고의 문장가 인 창강 김택영 등이 애사와 제문을 썼다. 매천의 순국은 두고두고 이 나라 이 민족에게 원통하고 원통할 일이었다. 만해 한용운萬海 韓龍 雲은 매천의 죽음에 대해 「곡황매천哭黃梅泉」이란 시를 써서 위로했다.

취의종용영보국就義從容永報國
일명만고겁화신一暝萬古劫花新
막유부진천대한莫留不盡泉坮恨
대위고충자유인大慰苦忠自有人

의로써 영원토록 나라 위해 죽으니

만고에 그 절개가 새롭게 꽃 피웠구나

저승에서도 다 풀지 못할 한 남기지 말라

그 괴로웠던 충절 위로할 사람 저절로 나오리라

홍만식, 민영환, 조병세, 송병선 등의 잇따른 자결과 전국 각처에서 의병이 일어났다. "일본과의 조약을 파기하라. 을사오적을 처단하자. 왜적을 몰아내자…" 매천의 죽음은 조선 팔도 사람들, 구례골의 사람들에게 더욱더 의분을 일으켰다. 일제에 의한 강제 병탄으로 을사늑약이 체결되자 의병으로 나서는 데 주저하지 않았다. 지리산으로 의병들이 모여든다.

삼삼오오 사람들이 모여서 담소를 나눈다. 이대길과 강진태가 서로 마주치자 순간적으로 고개를 끄덕이며 서로 눈빛을 교환한다. 그 신호와 동시에 발걸음을 천천히 옮긴다. 소나무 숲속에 자리 잡은 정자를 벗어나 사람들과 멀리 떨어진 강가 절벽 위에 섰다. 섬진강과 함께 어우러지는 풍광이 한눈에 들어온다. 봄바람이 살랑거린다. 이대길과 강진태의 시선이 잠시 풍광에 매료되어 강 쪽에 머문다. 시조창 소리가 점점 멀어진다.

"형님, 자금은 전달했나요?"

"그럼, 전달하고말고. 인편으로 잘 전달하였네."

"이번에는 누구 편에 보낸다고 했죠?"

"내가 얘기 안 했던가? 아, 거 있잖아. 화개 사는 장만수라고… 동학운동 하다 돌아가신 그 양반, 이름이 갑자기 생각이 안 나네만, 그 아들 말일세. 우리 절골 처가댁하고도 먼 친척뻘이 된다고 해서 안심하고 보냈구만. 이번 참에 처자식과 함께 만주로 들어간다고 하더라고. 그편에 조심스럽게 전달했다네. 믿을 만한 사람이네. 중간에 무슨 문제가 발생하더라도 우리보다 대처를 더 잘할 사람이라고 들었네."

"잘하셨습니다. 도착했다는 기별은 받았나요?"

"그럼, 그럼."

"…"

"도착했다는 기별은 받았네만, 지금쯤은 그 사람도 가만히 있지는 않을 걸세. 즈그 아버지 피를 닮아서 독립운동에 뛰어들었을 것이네. 말이 만주행이지 다른 계획이 함께 있다고 했으니, 잘 전달하고도 남았을 것이네. 걱정 안 해도 될 것이야."

"…"

"걱정 안 해도 된다니까."

강진태는 이대길이 머뭇거리는 걸 보고, 그의 얼굴을 빤히 쳐다본다. 이대길이 무슨 얘기를 하려는 듯 잠시 말을 멈춘다. 장만수 때문에 아들 인철이가 만주에서 돌아왔다는 얘기를 하려는 듯하다가 잠시 머뭇거린다. 강진태에게 인철이 얘기를 해야 할지, 말아야 할지를 고민하는 것이다. 인철이 만주에서 부상을 당해 집에 와 있는 것을 아무에게도 꺼내지 않았기 때문이다. 혹시라도 인철에 대한 소문이 새어 나가기라도 하면 안 되는 일이기 때문이다.

"…"

이대길이 아무 말이 없자, 강진태가 말을 계속 이어 간다.

"앞으로도 더욱 조심하셔야 됩니다. 형님이나 저나 그놈들 눈에 찍혀서는 안 됩니다. 신간회와 관련된 사람들을 모두 검거했는데도 대대적인 조사를 계속 하고 있답니다. 형님이야 깊게 관여를 안 했지만…. 저는 언제라도 각오하고 있습니다. 전에도 붙잡혀 갔었지만 크게 문제가 되지 않아 풀려나긴 했습니다. 그런데도 일본 순사 놈들이 저를 계속 주시하고 있는 눈칩니다. 그래 봐야 큰일이야 있겠습니까. 제가 알아서 잘 대응하겠습니다."

"그럼, 조심해야지. 나도 이런저런 의심을 받기 싫어서 전번에도 의용소방대 만든다고 하길래, 후지하라 그놈, 꼴도 보기 싫지만, 기부를 하라는 무언의 압력에 쬐끔 시늉을 내기는 했네만… 그게 좋아서 한 일이겠는가? 그렇게라도 시늉을 해야만, 그놈들한테 덜 볶일 것이고, 눈치도 덜 볼까 해서 그런 거지. 조심해야지, 암, 조심하고말고. 자네도 항상 조심해야 하네. 너무 나서지 말게. 저놈들한테 찍히면 무슨 이유를 대서라도 잡아넣을 것이야."

"잡아가 보라지요! 그렇다고 우리가 가만히 있을 순 없지요. 그럴수록 우리 민족이 살아 있다는 걸 보여 줘야 합니다."

"자네야 식견이 넓어 세상 물정을 우리보다 더 잘 알겠지만, 그럴수록 조심해야 하네."

"예, 형님. 무슨 말씀인지 알겠습니다. 조심해야죠. 어찌됐든 일을 하다 보면 기회가 있을 테니까요. 참, 큰아들이 인철이던가요? 소식이 없어 걱정했는데, 갸 소식은 있나요?"

아들 인철이 얘기가 나오자 이대길이 머뭇거린다. 인철이가 돌아왔다는 말을 해야 할지, 하더라도 소상히 알려 줘야 할지 망설여진다. 또 만주에서 활동을 하다가 돌아왔다는 이야기로 할지, 일본에서 돌아왔다는 이야기로 할지 고민스러워진다. 사람들은 인철이가 일본에서 돌아온 줄로 알고 있을 터이기 때문이다. 한참을 머뭇거리다가 이대길이 입을 연다.

"사실은 말일세… 우리 인철이가 며칠 전에 돌아왔다네, 만주에서…."

잠시 침묵이 흐른다. 인철이 얘기를 더 해야 할지 말아야 할지 다시 한번 고민이 되는 순간이다.

"내가 그동안 말은 못 하고 속앓이를 해 왔었네만, 갸가 편지 한 장 달랑 남기고 만주로 갔다는 얘기를 듣고 얼마나 놀랐는지 모른다네. 만주로 갔다면 독립운동을 하러 간 거란 말이시. 애비로서 말이야 매일 잠을 못 이룰 정도로 어찌나 걱정이 되던지. 이번 참에 장만수라는 사람에게 부탁을 했지 않았는가 말이시. 그 사람에게 만주에 도착하거든 수소문을 해서라도 집으로 돌아오게 하라고 신신당부를 했더니…."

"그래요?"

강진태가 깜짝 놀라는 시늉을 한다.

"만주라니요? 일본으로 유학 가지 않았나요? 언제 소리 소문도 없이 만주를 갔당가요?"

"일이 그렇게 됐다네."

이대길의 말투에 힘이 빠졌다.

"만주에서 무슨 일이 있었나요?"

"…."

잠시 머뭇거리던 이대길은 강진태에게 만큼은 털어놓아도 될 것이라 판단한다. 강진태는 독립을 위해서라면 앞장서서 나서는 사람이 아니었던가.

"만주에서 돌아왔다는 건 자네만 알고 있어야 되네. 다른 사람들이 알면 안 되네. 알겠는가? 다들 일본에서 돌아온 줄 알고 있거든."

"그럼요! 무슨 얘기인지 알겠습니다."

"그런데 몸을 많이 다쳐서 왔네. 전번에 장만수에게 수소문해 보라고 기별을 넣었는데 다행히 기별이 닿아서 왔지만 몸이 많이 상했다네."

"예? 몸을 다쳤어요?"

강진태가 놀라며 묻는다.

"크게 다치지는 않았네만…."

이대길이 대놓고 늘어놓을 말은 아닌 듯하다.

"그래요? 그럼 갸도 만주에서 독립군에 들어가 활동을 했구먼요?"

강진태가 넘겨짚는다. 강진태의 말에 이대길이 고개를 끄덕인다.

"얼마나 다쳤나요?"

"총알이 어깨를 스쳐서 천만다행이지, 개죽음을 당할 뻔하지 않았는가? 그렇지만 나라를 잃은 젊은 놈이 오죽 답답했으면 제 발로 걸어서 무력 투쟁을 하는 만주까지 갔겠는가? 일본 유학생들이 많이 가니까 지도 참다 참다 못해서 갔겠지. 그나마 목숨은 건졌으니 다행이라고 생각하네. 이제 많이 회복해서 거동하는 데 큰 불편은 없다네."

"정말 다행입니다. 총알이 어깨만 스쳤다니 조상님들이 돌봐 주었나 봅니다. 갸를 어리게만 봤는데, 그 먼 데를 다녀왔다니, 달리 봐야겠습니다. 역시 젊은이들이 독립을 위하는 일에는 우리와 천지차이라니까요. 우리가 하는 일은 아무것도 아니라니까요. 만세운동을 보셔요. 도시에서 공부를 하던 젊은 학생들이 주축이 되어 독립선언서도 가져오고, 만세운동을 주동한 거 봤잖아요?"

젊은이들이 부럽고 대견하다는 점에 강진태와 이대길은 고개를 끄덕인다.

"갸가 만주에서 왔다는 얘기를 다른 사람들에게 절대로 해서는 안 되네. 소문이라도 나면 경찰에서 당장 잡아갈 테니까."

"예, 형님. 명심하겠습니다. 걱정하지 마십시오. 제가 누굽니까?"

강진태가 이대길과 얘기를 마치고 사람들이 모여 있는 곳으로 다가간다. 강진태는 이 모임을 비롯하여 구례 전역에서 활동하는 사람이어서, 많은 사람들과 인사를 하느라 바쁘게 움직인다.

황필수가 이대길이 있는 곳으로 천천히 다가온다.

"어서 오시게."

"형님! 그동안 별일 없었나요?"

황필수가 이대길에게 먼저 인사를 건넨다.

"그래. 자네도 별일 없었는가?"

"아, 저야 그럭저럭 잘 지내고 있습니다."

"한약방은 별일 없고?"

"예, 별일 없습니다."

"그래. 별일 없다니 다행이네. 자네도 항상 몸조심해야 하네. 참기 어려운 시국일지라도 훗날을 기약하기 위해 몸 관리를 잘해야 하네. 자네 백부님이야말로 대단한 분 아니신가? 자네 백부님 덕분에 우리들이 용호정에 모여서 시를 읊고, 좋은 일도 도모하고 있지 않은가 말이시. 항상 몸조심해야 하네. 자네 집안사람들 모두가 요시찰 인물로 낙인찍혀서 일본 경찰들의 감시가 심할 것이네."

"그럼요. 무슨 말씀인지 잘 알아듣겠습니다."

"저 일본 놈들이 하는 꼬락서니를 보면 천불이 날 때가 한두 번이 아니지만 어쩌겠는가? 나라도 잃은 판국에, 우리끼리 모이는 것조차 감시를 받고 살아야 되니…. 저, 경찰 놈들은 우리들이 혹시 무슨 공모나 하는지, 눈에 쌍불을 켜고 있고, 얼마나 의심받고 살아가고 있는가? 하루하루 산다는 것이 한 치 앞도 내다볼 수 없는 살얼음판이 아닌가? 살아남아야만 훗날을 기약할 수가 있네. 내 말 명심하고 조심, 또 조심허야 하네."

"그럼요. 형님 얘기가 무슨 얘기인지 잘 알고 있습니다."

이처럼 용호정에 모인 사람들은 시조창이나 하고 섬진강 경치를 구경하러 온 사람들처럼 행세하면서 은밀히 정보도 나누고, 일제가 눈치채지 않도록 일을 꾸미는 자리이기도 하다.

"비―공―홍―록―일…."

용호정 정자에서는 시조창이 계속 이어진다. 갓을 쓰고 흰 한복을 입고 참석한 사람들이 교대로 시조창을 이어 간다. 강바람에 나부끼는 흰 도포 자락과 함께 시조는 멀리멀리 퍼져 간다. 그 시조창 소리는 한 맺힌 소리로 강물 위로 흘러간다. 강진태가 강가에 서서 유유히 흐르는 섬진강을 바라보고 있다. 강물과 시조창 소리가 바람 속에서 도포 자락을 휘날리게 한다. 강진태도 강물을 따라 시선을 멀리 보낸다.

섬진강은 전북 진안군과 장수군의 경계인 팔공산 능선 작은 옹달샘인 '데미샘'에서 발원하여 그 물길이 오백 리 길로 이어진다. 수많은 계곡을 돌고 돌아 골골마다 사람들의 애환과 정겨움이 깃든 강이요, 살아 숨 쉬는 축복의 강이다. 저 멀리 강 건너 은모래 백사장이 햇빛에 반사되어 눈이 부시다. 시원한 강바람이 코끝을 스친다. 지리산의 위용과 함께 노고단 산줄기를 타고 부는 강바람. 서시천의 물줄기가 섬진강 본류와 합류하면서 조심스런 탐색전을 벌이는가 싶더니, 화엄사 계곡에서 내려오는 물길의 힘을 얻어 더 큰 세력을 만들면서 물살이 빨라진다. 섬진강 본류가 범람할 때는 용두 언덕이 버티고 있는 쪽으로 세차게 물길이 몰아붙이기를 반복하면서 용두라는 절벽을 만들어 낸 모양새다. 남북으로 흐르던 섬진강은 구례 찬수 쪽에서 물길의 방향을 바꿔 동서 방향으로 유유히 흐른다. 홍수 때는 물살이 빨라지면서 용호정을 향하여 거센 물줄기를 쏟아 낸다. 소沼를 만들어 낸 거센 물줄기가 거대한 바윗돌에 부딪히면서 강물의 방향이 동서로 흐르다가 남쪽으로 물길이 다시 되돌려지는 형국이다.

따각 따각 따각….

저 멀리서 들려오는 말발굽 소리다.

따각 따각 따각 따각 따각….

말발굽 소리가 점점 가까이 다가온다. 모여 있던 사람들이 일제히 소리 나는 쪽으로 고개를 돌린다. 말 두 필이 용두마을 쪽에서 용호정 쪽을 향하여 달려온다. 가까이 다가올수록 제복을 입은 순사 모습이 눈에 들어온다. 용호정 입구에서 말이 멈춘다.

히히히힝!

말에서 내린 후지하라가 박기석 순경에게 말고삐를 건넨다. 경찰 제복에 칼을 찬 후지하라 일행이 용호정 송림 속으로 걸어 들어온다. 용호정에 모여 있던 사람들의 시선이 일제히 후지하라 일행에게 쏠린다. 후지하라의 뒤를 이어서 도착한 순경들이 줄을 지어 용호정으로 들어선다. 한복을 입고 갓을 쓴 사람들이 모여 있는 모습을 보고 놀란 후지하라가 멀찌감치 떨어져 팔짱을 끼고 시조창을 듣는다.

"안—득—여—매—인…."

시원한 소나무 숲에서 시조창을 감상하던 후지하라는 소리가 멎자 요리조리 용호정 주위를 살핀다. 후지하라의 등장은 껄끄럽기만 하다. 강진태가 후지하라에게 다가간다. 이대길도 강진태의 뒤를 따라 후지하라에게 가까이 다가가 허리를 굽혀 인사를 한다. 다른 사람들도 허리를 굽혀 인사를 한다. 후지하라는 인사를 받는 둥 마는 둥 외면한 채 인상을 쓰면서 곳곳을 두리번거린다. 흰 한복에 갓을 쓰고 도포 자락을 날리며 많은 사람들이 모여 있다는 것이 불쾌할 따름이다. 얼굴은 금방이라도 짜증을 낼 기세다.

"여기서 뭣들 하는 겁니까?"

인사를 하는 강진태와 이대길에게 못마땅한 투로 말을 내뱉는다. 당장 시비라도 걸어올 태세다. 잔뜩 화가 난 후지하라의 모습에 감히 아무도 나서지 못한다.

"…"

잠시 어색한 침묵이 흐른다. 서로 얼굴만 쳐다볼 뿐 아무도 나서지 않자, 강진태가 슬며시 나선다. 후지하라의 표정은 여전히 일그러져 있다. 강진태는 맘에도 없는 웃음을 짓지만, 마음 같아서는 호통이라도 치고 싶다. 그러나 천불이 나도 속으로 삭힌다.

"소장님! 여기 용호정 경치가 얼마나 좋습니까? 저희들은 보시다시피… 이곳에 모여서 시조창을 하고 있습니다. 오늘은 매년 정기적으로 모임이 있는 날입니다."

강진태가 정중하게 미소를 지어 보이지만 후지하라의 찡그린 얼굴은 가라앉지 않는다.

"뭐라고? 어떠한 모임이든 간에, 모임 자체를 하지 말라고 몇 번을 말해야 알아듣겠나?"

후지하라가 소리를 버럭 지른다. 금방이라도 칼을 빼어 들 기세다.

"보시다시피 시조가 좋아서 모였는데… 여기 경치가 얼마나 좋습니까? 소장님도 저 섬진강을 한번 둘러보십시오. 가슴이 뻥 뚫릴 겁니다."

강진태가 후지하라의 눈치를 다시 살핀다. 그러나 후지하라는 강진태를 째려본다. 이 모임의 주동자가 강진태인가? 강진태가 나서주다니, 너 잘 걸렸다는 듯이 후지하라가 속으로는 쾌재를 부른다. 후지하라가 다시 큰 소리를 낸다.

"이렇게 말을 안 들으면 재미없다는 거 보여 줘야 알겠나?"

목소리를 높이며 역정을 낸다.

"저…."

강진태가 변명하려 하자 후지하라가 강진태에게 말할 기회를 줘서는 안 된다고 여긴다.

"뭔 말이 많아! 모이지 말라면, 모이지 말란 말이야! 알겠나?"

다짜고짜 모이지 말라는 말에 강진태도 순간적으로 대꾸를 한다.

"소장님, 우리는 시조가 좋고, 이곳 경치가 좋아서 모이는 건데 뭐가 잘못됐습니까?"

모이지 말라는 후지하라의 신경질적인 말투에 기분이 상한 강진태도 이에 질세라 따져 든다. "예! 알았습니다."라고 해 버리면 앞으로 이곳에서 모일 수 없게 된다는 것을 알기 때문이다. 강진태의 대꾸에 후지하라의 얼굴이 일그러진다.

"강 상! 내가 그걸 몰라서 그래?"

후지하라가 강진태를 노려보며 말한다.

"모이지 말라면, 모이지 말 것이지, 웬 잔소리가 많아!"

후지하라의 말에 강진태도 응수한다.

"보시다시피 우린 시조창을 하기 위해 모인 것입니다."

경치 좋은 곳에서 모이지도 말라는 억지를 부리는 후지하라에게 물러설 기미가 보이지 않는다. 지들이 뭔데 우리 수족을 아예 묶을 셈인가? 우리가 모이는 자체에 싹을 자르려고 하는데, 가만히 당하고만 있을 수 없는 일이다. 여기 모인 사람들을 대표해서라도 모임의 정당성을 역설해야만 한다. 매천의 문하생들이 주축이 되어 나라 잃은 울분을 달래려고 시조창을 한다는 핑계를 대고, 여러 가지 모사를 꾸미기도 하고, 우리가 아직 건재하다는 걸 보여 줘야 한다.

강진태도 여기서 물러설 수가 없는 일이다. 강진태가 아니라도 이대 길이 아니라면, 다른 사람이라도 나서서 여기 모임의 정당성을 굽히지 않아야 한다. 그러나 후지하라도 상부의 지시에 의하여 이곳에 모인 사람들이 무슨 모사를 꾸밀까 의심을 하는 눈초리로 쳐다보고 있다. 신간회 검거령이 내려진 후부터는 사람들이 모이는 것을 금지시켜야 하기 때문에, 강제적으로라도 모이지 못하게 억압을 계속하려는 속셈이 있는 것이다. 마땅한 명분이 없던 차에 이곳까지 달려온 것이다. 신간회에 관여했다는 의심이 있는 몇 사람을 경찰서에 잡아다가 취조를 하려는 것이다. 후지하라는 강진태의 이의 제기에도 들으려 하지 않고 강압적으로 사람들을 해산시키려 든다.

"뭔 말이 많아! 당장 해산해!"

후지하라의 갑작스런 해산 명령에 모여 있던 사람들이 웅성거리기 시작한다. 하지만 아무도 움직이지 않고 후지하라를 쏘아본다. 사람들이 움직이지 않자, 후지하라는 이 모임의 주동자를 잡아가야겠다고 마음먹는다. 그리고 강진태를 향해 인상을 쓴다.

"당신은 당장, 경찰서로 좀 가야겠어!"

"제가 뭘 잘못한 게 있습니까?"

강진태는 갑작스런 해산 명령도 불만이지만, 당장 경찰서로 연행을 한다고 하니, 이대로 당할 수만은 없는 노릇이었다.

"가라면 갈 것이지 뭔 말이 많아! 연행해!"

"하이!"

후지하라의 명령에 부하들이 신속히 움직인다. 강진태의 계속되는 반항을 보고 있었던 사람들이 우르르 몰려든다.

"여보시오! 왜 이러십니까? 저 사람이 뭘 잘못했습니까?"

이대길을 비롯하여 사모관대를 곱게 차려입은 노인들까지 후지하라의 앞을 막아선다. 나이든 어른들이 나서면 후지하라의 기가 죽을 법도 하건만 후지하라는 더욱더 목소리를 높인다.

"저리 비키시오! 저리 비키란 말이오!"

사람들은 후지하라의 고함 소리에도 두려워하는 기색이 없다. 강진태를 연행하려고 순경들이 달려들자 오히려 길을 막아선다. 그러자 후지하라는 더 화난 소리로 사람들을 물리친다.

"저리 비키란 말이야! 뭣들 하느냐? 빨리빨리 연행하란 말이다!"

후지하라가 부하들에게 재차 명령을 한다.

"하이!"

순경들이 우르르 달려들어 강진태를 붙잡아 이끈다.

"자! 자! 저리 비켜서란 말이요!"

순경들이 소리를 질러도 사람들이 계속 막아선다. 이때 후지하라가 권총을 뽑아 들고 하늘을 향해 쏜다.

탕! 탕! 탕!

순경들을 막아서던 사람들이 몸을 움츠리며 그 자리에 털썩 주저앉아 버린다. 어떤 이들은 겁을 잔뜩 먹고 옆으로 비켜선다. 총소리에 모두 놀라 멈칫하는 그 순간, 후지하라의 얼굴이 벌게진다. 잔뜩 화가 난 얼굴로 다시 고함을 지른다.

"뭣들 하고 있어! 빨리 연행하란 말이야!"

"하이!"

순경들이 우르르 달려들어 강진태를 연행한다. 후지하라 일행이

용호정을 떠나자, 삼삼오오 모여 수군거리던 사람들도 슬금슬금 용
호정을 떠난다.

3

야
학

뿌우 우우우루 삘리리 삘힐리 삘…:

대나무 우거진 뒷동산 달빛 아래서 심금을 울리는 대금 소리가
애절하게 울려 퍼진다. 소리가 높아지는가 싶더니, 장단 몰이가 느
려지고 소리가 점점 작아지기도 한다. 인철의 볼이 씰룩거리고 어깨
가 들썩일수록 대금 소리는 길고 긴 몰이를 한다. 여섯 개의 지공指
孔을 열고 닫기에 따라 부드럽고 신비로운 음색이 난다. 높아진 음색
은 화창한 소리로 들리기도 하고, 청아한 소리는 가슴 깊은 곳으로
파고들기도 한다. 그 소리는 언덕 밑 천은천으로 흐르는 물소리와
대나무잎이 바람에 부딪히는 소리와 함께 달빛과 어우러져 멀리멀
리 퍼져 나간다. 재질이 단단하고 속이 텅 비어 있는 대나무 마디는
힘이 센 기운을 내뿜는다. 사시사철 푸르름을 유지하는 대나무야말

로 독야청청하다. 그 대나무로 만든 대금 소리는 대나무를 닮았다. 변함없는 올곧은 소리이기도 하고, 지조와 절개가 살아 있는 소리이기도 하다. 대금 소리는 지리산 노고단의 산세를 더듬고 더듬어 깊은 계곡까지 흘러 들어간다. 천은골을 타고 내려온 소리는 물소리와 함께 서시천을 거쳐 섬진강을 타고 두둥실 떠내려간다. 소리는 점점 흥을 돋우고, 박자를 타면서 장쾌한 소리로 흐른다. 소리가 높아지면 높아질수록 그 기개가 하늘에 닿는다. 그 소리에 적군이 물러가고, 거세던 비바람과 파도를 잠재우는가 하면, 질병과 가뭄을 해결해 주었다던 만파식적萬波息笛의 전설. 마력의 소리다. 대금의 소리는 산의 소리, 들판의 소리, 냇물의 소리, 강물의 소리가 된다. 자연과 더불어 사람들의 희노애락이 모두 묻어 있는 소리로 천년을 이어 온 소리다.

인철은 대금을 한 손에 들고 달빛을 쳐다본다. 시리도록 차가운 달빛이 인철의 친구가 되어준다. 뒷동산에 올라와 대금이라도 원 없이 불어야 직성이 풀릴 것 같다. 인철은 만주에서 집으로 돌아왔지만 입을 다문 지 오래되었다. 누구와의 만남도 성에 차지 않는다. 화가 가슴 깊은 곳에 남아 있다. 무엇으로도 위안이 되지 않는 나날의 연속이다. 대금을 손에 들고 들판으로, 산으로, 냇가로, 강으로 소리와 함께한다.

일본으로 유학을 온 조선 청년들은 1차 세계 대전 후 미국 윌슨이 민족 자결주의를 선포하였다는 사실에 한층 고무되었다. 만주와 러시아 지역의 독립운동가들을 주축으로 기미년 바로 전년도 무오년에 '무오독립선언문'을 발표한다. 무오독립선언문은 이천만 동포에게 육탄혈전育彈血戰으로 독립을 완성할 것이라고 선전포고를 한 것이다. 북간도와 연해주를 중심으로 이미 그들은 무력 투쟁을 단단히 준비하고 있었다. 그 독립선언문을 기초로 하여 동경 기독교청년회관(재일본 동경 조선 YMCA 강당)에서 '2·8 독립선언문'을 발표했다. 조선은 자주독립국이요, 일본은 각성하라는 것이다. '요구가 실패될 시에는 일본에 대하여 영원히 육탄혈전을 선언함'. 피를 흘려서라도 독립투쟁을 하겠다는 결연한 각오였다. 독립을 위해서라면 젊은 혈기에 물불 가릴 것이 없었다. 많은 유학생들이 일본 경찰에 잡혀가고, 나머지는 조선으로 중국으로 숨어들었다.

　조선에서의 인철은 우물 안 개구리였다. 일본 유학생들의 독립에 대한 열망은 점조직으로 행해졌다. 일본에 도착한 인철도 서서히 그 조직 속에 들어가게 된다. 3·1 만세운동 후에 독립운동에 대한 일제의 압박은 더욱더 강도가 심해졌다. 조선을 피해서 중국 상해에서 임시정부를 수립했다는 소문도 들려왔다. 중국 본토 일부를 점령한 일본군은 상해 점령 전승 축하 행사를 홍구공원에서 개최했다. 상해 임시정부도 일제의 탄압으로 지지부진하던 차에 김구를 중심으로 거사를 준비했다. 윤봉길이 홍구공원에서 도시락 폭탄을 던졌다는 소식이 전해졌다. 상하이 파견군 총사령관을 비롯하여 일본 장교들이 그 자리에서 즉사하거나 살아남은 자들도 다리병신을 만들었던 사건은 일본 유학생들 가슴에 불을 댕겼다. 중국 본토를 야금야금 점령해 오는 일본군들에게 이렇다 할 타격을 주지 못하고 있을 때였다. 중국 지도자 장제스는 "중국의 100만이 넘는 대군도 해내지 못한 일을 조선인 청년이 해내다니 정말 대단하다."라며 조선인에 대한 인식을 달리했다. 대한민국 임시정부와 독립운동을 지원해 주기 시작했다. 그 사건으로 일본에 있던 조선 청년들이 소리 소문도 없이 만주로 가 독립군에 들어갔다는 소식이 들렸다. 인철의 유학 생활은 뒤숭숭하기만 하였다. 유학생들이 줄줄이 경찰에 잡혀가고, 조선 유학생이라는 이유만으로, 사상에 의심을 받아 집중 관리 대상이 되었다. 인철은 가시방석에 앉아 있는 기분이었다. 결심을 한 인철은 조선으로 귀국하는 인편에 편지 한 장 달랑 남기고, 곧장 중국으로 건너갔다.

일본 놈들이 판치는 건, 조선 땅이나 중국 땅이나 마찬가지였다. 만주에서도 일본 경찰들이 만세운동을 하는 시위대에 총칼을 들이대고 사람들을 마구잡이로 잡아다가 죽였다. 만세운동과 같이 단순한 독립 의사 표시만으로는 안 되겠다고 여긴 독립투사들은 일본 놈들을 무찌르기 위해 무력으로 대항해야 독립을 쟁취할 수 있다고 판단했다. 그와 더불어 조선인들이 무력 투쟁을 벌이기 위해 하나둘씩 만주로 모여들었다.

인철은 수소문 끝에 독립군들이 훈련하는 곳을 찾아가 독립군에 합류하였다. 많은 청년들과 함께 일본군과 싸우기 위하여 군사훈련을 받았다. 중국 땅은 전쟁터나 다름없었다. 전투가 벌어질 때마다 수많은 독립군들이 총탄에 맞아 쓰러져 갔다. 일본 놈들을 한 놈이라도 더 죽이기 위해 온몸을 바쳤다. 인철은 전투를 하다가 총알이 어깨를 관통하는 바람에 목숨은 건졌지만, 몸이 크게 상하였다. 다친 몸을 이끌고 독립군들을 계속 따라다니기는 무리였다. 총상 부위를 치료받기 위하여 조선 동포들이 사는 지역으로 후송되었다. 어느 지역인지도 모른 채 조선인들이 숨겨 주고, 총상 부위를 치료해 주었다. 날이 갈수록 부상 부위는 호전되었다. 그야말로 은밀하게 인철을 치료해 주는 이곳은 어디란 말인가? 어떤 사람들이란 말인가? 일본 경찰에게 발각되기라도 하면 그들의 목숨도 온전치 못할 텐데…. 치료를 받으면서도 불안하여 견딜 수가 없었다. 이 지역 사람들에게 끼칠 폐를 생각하면 생각할수록 걱정으로 가득했다. 그들은 인철에게 사랑이 넘치도록 호의를 베풀었다. 인철이 와 있는 곳은 북간도 지역이었다. 김약연 목사와 명동교회, 캐나다 선교사들이 세운 제창병원과 교회 사람들이 은밀하게 연결되어 있다는 것을 차차 알게 되었다. 기독교 교인들이 목숨도 아끼지 않고 부상병을 치료해 주는 일에 솔선하고 있었다. 사람들은 그물망처럼 점조직으로 연결되어 독립군들과 은밀하게 교류하면서, 지원을 해 주는 역할을 수행하고 있었다. 그 지역 사람 모두가 총칼만 들지 않았지, 얼굴도 드러내지 않은 독립운동가들이었다. 마을마다 교회가 세워졌고, 그 교회를 중심으로 사람들이 모여 희생을 아끼지 않았다. 일제의 어떠한 압박에도 굴하지 않고 조선의 독립을 위해 조직을 이끌어 나가고 있었다. 조선의 상동교회와 상동학원, 남대문교회를 중심으로 모여 활동하던 사람들 중에 활동 무대를 이곳으로 옮긴 사람들도 있다고 했다. 전 재산을 팔아서 마련한 돈으로 북간도에 학교를 세우고, 독립자금으로 희사한 사람도 있다고 했다. 나라를 잃고 고향을 떠나온 사람들에게 조국의 독립은 목숨과 바꿔도 아깝지 않았다. 개인의 부귀영화보다도 나라를 찾기 위한 독립운동에 뛰어드는 일이 더 소중한 일이라고 여기는 사람들이었다.

"왜 우리가 간도 땅으로 왔습니까? 단지 먹고살기 위해서입니까? 삼천 개의 교회를 세우고, 삼천 개의 학교를 세워 아이들을 가르치는 일이야말로 조선의 독립을 앞당기는 일입니다!"

그렇게 목숨을 걸고 외치면서, 임시정부 요인이 되어 독립운동에 투신하는 사람들의 얘기를 들으면서 인철은 감명을 받았다.

장만수는 만주에 도착하자마자 인철을 수소문했다. 뜻밖에도 부상을 당한 인철은 대종교 쪽이 아니라, 북간도 지역에서 교회 사람들의 도움을 받고 있었다. 인철은 장만수 일행의 도움으로 집으로 돌아왔다. 집에 돌아와서도 종종 악몽에 시달린다. 독립군 유격대에 합류하여 일본 놈들과 맞붙어 싸우는 피비린내 나는 전쟁터. 그야말로 죽어 가는 동료들의 아우성이 바로 눈앞에서 벌어지곤 한다.

"아! 아악! 아…."

인철은 온몸에 총상을 입고 피투성이가 되어 고통에 몸부림친다. 총탄에 맞은 독립군들이 사방팔방에 쓰러져 죽는다. 요란한 총소리에 잠에서 벌떡 일어난 인철은 악몽의 순간이 눈에 선하여 한동안 정신을 차릴 수가 없다. 만주에서 돌아온 인철은 점점 더 화가 나고 일제의 만행을 바라볼 수밖에 없는 자신의 처지가 한탄스럽기만 하다. 아직 완쾌되지 않은 몸을 추스르며 집 안에서만 맴돈다. 그런 인철에게는 판소리가 유일한 낙이다.

축음기 레코드판이 빙빙빙 돌아간다. 인철은 빙빙 돌아가는 축음기 위에 바늘을 살며시 내려놓는다. 그러자 '지직 찌지직' 소리를 내더니, 판소리 가락이 흘러나온다. 절골 출신 당대 최고의 소리꾼 송만갑의 목소리다.

"송만갑이가 박 한 통을 탑니다."

"시르르르 실근 톱질이야, 에여루 톱질이로구나. 여보소 마누라, 우리가 이 박을 따서 박 속은 끓여 먹고, 바가치는 팔아서 목심 보명 살아나세. 굶던 일을 한을 말고, 힘을 써서 박을 타소. 에여루 당그주소, 실근실근 톱질이야. 가난이야 가난이야, 원수년으 가난이야. 어이하면 잘 사는 거나. 가난도 팔짜가 있나, 가난도 사주가 있느냐, 어이하면 잘 사는 거나. 몹씰 년으 가난이야, 에여루 톱질이로구나.

시르르르르 시르렁 실근실근 실근실근 당겨 주소. 강상의 떴난 배는 수천 석을 실고 간들 저그만 좋았지, 내 박 한 통 당헐소냐. 힘을 써 박을 타라, 에이여루 당그주소. 시르르르르 시르렁 실근실근 시르렁 시르렁 톱질이로구나…."

「흥부가」의 한 대목이 끝나고, 계속해서 축음기가 돌아가며 판소리가 이어진다.

"춘향이의 「이별가」, 송만갑이가 헙니다."

"춘향이가 기가 막혀 도련님을 부여안고, '여보시오 되련님, 오늘

날 올라가면 어느 시절에나 오랴시오? 올 날이나 일러 주오. 마두각 하면 오랴시오, 오두백하면 오랴시오?' '오냐 이 애야, 우지 마라. 원수가 원수가 아니라 양반 행실이 원수로구나.' '여보시오 되련님. 되련님은 사대부요, 춘향 나는 천인이라, 함부로이 바르셔도 아무 탈도 없느니까?' '오냐 이 애야, 그 말 말어. 분이가 달랐기로 너를 첩이라고 헌다마는, 정지로 의논하면 결발헌 부부로서 잊을 마음이 내가 있겠느냐? 서러 말고 잘 있거라.' 춘향이가 기가 맥혀, 제 꼈던 옥지환을 도련님을 벗어주며, '이 뜻을 알으시오? 옥이라 하는 것은 백옥이 무하허니 내 절행도 같거니와, 거인환생견으 환자 한편이 붙었으니, 이걸 보아 징험하야 부디 수이 돌아오오.' 도련님이 지환을 받고 석경을 내어 춘향 주며, '이 뜻을 이 애야 네가 아느냐? 장부의 석경이 내 마음과 같거니와, 정지로 의논허면 결발헌 부부로서 잊을 마음이 내가 있겠느냐? 서러 말고 잘 있더라. 내 사랑 춘향아, 우지 마라.' 춘향이가 기가 막혀, '여보 되련님, 되련님이 올라가서 부대 소식 돈절 마오. 편지 종종 하옵시오.' '오냐 춘향아, 그 말 말어. 요지연의 서황모도 우리왕을 보랴허고 소식 청조가 있었으니, 남원인척이 끊칠소냐?' 춘향이가 도련님을 안고, '금강산 상상봉이 평지가 되거든 오랴시오? 올 날이나 일러 주오.' 도련님이 기가 맥혀, 내려앉자 설리 울 적으, 재촉 사령들이 홍동이 들어서, '아야 오느냐?' 재촉을 할 적으, 방자 급히 쫓아 나오며, '여보 되련님, 일이 났소. 사또께서 알으시고 소인 등은 곤장 맞어 죽고, 춘향이는 지경을 넘고 뭇죽엄이 나실 터이니, 어서 급이 일어나오.' '에라 이놈아, 물렀거라. 말 대령을 하였느냐?' '말 대령을 허여소.' 백말은 욕거장시허고 청아는 석별정이로구나. 춘향이 기가 막혀 도련님을 부여안고, '올라가도 같이 가고, 죽어도 같이 죽세. 나를 바리고는 못 가느니.' 되련님이 나구를 타고 서울로 올라올 제, 춘향이 기가 맥혀, '아이고 여보, 되련님. 부대 평안히 가오.' '오냐 춘향아, 잘 있거라…'"

송만갑의 판소리는 '국창'의 소리답게 우렁차고 기세가 등등하다. 목소리에 기교를 부리기보다 소리로 하늘을 찌를 듯, 쇳소리로 창을 이끌어 가는 기법은 지리산 노고단의 정기를 닮았다. 소리는 웅대하기도 하고, 맑고 개운하기도 하다. 큰 산맥 아래에서 자란 덕인지 그야말로 목청 하나만큼은 타고났다고 팔도 사람들이 극찬을 아끼지 않았다. 소리꾼으로 워낙 유명하여 임금님 앞 어전御前에서도 판소리를 하였다. 전라감사로부터는 참봉직을, 임금으로부터는 사헌부 정육품正六品 감찰직의 벼슬까지 받았다. 을사늑약 후, 일본 놈들이 판을 치는 세상이 되자, 고향으로 내려와 레코드에 취입하고 후학들을 가르쳤다. 구례골은 여기저기서 판소리 가락이 흘러넘치고 판소리를 배우려는 사람들이 늘어났다.

판소리는 사람들을 울게도 하고 웃게도 한다. 인철은 심금을 울리는 묘한 매력의 판소리에 빠져들곤 한다. 만주에서 돌아온 후, 축음기에서 흘러나오는 판소리에 잠시나마 시름을 잊는다.

"인철아!"

"예."

"오늘 공북 당산에서 유성준이 와서 판소리를 한단다. 거기나 가

보거라!"

"예."

절골댁이 방 안으로 들어서면서 판소리를 듣고 있던 인철에게 말한다. 인철이 축음기를 멈추고 옷을 주섬주섬 챙겨 입고 방을 나선다. 절골댁이 방을 나서는 아들의 모습을 측은하게 바라본다. 절골댁은 몸을 다쳐 만주에서 돌아온 인철이가 안쓰럽기만 하다. 인철이 공북마을로 향한다. 공북마을 출신 유성준이란 명창도 송만갑과 견줄 만한 실력을 가진 소리꾼이다. 유성준이 멀리 타관에서 소리꾼을 하고 있지만, 타관으로 가기 전에 유성준이 소리를 하고 있으면, 마을 사람들이 일을 하러 가다가도 유성준의 소리에 넋이 빠져, 담벼락에 기대고 서서 해 넘어가는 줄 모르는 사람들이 많았다. 가끔 고향 집에 들러 당산나무 아래서 동네 사람들에게 판소리 한마당을 해 오던 터다. 오늘도 그가 돌아온 모양이다. 유성준이 판소리를 한다는 소문이 삽시간에 퍼졌다. 공북마을 사람들은 물론이고 이웃 마을 연파리, 상대, 하대, 신지리, 선월리 사람들까지 모여들었다. 당산에는 발 디딜 틈 없이 많은 사람들이 유성준을 기다린다.

「수궁가」의 한 대목이 시작된다. 자라가 뭍으로 올라와 처음 보는 세상이다. 수궁가를 들으면 들을수록 웃음이 절로 나온다. 해학과 풍자가 곁들여 신명나는 장단과 함께 어울러질 수도 있는 판소리야말로 사람들을 만족시켜 주는 소리다.

"한 곳을 바라보니 묘한 짐승이 앉었네, 두 귀를 쫑긋 눈은 도리도리 허리는 늘신 꽁댕이 모똑 좌편 청산이오, 우편은 녹순듸 녹수청산에 애굽은 장송 휘늘어진 양류속 들랑달랑 오락가락 앙그주춤 기난토끼 산중퇴 월중퇴. 자라가 보고서 괴이 여겨 화상을 보고 토끼를 보니 분명한 토끼라 보고서 반기여겨 '저기 섰는 게 퇴생원 아니오?' 토끼가 듣고서 좋아라고 깡짱 뛰어나오면서 '거 뉘가 날 찾나? 날 찾을 리가 없건마는 거 누구가 날 찾어. 기산영수 소부허유 피서 가자고 날 찾나. 수양산 백이숙제 채미 허자고 날 찾나, 백화심처 일승귀 춘풍석교 화림중 성진화상이 날 찾나, 완월장취 강남 태백 기경상천 험한 길 함께 가자고 날 찾나, 도화유수 무릉 거주 속객이 날 찾나, 청산기주 백로탄 여동빈이 날 찾나. 처산 중 운심헌디 부지처 오신 손님 날 찾을 이 만무로구나 거 누구가 날 찾나 건너 산 색시 토끼가 연분을 맺자고 날 찾나.' 요리로 깡충 저리로 깡충 짜웃둥거리고 내려온다. 이리 한참 내려오다가 별주부하고 후닥탁 들어 받았겄다. '아이고 코야! 아이고 이맛빡이야! 어어 초면에 남의 이맛빡은 왜 이렇게 받으시오 자! 우리 통성명이나 합시다.' '그럽시다!' '게 손은 뉘라 하시오?' '예 나는 수국 전옥주부공신 사대손 별주부 자라라 하오 게 손은 뉘라 하오?' '예 나는 세상에서 이음양 순사시 하던 예부상서 월퇴 일러니 도약주 대취하야 장생약 그릇 찧고 적하중산 하야 머무른 지 오랠러니 세상에서 부르기를 명생이 퇴선생이라 부르오.' 별주부 듣고 함소 왈 '퇴선생 높은 이름 들은 지 오랠러니 오늘날 상봉기는 하상견지 많이 허여 만만무고 불측 이로소이다. 아닌 게 아니라 잘났소 잘났어 진세에서 몰라 그렇지 우리 수국을 들어가면 훈련대장은 꼭 하실 것이요. 미인미색을 밤낮으로 데리고 동락을 할 것이니 그 아니 좋소…'

"얼씨구!"

추임새를 따라서 판소리 가락에 점점 흥이 실린다. 갓을 쓰고 부채를 든 손이 하늘을 휘저을 때마다 사람들의 마음까지 허공중으로 붙들려 간다. 간드러지게 혹은 목청을 돋울 때에는 판소리 가락에 혼이 빨려 들어가는 마력이 있다. 북장단과 추임새는 소리꾼의 소리를 더욱더 절제 있고 흥이 나게 한다.

"잘한다!"

모인 사람들은 웃다가 울다가, 박수를 치면서 소리꾼의 소리에 심금까지 함께한다. 청중들의 입가는 다물어질 줄을 모른 채 입꼬리가 올라간다. 유성준의 소리가 끝나자 박수가 쏟아진다. 긴 도포 자락을 휘날리며 공손히 인사를 하는 모습에 더 많은 박수를 받는다.

만식과 인철은 서시천 둑방으로 나왔다. 둑방에서 바라보는 노고단에도 겨우내 하얗게 쌓였던 눈이 하루가 다르게 사라지고 있다. 봄바람이 지리산 계곡 곳곳을 살랑거리며 서시천 냇물은 제법 불어나 있었다. 인철과 만식은 둑방에 벌렁 눕는다. 하늘에는 하얀 뭉게구름이 두둥실 떠다니고, 더없이 맑다. 하얀 백로가 훨훨 날갯짓하며 산동골을 향해 날아간다.

"인철아, 너 생각나냐? 우리가 어려서부터 동네를 돌아다니면서 했던 제기차기, 팽이 돌리기, 공차기, 굴렁쇠 굴리기, 작대기를 사타구니에 넣어 끌고 다니면서 이 서시천 둑방까지 뛰어다녔던 일."

"아! 그래, 철없이 놀던 그때가 좋았지."

인철과 만식은 향수에 젖어 서로를 보며 피식 웃는다.

"인철아! 너 몸은 괜찮나?"

"그런대로 견딜 만해. 차차 좋아지겠지. 속병이 아니니까 시간이 지나면 아물겠지."

"다행이다. 이렇게 살아 돌아왔으니 말이지…."

"그러게 말이야. 목숨을 걸고 독립운동하는 사람들을 생각하면 나도 여기서 이러고 있을 때가 아닌데…. 차차 기회를 봐야지…."

"그래, 네 심정 이해는 한다마는 아직은 몸부터 완쾌된 후에나 알아봐라."

"그러게 말이다."

"일본으로 다시 갈 건가?"

"아니, 일본에 가서 더 배우면 뭐하겠어? 나라가 이 꼴인데. 일본에서도 늘 마음은 자유롭지가 못했거든. 죄 지은 일도 없는데, 유학생 신분이라는 이유로 늘 일본 경찰의 감시 대상이었어. 생각하면 생각할수록 억울해서 견딜 수가 없어서, 하루라도 빨리 그곳을 떠나고만 싶었거든…."

"그랬었구나. 잘 생각해서 결정해라."

"만식이 너는 요즘 뭐 하고 있나?"

"일자리를 알아보고 있는데…."

"뭘 하려고 하는데?"

"한약방에서 사람이 필요하다고 해서 소개를 받았어. 한약과 관련된 한자를 알아 둬야 해서 한자 공부를 하고 있는 중이야. 서당을 다녀 본 적은 없지만, 보통학교에서도 한자를 배워서 기본적인 한자는 아니까, 조금 더 배우면 될 듯한데, 아직은 잘 모르겠어."

"잘됐으면 좋겠다."

"그러게, 나도 빨리 그 일을 했으면 해."

"그래야지. 만식이, 너 나중에 한약방 하나 차리는 거 아닌가?"

"열심히 배워 봐야지."

"나도 집에서 이참에 장가를 보내려고 하나 봐."

"그래! 색시는 누군데?"

"나도 잘 몰라. 집안 어른들이 내 의사를 물어보기나 하나. 어른들이 서두르는 것 같아 짝 지어 주는 대로 하는 거지."

"야, 인철이 너도 연애관은 구식이구나. 숫기도 없고. 요즘 연애 결혼하는 사람들도 있다던데, 너는 연애하는 능력은 없나 보구나."

"그러게 말이야."

"너는 장손이잖아?"

"그래, 그래서 집안에서 더 난리라니까. 만식이 너도… 장가는?"

"나야 아직… 집안 형편이…."

댕댕댕, 댕댕댕, 댕댕댕….

수업 시작을 알리는 동종 소리가 호양학교에 울려 퍼진다. 동종 소리를 들은 아이들은 서둘러 교실로 향한다. 동종이야말로 호양학교의 상징이다. 동종의 표면에는 건乾, 곤坤, 감坎, 리離와 태극 문양이 두 곳에 대칭되어 있다. 태극 문양 좌우로는 비천상飛天像이 양각으로 드러나고, 윗면은 용이 하늘을 향해 포효하는 기상이 꿈틀거린다. 용의 발톱 다섯 개까지 도드라져 보인다. 그야말로 이 나라가 독립국임을 나타내는 애국 충정의 표상이다. 동종에까지 민족자존을 보여 주고 싶은 의지가 역력히 드러나 있다. 일제가 강제로 을사늑약을 체결하자 신식 학교인 호양학교 설립은 급물살을 탔다. 서당에서 주로 가르쳤던 구학문에서 벗어나 신학문을 가르치는 선각자들에 의하여 전국 각지에서 근대 학교의 설립 대유행이 일어나고 있었다. 근대 학교의 설립과 함께 교육이야말로 국권 회복 운동의 첩경이었다. 호남의 대학자인 천사 왕석보의 제자들은 매천 황현을 필두로 서둘러 지천리에 호양학교 설립을 서둘렀다. 광의면 지천리에 세워진 호양학교는 남도 지방 최초의 신식 사학으로, 광의면민들과 지천리 주민들이 앞다투어 기부금을 희사했다. 소문이 나자 용방면 사람들까지 기부금 행렬에 동참했다. 전답을 출연한 사람, 산을 팔아 희사한 사람, 다수의 면민들은 쌀과 현금으로 호양학교의 설립과 운영에 보탬이 되었다. 광의면과 용방면 출신의 아이들로 학생들이 모여들었고, 잘 운영되었다. 그러나 얼마 못 가 재정난에 봉착하고 말았다. 일제가 사립학교령을 공포하여 압박을 가하는 동시에, 설립 요건을 강화하고, 일정액의 기본금을 확보하도록 했기 때문이다. 재정적으로 열악한 상태에 놓인 호양학교는 재정난에 시달리고, 일제의 탄압은 점점 심했다. 황현은 사립 호양학교 모연소私立 壺陽學校 募捐疏로 지원을 호소한다.

삼가 말씀드립니다. 한 배를 타고 바다를 건너매 피안彼岸을 바라보고 탄식하는 것과 삼태기로 흙을 쌓아 산을 이루매 장백將伯을 불러 협조를 구하는 것은 부득이한 처지에서 하는 것이지 어찌 즐거워서 하는 일이겠습니까? 생각건대 호양학교 건립의 노고는 진실로 백척百尺의 간두竿頭에서 한 걸음 앞으로 나아가는 것과 같습니다. 외부로부터의 방해를 물리치매 이미 팔난삼재八難三災의 고역을 겪었고 경영에 힘을 바쳤으며 천창백공千瘡百孔의 상처를 보완할 길이 없습니다. 결국은 가루 없이 떡국을 만드는 격이니 아무리 뛰어난 재주가 있다 해도 쓸 수가 없습니다. 어떻게 하면 우물 같은 샘을 얻어 여러 사람의 갈증을 풀어 줄 수 있을까요? 드디어 수삼 개월 읽고 배움의 보금자리가 어느덧 7, 8할이나 무너지는 걱정을 당하게 되었습니다. 옥을 쪼다 이루지 못한 듯 어린이들을 가르칠 방도가 없으니 안타깝기만 하고….

일제에게 호양학교는 눈엣가시였다. 의도적으로 사학을 철폐시키는 데 혈안이 되어 있었다. 일제의 탄압 속에서 호양학교를 유지하는 게 얼마나 어려웠는지를 짐작케 한다. 사립학교를 공립으로 전환하여 식민지 동화 정책의 일환으로 광의면 연파리 소재지에 광의공립보통학교를 설립하기에 이른다. 그동안 호양학교를 다녔던 100여 명의 학생들 중, 지천리 왕재일은 광주에서 고학을 하면서 광주학생운동을 일으킨 주동자로 체포되어 4년형을 언도받았다. 공립보통학교에서는 민족 말살 정책을 점점 더 강화시키고 있었다. 일제 치하에서도 지하 마을에 호양학교를 비롯하여 구례에 학교들이 여러 곳에 들어섰지만, 왜놈들은 까다로운 조건들을 내세워 민족 사립학교들을 탄압하기 시작했다. 결국 호양학교는 설립 12년 만에 문을 닫고 말았다. 가난한 사람들은 광의공립보통학교에 다닐 수가 없었다. 그래도 여기저기 학교 형식을 갖춘 야학이 생겨났다.

인철은 대전교회 야학에서 선생을 급히 구한다는 연락을 받았다. 교회 야학은 순천 매산학교의 서양 선교사들이 전적으로 도움을 주는 무료 야학이다. 정식 학교는 아니었지만 배움에 목말라 있는 아이들에겐 단비 같은 존재였다. 학생 수도 50명이 넘었다. 교회를 다니는 만식이가 목사님께 인철을 추천을 했던 것이다. 매산학교에서 파견된 선생님이 갑자기 그만두는 바람에, 급하게 선생을 구하고 있었다. 만주에서 돌아와 하는 일 없이 빈둥거리고 있던 인철은 무기력한 현실을 타파할 돌파구를 찾아야만 했다. 조국의 현실이 암담하지만, 아이들이라도 가르쳐야만 미래를 바라볼 수가 있다. 교육이야말로 백년대계가 아니던가? 그렇다고 공립학교에서는 일제의 감시가 심해 마음대로 민족교육을 할 수도 없는 노릇이다. 만주에서 활동하던 사람들의 입에서 "삼천 개의 교회와 삼천 개의 학교를 세워 가르쳐야만 민족 독립이 가능하다."라고 했던 말이 떠올랐다. 야학 선생 제의가 들어오자 아이들을 가르치는 일이라서, 고민할 것도 없이 흔쾌히 수락했다. 교회 야학이면 어떤가? 문제는 아버지를 설득하는 일이었다.

이대길은 달랐다. 시국이 일제 치하이고, 일본 순사들이 조선 사람들의 사상을 의심하고 있는 터에, 몸까지 다친 인철이 아이들을 가르친다는 것은 용납할 수 없는 일이었다.

"아버지, 허락해 주십시오."

인철은 이대길 앞에서 허락을 구한다.

"안 된다. 몸도 성치 않은 놈이 뭘 하겠다는 거냐. 야학 선생질을 하게 되면, 일본 순사들이 너를 요주의 인물로 여길 테고… 아버지

체면을 봐서라도 안 된다."

이대길은 완강하게 반대한다.

"아버지, 저도 사정을 모르는 거 아닙니다. 길게 하는 것도 아닙니다. 잠깐만 봐달라고 하니까 해 보겠습니다. 허락해 주십시오."

"잠깐만 한다고는 하지만, 사람들은 이씨 문중의 장남이 교회를 들락거린다고 소문이 날 텐데…. 문중 어른들에게도 흉잡힐 일이다."

"아버지 뜻은 잘 압니다. 저도 교회를 먼발치서만 봤지, 들어가 보지 않아서 교회에 대해선 잘 모릅니다. 그러나 나라도 잃은 판국에 아이들을 잘 가르쳐야만 훗날 나라의 장래를 밝힐 수 있습니다. 나중에라도 자초지종을 설명하면, 문중의 어른들도 차차 이해를 하게 될 겁니다. 세상이 바뀌어 가고 있습니다. 허락해 주십시오."

이대길은 인철이 교회에 들락거리는 것도 마땅치가 않지만, 일본 순사의 각종 행사에 도움 요청이 오면, 하기 싫어도 싫은 눈치를 보이지 않으려고, 마지못해 기부금을 내놓을 수밖에 없는 현실이다. 일본 순사들의 눈 밖에 나면, 자꾸 무슨 구실을 만들어서라도 이대길을 끌고 들어갈 텐데, 그런 약점을 보이기 싫었던 것이다. 그러나 인철이는 젊은 혈기에 가만히 앉아 있지 못하는 성미다. 인철은 교회에 발을 들여놓은 적이 없지만, 북간도에서의 일이 떠오른다. 부상병으로 죽음의 문턱에서 총상 부위를 치료받았던 일이 눈에 선하다. 자칫 잘못하면 목숨이 위태로울 수 있는 상황인데도, 독립군 부상병들을 치료해 주던 북간도교회 사람들의 열성이 놀랍기만 했다. 그분들의 믿음이 부럽기도 했다. 조선의 독립을 위해서라면 목숨까지도 내어놓은 사람들, 그 사람들에 비하면 이건 아무 일도 아니다. 목숨을 바치는 일이 아니잖은가? 이런 인철의 마음을 알 리가 없는 이대길은 반대가 점점 더 거세진다. 아버지의 속을 모르는 건 아니지만, 인철의 속마음을 보여 줄 수도 없는 일이다. 아버지를 계속해서 설득한 끝에 다른 선생이 올 때까지만 선생을 맡기로 하였다.

'가자! 배우자! 다 함께 브나로드!'

'가자! 민중 속으로!'

인철은 신문광고 문구가 떠올랐다. 대학생 하게 브나로드 운동에 동참해야 한다. 청년들이 민중 속으로 들어가야 한다. 아이들을 가르치는 일은 청년의 당연한 임무이기도 하다. 교육만이 이 나라가 살아남을 수 있는 유일한 길이란 걸 알고 있기 때문이다. 대학생들이 야학이 있는 곳이라면 열 일을 제쳐 두고 달려간다. 아이들을 모으고, 가르친다. 가르칠 야학이 없는 게 더 큰 문제다. 아이들을 가르칠 수만 있다면, 교회 야학이고 뭐고 따질 겨를이 아니다. 나라를 잃었어도, 제 나라말을 기억하는 것이야말로 훗날 나라를 되찾을 수 있는 최후의 보루다. 조선말을 잃지 않게 교육하는 것이야말로 은밀하게 행하는 독립운동과 맞먹는 일이다. 지금 당장 독립을 못하더라도 이 아이들이 훗날 독립운동에…. 아이들에게 조선어를 가르쳐야 한다. 인철의 마음 한구석에는 가르쳐야만 답답한 속이 조금이라도 풀릴 것만 같다.

서양인촌이 되어 버린 노고단을 들락거리는 서양 선교사들이 가끔 대전교회에 오는 것을 먼발치에서만 바라봤다. 선교사들과도 교류할 수 있는 좋은 기회라 여긴다. 여름만 되면 대전교회에 서양 의사들이 흰옷을 걸치고 와서 무료로 치료해 줄 때에는, 사람들이 몰려들어 인산인해를 이루는 광경을 보아 왔던 터다. 이 나라가 일제 치하에 있지만, 선교사들의 헌신적인 교육열은 누구도 말릴 수 없을 만큼 뜨거웠다. 선교사들은 일본과 강제 병합이 되기 이전부터 전국 사방 각지에 병원과 학교를 세웠다. 헐벗고 굶주린 사람들을 더 많이 도와주었다. 교육을 통하여 선교를 하면서 많은 성과를 이루어 냈다. 종교의 전파가 주목적이긴 하지만, 특히 교육을 통하여 서양 문물을 받아들이고 확산시킴으로써 교육에 대한 일대 변혁이 일어나고 있다는 걸 인철도 잘 아는 터다. 나라에서 못 한 일을 선교사들이 상상 이상의 큰돈을 가져와서 전국 방방곡곡에 땅을 매입하고, 그 자리에 교회와 병원을 짓고, 학교까지 세워서 아이들에게 신식 학문을 가르치는 일이야말로 오천 년의 역사 이래로 가장 획기적인 사건인 것이다. 규모가 제법 큰 도시 위주로 민족 지도자들을 주축으로 사학이 생기기도 하였지만 극소수였다. 선교사들은 도시에 학교와 병원, 교회를 세우는 일은 물론이거니와 농촌 산간벽지까지 교회가 있는 곳이면 야학을 세워 아이들을 가르치는 일은 실로 놀라운 일이 아닐 수 없다. 물론 성경을 가르치며 복음을 전파하는 일과 함께 하는 일이지만, 조선어를 먼저 가르쳐야 성경도 가르칠 수 있으니 일거양득의 효과를 누릴 수 있는 방법이기도 했다.

호양학교가 문을 닫자 그 후에 광의공립보통학교가 세워졌지만, 대부분의 아이들에게는 그야말로 그림의 떡이었다. 가정 형편이 어려워 거금의 월사금을 낼 수도 없는 형편이거니와 책 살 돈도 없는 아이들. 학교는 그야말로 몇 명의 소수 인원만 다니는 상황이다. 학교를 다닌다고 해도 일본인 교장이 버티고 있다. 민족교육은 시킬 수도 없는 상황으로 치닫고 있다. 조선어도 쓰지 못하게 하고, 일본어를 모국어처럼 가르치면서, 아이들에게 일본 문화를 세뇌시키는 엄청난 일이 벌어지고 있는 것이다.

광의면 땅에도, 아이들이 한글을 배우고 싶어도 배울 곳이 없는 암흑의 시기에, 구세주처럼 나타난 것이 서양 선교사들이었다. 구례읍교회와 대전교회에 야학을 세운 것이다. 광의면에서 학교에 갈 수 없는 어린아이들을 불러서 가르치는 곳은 선교사들이 지원한 대전교회 야학뿐이다. 유교적 풍습 때문에 아이들이 교회에 나가면 집안 망하는 짓이라고 아직은 교회를 금기시하는 분위기 때문에 쉽게 교회로 아이들을 보내지는 않는 분위기였지만, 시간이 지날수록 교회로 아이들이 몰려들었다. 무상으로 아이들을 교육시키고 있어서 교회가 비좁을 정도로 아이들이 몰려왔다. 아이들을 가르치는 일이야말로 인철에게는 생기를 가져다주는 일이 생긴 것이다. 대전교회 야학에서는 제일 먼저 한글을 가르친다. 조선말을 쓰는 아이들에게 한글을 가르치는 일은 너무나도 당연한 일이다. 기회를 봐서 틈틈이 민족교육을 할 수 있는 유일한 곳이 야학이다. 인철은 아이들과 놀아 주고 학업을 가르치는 일이 즐겁다. 신명 나는 일이어서 콧노래가 저절로 나온다.

대전교회 자리는 소의면 면사무소가 있던 자리이다. 마을에서도 떨어진 외딴곳에 있다. 소의면과 방광면이 합병되어 광의면으로 명칭이 변경되면서 면사무소를 주재소 옆으로 옮겼다. 대전교회가 그 자리를 매입하여 들어섰다. 선교사들은 구례 봉북리 북문 안에 구례 최초로 교회를 지어 구례읍교회라 명하였다. 행정구역상 읍으로 승격이 되지 않은 구례면이었지만, 예로부터 구례읍성이 축조되어 있었던 터라 구례면 중에서 구례읍성 성곽을 경계로 안쪽을 구례읍성이라 불렀다. 읍성 안쪽에 세워진 교회라서 명칭을 구례읍교회라고 지었다. 구례 전역에 처음 세워진 그곳까지 먼 길을 마다하지 않고, 각 면에 살고 있는 사람들까지 구례읍교회로 몰려들었다. 광의 사람들도 구례읍교회를 가려면 십 리 길을 걸어서 가야만 했다. 비나 눈이 오는 궂은 날이면 구례읍교회까지 걸어서 가기가 힘들고 번거로운 일이었다. 그럴 때마다 광의면에도 작은 공간이나마 예배 처소라도 세워지기를 바라고 있었다. 광의면에 예배 처소를 마련하는 일은 쉬운 일이 아니었다. 급한 대로 광의면 사람들끼리 모여서 예배 처소를 이곳저곳으로 옮겨 다니며 예배를 드렸다. 그러다가 연파리에 대나무로 대바구니와 죽세공품을 만드는 작업장에서 임시 예배 처소를 만들어 예배를 드렸다. 구례읍교회를 세운 선교사들도 그 사정을 잘 알고 있던 터다. 광의면 소재지야말로 구례 군내를 통틀어 봐도 구례읍성 지역만큼이나 많은 사람들이 거주하는 곳이다. 여섯개 마을(연파, 공북, 하대, 상대, 선월, 신지리)이 냇가와 골목을 경계로 마을이 들어서 있는 곳에서 오백여 가구가 옹기종기 모여 살아가고 있는 인구밀도가 높은 특이한 지역이다. 순천에 파송되어 호남 동부 지역에 계속 교회를 세우고 있던 선교사들은 광의면에도 교회를 세우기 위하여 물색해 오던 중이었다. 행정구역 재편에 따라 소이면이 광의면으로 변경되는 바람에 광의면 사무소가 새로 생겼고, 소이면 사무소로 사용하던 자리가 비어 매물로 나와 있었다. 선교사의 도움과, 광의면 기존 몇몇 교인과 구례읍교회의 도움으로, 그 자리를 매입하여 교회가 세워졌다. 대전리大田里 명칭을 딴 '대전교회'가 들어선 것이다. 사람들은 하대마을 이름대로 부르기 쉽게 '한밭교회'라고도 불렀다.

교회에서는 한글이 먼저다. 일본어는 그다음이다. 한글을 먼저 배우게 해서 성경을 읽게 해야 한다. 성경 이야기는 목사님이 가르치고, 그 외에도 철방, 산술, 수신, 도화를 가르치는 일이 시일이 흘러갈수록 자리를 잡아 간다. 인철은 일본어도 배워야 하는 아이들이기에 신명을 다하여 가르친다. 일본 놈들이 세운 광의공립보통학교에서는 한글을 안 가르치고, 일본 말만 가르친다 해서, 보통학교에는 안 보낸다는 부모들을 만난다. 한글을 먼저 가르치겠다고 부모들에게 약조를 하여, 대전교회 야학으로 나온 아이들도 있다. 문맹이 대부분인 농사꾼 부모 입장에서 자식에게 어려운 한자를 가르치기 위하여 서당을 오랫동안 보내는 것은 쉬운 일이 아니지만, 한글과 간단한 셈이라도 가르치게 하는 것은 모든 부모들의 소망이기도 했다. 까막눈은 면해야 되지 않겠냐고 설득하여, 학비도 안 받고 글을 가르치겠노라고 데려온 아이들도 있다. 글을 배울 수 있는 기회가 없었던 여자아이들도 시간이 갈수록 교회에 점점 늘어났다. 학교에는 보낼 형편이 못 되는 아이들이 부지기수다. 초근목피를 면하려고 들판에서 농사일이 우선이라고 여기는 부모를 설득하여 데려온 아이들도 있다. 교회는 조상도 몰라보는 아주 이상한 곳이라서, 교회 근처에는 얼씬도 못 하게 만드는 부모들이 많았지만, 시간이 지날수록 아이들은 몰려들었다. 몰려드는 아이들로 인해 예배당이 꽉 찼다. 장소가 비좁으면 야외 나무 그늘 아래에서 아이들을 가르친다. 아이들은 같은 학년이라도 나이 차가 있다. 한두 살은 보통이고, 서너 살 차이가 나도 같은 학년인 경우가 많다. 학년별로 앉혀 놓고 인철이 돌아다니면서 기초적인 수업을 진행해 나가기도 하고, 한꺼번에 모아 놓고 수업을 진행하기도 한다. 대전교회에서 배운 아이들은 광의보통학교 중간 학년으로 편입학 시험에 합격시켜 들여보내려면 일본어도 특별 과외를 시킨다. 처음에는 하나둘 아이들을 모으기가 힘들었지만 해가 가면서 수십 명으로 불어났다. 학교처럼 아이들을 잘 가르친다는 소문이 퍼지면서, 자식들 교육에 목말라 있던 학부모들도 점점 교육에 눈을 뜨게 되고, 아이들을 교회로 보내게 되었다.

아이들의 눈동자는 호기심과 열의로 가득 차 있다. 책도 없는 애들이 대부분이다. 그런 아이들에게 교회에서 학용품을 무료로 나누어 주고 공부를 시킨다. 칠판 주위로 아이들이 모여 앉아 있다. 쪼그리고 앉아서 글씨를 쓰고, 칠판을 바라보느라 여념이 없다. 칠판 옆에는 풍금이 하나 놓여 있다. 오십여 명의 아이들이 떠드는 소리와 장난치는 아이들로 인해 교회는 활기차다.

"자! 칠판에 있는 글자를 보고, 큰 소리로 따라 합니다. 가 갸 거 겨!"

"가 갸 거 겨!"

인철이 먼저 읽어 나가자 아이들이 따라 한다.

"자 더 크게 따라 합니다. 고 교 구 규!"

"고 교 구 규!"

선생님을 따라 하는 아이들의 목소리가 우렁차고, 낭랑하게 울린다. 조선말과 글을 가르친다. 한글을 배우는 아이들의 눈망울이 점점 또록또록해진다. 글을 모르는 아이들에게 인철은 하나라도 더 가르쳐 주기 위해 힘을 쏟는다. 한쪽에서는 낮은 탁자에 둘러앉아 노트에다 쓰기 연습에 열중이다. 기초반 아이들에게 한글 받침 쓰기를 가르친다. 인철은 이리저리 왔다 갔다 하면서 수업을 진행한다. 인철이 칠판에 구구단을 쓴다.

"자 칠판을 보고서 구구단을 따라 합니다."

"이 일은 이, 이 이는 사, 이 삼은 육…."

"자 이제는 계속 구구단을 반복해서 연습합니다. 그래서 외우는 사람은 선생님 앞에 와서 눈 감고 외웁니다. 외우기를 통과한 사람은 밖에 나가서 노는 겁니다."

그러자 아이들이 한목소리로 구구단을 외우기 시작한다. 교회 안은 구구단 외우는 소리로 시끄러워진다.

한 목사는 나무 그늘에서 아이들을 모아 앉혀 놓고 성경 이야기에 열중이다.

"태초에 하나님이 천지를 창조하시니라. 땅이 혼돈하고 공허하며 흑암이 깊음 위에 있고 하나님의 영은 수면 위에 운행하시느니라. 하나님이 이르시되 빛이 있으라 하시니 빛이 있었고 빛이 하나님이 보시기에 좋았더라."

아이들은 한 목사의 이야기에 초롱초롱한 눈망울로 한 목사를 쳐다본다. 어디에서도 들을 수 없던, 처음 듣는 성경 이야기에 호기심이 가득하다. 수업이 끝나자 아이들이 우르르 달려들어 인철과 한 목사의 팔에 매달린다. 아이들과 인철의 웃음소리가 교회에 울려 퍼진다.

만식이 인철의 수업이 끝나는 시간에 맞추어 웃으면서 교회에 들어선다.

"와따! 인철이가 이제 보니 선생이 다 되었구나! 그래 선생 노릇은 할 만하냐?"

만식이 웃으면서 인철을 치켜세운다.

"그래. 너 왔구나. 그럼 할 만하지."

인철이 웃으면서 만식을 맞이한다. 인철과 만식이 만나는 모습을 본 한 목사가 웃으면서 천천히 다가온다.

"이 선생님, 수고했어요. 오늘 힘들진 않았나요?"

"뭘요. 괜찮습니다."

한 목사의 격려에 인철은 힘이 난다.

"목사님 안녕하셔요."

"그래, 만식 선생도 왔군요. 만식 선생이 인철 선생을 감시하러 왔나요? 허허허!"

"아이! 목사님도. 제가 무슨 선생인가요?"

"만식 선생은 우리 대전교회 주일학교 선생님이잖아요. 야학 선생님만 선생님인가요?"

"그런가요?"

만식은 한 목사의 선생이라는 칭찬에 겸연쩍어한다.

"그러잖아도, 저도 궁금해서 인철이에게 어떻냐고 얘기해 봤더니 할 만하다고 하던데요. 인철이는 제 친구지만, 잘할 겁니다. 이 마을에 인철이 같은 인재가 어디 있을까요?"

만식은 인철을 앞에 두고 칭찬을 아끼지 않는다. 한 목사가 인철을 바라보며 웃으면서 맞장구를 친다.

"그래요. 이 선생님이 아주 잘하더라고요. 우리 이 선생님 같은 분은 하나님께서 미리 예비하여 보내신 분 같습니다. 내가 다 기분이 좋습니다. 하하하!"

한 목사가 인철을 칭찬하며 큰 웃음을 짓는다.

"자 이리로 와서 앉아요. 함께 차나 한잔합시다."

"예."

셋이서 바닥에 놓여 있는 탁자를 두고 마주 앉는다. 인철은 교회를 항상 멀리서 바라보기만 했고, 발을 들여놓기가 어려웠다. 천은사나 화엄사의 절간이야 발을 들여놓기가 쉬운데, 교회만큼은 구경삼아서라도 발길이 움직여지지 않는, 다른 세계와도 같았다. 호기심에 한 번쯤이라도 와 보고 싶은 충동도 없었다. 교회는 다른 세상 사람들이 드나드는 곳인 줄만 알았다. 그야말로 항상 눈앞에 보이는 교회였지만, 한 번도 교회 안으로 들어와 보지 않은 것이 신기할 정도였다. 집안 대대로 유교 풍습이 강한 집에서 자란 탓도 있고, 집안 식구 중에 교회에 다닌다고 하면, 문중에서는 큰 사단이라도 날 만큼 금기시하는 곳이기도 했다. 구례 지역은 천은사, 화엄사, 연곡사, 화개 쪽의 쌍계사까지 천년 사찰이 대대로 자리를 잡고 있어 왔던 터라, 불교 성향이 강한 지역이기도 하다. 특히 교회라 하면 서양

종교라 하여 선후를 가리지도 않고 배척하는 마음이 자리 잡고 있어서, 교회에 발을 들이기가 쉬운 일은 아니었다. 인철은 아이들을 가르치는 일로, 갑자기 교회 안에 서 있다는 것이 처음에는 부자연스러웠는데, 차차 익숙해졌다. 한 목사와 대면하는 일도 자연스러워지고 있다.

"우리 교회 야학에서 이 선생님 같은 젊은 사람이 아이들을 가르치니까 마음 한구석이 든든합니다. 하나님의 뜻이 있어서 이 선생님 같은 젊고, 일본 유학 경험도 있는 훌륭한 사람을 보내 주시는 것 같아 하나님께 감사 기도를 드리고 있습니다. 미국 선교사님들의 후원으로 교회 야학이 유지되고 있지만, 이 선생님도 알다시피 우리 민족이 처한 현실을 보면 아이들을 위한 교육은 꼭 해야만 하는 사명이기도 합니다. 내가 혹시라도 노파심에서 이 선생님이 교회 야학이라는 부담을 가지고 있을까 봐 걱정을 했는데… 이 선생님이 잘하시는 걸 보니 안심이 됩니다. 교회라는 부담은 떨쳐 버리고, 아이들에게 잘 가르치는 일에만 집중하면 됩니다. 이 선생님이 사명감을 가지고 열심히 하는 것 같아 안심이 됩니다."

"별말씀을…."

인철은 그저 아이들을 가르쳐야 한다는 사명이 불타올라 허락한 일이긴 하지만, 한 목사의 과찬에 겸손해진다. 인철이는 한 목사가 무슨 얘기를 하려는지 의도를 알아챈다. 인철이 교회에 다니지도 않은 상황에서 교회 선생의 빈자리를 잠깐 도와달라 해서 도우고 있을 뿐이라고 여기고 있다. 교회 출석하여 신앙생활까지 하라는 부담을 가지지 않게 하려는 얘기임을 안다. 혹시라도 인철이 부담 될

까 봐 아이들을 가르치는 일에만 신경 쓰라는 얘기다. 한 목사도 인철에게 아이들을 가르쳐 달라고 긴급하게 부탁을 한 상황이어서 부담을 주지 않으려고 신경을 쓰고 있는 셈이다. 때가 되면 스스로 인철 선생이 교회 출입을 하리라고 기도하면서 기다리는 것이다.

"이 선생님, 며칠 후에 광주, 전주, 군산, 목포, 순천에서 활동하고 있는 호남 지역의 선교사들이 우리 대전교회를 올 겁니다. 매년 여름에 대전교회에서 여름성경학교가 열리는데, 점점 날짜가 다가오고 있습니다. 무더운 여름철에 휴가를 내서 선교사님들이 노고단을 오르는데, 그때마다 매년 저희 교회를 도와주러 옵니다. 순천 매산학교 선생님들과 기독병원에 근무하는 의사들까지 함께 우리 교회를 도와주고 있습니다. 광주, 목포, 군산, 전주에 있는 학교에서 봉사하는 선교사님들과 병원에서 봉사하시는 의사 선교사님들까지 함께 구례에 있는 모든 교회로 봉사를 하러 오십니다. 병원 하나 제대로 없는 지리산 두메산골까지 의사이시며, 학교 선생님이시며, 선교사 역할까지 하시는 분들이 와서, 이 지역 사람들을 무료로 치료해 주는 일은 참으로 대단한 일입니다. 하나님께서 역사하시는 일이고, 그야말로 이 지역 사람들에게는 축복받는 일입니다. 혹시 서양 선교사님들을 만나 본 적이 있나요?"

"아닙니다. 선교사님들은 멀리서만 봤지… 만나서 얘기해 본 적은 없습니다. 매년 여름에 대전교회에 서양인 의사 선교사 분들이 흰 까운을 입고 무료로 치료를 해 줄 때면, 사람들로 인산인해를 이루는 것을 잘 알고 있습니다. 노고단에도 외국인 수양관이 만들어졌다는 소문만 들었지 아직 가 보지는 못했습니다."

"그래요. 매년 하는 행사라 이 지역에 소문이 나서, 이제는 그때를 기다리는 사람들이 많이 있을 겁니다. 이 선생님도 잘 알다시피, 지리산 두메산골인 광의면이 얼마나 의료시설이 열악합니까? 이 선생님도 교회 야학에 발을 들여놨으니 우리나라 선교사들이 조선 땅에 끼친 일들에 대해 알아야 할 것 같아서 이 기회에 내가 알려 주려고 하는데 괜찮겠어요?"

인철은 묵묵부답으로 아무 대답을 하지 않았지만, 만식이는 적극적이다.

"아, 그럼요. 목사님. 알려 주십시오. 궁금하기도 합니다. 노고단에 선교사 수양관은 어떻게 해서 만들어진 건가요?"

만식이 궁금하다는 듯, 한 목사에게 재촉한다. 인철도 노고단에 대해 사람들로부터 들은 바가 있다. 선교사들의 별장이니, 수양관이니, 서양인촌이라고 여러 가지 명칭으로 부르고 있지만, 어마어마한 시설이 들어섰다는 소문은 들었다. 무슨 연유에서 그렇게 됐는지 알고 싶기도 했다.

"노고단 수양관 얘기를 하자면 선교사 역사에 대해 살펴보아야 합니다. 기독교의 신교와 구교에 대한 이야기를 먼저 해야겠군요. 기독교를 잘 모르는 사람들에겐 구교가 뭐고, 신교가 뭔지 항상 헷갈린다고 합니다. 구교라 하면 카톨릭, 천주교를 말하는 것이고, 성당을 중심으로 모입니다. 루터의 종교개혁 후에 등장한 신교는 프로테스탄트, 즉 개신교도라고도 하고, 교회를 중심으로 모입니다. 천주교 선교사들이 조선 땅에 먼저 들어왔고, 개신교는 한참 후에 조선에 발을 들여놓게 됩니다. 조선을 개항시키고 선교사들을 파견하여 이역만리 머나먼 바다를 건너와 선교사업을 하면서 생사의 갈림길에서 수도 없이 죽어 간 천주교 신부와 천주교인들. 수많은 박해. 조정에서는 쇄국양이鎖國攘夷 정책으로 척화비를 전국 방방곡곡에 세웠습니다. '서양 오랑캐가 침입하는데 싸우지 않으면 화친하자는 것이요, 화친을 주장하는 것은 나라를 팔아먹는 것이다洋夷侵犯 非戰則和 主和賣國.' 쇄국정책을 하면서 서양 귀신, 야수교인들이라 손가락질하면서 얼마나 많은 천주교인들이 죽어 나갔던지? 천주교 선교사들이 이 조선 땅에 오는 것은 그야말로 죽음의 길에 들어서는 길이나 마찬가지라고 여겼습니다. 조선 왕실의 주도로 행해졌던 수많은 박해 사건들의 연속이었습니다. 양화진을 형장으로 만들어 천주교인들을 수도 없이 목을 자르는 엄청난 살해를 저지릅니다. 한강 변 양화진 경치 좋은 곳에 누에의 머리를 닮았다 하여 양두봉이라 일컫는 곳에서 얼마나 많은 천주교인들을 죽였던지, 양화진 양두봉을 절두산切頭山이라 이를 만큼 많은 목숨이 사라졌습니다. 천주교 탄압을 구실로 일으킨 병인양요. 프랑스 함대가 강화도에 침입하여 통상을 요구하고, 규장각 등 문화재까지 약탈해 갑니다. 제너럴셔먼호가 대동강에서 불타고 토마스 선교사와 선원들이 피살된 것을 빌미로 신미양요를 일으킨 미국의 통상 압력도 계속됩니다. 수많은 박해 속에서도 열강들의 각축장이 된 조선 팔도에도 쇄국이 드디어 풀리기시작합니다. 서양 나라들과 차례로 수호조약이 체결되자, 개신교 선교사들은 미지의 나라, 조선에 선교의 등불을 켜기 위하여 도착합니다. 궁정어의宮廷御醫로 봉사한 미국인 북장로교 선교사 알렌은 갑신정변 때 중상을 입은 민비의 조카 민영익에게 외과 수술을 통해 생명을 구해 줍니다. 그 인연으로 고종의 주치의가 됩니다. 고종에게 건의하여 서양식 병원의 시초인 광혜원(제중원)을 설립하여 치료를 하자 환자들이 몰려듭니다. 훗날 세브란스병원 및 의학전문학교로 발전합니다. 알렌은 고종으로부터 벼슬까지 받게 됩니다. '통정대부'라는 당상급의 정삼품, 뒤이어 '가선대부'라는 정이품을 받게 됩니다. 제중원을 통해 수만 명의 환자를 치료합니다. 궁궐의 관리들뿐만 아니라 가난한 서민이나 걸인, 나환자까지도 치료를 하여 그리스도의 무한 사랑을 실천합니다.

언더우드와 아펜젤러는 함께 선교사로 명을 받고 먼저 일본에 도착합니다. 조선인 이수정을 만나 한글을 배우고, 조선 땅에는 1885년 인천항으로 부활절 아침에 도착합니다. 장로교 선교사 언더우드는 제중원에서 알렌을 도와 진료를 합니다. 제중원 산하 의학교에서 물리, 화학을 가르치고, 경신학교를 세웁니다. 이 학교는 나중에 연희전문학교로 발전합니다. 기독교서회를 창설하였으며, 기독청년회YMCA를 조직하였습니다. 미국의 북감리회 선교사 아펜젤러는 고종에게서 '인재를 배양하라'는 뜻의 '배재학당培材學堂'이라는 교명과 액額(학교 간판)을 하사받아 최초의 외국인이 설립한 사학을 세웁니다. 미국인 감리교 선교사 스크랜튼이 어려운 여학생을 데려다 가르치면서 시작된 학교의 학생 수가 점점 많아집니다. 고종황제와 명성황후로부터 외아문을 통해 '이화학당梨花學堂'이라는 교명과 현판을 하사받았습니다.

선교사들은 선교 수단으로 교육과 의료사업을 통해 민중 속으로 다가가 복음을 전파했습니다. 갑오개혁 이후로 관립학교가 세워지고, 사립학교로는 홍화학교를 비롯하여 양정의숙, 보성학교, 진명, 숙명여학교, 대성학교, 오산학교 등 학교가 세워졌습니다. 타 종교 단체에서 세운 학교도 있었지만 기독교 선교사들이 세운 학교는 셀 수가 없을 정도로 많습니다. 전국 각지에 교회를 통한 학교와 병원도 세워졌고, 선교사들이 각 교파별로 구역을 정하였습니다. 수만 평에서, 혹은 수십만 평의 부지를 매입합니다. 그렇게 자리를 잡기까지는 참으로 우여곡절도 많았습니다. 부지 매입을 하려면 그 지역 유림儒林들의 반대가 심했습니다. 부지를 매입하고도 반대에 부딪혀 무효가 되는 일도 다반사였습니다.

트라이앵글 선교 전략에 따라 그 지역에는 교회, 학교, 병원이 함께 세워졌습니다. 유럽풍의 최신식 건축물인 선교사 숙소도 함께 들어섭니다. 선교에 필요한 시설과 그 지역을 섬기는 데 필요한 다양한 환경을 조성하였습니다. 변변한 시설 하나 없는 황량한 허허벌판 위에 교회, 학교, 병원을 묶어서 조성하기란 쉬운 일이 아니었습니다. 오로지 하나님의 복음을 전하기 위해 엄청난 자금과 헌신이 필요했습니다. 선교사들을 파송한 각 나라에서 보내져 온 선교헌금. 그 나라 정부에서 지원한 지원금도 아니고, 각 나라에서 교인들이 한 푼, 두 푼… 십시일반으로 모인 선교헌금을 가져와서 각 지역에 교회, 병원, 학교를 세워 그리스도의 사랑을 실천하는 데 희생과 봉사를 아끼지 않았습니다. 선교사들은 병원을 세워 서양 의술로 환자들을 치료하는 데 헌신합니다. 서양 의술 전파는 물론이거니와 조선 사람들에게 지극 정성으로 헌신하여 보살피며 복음을 전합니다.

각 지역별로 선교사들이 세웠던 학교와 병원을 살펴보면 경성에는 배재, 경신, 공옥, 신군학교, 이화, 정신, 배화여학교, 보구여관(여성 전문 병원. 이화여대부속병원 전신.), 세브란스병원. 제물포에는 영화학교. 개성에는 한영서원, 미리흠, 호수돈여학교와 남성병원. 평양에는 광성, 숭덕, 정의, 숭실학교, 맹아학교, 평양신학교, 숭의여학교, 평양외국인학교. 기홀병원, 제중원(기독병원)을 세우고 나중에 이 두 병원을 합쳐서 평양연합기독병원을 세웁니다. 평안도의 영변에는 숭덕학교와 제중의원. 선천에는 신성학교, 보성여학교와 미동병원. 강계에는 영실학교와 계례지(케네디)병원. 재령에는 명신학교. 황해도 해주에는 의창, 의정학교와 구세병원. 함경도 원산에는 루씨여학교, 보광, 덕명학교. 성진에는 보신학교와 제동병원. 함흥에는 영생학교. 회령에는 제혜병원. 강원도 춘천에는 배영학원과 춘천예수교병원. 원주에는 의정여학교와 서미감병원. 충청도 공주에는 영명학교와 공주병원(시약소). 청주에는 청남학교와 소민병원. 경상도 대구에는 계성학교, 신명여학교와 동산병원. 안동에는 계명학교와 성소병원. 부산에는 일신여학교와 일신기독병원. 진주에는 광림, 시원학교와 배돈병원. 통영에는 진명학교와 건강관리소. 거창에는 명덕학교. 마산에는 창신, 의신학교. 북간도 용정에는 제창병원…. 전국 곳곳에 계속해서 학교를 설립해 나갑니다.

을사늑약 즈음에는 정부로부터 정식으로 인가를 받은 학교만 전국에 개신교 660여 개와 천주교 계통의 학교만 합쳐도 800여 개의 기독교 계통의 학교가 세워지는 놀라운 일을 이뤄 냈습니다. 학교 외에도 전국 방방곡곡 선교사들이 세운 교회에서 가르치는 야학까지 합하면 셀 수가 없을 정도로 많았습니다.

별도의 여학교 설립이야말로 억압받던 여성들에게 교육을 시킴으로써 여성존중, 남녀평등, 여성해방 운동의 시작이었던 셈입니다. 팔도 각지에 학교와 학원이 설립되지 못한 수백, 수천 곳에는 교회 안에 학원과 사숙私塾을 세워 아이들을 가르칩니다. 평북 용천의 신창교회, 박천군의 남호교회, 전북 익산군의 고내리교회, 김제군 월성리교회, 충남 서천군의 구동교회, 전남 광양군의 신황리교회, 구례군의 구례읍교회, 광의면 대전교회… 서너 명에서 수십 명 정도의, 그야말로 소규모 야학의 형태일지라도 전국 방방곡곡에 교회가 있는 곳이라면 문맹인 아이들을 불러 모아 가르쳤고, 교회가 없는 곳이라면 교회를 지어서라도 아이들을 불러 모았습니다. 아이들에게 한글을 가르쳐서 문맹을 퇴치하는 일이야말로, 나라를 잃은 이 판국에 어쩌면 제일 중요한 일이기도 합니다. 우리 대전교회 야학도 선교사들이 세워서 운영하는 수많은 야학 중에서 한 곳이라고 보면 됩니다."

"그렇군요. 엄청나군요. 선교사들이 어마어마한 일을 해 오고 있군요. 이렇게나 많은 학교와 야학이 있는 줄 몰랐습니다. 정말로 대단합니다."

한 목사의 이야기에 만식이 감탄조로 대답을 한다. 인철도 놀라움을 금치 못하고 고개를 끄덕인다.

"선교사들이 중등학교와 야학을 세워 아이들을 가르치는 일은, 문맹에서 벗어나는 일과, 신학문을 가르쳐 넓은 세상을 향한 눈을 뜨게 하는 일과, 은연중에 민족정신을 일깨워 주는 계기가 되고, 수많은 인재를 배출하는 역할을 하였습니다."

"목사님 저 역시도 가정 형편이 어려워서 대전교회 야학 출신 아닙니까? 저도 대전교회 야학이 없었다면 글도 모르고 살았을 겁니다. 헤헤."

만식이 웃으면서 대전교회의 야학에 관한 얘기에 신이 난 모습이다. 인철도 고개를 끄덕인다. 인철은 광주에서 학교를 다녔던 적에 기독교에 대하여 어렴풋하게 소리 소문만 들었지 사실상 상세하게 알지는 못했다. 광주의 숭일, 수피아여학교. 목포의 영흥, 정명여학교. 순천의 매산학교. 전주 신흥, 기전여학교. 군산의 영명, 메디볼린여학교. 호남의 몇몇 학교와 대도시의 기독교 학교 얘기만 들었을 뿐이다. 일제의 억압 속에서 정보가 모두 차단되고 있는것이다. 더더구나 민족교육은 선교사들이 세운 학교에서나마 근근이 비밀리에 이루어지고 있는 실정이다. 이렇게 선교사들이 어마어마한 일을 해오고 있다니… 신식학교 교육이야말로 참으로 대단한 일이다. 일제에 의하여 나라를 잃은 판국에는 더더욱 그렇다.

"그럼요. 나라가 못 하는 일을 한 셈이죠. 우리 조선 민족이야말로 선교사들을 통해서 하나님의 축복을 받은 셈이죠. 교육과 의료 사업도 대단하지만, 을미년에는 명성황후 시해 사건 때 경복궁에서는 무슨 일이 일어났는지 알고 있나요?"

만식과 인철이 고개를 흔든다.

"서구 열강들의 각축장이 되어 버리고, 청일전쟁의 승리로 조선의 독점적 지배권을 점점 옥죄어 온 일본. 조정에서는 이를 견제하기 위하여 러시아를 끌어들여 러, 프, 독의 삼국간섭에 이르게 합니다.

일본의 사주를 받은 낭인들에 의해 궁궐을 침범하여 경복궁 내 건청궁 곤녕합 옥호루에서 국모인 명성황후를 살해해 버리는 극악무도한 일을 저지릅니다. 그 당시 고종은 무섭고 불안하여 피비린내가 나는 그 혼란 속에서 벌벌 떨면서 선교사들만 부르게 됩니다.

'선교사들 어디 있느냐! 어서 선교사들을 데려 오너라!'

고종은 안심할 수가 없었습니다. 부들부들 떨면서도 어느 누구에게도 몸을 의탁할 수 없는 처지가 됩니다. 황후가 궁궐 안에서 죽어 나가는데, 얼마나 공포가 엄습했겠습니까? 또 얼마나 한이 맺혔겠습니까? 고종은 명성황후의 죽음으로 슬프게 울면서도 분노에 차 있었습니다.

'황후의 죽은 원한을 갚아 주기만 한다면 내 단발斷髮을 꼬아서라도 신을 만들어 주겠노라.'

고종은 강한 분노를 나타냅니다. 명성황후 살해 후, 신변에 위협을 느낀 고종은 극심한 불안에 시달렸습니다. 긴박한 시기에, 고종은 자신도 독살당할지 모른다는 위압감에 처합니다. 궁내에서 받치는 수라상도 입에 댈 수가 없을 만큼 위험한 상황에 처하게 됩니다. 음식에 독약이 들어 있을지 의심만 가득했습니다. 누구도 믿을 수 없는 궁궐. 궁궐 도처에는 왕의 시해 음모 소문만 무성했습니다. 왕이 식음을 전폐하게 하는 불안이 계속됐습니다. 언더우드 선교사는 매일 궁궐에 들어와서 왕 곁에 머물러 있으라는 부탁을 받게 됩니다. 식음을 전폐하고 불안에 떨고 있는 왕에게 언더우드 선교사는 부인에게 궁궐 밖에서 정성스럽게 마련한 음식으로 큰 양철통이나, 나무로 만든 함을 만들어 자물쇠를 채운 후 배달시켰습니다. 궁궐 안으로 배달된 음식을 언더우드는 왕 앞에서 자물쇠를 직접 열어 보이고, 왕의 눈앞에서 직접 개봉합니다. 극도의 의심을 잠재우게 한 후 고종에게 음식을 매일 제공하였습니다. 고종은 가장 신뢰하고 믿을 수 있는 선교사들에게 신변 보호 요청을 합니다. 선교사들 역시 일본의 횡포를 두고만 볼 수 없는 일이었습니다. 선교사들에게도 위험한 상황이 급변하면 할수록, 목숨의 위협은 더 옥죄어 왔습니다. 포악한 일본의 무리들이 선교사들을 먼저 죽여야만, 왕을 죽일 수밖에 없는 상황이 전개되는 형국이었습니다. 선교사들은 목숨을 내걸고서라도 조선의 왕을 지켜 줘야만 했습니다. 왕의 서재 겸 집무실인 집옥재集玉齋. 밤에는 왕의 침소가 되는 곳에서 언더우드, 유진벨, 번커, 존스, 게일, 애비슨, 헐버트… 선교사들이 두 명씩 교대로 권총을 차고, 불침번을 서게 하는 긴박한 운명에 처하게 됩니다. 선교사들 목숨도 위태했지만, 밤을 꼬박 새우며 헌신적으로 조선의 왕을 지켜 냅니다. 그야말로 선교사들이 조선의 왕을 지켜내는 위대한 영향을 발휘하였던 거죠. 그만큼 외국인 선교사들은 왕이 목숨을 맡겨도 될 만큼 조선 땅에서 그리스도의 무한한 사랑으로 아무 조건도 없이, 헌신적으로 봉사했고, 믿을 만한 사람들이었습니다. 춘생문 사건 실패 후, 러시아 공사관으로 고종이 피신하는 아관파천이 일어납니다. 외세를 자력으로 방어할 능력이 약해질 대로 약해진 조선이 대한제국을 선포하고, 국외 중립을 선언해도 일본은 이를 무시하고 강제로 을사늑약을 체결합니다.

헐버트 선교사는 '황성기독교 청년회(한국 YMCA)'와 함께 합니다. 학교 교사로 근무하며 한글로 지리 교과서인 『사민필지士民必知』를 편찬하여 가르치는 데 힘을 기울입니다. 고종과도 은밀하게 일을 추진합니다. 일본과의 조약이 부당하고 무효라는 걸 알리는 일에 나서게 됩니다. 이상설, 이준, 이위종은 고종으로부터 네델란드 헤이그 만국평화회의 특사 위임장을 받습니다. 헐버트는 이들을 비밀리에 도와줘서 만국평화회의장에 참석시킵니다. 이미 일본과 미국의 가쓰라·태프트 밀약이 있었던 터라, 헐버트가 민족자결주의를 주장한 미국 정부에게 도움을 요청해도 도움을 얻지 못합니다. 만국평화회의장 진입에는 실패하지만, 그 일이 발각되어 헐버트는 일제에 의하여 미국으로 추방당합니다. 미국에서도 헐버트는 이승만과 '조선독립후원회'를 조직하여 조선의 독립을 위하여 물심양면으로 돕게 됩니다.

언더우드와 게일 선교사는 이승만이 감옥에서 기독교를 받아들인 인연으로 이승만에게 미국 유학을 출발하기 전에 써준 장문의 추천서를 가지고 미국 유학길에 오르게 하는 도움을 줍니다. 미국에 도착한 이승만은 선교사들이 써 준 장문의 추천서 힘을 빌어서 유학 생활에 큰 도움을 받습니다. 선교사들은 약소민족 조선이 독립하는 일이라면 발 벗고 나서고 목숨도 아깝지 않게 내놓았고, 우리나라 전국 방방곡곡에 수많은 교회와 학교. 병원을 세워 선교사업과 함께 조선에서 서서히 자리를 잡아가게 됩니다. 나라에서도 못하는 엄청난 일을 선교사들이 한 셈입니다."

인철과 만식이가 한 목사의 말에 고개를 끄덕이며 더욱 집중하게 된다. 한 목사의 이야기를 들으면 들을수록 놀라운 일이 아닐 수 없다. 둘은 어디에서도 들을 수 없었던 선교사들의 이야기에 감명을 받는다. 조선이 망해 가는 시기의 이야기가 한풀, 한풀 풀어지는 것 같아 호기심을 더욱 자극한다.

"열강들의 각축 속에서 외국인 선교사들은 살아 있는 외교관 역할을 하고 있었습니다. 러일전쟁에서 승리한 일본은 을사늑약으로 외교권을 강탈하여 각종 이권을 획득합니다. 서구 열강들과의 관계에서 쇄국정책을 펴면서 천주교를 박해하고 서구 열강들에게 밉보였던 조선의 조정은 힘을 잃습니다. 일본은 조선총독부를 앞세워 각종 이권을 챙기면서 외국 선교사들에게는 은근히 눈을 감아 주는 척, 선심을 쓰듯 혜택을 주었습니다. 서방의 외국 선교사들은 무시할 수 없는 외교관 역할을 하던 시기. 그러던 시기에 일본과 서양 선교사들과는 어느 정도 선에서 서로 밀약하고 눈감아 줍니다. 조선 땅에서 자기네들끼리 사정을 봐줘 가면서 일본은 서양 나라들과의 적대시한 감정을 누그러뜨릴 필요를 느낍니다. 일본 놈들이 조선을 강탈한 만큼 서양 선교사들, 특히 미국과 영국 선교사들에게 후한 인심이라도 내줘야만 입막음을 할 수 있는 시기였습니다. 국제적으로는 미국과의 가쓰라·태프트 밀약, 영국과의 영일동맹, 러시아와의 포츠머스조약이야말로 자기네들끼리 비밀리에 조약을 맺고 나서, 인심 쓰듯 조선 땅에서 일본의 지배를 모른 체하고, 눈 감아 줍니다. 각국의 식민지를 유지하려고 혈안이 되어 있는 강대국들끼리는 서로에게 우호적인 이유가 숨어 있었던 것입니다. 그러면서 각종 이권을 챙기기에만 혈안이 되었습니다. 그러나 선교사들의 헌신은 그런 정치적인 의도와는 전혀 무관하게 오로지 하나님의 복음을 전파하기 위하여 무조건적으로 아무 대가를 바라지도 않았습니다. 교회를 세우고, 병원을 세우고, 학교를 세워서 그리스도의 사랑을 전파하기에만 집중을 했습니다. 국가적으로 시키지도 않은 일이었습니다. 혹여 시킨다 해도 단순한 선교사들을 서양 귀신이라 하여 선교사들을 죽이는 무시무시한 땅에 목숨까지 담보하며 올 수도 없는 땅이었습니다. 조선 땅에 선교사로 파송되어 간다는 것은 곧 죽음의 길과도 같은 무시무시한 상황이었으리라고 봅니다. 본국으로부터 선교사 파견은 그야말로 교인들이 1달러 혹은 10달러씩 십시일반으로 참여한 선교헌금으로 이루어진 것이었습니다. 개미군단의 위력을 발휘한 모금 운동으로 모은 천금과도 같은 귀한 선교헌금으로 천 리 길도 마다하지 않고 목숨까지 내어놓으며, 저 무지한 조선의 백성들을 위해서, 오직 하나님의 명령을 실천하고자 했습니다. '사마리아와 땅끝까지 이르러 내 증인이 되리라'는 예수님의 지상명령. 복음을 전하기 위해서 이역만리를 건너온 선교사들입니다. 하나님의 말씀을 심어 주고 복음을 정착시키기 위해, 고난의 길을 몸소 수행하는 성자들이나 다름없습니다. 선교사들은 오히려 일본이 조선을 강탈하고, 조선 민족을 억압하는 꼴을 가만히 두고만 볼 수가 없었습니다. 각 기독교 학교 학생들에게 교육을 통하여 만민 평등주의와 민족자결정신을 일깨워 주었습니다. 이 교육을 통해 학생들에게 애국, 애민의 민족정신이 가슴 깊이 스며들게 했습니다.

3·1 만세운동이 일어나자 누가 시키지도 않았지만, 자발적으로 전국 각지의 기독교 학교 학생들이 가장 먼저 앞장서서 만세운동을 주도했습니다. 학생들이 기독교 교육을 통해서 배운 정신이 꿈틀거렸습니다. 근대국가 민주주의 시민의식과 애국심은 독립정신으로 자

연스럽게 불타올랐습니다. 사회적 약자를 향한 헌신과 개혁을 교육받았던 학생들은 분연히 일어났습니다. 각 도시에서 공부하던 학생들이 학교에 임시 폐교령이 내려지자마자, 도시와 농촌으로 학업도 포기한 채 만세운동을 주도하러 갔습니다. 선교사들이 세운 여학교에서 교육을 받은 여자들도 남자들 못지않게 당당하게 앞장을 섰습니다. 이화여학교의 유관순 학생은 고향으로 내려가 천안의 아우내 장터에서 앞장서서 만세운동을 주동하였고, 광주 수피아여학교의 윤형숙 학생은 앞장서서 만세를 부르다가 일제 경찰에 의해 한쪽 팔이 잘렸지만, 다른 팔로 태극기를 들고 만세를 계속 부르기도 하였습니다. 경성에서는 선교사들이 세운 종로의 승동교회 지하실에서 경성의 학생대표들이 비밀리에 모여 독립선언서를 나누어 주고 만세를 부르기 위한 모의를 했습니다. 만세운동이 일어난 후 선교사들이 직접 독립선언문을 비밀리에 전달하기도 하였습니다. 선교사들은 조선에 선교사로 파견될 때 정치 참여를 금지시켰지만, 가만히 있을 수 없었습니다. 을사늑약이 체결되자 '미국은 일본의 한국 지배를 인정하고, 일본은 미국의 필리핀 지배를 인정한다'는 가쓰라·태프트 밀약이 있었기에 미공사관을 폐쇄하고, 한국에서 철수하여 동경에서 조선에 대한 미공사업무를 대행하는 행태를 보였습니다. 미국은 조선에서 만세운동이 일어나도 철저히 외면하였습니다. 그렇지만 스코필드를 비롯한 선교사들은 만세를 부르기 위해 비밀리에 선교사 사택을 내어주며 모임을 갖게 하고, 밤을 새워가며 만세운동을 모의하게 망을 봐 주기도 했습니다. 선교사들이 세운 각 학교의 기숙사 사감실에 모여 태극기를 만들게 합니다. 만세운동을 하는 조선인들을 위해 발 벗고 나서서 도움을 아끼지 않았습니다.

'하나님! 조선 사람들이 자유를 달라고 부르짖는 저 평화의 만세소리를 들어 주시옵소서.'라고 간절히 기도를 드렸습니다. 무장도 갖추지 않은 채 맨손으로 태극기만 들고 만세를 부르는 조선 사람들을 일본 경찰이 총, 칼로 무자비하게 진압하여서 피를 흘리며 죽어 나갑니다. 그 광경을 가만히 보고만 있는 게 오히려 이상한 일이었습니다. 선교사들은 일제의 만행 앞에 충격을 받았고, 분노했습니다. 양심상 견딜 수가 없었습니다. 학생들과 교인들을 보호하는 데 앞장섰고, 스코필드는 위험을 무릅 쓰고 만세 현장을 사진으로 찍어서 세계만방에 알리는 데도 목숨까지도 내놓은 선교사들이었습니다. 만세운동의 지원 문제로 일본 경찰에게 발각되어 감옥에 투옥되기도 하고, 본국으로 추방을 당하면서까지 일제에 항거하는 일에 조선 사람들과 함께했습니다."

만식과 인철이 고개를 끄덕인다. 그동안 잘 몰랐던 눈물겨운 선교사들의 업적을 듣게 된다. 만식은 감격하여 눈시울이 붉어진다. 아! 선교사들이 이 조선 땅에 오지 않았다면, 이 나라는 어떻게 되었을까? 감격하지 않을 수 없다.

"와! 와! 와!"

아이들의 함성이 교회에 울려 퍼진다. 여름성경학교가 시작되어 헨프리를 비롯한 선교사 일행이 대전교회에 들어선다. 대전교회 교인들이 선교사 일행들을 반갑게 맞이한다. 한 목사와 교인들. 만식과 인철도 헨프리 일행과 반갑게 악수를 나눈다. 호남 지역의 선교사들이 한꺼번에 몰려왔다. 여름성경학교에는 매년 점점 많아지는 환자들을 치료하기 위하여 순천병원의 의사 선교사들뿐만 아니라, 광주 기독병원, 전주 예수병원. 군산의 예수병원. 목포의 프렌치병원. 순천의 알렉산더병원을 비롯하여 호남 지역에서 봉사하고 있는 의사, 선교사들과 간호사들이 함께 몰려왔다. 아이들이 교회로 구름 떼처럼 몰려들었다. 예배당 안은 아이들로 꽉 찼다. 예배당 안으로 들어오지 못한 아이들은 창문 밖에서, 창문으로 안을 들여다보며 함께 찬송가를 따라 부른다. 북소리와 함께 노래와 율동으로 아이들을 신나게 한다. 헨프리가 북채를 쥐고 신나게 두드린다. 만식도 돌아다니며 헨프리와 함께 아이들을 다독인다. 인철은 앞에 나서지 않고 뒤편에 서서 이 광경을 구경하듯 바라본다. 필요한 일이 있을 때만, 다가가 도와준다.

둥 둥 둥 둥 둥둥둥둥….

"하나님이 세상을 이처럼 사랑하사 독생자를 주셨으니 누구든지 예수 믿으면 멸망하지 않고 영—생을 얻으리라 영—생을 얻으리로다."

아이들은 북소리에 장단을 맞추어 목소리를 높여 가며 노래를 부른다. 아이들이 교회 마당으로 몰려나온다. 교회 마당에서 헨프리는 아이들과 함께 신나게 게임도 하며 놀이에 열중한다. 대전교회 마당에서 외국인 선교사들이 함께하는 여름성경학교는 아이들에게 동심의 세계와 더불어 하나님의 나라를 소개하고, 성경 이야기를 들을 수 있는 절호의 기회이기도 하다. 푸른 눈을 가진 외국인 선교사와 스스럼없이 어울리는 일이야말로 신나는 일이다. 아이들의 눈망울이 초롱초롱하기만 하다. 선교사 일행들이 학용품 선물 보따리를 풀어 놓은 날이다. 아이들이 그 선물을 보자 환호성을 지른다. 노고단 별장에 올라가기 전에 대전교회에 들러 아이들에게 선물 보따리를 풀고 가는 것이다. 아이들은 선물을 하나라도 더 받고 싶지만 질서 정연하게 줄을 서게 한다. 아이들이 줄을 서서 선교사들이 나누어 주는 선물을 받고 인사를 한다. 아이들 얼굴에는 웃음꽃이 활짝 핀다. 각자 받은 선물로 서로에게 자랑하느라 바쁘다. 아이들이 선물을 들고 환호하며 달린다.

아이들과 함께 대전교회는 어른들로 북새통이다. 선교사들이 무료로 진료를 해 준다는 소문이 퍼졌다. 환자들이 길게 줄을 지어 서 있다. 교회를 들어가기 위한 줄이 수백 미터나 길어졌다. 아픈 사람들이 선교사들에게 진료를 받기 위해 차례를 기다리고 있다. 광의 사람들은 물론이거니와 신작로 건너 용방면에서, 멀리서는 산동면 산골짜기 마을에서, 구례 전역에서 십 리 길, 이십 리 길을 걸어서 온 사람들이다. 헐벗고 굶주린 사람들이 몰려들었다. 평생 병원 한 번 안 가 본 사람들에게 선교사들이 서양 의술로 무료 치료를 해 준다는 소문에 사람들이 몰린 것이다. 헨프리 일행이 오전에 여름성경학교를 마치자마자 환자를 돌보는 일에 정성을 쏟는다. 헨프리가 흰 가운에 목에는 청진기를 걸고 있다. 차례로 진료를 받으러 교회 안으로 들어오는 환자를 웃으면서 진찰한다. 병이 심한 환자들은 웃음기 없는 얼굴로 고통에 몸부림치고 있다. 호기심과 두려움이 가득한 얼굴로 선교사들의 행동에 관심을 가진다. 헨프리가 웃음 띤 얼굴로 환자들에게 다가가 인사를 건넨다.

"안녕—하셔요!"

전라도 사투리로 억양도 어눌하고 느릿하게 말은 건넨다.

"…"

헨프리의 코는 매부리코에다가, 눈은 소 눈깔처럼 부릅뜨고 있다. 눈동자는 검은색이 아닌 푸르스름한 빛이 나고 있다. 사람 눈동자가 푸르스름한 눈깔이라니? 참으로 희한하게 생겼다.

생김새가 희한하여 보기만 해도 더럭 겁이 나는 얼굴이다. 서양 사람이 다가와 웃으면서 조선말을 건네자 더욱 긴장을 한다. 조선 사람들과 똑같이 코도 있고, 눈도 있고, 입도 있어서 생김새는 비슷하긴 한데…. 서양 귀신 얘기를 듣긴 들었는데, 저게 서양 귀신인지? 처음 보는 서양 사람이라 귀신에 홀린 듯도 하고… 가까이 다가올수록 가슴이 두방망이질을 치며 숨이 가빠진다. 푸르스름한 눈동자를 바라보니 겁이 덜컥 난다. 무서움이 몰려온다. 긴장의 끈을 놓을 수가 없다. 조선말을 어눌하고 느릿하게 말을 건네기는 하는데… 경계하는 눈빛으로 쳐다본다.

"시방! 거시기, 어디가 아프시다요?"

헨프리는 웃으면서 전라도 억양으로 환자에게 다가가 다시 느릿하게 말을 건네 본다. 환자는 조선말의 억양이 높낮이가 심하게 들리기는 하는데, 뭐라고 하는지 도통 알아들을 수가 없다. 무섭고 겁이 나 있는 환자에게 전달될 리가 없다.

"시방! 거시기, 의사 선생님이 어디가 아프신지 물어보시잖아요?"

한 목사가 옆에서 웃으면서 말이 통하도록 재차 아픈 부위를 물어 본다. 한 목사의 중계 역할로 인하여 환자는 전라도 사투리로 말을 띄엄띄엄하는 서양인 의사를 보고 경계를 풀고 웃는다. 이제야 겨우 안심이 놓인 환자는 말이 조금씩 통하는 서양인 의사들에게 아픈 부위를 치료하도록 허락한다. 헨프리가 환자의 아픈 부위를 지그시 누른다. 환자가 아파서 얼굴을 찡그린다.

"아~아!"

상처 부위를 만지기만 해도 아픈가 보다. 신음소리를 내며 얼굴을 찡그린다.

"오! 겁나게 아파요?"

헨프리가 웃으면서 아픈 부위에서 손을 뗀다. 알았다는 듯이 고개를 끄덕거린다. 헨프리가 아픈 부위에 약을 살살 바르고 붕대를 감아 준다. 치료를 마친 헨프리가 환자의 손을 함께 잡고 간절하게 기도를 한다.

"주 예수를 믿으라. 그리하면 너와 네 집이 구원을 얻으리라. 하나님 아버지의 권능으로 아픈 부위가 깨끗하게 치료되리라 믿습니다. 예수님의 이름으로 기도합니다. 아멘."

"아멘!"

한 목사도 환자 옆에 서서 함께 기도하면서 아멘을 외친다.

"우리 의사 선교사님이 치료를 했고, 간절하게 기도를 했으니까 금방 나을 겁니다."

한 목사가 환자를 안심시킨다. 치료를 받은 환자가 이제야 환한 얼굴로 고개를 숙이며 인사를 건넨다. 헨프리도 웃으면서 함께 고개를 숙이고 묵례를 한다. 흰 가운 입은 헨프리 일행이 교회 안과 마당에 누워 있는 환자를 일일이 찾아다니며 진찰을 계속한다. 허름

한 차림으로 앉아 있는 환자 앞으로 다가간다. 신발도 신지 않은 상처투성이의 발을 보며, 헨리가 눈을 크게 뜨고 상처투성이의 발을 향하여 허리를 굽힌다. 상처가 난 발에서는 진물이 흐른다. 헨리가 무릎을 꿇는다. 상처가 난 발에 소독약을 발라 준다. 약을 바르자 환자가 고통을 참아 낸다. 발에 붕대를 감아 준다. 치료를 마친 헨리가 환자들을 안심시킨다. 환자들의 손을 잡고 계속 기도를 해 준다. 치료를 마친 후에는 환자들이 헨리에게 허리를 굽혀 감사의 인사를 건넨다. 헨리도 함께 인사를 한다. 교회에 몰려든 환자의 수는 점점 많아져 긴 줄이 계속 이어진다. 곳곳에서 환자를 치료하느라 의사들과 간호사들이 바쁘게 움직인다. 교회 마당은 북새통이다. 몰려든 환자는 다음 날에도 계속 이어진다. 한 목사와 교인들은 교회에 모여든 사람들을 대접하느라 분주하게 뛰어다닌다. 교인들이 음식을 만들어 대접하느라 땀을 흘린다. 모두가 그리스도의 사랑을 베풀기 바쁘다. 이웃 사랑을 실천하는 현장이다. 여름성경학교 덕분에 대전교회는 아이들도, 어른들도 교회로 몰려든다. 예수님의 사랑을 주고받고, 그 사랑이 넘쳐난다. 끝날 것 같지 않던 환자의 수가 점점 줄어든다. 헨프리 일행이 교회에 몰려든 환자들 치료를 마친 후에 등산복 차림으로 노고단으로 향한다.

4
—
서양인촌 西洋人村
노고단

인철과 만식은 노고단을 오르기 위해 화엄사 입구에 도착했다. 보통학교 시절에 한 해 걸러 한 번씩 천은사로 소풍을 안 가면, 대신 왔던 화엄사다. 화엄사 입구는 워낙 유명한 절이 있기도 하고 수백 년 전부터 지리산을 유람하는 등산로 초입이기도 하여 여관이 많이 들어서 있다. 특히 근간에는 서양인들이 노고단 선교사 별장을 수시로 드나들고, 많은 사람들이 왕래하는 곳이라서 점방과 주막이 늘어나고, 여관도 서너 곳 더 들어섰다. 화엄사 계곡의 물소리가 제법 세차게 들린다. 노고단 정상에서 발원한 물이다.

"여기까지 왔는데 산으로 곧장 오르지 말고, 화엄사에 들렀다 가야지?"

"그럼! 급할 것도 없는데, 들렀다 천천히 가자고, 스님께 인사도 드리고."

인철과 만식은 서로 얼굴을 쳐다보며 화엄사 일주문에 들어선다. 화엄사는 백제 성왕 22년에 인도 스님이신 연기조사에 의하여 창건되었다고 하니 천 년 이상의 세월을 이 지리산 자락에 자리 잡고 있는 셈이다. 많을 때는 삼천여 명 이상의 스님들이 기거한 어마어마한 규모의 거대한 절이었다. 신라 시대에는 화엄사와 노고단 계곡과 정상에서 화랑도들의 심신을 훈련시키면서, 화엄 사상을 해회당에서 가르쳤다. 조선 시대에 이르러서는 정유재란으로 왜군이 쳐들어온다. 위기에 처한 나라를 지키기 위해 승병을 일으켜 칼을 들었다. 승병 153명이 의병들과 함께 석주산성에서 왜군을 물리치다 모두 장렬히 전사했다. 왜군의 보복으로 화마를 입고 불탔지만, 그 후로 왕명에 의하여 조선 최대의 목조건물인 각황전을 건립하기에 이른다. 민족의 시대적 국난을 모두 이겨 낸 그야말로 역사가 깊은 천년 사찰이다. 예로부터 들려온 이야기에 따르면 지리산 노고단의 영험하고 신령스러운 기운이 이 화엄사 계곡에 다다라서 전각도 규모가 남방제일로 팔원八院에 딸린 부속암자 팔십일 암자가 구례 동천에서 노고단을 향하는 계곡마다 존재했다고 한다. 모질고 질긴 역사를 이어 오면서 큰 사원이 팔 원이나 되고 암자가 여든하나라니, 엄청난 규모의 대가람이었다.

사천왕문을 지나고 계단을 올라서니 넓은 절 마당이 일행을 반긴다. 절 마당 초입이 오른쪽으로 치우쳐 있다. 훤하게 트인 곳에 대웅전과 각황전이 함께 눈부시게 빛난다. 대웅전이 먼저 눈앞에 가까이

다가온다. 안쪽에는 멀찌감치 각황전이 자리를 잡고 있다. 대웅전과 각황전을 올려다봐야 하는 위치다. 두 전각이 산세와 잘 어우러졌다. 장대한 각황전과 앞쪽에 있는 대웅전이 조화를 이루기 위해 절 마당 입구를 오른쪽으로 둠으로써, 두 전각이 절묘하게 배치되도록 신경을 쓴 것이다. 화엄사 입구에서 시작하여 계곡을 따라 구불구불 산길을 지나서, 일주문을 거치고, 대웅전까지 언덕을 오르고, 계단을 힘들게 올라온 후라서 더욱 빛이 난다. 속세의 힘들고 험난한 여정을 거쳐야만 피안의 세계에 다다를 수 있게 대웅전은 그 위치를 고려하여 배치를 해 뒀다. 절 마당에 동오층석탑과 서오층석탑이 우뚝 서 있다. 인철은 동오층석탑과 서오층석탑에 차례로 합장하고, 두 탑을 빙빙 돌면서 꼼꼼히 살핀다. 만식도 인철을 뒤따라 돈다. 정면으로 대웅전을 오르는 계단에 섰다. 계단을 천천히 오른다. 유난히도 가파른 계단이다. 대웅전을 향하여 계단을 오르는 기분이 묘하게 붕 뜨는 느낌이다. '대웅전大雄殿'이 눈앞으로 다가온다. 석가모니불을 본존불로 모신다는 대웅전 처마 단청으로 서서히 다가간다. 보면 볼수록 오묘한 단청의 문양이다. 형형색색의 문양을 가늠하기가 힘들다. 부처의 마음이 이런 것일까? 강하고 화려한 원색의 단청이야말로 보면 볼수록 오묘하기만 하다. 계단을 올라와 대웅전 안을 둘러본다. 웅장하면서 아기자기한 대웅전 안의 모습들이 호기심을 자극한다. 거대한 불상이 놓여 있고 불상 뒤에는 천장을 가릴 만큼 거대한 탱화가 불상 뒤에 걸려 있다. 불상과 탱화가 모든 중생들의 마음을 헤아리는 듯이 온화한 모습으로 자리를 잡고 있다. 인철은 신발을 벗고 대웅전 안으로 들어간다. 삼신 불상 앞에 합장하고, 절을 한다. 불상이 온화하고 자비로운 눈으로 내려다본다.

"너희들은 무얼 하러 온 중생인고?"

"…."

"너희들의 바람은 또 무엇이더냐?"

"…."

대웅전 마룻바닥에 엎드린 인철의 가슴속으로 부처님이 들어온 듯하여 가슴이 뜨거워진다. 다시 합장을 하고 불상 앞에 엎드려 절을 한다. 뜨거운 가슴이 사그라질 때까지 계속 절을 한다. 부처님 앞에서는 미천한 중생일 뿐이다. 불상의 눈과 마주칠 수가 없다. 낮은 자세로 절만 계속 올린다.

"부디 보살펴 주시기를… 나무아미타불…."

한없이 나 자신이 낮아지는 것만이 부처님을 가까이 만날 수 있는 길이다. 우주 만물에서 미미한 존재인 나를 낮추고 부처님을 만난다. 온화한 불상이 환한 얼굴로 가까이 다가오는 듯하다.

만식은 대웅전 문간에서 안을 계속 들여다보기만 한다. 불상을 여러 번 보았지만, 볼 때마다 새롭다. 불상 뒤에 걸쳐진 탱화도 뭘 의미하는지 잘 모르지만, 자꾸 눈길이 간다. 안으로 들어가지는 못하지만, 불상 앞에서 숙연해지는 것은 모든 인간의 본성인가 보다. 기독교에서 인간이 만들어 놓은 불상에 절을 하는 것을 우상숭배라고는 하지만, 지금 이 순간에는 그런 생각이 떠오르지 않는다. 만식은 다른 사람들이 불상에 엎드려 절을 하는 것까지 우상숭배라고 죄악시하고 싶지 않다. 그저 인철이가 불상에 계속 절을 하는 것을 가만히 쳐다본다.

절을 마친 인철은 대웅전을 나오면서, 만식과 눈을 마주친다. 인철은 만식에게 절을 하라는 눈짓을 해 보지만, 만식은 인철의 눈빛을 피해 버리고 발길을 먼저 옮긴다.

대웅전에서 각황전을 바라본다.

"와!"

일순간에 감탄사가 나오면서 입이 딱 벌어진다. 화엄사 경내에 구중궁궐을 옮겨놓은 듯하다. 어디에서도 볼 수 없을 만큼의 규모를 자랑한다. 돌 기단 위에 2층으로 올린 각황전의 위세가 하늘을 찌를 듯하다. 처마 끝이 허공중에 매달려 있는 듯, 높은 하늘에 걸려 있다. 인철과 만식은 각황전으로 발길을 천천히 옮긴다. 앞마당에는 석탑이라 일컬어도 될 만큼 우람한 석등이 우뚝 서 있다. 석등은 3천 년에 한 번씩 꽃을 피운다는 우담바라꽃 모양이며, 팔각형의 형태를 갖추었다. 나라 안에서 가장 큰 석등이기에 충분히 각황전을 밝혀 줄 듯하다.

부처님을 깨달은 왕이란 뜻과 숙종 임금님에게 불교 사상을 일깨워 중건하였다는 뜻으로 '각황전'이라 부르게 되었다는 구전설화다.

계파선사가 장육전 중건불사 대발원의 기도를 올린 지 백 일로 회향을 맞이하게 되었다. 계파총섭桂波總攝(총섭은 승군을 통솔하는 중요한 직권.)은 아침 공양을 마치고 대중스님들에게 한 신인神人이 꿈에 나타나서 "큰 불사를 이루려면, 복 있는 화주승化主僧을 내어 큰 시주 자를 얻어야 하느니라. 그러기 위해서는 물 담은 항아리와 밀가루 담은 항아리를 준비하고, 먼저 물 항아리에 손을 담근 다음, 밀가루 항아리에 손을 넣어서 밀가루가 묻지 않은 사람이 장육전 건립의 화주승이니라." 하는 부촉이 있었다고 말했다. 꿈 이야기를 들은 대중스님들은 그대로 실행하기로 하였다. 사시마지巳時麻旨 때 대웅전에 두 항아리를 준비하고 계파스님이 "만일 물 묻은 손에 밀가루가 묻지 않는 스님이 있다면 산승山僧과 함께 장육전 중건불사를 각별히 의논할까 하는 바이오." 산내 모든 대중들은 차례차례 계파스님의 지시대로 시행하였으나 손에 밀가루가 묻지 않은 스님은 없었다. 천여 중 모두를 시험해 보았으나 기대하는 스님은 끝내 나타나지 않더니만, 맨 나중에 시험해 본 공양주 스님의 손에 과연 밀가루가 묻지 않는 것이었다. 대중스님들은 일제히 공양주 스님을 향해 삼배하고 장육전 건립을 위한 화주승의 중임을 맡겼다. 계파스님은 공양주 스님에게 "그대가 10년을 공양주로 일한 복력福力이 천여 명 대중 중에서 가장 수승하기에 오늘의 시험에서 이적이 나타난 것입니다. 이는 내가 짐짓 시험한 것이 아니라 꿈에 지리산의 주인이신 문수대성께서 지시한 대로 시행한 것이니 그대는 문수대성께서 선택하신 화주승입니다. 그러므로 대시주자를 잘 얻어 장육전 중창불사를 이루도록 합시다." 공양주 스님은 공양을 짓는 수행만 했을 뿐 화주에는 전혀 인연이 없어 걱정이 태산 같았다. 밤새껏 걱정하며 대웅전에 정좌正坐하여 부처님께 기도를 올렸다. 비몽사몽간에 한 노인(문수보살)이 나타나서 말하기를 "그대는 걱정하지 말라. 내일 아침에 바로 화주를 위해 떠나라. 제일 먼저 만나는 사람에게 시주를 권하라." 하시며 사라지는 것이었다. 공양주 스님은 용기를 얻어 대웅전 부처님께 절을 하며 "맡은 바 화주 소임을 잘 완수하도록 가호를 내리소서." 하고 일주문을 나서서 걷기 시작했다.

한참을 가니 그의 앞에 남루한 옷을 걸친 거지 노파가 절을 향해 걸어오고 있었다. 이 노파는 자식도 없이 혼자서 움막에 사는데 절에 자주 올라와서 잔심부름을 해 주고 누룽지 따위를 얻어 가곤 하였으므로 공양주였던 스님과는 아주 친근히 지내 온 터였다. 화주승은 노파를 보는 순간 가슴이 철렁 내려앉았다. 거지노파에게 어떻게 장육전을 지어달라고 하랴 싶어서였다. 그러나 화주승은 간밤에 문수대성文殊大聖의 교시를 생각하고 노파 앞에 엎드려 큰절을 올리며, "오! 대시주이시여! 장육전을 지어 주소서." 이렇게 외치며 절을 계속하였다. 노파는 처음엔 서로 익히 아는 터라 농담으로 그러는 줄 여겼으나 스님의 진지한 모습에 아무 말도 못 했다. 화주승은 하루 종일 노파에게 전후 사정을 이야기하고 시주하기를 간청했으나 노파는 아무런 대안이 없었다. 그러나 노파는 화주승의 정성에 감동되어 눈물을 흘리며 자신의 가난함을 한탄하다가 이윽고 화엄사를 향하여 합장하고 대서원을 발했다. "이 몸이 죽어 왕궁에 태어나서 큰 불사를 이룩하오리니 문수보살이시여! 가호를 내리소서." 이렇게 원력을 아리며 수십 번 절한 뒤 소沼에 몸을 던지는 것이었다. 눈 깜박할 사이의 일이었으나 이미 이승 사람은 아니었다. 화주승은 너무나 갑작스러운 일에 대경실색大驚失色하여 그 길로 멀리 도망쳤다.

그 후 오륙 년이 흘러 한양성에 다다랐다. 화창한 봄날 하루는 창덕궁 앞에서 서성거리다가 유모와 함께 궁 밖을 나와 놀던 어린 공주와 마주치게 되었다. 어린 공주는 화주승을 보자 반가워하며 달려와서 우리 스님이라면서 누더기 자락에 매달렸다. 그런데 이 공주의 한쪽 손은 태어났을 때부터 꽉 쥐어진 채로 펴지지 않았다. 화주승이 꼭 쥐어진 공주의 손을 만지니 신기하게도 펴지는데, 손바닥에 '장육전'이라는 석 자가 쓰어 있었다. 이 소식을 들은 숙종대왕은 화주승을 내전으로 불러 자초지종을 모두 듣고 감격하여 "오! 장하도다. 노파의 깨끗한 원력으로 오늘의 공주로 환생했구나. 그 원력을 이루어 줘야 하고말고." 하며 장육전 건립의 대서원을 발하였다. 이렇게 하여 나라에서는 공주를 위해 장육전을 중창할 비용을 하사하였고 장육전이 완성되었다. 장육전은 대왕을 깨우쳐 중건했다는 인연으로 사액賜額을 내려 각황전覺皇殿이라고 하였다.

각황전 안을 들여다본다. 밖에서 볼 때는 2층 구조이지만, 안은 통으로 뻥 뚫린 1층 구조로 되어 있다. 마루에서 천장까지의 높이에 우선 놀라고, 넓이에 두 번 놀란다. 건물 전체가 하나의 방으로 이루어져 있다. 이렇게 넓은 마루를 본 적이 없다. 천장을 올려다본다. 천장이야말로 끝을 가늠할 수 없을 정도로 높은 곳까지 나무 기둥이 교차하면서 서로를 받치고 있다. 휭하니 넓은 곳에 앉아 있는 불단. 세 개의 큰 불상이다. 고개를 들어 올려다봐야 할 만큼 엄청난 크기에 압도당한다. 불상이 병아리 떼처럼 조잘거리며 지나가는 수많은 중생들을 자비스러운 눈으로 하나씩 보듬어 준다. 불보살님이 중생들 마음속으로 하나씩 들어앉아 수많은 걱정과 번뇌를 감싸 안아 주는 듯하다.

"그래 너는 어디서 무슨 일을 하는 중생인고?"

"…"

"불보살님 전에 합장하거라!"

"…"

"무릇 네 마음을 다스려라!"

"…"

"그리고 모든 것을 내려놓아라! 네 마음을 낮추거라!"

"…"

인철이 불상 앞에서 절을 한다. 절을 마치고 무릎을 꿇고 고개를 든다. 거대한 불상의 눈과 마주친다. 그 눈빛이야말로 부처의 설법 앞에서는 그 무엇도 대적할 수 없게 된다. 모두가 매료되어 버리는 자비스럽고, 온화한 눈빛이다. 중생들의 마음까지도 헤아리는 눈빛이다. 미천한 중생들이 합장한 후에 계속 절을 하는 모습에 온화한 미소를 띤다. 기둥을 올려다본다. 기둥 또한 압권이다. 기둥 하나는 수백 년 된 지리산 계곡의 싸리나무를 베어다가 만들었다. 다듬지 않고 울퉁불퉁 원형대로 만들어졌다. 기둥을 어루만져 본다. 자연 그대로의 싸리나무 기둥으로 받쳐진 각황전의 위엄이 한층 고고한 자태를 뽐낸다. 규모가 이렇게 큰 목조건물을 쇠못 하나 쓰지 않고 지었다니 감탄이 저절로 나온다. 왕명에 의하여 중수한 사찰이라서 오죽하랴만, 엄청난 규모에 고개가 저절로 숙여진다.

각황전을 나와 옆으로 백팔계단을 오른다. 일명 효대탑으로 향하는 계단이다. 계단 양쪽에 수백 년 된 노송이 사사자삼층사리석탑 앞을 감싸 안고 있다. 효孝의 탑이라 일컫는 석탑 앞에서는 더더욱 애틋하고 숙연해진다. 연기조사의 어머니와 관련된 전설을 안고 있는 사사자삼층사리석탑. 네 마리의 사자가 희로애락喜怒哀樂 표정으로 사방을 호령하고, 주위를 지키면서 중앙에 합장하며 서 있는 비구니상을 지키고 있다. 연꽃 봉오리를 들고 서 있는 비구니 불상. 비구니상은 연기조사의 어머니. 우리 중생들의 모든 어머니다. 바로 앞 석등 안에는 연기조사상으로 석등을 머리에 이고 무릎을 꿇고 앉아 왼손에 다기를 들고 공양하는 모습. 어머니를 배알하는 지극정성의 효심으로 석탑 안의 비구니상을 향하고 있다. 서로 마주 보는 배치의 형태가 부처님에게 차 공양을, 어머니에게 진리를 공양하는 효심을 나타낸다고 한다. 여기를 지나는 모든 중생들도 효심을 갖게 하려는 듯하여 모두가 합장을 하면서 어머니의 효심을 떠올린다.

대웅전 뒤로 오솔길을 따라 구층암으로 올라간다. 산죽이 무성하다. 산죽 숲의 살랑대는 바람 소리와 화엄사 계곡의 청아한 물소리가 오솔길의 묘미를 더해 준다. 수백 년간의 풍상을 겪은 탑이 먼저 반긴다. 본래의 탑은 무너져 내렸고, 탑의 남은 조각으로 탑의 형태를 만들어 놓았다. 원래의 탑에서 떨어져 나간 조각을 이어서 만든 탑이라 각이 조금은 엉성하고 불규칙하다. 암자로 들어서니 요사채의 기둥이 먼저 반긴다. 수천 년의 풍상 속에 꿋꿋이 자란 모과나무 밑동을 잘라 기둥으로 썼다. 기발하고 오묘한 건축 기법이다. 대웅전이나 각황전의 웅장함에 비하면 소소한 구층암이지만, 다듬지 않은 울퉁불퉁 모과나무 기둥을 보니, 자연과 어울리며 천 년을 버텨온 풍상의 기개가 구층암의 고혹함을 풍기게 한다. 암자 입구에도 모과나무가 자라고 있다. 푸른빛을 띠면서 자라고 있는 모과나무와 요사채를 떠받치고 있는 모과나무 기둥의 대비는 또 다른 환생을 보는 듯하다. 자연 그대로 자란 모과나무를 껍질만 벗겨 요사채 기둥으로 사용할 생각을 했을까? 다듬지도 않고 세운 울퉁불퉁한 모과나무 기둥을 조심스럽게 쓰다듬어 본다. 모과나무의 결이 그대로 느껴진다. 불쏘시개로나 쓰일 것 같은, 열매 외에는 쓸모가 없을 것만 같은 모과나무도 이토록 요긴하게 쓰였음을 깨닫는다. 하찮은 미물도, 변변찮은 사람도 모두가 귀하게 쓰일 수 있다는 것을 보여 준다. 대나무 숲과 시냇물 소리가 구층암의 풍미를 더해 주는 듯하다. 천불보전 안을 들여다본다. 천 개의 불상이 자리를 잡고 있다. 천불전을 향하여 합장하고 절을 올린다. 한 번 절을 하면 천불에게 절을 하니 천 번의 절을 하는 셈인가? 천불전에 새겨진 형상들도 화려하고 다양하다. 천불전을 나와 명학 스님을 만나러 간다. 명학 스님은 인철이 전에도 몇 번 찾아와서 함께 차를 마셨던 스님이다.

명학이 산책을 마치고 암자에 들어서면서 인철과 만식을 맞이한다. 명학이 먼저 고개를 숙이고 합장한다. 인철도 스님에게 합장한다. 만식도 인철을 따라 합장한다.

"어서 오십시오. 불자님."

"스님 오랜만입니다."

"자, 이쪽으로…."

명학이 요사채 안으로 들어가 자리를 잡고 앉는다. 인철과 만식은 요사채 안을 두리번거리며 머뭇거린다. 쭈뼛거리는 두 사람을 명학이 기다려 준다. 잠시 침묵이 흐른다.

"앉으시지요."

인철은 명학과 안면이 있어서 반가운데, 만식은 불자님이라고 부르니까 어째 기분이 떨떠름하다. 스님의 공방에 들어와 본 것이 처음이라 쑥스럽기도 하고, 스님과 정좌하는 것도 영 불편하기만 하다. 그러면서도 만식은 호기심 어린 눈으로 방 안 곳곳을 살펴본다.

"노고단에 오르시게요?"

"예. 오랜만에 노고단에 올라가 보려고 합니다."

"…"

고개를 숙이고 있던 인철이 고개를 든다.

"노고단이 어떤 곳입니까? 민족의 영산인 그곳에 수십 채의 건물이 들어서고, 서양인이 들락거린다고 합니다. 이제는 마을이 들어선 것처럼 서양인촌이 되어 버렸다니, 분통이 터지고 애석하기만 합니다. 구경이라도 한번 해 보려고요…"

"이 소승도 여러 번 노고단을 올라갔다 왔는데 참으로 애석한 일입니다. 수십 채의 건물을 지어 놨는데 어마어마합니다. 해가 갈수록 건물이 점점 늘어나고 있습니다. 노고단 봉우리 전체를 집어삼킬 기세입니다. 삼신산의 하나로 우리 민족의 혼이 살아 있는 영산이라, 나라에서 국태민안과 시화연풍을 기원하며 수천 년 동안 제를 지내 왔던 곳인데…"

스님이 말을 잇지 못하고 요사채 천장으로 고개를 돌린다. 목이 메이는 것을 참아 내는 눈치다. 스님이 고개를 돌리고 눈을 감는다. 잠시 침묵이 흐른다. 명학도 노고단 얘기만 나오면 열불이 나기는 마찬가지다. 왜군이 섬진강 물길을 따라 내륙으로 들어왔을 때, 하동을 거쳐 구례로 들어오는 길목인 석주관성에서 목탁 대신 칼을 들고 백여 명의 승려들이 분연히 일어나 의병들과 함께 맞서 싸우지 않았던가? 그때의 함성이 귓전에 들려온다.

"와! 와! 와!"

승복을 입고, 왜군을 향해 가차 없이 칼을 휘두른다. 치열한 백병전을 벌이며 일당백으로 왜군을 물리쳐 보지만, 수적 열세를 극복하지 못하고 왜군의 총칼 앞에 승려들과 의병들은 피를 흘리며 장렬히 쓰러져 간다. 석주관성이 핏빛으로 물들고 섬진강 물은 핏물이 되어 흐른다. 승리한 왜군은 기세등등하게 연곡사와 화엄사, 천은사 절간에 불을 지른다. 화마에 휩싸인 절간은 잿더미로 변해 버린다. 또다시 왜군에게 나라를 빼앗기고, 이제는 그것도 모자라, 민족의 성산인 노고단까지 유린당하고 있으니 울분을 참을 수가 없지 않은가? 바로 코앞에서 이런 일이 벌어지고 있으니 어찌 화가 나지 않을 수 있겠는가?

"저놈들이 오천 년의 역사가 살아 있는 이 강토를 유린한다고, 우리 민족혼이 하루아침에 꺾어진답디까? 절대로 호락호락하지 않을 겁니다. 우리가 어떤 민족입니까? 이대로 가만히 당하고만 있지는 않을 것입니다. 두고 보십시오."

명학의 목소리가 점점 커진다.

"서양 놈들도 그렇지, 노고단이 어떤 곳인 줄을 뻔히 알 텐데… 휴양을 한답시고, 예배당이니, 호텔이니, 수영장이니, 골프장이니 각종 시설과 수십 채의 별장까지 지어 놓고, 서양인촌을 만들어 가고 있으니, 기가 찰 노릇입니다. 한두 채도 아니고 수십 채가 노고단 서쪽 방향 산등성이 전체에 들어섰습니다. 가관입니다."

명학의 목소리에 울분이 차 있다. 명학이 눈을 감는다. 생각만 해도 온몸이 불덩이가 되어 간다. 불덩이가 된 몸이 가라앉을 기세가 아니다. 손에 든 염주를 한 알씩 돌리며 염불을 하기 시작한다.

"나무관세음보살 나무관세음보살 나무관세음보살…"

인철과 만식도 눈을 감는다. 인철도 가슴에 울분이 차는 건 마찬가지다. 만식은 고개를 방바닥으로 떨군다. 침묵이 다시 흐른다.

"여기까지 어려운 걸음을 하셨는데 차 한잔 대접해 드려야겠습니다."

밖으로 나간 명학이 차를 준비하여 들어온다. 명학이 투박한 질그릇 찻잔에 녹차를 따른다.

"자, 드십시오."

"예, 감사합니다."

인철과 만식이 스님과 함께 천천히 찻잔을 든다. 코끝에 은은한 녹차 향이 그윽하다.

"녹차 향이 참으로 좋습니다."

"천천히 한 모금씩 음미해 보십시오. 천천히…"

차를 한 모금 마신다.

"스님, 차 맛이 일품입니다."

알싸하면서 떫떠름한 맛이 점점 달콤함으로 변하여 입 안에 향기가 감돈다. 정신이 맑아져 오는 느낌이다. 대밭에서 불어오는 스산한 바람 소리가 화엄사 계곡 물소리와 함께 조화를 이룬다. 스님과 정좌하여 마시는 녹차의 오묘함이 마음 깊숙한 곳으로 스며든다.

"연기조사께서 오실 때 마야차 씨앗을 가지고 와서 심었더니 씨앗이 번성하였답니다. 화엄사를 창건하면서 신도님들과 마야차를 마시며 화엄차라고 부르기로 하였답니다. 그윽한 차 향기는 화엄사 골짜기를 맴돌고, 연화장 세계에 가득가득 퍼졌다고 합니다. 연기조사가 차 종자를 가져온 것과 사찰을 창건한 것과 동시대이고, 가람 부근에 차나무를 심었답니다. 화엄사의 차는 화엄차, 작설차, 죽로차라는 이름으로 우리나라 호남 일대와 지리산 다향茶鄕의 근원이 됩니다. 차는 화엄사와 함께 전해졌으며, 지리산 차 생산지의 본향本鄕이 되었답니다."

"저희들이 귀한 차를 대접받는군요!"

"이렇듯 녹차는 귀하기로 유명한 차입니다. 이 귀중한 차는 부처님께 새벽 공양부터 시작하여, 온종일 공양을 올릴 때마다 차를 올린답니다. 스님들이 찻잎을 수확하고 차를 정성 들여 만들어서 이렇게 불자님들께도 차 대접을 합니다. 지리산 녹차는 곡우穀雨 무렵에 돋아나는 순을 채취한 것을 제일로 여긴답니다. '지리산 작설차雀舌茶'라 하여 전국 팔도에 그 명성이 높습니다. 참새의 혀를 닮은 차 순, 참새의 혀만큼 자란 차 순, 녹차의 새순이 방긋하고 피어오를 무렵에 따는 차 순이라 하여 '작설차'라고 합니다. 이 녹차야말로 노고단의 정기를 받아 마시고 자란 녹차입니다. 지리산이 길러 낸 녹찻잎을 따는 수고만 더 하면 됩니다. 곡우 때 채취한 녹차 순을 가져와 불을 피운 가마솥에 은근하게 불 조절을 잘 하면서, 여러 번 덖어서 멍석에 올려놓습니다. 식기 전에 여러 번 비비고 말리고, 또다시 덖어서 말리기를 여러 번 반복하는 정성을 깃들여야만 녹차의 깊은 맛이 살아납니다. 찻잎, 은근한 가마솥의 불 조절, 차를 덖는 사람의 정성과 기술의 조화, 그러한 울력을 거친 수고를 해야만 귀한 녹차로 탄생하는 것이지요. 다도도 하나의 수행으로 여기고 차를 한 모금 마실 때마다 부처님의 은덕을 기리는 겁니다."

"스님, 감사합니다."

"녹차를 한 모금 입에 넣고 눈을 감아 보십시오. 녹차 한 모금이, 지리산 한 모금을 마시는 기분입니다. 입으로 머금지만 마음으로, 향기로, 머릿속까지 시원함을 느낄 수가 있습니다. 삼라만상의 우주가 다 보입니다. 하늘이 새롭게 보이고, 바람 소리도 새롭게 들립니다. 만나는 사람도 맑아 보입니다. 세상이 내 속으로 들어와 모든 만물이 맑게 보이게 하는 것입니다. 나를 찾아가는 시간이 훨씬 수월할 겁니다. 내 마음속으로 자연이 들어옵니다."

지리산은 봉래산(금강산), 영주산(한라산), 방장산(지리산)과 함께 삼신산三神山의 하나다. 조선 시대에는 한반도 백두대간의 주맥이 지리산으로 이어졌다 하여 두류산頭流山으로 불리어졌다. 노고단은 천왕봉, 반야봉과 함께 지리산 3대 주봉의 하나다. 지리산 서쪽 끝에 우뚝 솟은 산을 길상봉吉祥峰이라고 하였다. 그 봉우리에 단을 쌓아 노고할미에게 제사를 지내 왔다. 노고할미라는 이름은 지리산 산신 선도성모仙桃聖母를 존칭하는 다른 이름이다. 선도성모의 높임말인 '노고老姑'와 제사를 모시는 '신단神壇'이 합쳐져서 노고단老姑壇이라고 하였다. 단군왕검의 신화 속에 나오는 웅녀의 이야기에서 시작된 배달민족의 설화. 그 설화가 계속 전해지고 전해져 내려온 모계 설화. 별별 설화를 다 모아도 지리산 신은 여성 신을 가지고 있었다. 여인의 산이요, 어머니의 어머니 또 그 어머니의 어머니 산이라 일컫는다. 천신의 성모 딸들이 팔도 무당이 되어 무당의 시조 할머니가 되었다는 시조설, 신라 시조인 박혁거세 어머니 성모를 산신으로 모시는 선도성모설, 고려 태조 왕건의 어머니 위숙왕후설, 석가모니의 모친인 마야부인설, 태을성신이 사는 여러 신선들이 살았다는 설, 지리산이 삼신산의 하나라는 삼신할미설 등등 여성 신으로 전해져 왔다. 고려 시대에는 묘향산, 계룡산, 지리산을 '3악'이라 하였고, 신라 시대에는 동악의 토함산, 서악의 계룡산, 남악의 지리산, 북악의 태백산, 중악의 팔공산을 '5악'이라 하였고, 조선 시대에도 동악의 금강산, 서악의 묘향산, 남악의 지리산, 북악의 백두산, 중앙의 삼각산을 '5악'이라 하여 국가에서 제를 올렸다. 매년 봄과 가을에는 국가에서 내리는 향으로 제향, 제례를 올렸다. 하늘과 산에 제사를 올리고, 국태민안國泰民安과 시화연풍時和年豊을 기원하였다. 지리산 중에서도 천왕봉이 제일 높긴 하지만 천왕봉은 산세가 험하여 천왕봉 정상을 접근하기가 쉽지 않고, 수백 년, 수천 년 전부터 지리적으로 사람들의 접근이 용이하고 제단이라는 상징성을 가진 노고단에서 제를 지내 왔다. 노고단도 험하고 매번 노고단 정상을 접근하기가 쉽지 않은 관계로 지리산 노고단에서 지내던 국가 제사도 사당을 지어 광의면 온당리 '남악사'로 이전하여 제를 지내기도 하였다. 노고단은 조상 대대로 제를 지내 왔고, 많은 사람들이 노고단에 올라가 절을 하고, 소원을 빌기도 하였던 곳이다. 일제에 의한 병탄倂呑으로 강제로 을사늑약이 체결되고 조선 왕실이 해체되어 없어지는 마당에 노고단에서 제를 지내는 것은 일본 놈들에게는 눈엣가시였다. 산봉우리에 인정사정없이 쇠말뚝 박기를 은밀하게 진행했다. 민족정기를 없애기 위해 전국 각지의 산신제 제단을 망가뜨렸다. 온당리 인근에 있었던 남악사도 흔적도 없이 사라져 버렸다. 일본 천황의 신궁이 들어온 마당에 산신제를 지내던 노고단 돌탑들도, 시간이 가면 갈수록, 일본 놈들에 의해 쥐도 새도 모르게 무너져 내렸다. 민족정기의 흔적을 없애기 위해 혈안이 되어 있다.

화엄사 등산로 입구는 노고단을 오르려는 사람들로 북새통을 이룬다. 짐을 가득 진 지게꾼들이 바쁜 걸음으로 노고단을 향한다. 그들 일행이 오가는 틈으로 인철과 만식도 노고단 정상을 향하여 오른다. 정장을 곱게 차려입고 모자까지 쓴 서양 사람들, 등산복 차림을 한 사람들, 각양각색의 사람들이 어우러져 노고단을 향하여 함께 오른다. 산을 오르는 사람들 뒤에는 조선 사람들이 지는 지게 위에 올라앉은 어린아이들도 보인다. 조선인 가마꾼 두 명 또는 네 명씩 들고 가는 2인교나 4인교 가마 위에는 어린아이와 나이든 서양 여성이 가마 위에 앉아 있다. 4인교는 무게를 가볍게 하려고 대나무 발로 만든 평상을 만들어 그 위에 의자를 고정시켰다. 가마 위는 햇빛 가리개도 없이 훤하다. 가마꾼들이 가마를 두 손으로 들거나, 어깨에 메고 땀을 흘리며 산을 올라간다. 그 광경을 바라보는 인철은 그만 고개를 돌린다. 가마꾼들이 저렇게 사람까지 태운 가마를 메고 노고단까지 가려면 얼마나 힘이 들까? 순간적으로 부아가 치민다.

"야! 웬 놈의 코쟁이들이 이렇게도 많아? 다 어디서 온 놈들이야?"
배알이 뒤틀려 못 봐 주겠다는 말투다.

"품삯은 많이 주겠지?"

"그럼 저렇게 힘든데, 많이 줄 거야. 내가 알기로는 들에 나가서 일하는 것보다 서너 배는 일당을 많이 준다고 들었어. 마산면 황전리 미국 박센의 빽이 있어야 그나마 이 일도 할 수 있다고 하더라고."

만식이 그 사연을 소상하게 알려준다.

"많이 줘야지! 저렇게 힘들게 땀을 뻘뻘 흘리는데 많이 줘야지!"

화가 나지만 어쩔 수 없이 품삯이라도 많이 받아 내야 후련하다는 말투다.

"대전교회 교인들도 몇이서 선교사들의 짐을 날라 주고, 품삯을 많이 받았다는 얘기를 들은 적이 있어."

"넌 어디서 그런 소릴 들었냐?"

"선교사들이 노고단을 오갈 때 대전교회를 들러 가는 일이 있어. 그때마다 대전교회 교인들에게 많은 물품도 가져다주곤 하지. 아픈 사람을 치료할 때 사람들로 인산인해를 이루는 걸 너도 봤잖아. 여름성경학교 때만 아니라 수시로 어린아이들에게도 선물을 가져다주곤 하지. 그럴 때마다 아이들은 난리가 나지. 대전교회는 일본 놈들이 조선을 강탈하기 전에 세워졌으니까. 선교사들이 구례에 올 때마다 구례 곳곳 교회를 찾아다니며 챙겼던 거지."

만식은 화엄사에서 절을 구경할 때와는 사뭇 다르게 신이 나 있는 눈치다.

"오! 정만식이!"

키가 큰 외국인이 등산복 차림으로 아는 체를 한다. 만식이는 키가 큰 서양 사람이 다가오자 순간적으로 머뭇거린다. 누군지 어안이 벙벙하다. 자기 이름을 아는 코쟁이가 있다니… 누구지? 누군데 나에게 아는 체를 하지? 그러면서 기억을 더듬는다. 대전교회에 가끔 오는 선교사들의 얼굴을 떠올린다. 여러 번 봤어도, 서양 사람은 얼굴이 잘 기억나지 않는다. 그 사람이 그 사람 같고, 항상 헷갈린다. 순간적으로 스쳐 가는 사람들 중에 한 사람이 떠오른다.

"헨프리 선교사님이신가요?"

만식이 기어들어 가는 소리로 대답을 한다.

"오! 정만식이 맞죠? 나 헨프리 맞습니다!"

"헨프리 선교사님! 여기서 또다시 이렇게 보다니 반갑습니다!"

서로가 누구인지 알아차린 두 사람이 반갑게 악수를 한다.

"선교사님 반갑습니다. 선교사님이 저를 알아보지 못했다면, 저도 몰라봤을 겁니다. 저는 선교사님들 얼굴이 항상 헷갈리거든요!"

"나도 조선 사람들 만날 때마다 항상 그래요! 그렇지만, 정만식이는 내가 기억을 똑똑히 하고 있어요. 여름성경학교 때마다 만났던 어머님 때문에 더 많이 기억합니다. 어머님은 잘 계시지요?"

"예, 그럼요! 잘 계십니다."

"어머님께 오늘 나를 만났다고, 안부 좀 전해 주셔요. 만식이 어머님이 해 주신 맛있는 음식이 기억납니다. 너무너무 맛있었어요."

"예. 헨프리 선교사님 만났다고 어머니께 꼭 전해 드리겠습니다."

키가 큰 헨프리가 만식이를 내려다보며 반가워 어쩔 줄을 모른다. 만식은 생각지도 않았던 헨프리 선교사를 보자 기분이 좋아진다. 이 많은 선교사들 중에 아는 사람이 있다는 것도 신기한 일이다. 여름성경학교 행사가 있을 때마다 도움을 주러 왔던 선교사라서 기억

하고 있었던 것이다.

"정만식도 노고단에 오르는 겁니까?"

"예. 헨프리 선교사님은 전번에 노고단에 오르지 않았나요?"

"예, 전번에 여름성경학교 마치고 노고단에 올라갔다가 왔는데, 이번에는 노고단에서 테니스 대회가 열려 친구와 같이 오르는 길입니다."

만식은 옆에서 헨프리와의 만남을 지켜보고 있던 인철을 손으로 가리키며 친구라고 헨프리에게 소개한다.

"야! 너 저 사람 기억 안 나? 전번에 여름성경학교 때 우리 교회에 왔었던 사람이야! 너 통성명 안 했어?"

"기억 안 나는데. 그때는 뭐가 뭔지도 모를 때고, 먼발치서만 봤지. 나는 잘 모르지. 서양 코쟁이들을 어디 금방 알아볼 수 있다냐?"

"그랬구나. 하기사. 여름성경학교 때는 아이들과 놀이하는 데 집중했을 테니까. 그럼 인사나 해. 우리 대전교회에 매년 여름성경학교 때 오시던 헨프리 선교사님이야."

만식의 소개로 인철이 헨프리에게 손을 내민다. 헨프리도 손을 내밀어 악수를 한다. 여름성경학교에서 서로 마주친 적은 있었지만 통성명은 처음이다.

"이인철입니다."

"헨프리입니다."

헨프리와 만남 후 각자 일행들과 함께 산을 오르기 시작한다. 노고단 정상에 있는 서양인촌을 오가는 외국인들은 천년 고찰 화엄사를 지나면서 무엇을 생각할까? 화엄사가 웅장하기도 하거니와 워낙 유명한 사찰이라서 노고단 산행길에 뜻하지 않은 절을 본 외국인들은 놀라워할 수 있다. 등산로 옆으로 아름드리 소나무들이 빽빽이 들어서 있다. 수십, 수백 년 된 울창한 숲이다. 그야말로 지리산 계곡의 원시림이다. 계곡 능선의 깊은 골짜기에 들어선 소나무 숲이야말로 화엄사에서도 한참이나 올라와야 하는 머나먼 길이다. 계곡에는 물소리가 요란하다. 계곡물이 낙차를 크게 하면서 폭포를 만들어 내고, 산길을 오르는 사람들에게 청량감을 더해 준다. 계곡을 오르면 오를수록 숲이 울창하게 우거져 있다. 화엄사를 천 년 동안 여러 번 재건하면서도, 소나무 숲을 망가뜨리지 않았다. 그래서인지 숲이 온전히 보존되어 있다.

연기암에 도착한다. 연기암에 들러 샘물을 한 모금 마시고 화엄사를 내려다본다. 구례 들판과 섬진강과 어우러진 산세가 한눈에 들어온다. 연기암을 나와서 계곡속으로 들어간다. 구불구불 산길을 돌고 돌아 서너 시간을 가야 하는 거리다. 가다 쉬고, 가다 쉬기를 수없이 반복해야 한다. 산세는 점점 험해지고 계곡의 물도 바위 틈새로 사라졌다. 산을 오르고 올라도 정상은 멀기만 할 뿐, 점점 산세는 험해지고 급경사를 이룬다. 어느새 가장 힘들다는 깔딱 고개를 오른다. 땀으로 온몸이 젖는다. 맨몸으로 올라도 이렇게 힘든데 서양인을 태우거나, 짐을 잔뜩 진 사람들을 보니 더욱더 안쓰러워진다. 그들의 걸음은 천근만근이리라. 그래도 한 발, 두 발 끙끙거리며 산을 오른다. 제법 올라온 것 같은데 나무에 가려 하늘은 보이지 않는다. 온통 바윗덩어리로 켜켜이 이루어진 계곡만 눈에 들어온다. 바윗덩어리들이 금방이라도 쏟아져 내릴 기세다. 바윗덩어리를 비켜난 계곡 옆으로 간간이 숲이 보인다. 그 숲길 사이로 길을 헤치며 오른다. 노고단을 오르는 데 제일 힘든 구간이 나타났다. 경사가 심하여 기어오르는 사람의 코가 닿을 듯, 말 듯하다 하여 '코재'라고 하는 곳이다. 수도 없이 반복되는 갈지자의 경사가 심한 길을 오르고 또 오른다. 얼마를 더 가야 하늘이 보일지 숨이 턱턱 막힌다. 이렇게 걷기만 해도 힘이 드는 구간을 짐을 지고 올라오는 사람들은 얼마나 힘들까? 짐을 진 사람들에게 자꾸만 신경이 쓰인다. 코재를 힘겹게 오르다 보니 나무 사이로 하늘이 간간이 보인다. 그 간격이 점점 넓어진다. 조금씩 엿보이는 하늘만으로도 언덕 끝에 다가왔다는 기대감에 기운이 솟는다. 힘든 몸을 이끌고 마지막 기운을 내서 발걸음을 재촉한다.

"와! 하늘이다!"

무넹기 능선이 얼마 남지 않았다는 표시이기도 하다. 코재를 오르는 데 힘들었던 기억은 사라지고, 능선이 가까워지면서 발걸음이 조금씩 가벼워진다. 물소리가 들린다. 무넹기에서 떨어지는 물소리다.

"와! 물소리다."

코재 정상에 물소리라니? 무넹기에서 떨어지는 폭포 소리다. 그 물소리를 친구삼아 다시 힘을 내서 오른다. 마침내 무넹기 능선에 다다른다.

"와!"

만세를 부른다. 언덕 위에 올라서니 하늘이 열렸다. 노고단 능선이 눈앞에 펼쳐진다. 누가 시킨 것도 아닌데 만세 소리와 함께 두 손이 하늘로 향한다. 화엄사 계곡을 올라온 후의 기쁨이다. 줄줄 흘렸던 땀을 닦는다. 그동안 힘들게 올라왔던 고통은 금세 사라졌다. 노고단 고원 분지가 시작되는 지점이다. 숨이 넘어갈 듯한 바위 틈새의 깔딱 고개가 거짓말같이 사라지고, 산등성이를 타고 가는 고원의 평평한 길이 시작된다. 노고단 정상까지 가려면 경사진 길을 올라야 하지만, 무넹기 능선은 그런대로 무난한 구간이다. 뒤돌아보니 그동안 걸어왔던 화엄사 계곡과 어우러진 구례골이 한눈에 들어온다. 가슴 한편에 희열이 넘쳐 오른다. 여기까지 올라왔다는 성취감이다. 섬진강 줄기가 구불구불 아스라이 나타난다. 전각들이 옹기종기 모여 있는 화엄사도 보인다. 사람들은 땀을 닦으며 화엄사 계곡과 노고단 정상을 바라보며 한숨 쉬어 간다. 노고단에서 달궁 계곡으로 흐르는 물길 일부를 막아서, 화엄사 계곡으로 물길을 돌려놓은 공사를 한 곳이 무넹기다. 화엄사 계곡으로 조금이라도 더 물길을 흘려보내 구례 쪽의 저수지에 많은 물을 저장하여 농사를 짓는 데 쓰기위한 조치였다.

무넹기 능선은 북으로는 성삼재로 내려가는 길목이면서, 심원 달궁 계곡이 이어지는 곳이다. 좌로는 차일봉으로 오르는 길이고, 우로는 노고단 고원 분지가 바로 눈앞에 펼쳐진다. 노고단 정상을 쳐다본다. 노고단 중턱에 많은 건물이 눈에 띈다. 인철은 기가 막힌다.

"야! 이게 뭔 일이당가? 시방 저게 도대체 몇 채나 되는 거여?"

인철이 소리를 지르자 만식도 소리를 지른다.

"와! 대단하다! 대단해! 산꼭대기에 저런 집을 지었다니 정말 대단하다. 동화 속에 나오는 별장 같아!"

구례골에서는 노고단 정상이 멀리 아득하기만 할 뿐, 확연히 보이지 않던 곳이다. 코재 능선을 올라와야만 별장 같은 건물이 눈에 들어오니 참으로 희한한 일이다.

"야! 한번 세어 보자. 한 채, 두 채, 세 채, 네 채, 다섯 채, 여섯 채, 일곱 채, 여덟 채, 아홉 채, 열 채…."

그 사이로 계곡인 듯한 곳에 나무가 경계를 가른다. 그 위 산봉우리까지 노고단 계곡 서쪽 방향으로 능선 전체에 걸쳐 건물이 자리잡고 있다.

"열한 채, 열두 채, 열세 채, 열네 채. 열다섯 채…. 눈에 보이는 것만 해도 이렇게나 많은데 도대체 얼마나 많이 있는 거야? 육십여 채라고 들었는데 더 올라가 봐야 몇 채인지 알겠는데? 와! 대단하다! 대단해!"

동화 속에 나오는 아기자기한 집들이 숲속에 숨어 있다. 꿈속에서나 볼 듯한 광경이 펼쳐져 있다. 노고단 정상과 참으로 잘 어울리는 풍경이다. 노고단의 9부 능선. 노고단 1,500미터의 꼭대기 바로 밑에 거대한 마을이요, 아니 이건 거대한 왕국이라 할 만큼 많은 건물이 눈에 들어온다. 사람들이 서양인촌이라 부를 만큼 거대한 마을이 되어 버렸다. 노고단 꼭대기의 정상 부근은 키 큰 나무 한 그루 없는 민둥산이다. 대부분의 산은 꼭대기에는 올라가기도 힘들 만큼 거대한 바위산인데, 노고단은 특이하리만큼 고원의 평지처럼 널따란 고원 분지를 이루고 있다. 완만한 경사를 이루고 있는 형태다. 정상 부근인데도 큰 바위가 없다시피 하다. 노고단 서쪽으로 물이 흐르는 계곡을 따라 건물들이 간간이 보인다. 건물들이 서 있는 계곡에는 물이 흐르고 있어, 나무가 건물 키만큼씩 자라고 있다. 노고단 정상 부근에 유일하게 큰 나무들이 자라고 있는 지역이다. 그 외 대부분 지역은 잡풀만 있고 간혹 나무가 있어도 왜소하기만 하다. 노고단 정상에 이렇게 많은 건물이 지어졌다니…. 민족의 성산이요, 우리 민족이 대대로 국가에 제사를 지내는 신령한 곳이 제멋대로 망가져 있다니…. 인철은 서서히 끓어오르는 분노를 참을 수가 없다.

인철과 만식은 다시 산을 오르기 시작한다. 정상인데도 계곡물 소리가 요란하다. 서양인촌에 들어서는 초입에는 낙차가 있는 곳으로 폭포를 이루며 제법 세차게 떨어진다. 노고단 정상 부근에 물이 철철 넘치는 특이한 지역이다. 노고단 정상도 물이 없긴 마찬가지지만 정상에서부터 숨어 있던 물줄기가 서양인촌 부근에서 솟아올라 물줄기를 만들어 낸다. 물줄기가 숨었다가 솟아나고, 다시 숨었다 솟아나기를 반복하는 것이다. 그야말로 천혜의 요새다. 계곡물이 낙하하는 지점부터 양쪽은 건물들이 들어서 있다. 계곡 물길을 따라 오르면 오를수록 튼튼하게 자리를 잡은 60여 채의 건물들은 하나의 마을처럼 노고단 능선의 서쪽 부분에 계단식으로 자리 잡고 있다. 노고단 봉우리를 중심으로 서쪽으로 넓은 지역이 완만한 경사를 이루고 있다. 서쪽에 모든 건물이 집중되어 있다. 구례 쪽으로 석양 노을이 보이는 지역이다.

노고단이야말로 구례와는 무슨 기이한 인연을 만들어 놓은 셈이다. 산 밑은 가물어도 노고단에는 물이 많은 이유는, 낮은 구름이 노고단 정상에서는 안개비로 변하기 때문이다. 노고단 봉우리에 구름이 걸려 있는 날이면 수시로 안개비가 적시고 가는 천혜의 지역이다. 겨울에는 눈이 많이 내리는 지역이 된다. 초겨울에 눈이 내리기 시작하면 겨울동안 눈이 계속 쌓인다. 봄이 되어 눈이 녹기 시작하면 많은 양의 물이 노고단 산등성이에서 흘러내린다.

계곡물이 제법 세차게 흐르고 있다. 산등성이 부근에서 항상 물이 철철 흘러 도랑을 이루고 있으니 노고단은 그야말로 별천지다.

별장처럼 작은 주택이 있는 곳을 지난다. 개인별 세대별로 따로 독립된 주택에서 숙식을 해결하는 듯하다. 산을 오르면 오를수록 비스듬한 고원 분지가 연속된다. 별장 있는 곳을 지나자 큰 건물이 우뚝 서 있다. 건물은 단단하게 돌과 모르타르로 쌓아 올린 3층 높이의 제일 높은 건물이다. 강한 산바람을 견딜 수 있는 함석지붕을 올린 견고한 석조 건물이다. 노고단 서양인촌의 중심 건물로서 규모가 가장 크다. 호기심 삼아 천천히 건물 안으로 들어가 본다. 1층에 있는 점방에서 점원이 물건을 팔고 있다. 주변을 둘러본다. 도서관, 우체국, 이발소, 목공소, 빵집 등이 들어서 있다. 2, 3층은 숙소다. 각각 호실별로 구분되어 있다. 독신자들이 방문했을 때 숙소로 사용하는 호텔이다. 호텔 부근에 위치한 예배당은 건물 외벽에도 십자가 모형이 걸려 있어 누구라도 예배당임을 금방 알아차릴 수가 있다. 예배당에서는 예배뿐만 아니라 음악회, 강연회 등 다양한 행사가 열린다. 선교사들이나 그 가족들이 진료와 치료를 받고, 쉬어 갈 수 있는 병원도 있다. 선교사들 중에 의사가 많은 관계로 병원을 유지하는 것은 어려운 일이 아니다. 워낙 많은 사람들이 드나들고, 모이는 곳이라서 번화한 마을처럼 제법 많은 사람들이 오고 간다. 이곳에서 수발을 드는 상투 머리를 한 조선인들도 눈에 띈다. 곳곳에서 일을 도와주느라 분주하다. 선교사 별장을 관리하고 선교사 일행의 수발을 드는 사람은, 상투만 올렸지 갓을 쓰지 않았다. 갓을 쓰고 두루마기를 걸친 조선인들도 눈에 띈다. 양복에 정장 차림을 한 조선인도 보인다. 조선인 목사인 듯하다. 선교사들이 머무는 별장이지만, 시설을 관리하고 일을 거드는 조선인들도 함께 상주하는 숙소가 따로 있다. 여름철이라 수십, 수백여 명이 분주하게 움직이는 거대한 마을이다. 그야말로 서양인촌이다. 바람 한 점 들어갈 수 없을 만큼 돌과 모르타르로 촘촘하게 만든 건물들의 벽은 강풍과 폭설에도 끄떡없다. 가까이 가서 만져 보면 감탄사가 저절로 나올 만큼 잘 지어졌다. 수영장도 만들어 놨다. 수영을 즐기는 외국인들이 눈에 띈다. 안락의자에 앉아 일광욕을 즐기는 사람들도 있다. 테니스 코트에서는 테니스를 친다. 노고단 고산지대에 피어 있는 야생화와 노란 원추리꽃의 무리가 천상의 화원을 펼치고 있다. 캔버스를 펼쳐 놓고 풍경을 스케치하는 사람이 보인다. 한가하게 그림을 그리는 모습만으로도 한 폭의 수채화 같다. 골프 코스도 몇 개 눈에 띈다. 노고단의 고원을 다듬어서 골프장을 만들어 놨다. 모자를 쓰고 골프채를 휘두르며 골프를 치는 팀도 보인다.

탕!

계곡 쪽에서 총소리가 난다. 총소리에 놀란 꿩이 푸드덕거리며 하늘로 향해 솟구친다. 아마도 총으로 짐승들을 사냥하는 소리일 것이다. 계단을 따라 올라가면서 수십 개의 개인별장이 가지런히 자리를 잡고 있다. 모두가 서양 건축 양식을 딴 별장이다. 군데군데 목조건물도 눈에 띈다. 서양 선교사인 듯한 가족들이 우르르 몰려나온다. 서양식 양복, 중절모에 넥타이까지 맨 신사. 아이들도 서양식으로 단정하게 입었다. 원피스에 차양이 넓은 모자를 쓰고, 양장을 곱게 차려입은 부인과 함께 별장에서 나온다. 가족 모두 함께 예배당으로 향한다. 손에는 성경책과 찬송가 책이 들려 있다. 예배를 보러 가는 듯하다. 때맞춰 곳곳의 건물에서 많은 사람들이 걸어 나온다. 예배시간을 맞추기 위해 별장에서 나와 예배당으로 향하는 인파가 점점 많아진다. 수십여 명의 가족들이 한꺼번에 예배당으로 향한다. 어느 도시에서나 볼 수 있는 광경을 방불케 할 정도로 많은 사람들이다. 예배당에서는 피아노 소리에 맞추어 찬송가를 함께 부르는 소리가 울려 퍼진다.

예수 사랑하심은 거룩하신 말일세
우리들은 약하나 예수 권세 많도다
날 사랑하심 날 사랑하심 날 사랑하심—
날 사랑하심 성경에 써 있네

찬송가 소리는 만식에게 귀에 익은 선율이다.
"흠 흠 흠 흠 흠흠흠— 흠 흠 흠 흠 흠흠흠…"
노고단 꼭대기에서 찬송가 소리라니, 만식은 절로 신이 난다. 서양인들이 모여 예배를 드리고 찬송가를 함께 부른다는 게 신기할 따름이다. 서양 사람들과 말이 통하지는 않지만 조선 사람들도 아는 찬송가를 부른다는 게 가슴 뿌듯하게 느껴진다.
윙—!
요란한 굉음이 들린다. 발동기가 돌아가면서 내는 소리다. 놀랍게도 발동기를 돌려 전기도 사용하고 있다. 발전 시설까지 갖추어 놓은 것이다. 만식과 인철은 시설을 둘러보며 감탄한다.

"야 대단하다! 대단해! 어떻게 이렇게 많은 건물과 시설을 만들었지? 이 정도면 어떠한 추위나 비바람에도 끄떡없겠는걸! 초가집이나 한옥 기와집은 흙벽이잖아! 여긴 돌과 모르타르로 단단히 쌓아 놓았어! 난, 이토록 튼튼하게 지은 집을 본 적이 없당깨!"

"그러게 말이야! 노고단이 바람도 거세고, 눈도 엄청 많이 내리는 지역이라 그걸 감안하여 지었을 거야. 정말 대단하긴 대단하다. 저 길 봐! 능선 끝자락까지 건물이 있당깨로! 이 정도일 줄은 몰랐는데…"

건물이 처음 보이던 곳에서 한참을 올라왔다. 예배당 부근까지 올라왔는데도 능선 끝자락에 있는 건물이 눈에 띈다. 한참을 더 올라가야 다다를 수 있는 곳이다. 수십만 평의 능선에 계단식으로 건물이 이어져 있고, 각 건물마다 오솔길로 연결되어 있다.

"아니 통나무집들도 더러 있긴 있는데? 지붕도 모두 함석지붕이야! 매년 수리를 안 해도 되겠는걸!"

지붕은 눈이 많이 내리는 지역임을 감안하여 눈이 쌓이지 않고 흘러내리도록 경사가 심한 뾰족지붕이다. 이런 특이한 건축물을 본 적이 없기 때문에 서양인들의 건축 기술이 새삼 대단해 보인다. 인철은 감탄하면서도 기분이 좋지 않다. 건축물 별장들은 그렇다 치더라도 수십 채의 건물과 시설들이 들어섰다니 점점 부아가 치민다.

"아이! 씨팔, 도대체 우리나라 민족의 성산聖山인 이곳에 건축 허가는 어떤 새끼들이 내준 거야?"

인철의 입에서 스스럼없이 욕이 나온다.

"수백 년, 수천 년을 제단을 쌓고 제사를 지내던 노고단을 말이야! 일본 놈들이나, 서양 놈들도 그런 걸 모르진 않았을 텐데… 허가를 내준 일본도 문제이지만, 허가를 받아 별장을 지은 서양 놈들도 나쁜 놈들이야! 민족의 성산을 이렇게까지 유린할 수 있느냔 말이야! 하늘이 무섭지도 않나? 천벌을 받을 놈들…."

"…."

화가 잔뜩 난 인철의 소리를 듣고서도, 만식은 아무 대꾸를 하지 않는다. 인철의 마음을 모르는 게 아니다. 인철이 불만을 쏟아 내면서 두리번거린다. 여관인지, 호텔인지 알 수 없는 거대한 3층 건물 입구에 '조선인 숙박 금지'라는 푯말이 눈에 들어온다.

"조선인 숙박 금지는 또 뭐야?"

'조선인 숙박 금지' 안내 푯말에 못마땅한 목소리다. 그러잖아도 화가 난 인철에게 불을 붙인 격이다.

"서양인들 외에 조선인들은 호텔을 사용할 수 없다는 게 말이나 되는 소리야?"

버럭 화를 내며 목소리를 높인다. 조선인은 어떤 권리도 주장할 수 없는 외국인 치외법권 지역이나 마찬가지인 셈이다. 일을 거들어 주는 조선인들이 거주하는 숙소가 따로 있지만, 호텔에는 조선인들 숙박을 금지하고 있다.

"만식이 너는 지금 이 상황이 이해가 되냐? 내 나라 땅에 즈그들이 시설을 만들었다고, 조선 사람은 사용하지 못한다는 게 말이 되냐고?"

"…"

만식은 인철의 화난 목소리에 대꾸를 하지 않는다. 이 상황이 화만 낼 일인가? 인철의 화를 누그러뜨리려 만식이 조심스럽게 입을 연다.

"나도 들은 얘기인데… 호텔은 서양인 선교사들을 위한 휴양 시설이니까, 조선인들에게는 숙박을 금지한다는 소문을 들었던 것 같아. 만약 조선인들이 호텔에서 숙박을 하면, 선교사들을 위한 휴양 시설 용도로 지어 놓은 것인데, 선교사들이 휴양차 왔다가 객실이 부족해 버리면, 맘 편히 쉴 수가 있겠어. 그래서 그런 걸 거야."

만식이 차분하게 설명한다. 인철은 만식의 설명을 듣는 둥 마는 둥, 화가 가라앉지 않는다.

"그리고 저놈들은 총까지 가지고 있어. 지리산에 뛰어다니는 수많은 꿩이며, 곰이며 호랭이까지 다 잡겠는걸?"

인철은 만식이 들은 척도 하지 않자, 사냥에 대한 불만의 목소리를 높인다. 만식도 참다가 목소리를 높인다.

"야! 뭐가 어째서… 나는 좋기만 한데. 이게 다 하나님의 섭리야. 인철이 너! 구닥다리에 연연해하지 마라. 지금 이 시기에 선교사들은 조선 땅에서 소중한 사람들이야. 선교사들이 없다면 일본 놈들이 조선 땅에서 기고만장할 걸. 선교사들이 있어서 그나마 조선 사람들에게 함부로 못 하는 것도 있다는 걸 알아야 해."

인철은 화가 나 있지만, 만식의 말에 고개를 숙이고 잠자코 듣기만 한다.

"일본 놈들에게 계속 기고만장한 꼴을 보는 게 좋겠어? 너도 잘 알다시피 수백 명의 선교사들이 어려운 조선 사람들을 위해서 학교를 세워서 교육시키고, 병원까지 지어서 몸이 아픈 사람들을 고쳐 주는 어마어마한 일들을 하고 있잖아! 나랏님도 할 수 없는 일들을 하고 있어! 특히 우리나라 땅에 세워진 현재 대부분의 중등학교들은 선교사들이 세운 학교라는 거 너도 잘 알잖아? 교육이야말로 구교와 신교를 포함하여 기독교 선교사들이 엄청난 일을 한 거야. 교육을 통해서 세계관을 심어 주면서, 민족정신을 일깨워 주는 일이 얼마나 중요한 일인지는 인철이 네가 더 잘 알잖아! 인류애, 조선 사람들을 향한 박애 정신, 기독교 정신에 입각한 보편적인 사랑, 하나님의 무한한 조건 없는 사랑을 몸소 실천하는 일이 어디 쉬운 일인 줄 알아? 그러한 일들은 아무나 할 수 있는 일이 아니잖아? 이 사람들은 너도 알다시피 이역만리에서 목숨까지 내놓고 선교를 하러 온 사람들이야! 그게 쉬운 일일 것 같애? 너 같으면 할 수 있겠어? 그런 사람들이 좀 편안하게 쉰다는데…. 그런 시설을 우리가 만들어 준 것도 아니고, 즈그들이 돈 들여서 만들었다는데 넌 그렇게도 이해가 안 가냐? 나라를 구하기 위해 목숨 걸고 독립투쟁을 하는 것하고는 차원이 달라! 나도 일본 놈들이 민족의 영산인 노고단에다가 이런 시설을 만들어 놓고 이 지랄을 한다면, 나 역시 쥐도 새도 모르게 불을 지르고 폭파를 하고 싶어. 나 아니라도 벌써 조선 사람들이 어떻게 해서라도 폭파했을 꺼야. 인철이 너 혼자라도 올라와서 폭파했을 껄? 그러나 이건 일본 놈들이 아닌, 서양 선교사들이잖아? 기독교 정신. 예수 그리스도의 끝없는 무한한 사랑이 없으면 아무나 할 수 없는 일이야."

만식의 말도 일리가 있고, 틀린 것만은 아니란 걸 인철도 안다. 그렇다고 맞장구를 쳐 줄 기분은 아니다. 나라도 일본 놈들에게 짓밟힌 마당에, 노고단까지 서양 사람들에게 빼앗긴 형국에 화가 날 뿐이다.

"나는 어머니를 따라 어려서부터 교회를 다녔고, 선교사들 도움으로 공부를 했던 처지라서 여기에 외국인 별장이 들어선 데 대해 할 말이 없어. 난 너무 좋아. 말로만 들었던 노고단 현장에 올라와 보니까 기분이 날아갈 것만 같아. 노고단 꼭대기에 서양식 건축물을 지어 놨다는 것을 사람들에게 자랑하고 싶기까지 해. 너무 그렇게 부정적으로만 볼 필요가 없다는 거야. 인철이 너 말대로 민족의 영산, 조상 대대로 산신제를 지내 왔던 노고단 정상에 이런 건물이 들어선 건 나도 못마땅해. 그러나 나라가 없어진 현실을 인정해야 해. 어쨌든 우리 스스로 노고단을 지키지 못했잖아?"

"우리가 이곳을 못 지킨 것에 대해서는 나도 할 말이 없다고 해. 그러나 이런 상황을 보고도 넌 화가 안 나냐? 그것도 노고단 꼭대기에 말이야…"

만식의 열변에 인철도 가만히 있질 못한다.

"인철아. 이건 현실을 인정해야 할 일이라니까? 우리나라의 유명한 계곡에는 유명한 절들이 속속들이 들어서 있잖아. 자! 저 노고단을 중심으로 펼쳐진 계곡을 보라고!"

만식이 손으로 노고단 계곡 아래를 가리킨다. 화엄사가 한눈에 들어온다. 노고단에서 내려다보는 화엄사의 절경이 가물가물하지만, 새삼 운치를 느낄 수 있다.

"노고단 바로 아래 계곡을 보자고! 자! 노고단 아래는 마산면 쪽에 있는 화엄사가 자리잡고 있지? 저 너머 피아골 계곡의 토지면 쪽에는 연곡사가 있고, 그다음 저쪽 차일봉 밑에, 광의면 쪽에는 천은사가, 하동 쪽 화개골에는 쌍계사가 있고. 노고단 아래의 모든 계곡마다 천 년 이상 된 절이 각각 들어서 있는 걸 좀 보라고!"

인철도 만식의 설명에 새삼스레 놀란다. 노고단에서 내려다 보는 계곡마다, 천년 사찰들이 들어서 있는 걸 확인하는 순간이다. 노고단 계곡이야말로 무슨 영험한 신령이 들어앉아 있는 것처럼 보인다. 지리산은 전라남도, 전라북도, 경상남도 3개 도에 걸쳐 구례군, 남원군, 함양군, 산청군, 하동군 5개의 군을 품고 있다. 남원 쪽의 달궁 계곡과 뱀사골도 노고단과 연결되어 있어 그쪽에도 실상사가 들어서 있다. 하동의 쌍계사 지역도 행정구역상 경상도지만, 노고단 준령과 연결된 계곡이다. 경상도지만 개울만 건너면 구례와 인접한 접경 지역이다. 노고단에서 긴 끈으로 각 계곡마다 던져 드리워 놓은 형태다. 각 절마다 모든 기운이 노고단으로 향하고 있다. 노고단의 기를 받은 사찰이 계곡마다 자리 잡고 있는 셈이다.

"서양 선교사들이 지은 노고단 별장이, 조선 땅 중에 한 자리를 차지한 걸 가지고 뭐가 어쨌다는 건데? 지리산뿐만 아니라, 우리나라를 통틀어 비교해 보자고. 전국의 유명한 계곡마다 절들이 수도 없이 들어차 있는 것과 비교해 보란 말이다. 불교를 국가적으로 숭상해 왔고 왕명으로 명당 자리를 찾아 절을 지은 것에 비하면 아무것도 아니라는 거지…"

인철은 발아래 화엄사 계곡에서 눈을 떼지 못한다.

"목숨까지 내걸고, 무지하고 가난한 조선 사람들을 위해 좋은 일하러 온 서양 선교사들에게 이런 시설을 허락해 주는 게 뭐가 어쨌다는 거야? 일단 허락했으니까 지었을 거 아니야. 그리고 이 양반들은 자기네 돈을 들여서 지었는데 대단하지 않니? 건축 양식을 봐라. 우리가 어디서도 흔히 볼 수 없는, 아주 견고한 건물이잖아?"

인철은 만식의 말이 듣기 싫어서인지 고개를 돌려 먼 산만 바라본다.

"민족의 영산이면 다냐? 나라까지 빼앗긴 주제에, 서양 기독교인들이 우리에게 어떤 도움을 줄지 혹시 아냐? 이 나라의 독립을 위해서 목숨까지 내놓고 도우려는 선교사들이야. 지금은 일본 놈들이 판을 치는 세상이고, 솔직히 우리 입으로 할 말도 없고, 허가를 내줬으니 마느니 할 때가 아닌 것 같은데…. 이 기회에 너도 나랑 같이 교회를 계속 다녀봐. 예수 그리스도의 고귀한 사랑이 뭔지 느껴 보라고. 전번에 너도 교회에서 야학 선생으로 일한 적이 있잖아! 그때 뭐 느낀 거 없었어?"

"그때야 급하다니까 잠깐 거들어 준 것 뿐인데 뭘…."

만식의 반론에 인철은 대꾸할 말을 잊은 듯 만식의 이야기를 듣기만 하고 있다. 인철도 교회에서 잠시나마 야학 선생을 했던지라 교회에 대한 거부감은 없지만, 괜히 화가 났다. 친한 친구인 앞이라 맘놓고 화를 내는 것이다. 만식은 그저 신이 났다. 어렸을 적부터 어머니를 따라 교회에 가서 이상하게 생긴 서양 선교사들이 오면, 처음엔 경계를 하다가도, 그들이 가까이 다가와 머리를 쓰다듬어 주고, 먹을 것과 학용품을 나눠 주면 마냥 좋았다. 선교사들이 교회에 오는 날을 손꼽아 기다렸던 추억이 새롭다. 여름성경학교야말로 일 년 중에 가장 기다리고 기다리던 시간이었다. 여름성경학교가 가까이

다가올 때는, 잠을 설치기까지 했다. 특별히 선교사의 도움으로 책값과 학비 도움을 받았던 터라, 만식은 선교사들이 좋았다. 이제 노고단에 올라와 선교사들을 직접 보니 더더욱 기분이 좋았다. 예배당에서 예배를 마친 사람들이 쏟아져 나온다. 만식은 서양 사람들과 인사하기 바쁘다.

"헬로우! 하이!"

만식이 인사를 하자마자 서양 사람들은 아이, 어른 할 것 없이 반갑게 손을 흔들며 응대를 한다. 헨프리 일행도 노고단에서 다시 만난다.

"헬로우! 하이!"

예배를 마친 사람들이 운동장에 모여든다.

"와! 와!"

운동하는 선수와 응원을 하는 사람들의 함성이 노고단에 메아리친다. 테니스장에서는 테니스 대회가 시작된다. 골프장에서는 골프대회가 한창이다. 사람들이 오가며, 노고단은 활기로 가득 찬다. 만식과 인철은 운동경기를 구경하다가 운동장을 떠난다. 마침 예배당 쪽으로 구례읍교회 양 목사와 함께 걸어 나오는 한 목사를 발견한다.

"목사님!"

만식이 큰 소리로 목사님을 부른다. 한 목사가 만식과 인철을 보자 손을 흔들며 다가온다. 그들은 반갑게 악수를 나눈다.

"오, 만식 선생, 인철 선생! 반갑습니다. 여긴 웬일이세요?"

"노고단 구경하러 왔습니다."

"그래요. 잘 왔습니다."

"와! 노고단에 이렇게 많은 시설이 들어섰다니, 대단합니다. 이 시설들은 언제 만든 건가요?"

만식이는 그저 놀랍고 신기하기만 하다.

"자, 앉아서 천천히 얘기합시다."

한 목사가 바위에 걸터앉자 만식과 인철도 옆에 앉는다.

"목사님 이곳에 이렇게 많은 시설과 사람들이 있는지 미처 몰랐습니다."

"요즘 여름캠프가 열리는 기간이라서 사람들이 더 많습니다. 서양 사람들은 이곳을 그레이엄 캠프Camp Graham라고 부릅니다. 약 150여 명의 사람들이 오는데 이 기간에 테니스 대회도 열리고, 골프 대회도 열립니다. 이 시설을 관리하고 도와주는 조선 사람들도 50여 명 이상 올라오기 때문에 그야말로 북적북적하지요."

"엄청난 인원이군요."

"캠프가 열리는 여름철에만 그렇지, 다른 계절에는 그렇지 않습니다."

"저희들도 화엄사에서 올라왔는데, 엄청난 사람들을 봤습니다."

"노고단 선교사 수양관 얘기를 하자면, 선교사들이 조선 땅에 발을 들여놓은 초창기의 선교 상황을 봐야 합니다. 각 나라와 교파가 다른 선교적 사명에 따라 큰 틀로 지역을 나누어 담당하기로 협의합니다. 미국 감리교는 경기도, 강원도, 충청 지역을, 캐나다 장로회는 함경도 지역을, 미국 북장로회는 평양 지역을, 미국 남장로회는 호남 지역을 배정받습니다. 호주 선교사들은 부산, 경남 지역을 선교 구역으로 지정합니다. 호남 지역 사역에 대해 먼저 알아야 합니다. 1895년경 유진벨 부부(린튼 4대 가문)를 비롯한 미국 남장로회 선교사들이 이역만리 태평양을 건너 제물포에 도착합니다. 환경이 열악한 호남 지역 선교사역을 시작하게 됩니다. 전주의 신흥학교, 기전여학교와 전주 예수병원. 군산의 영명학교, 메리볼딘여학교와 군산 예수병원. 목포의 영흥학교와 정명여학교, 프렌치병원. 광주의 숭일학교, 수피아여학교와 광주제중원(광주기독교병원), 광주나환자병원(여수애양원의시초). 순천의 매산(은성)학교와 알렉산더병원(순천기독진료소)을 세웁니다. 그 지역 외에도 호남 지역 전역에 교회를 짓고, 그 교회 안에 야학을 세워 아이들을 가르쳤습니다. 조선인의 한글 교육을 통한 문맹 퇴치와 영어를 가르치고, 성경도 가르쳤습니다. 인문, 사회, 자연과학 등 근대 교육의 교과목을 가르치고, 사회와 국가에 봉사할 수 있는 일꾼을 기르는 데 많은 정성을 쏟아 민족정신을 일깨우는 데도 기여하게 됩니다. 병원을 지어서 환자를 치료하는 일이야말로 조선 사람들에게는 그야말로 놀라운 일이었습니다. 병에 걸리면 무당을 불러서 굿을 하는 무속巫俗과 주술巫俗에 의존하여 치료하려던 기존의 전통 방식을 벗어 버리게 하고, 서양 의술로 치료를 하는 방식을 알리는 데 앞장섰습니다. 서양 의술로 치료해야만 병을 치료할 수 있다는 것을 가르쳐 주었습니다. 여수 지방에도 나환자병원인 '애양원'을 세워 광주의 나환자병원이 여수로 옮기게 됩니다. 고흥 소록도에도 나환자들을 별도로 집중관리 합니다. 문둥병은 하늘에서 내린 천벌이라 하여 천형天刑으로 불리며, 손가락질하고, 가족들까지도 외면하며, 버림받은 사람들이었습니다. 선교사들은 오로지 그리스도의 무한한 사랑과 희생으로 아무 조건도 없이 나환자들을 감싸 안아 주었습니다. 이 땅 어디에도 발붙일 곳을 찾지 못하고 부랑자가 된 문둥병자들의 숙식을 해결해 주고, 서양 의술로 치료까지 해 주었습니다. 그들에게는 선교사들이야말로 천사보다 더 귀한 존재로 다가왔습니다. 문둥병은 천형이 아니라 그냥 치료하면 되는 병이란 걸 알려 주었습니다. 특히 결핵으로 죽어 나간 수많은 사람들의 생명을 살리기 위한 선교사들의 헌신적인 봉사가 계속되었습니다. 선교사들이 선교사업을 하면서 어려운 장벽 중의 하나는 질병과의 싸움이었습니다. 말라리아, 천연두, 발진티푸스, 콜레라, 장티푸스, 디프테리아, 수막염, 세균성 이질, 학질 등의 풍토병에 의하여 선교사들은 물론이고 가족들인 아이들과 부인들이 죽어 나갔습니다. 특히 어린아이들이 적응을 못 하고 속수무책으로 죽어 나갔습니다. 기독교 복음 전파를 위해 목숨을 담보로 한 강행군이었지만, 워낙 많은 선교사 가족들이 죽어 나가는 통에, 선교사들을 파견했던 본국으로부터의 철수 명령과 함께 철수하려는 위기에 놓이게 됩니다. 특단의 대책이 필요했습니다. 그러는 사이에 전염병을 피하기 위해 지리산 노고단이 1915년경에 동경제국대학 임업 부지로 되어 있는 관계로 조선총독부와 협의하여, 한국 주재 선교사 수양관 건축 허가권을 얻게 됩니다. 노고단 선교사 수양관에서 질병이 심해지는 여름철을 피하기 위해 선교사들이 가족과 함께 모여들었습니다. 노고단에 모여든 선교사들은 휴양을 하면서도 성경적 연구에 힘을 기울입니다. 이미 한글로 번역된 성경이긴 하지만 추가로 해야 할 부분이 많았습니다. 한글 성경의 맞춤법, 띄어쓰기 문법, 문장을 체계적으로 차차 정립해 나가는 일이 필요했습니다. 성경 개역改易 작업을 합니다. 개역 작업은, 조선 사람들에게 좀 더 적합한 형태의 한글판 성경이 필요했기 때문에 조선의 목사들도 함께 참여하였습니다. 마태복음, 요한복음, 빌립보서, 고린도전서·후서, 갈라디아서, 에베소서, 골로새서, 빌레몬서, 데살로니가전서·후서, 디도서, 요한1서, 사도행전, 로마서를 매년 모여서 연차적으로 개역해 나갔습니다. 예레미아서를 제외한 구약성경을 한글판으로의 개역 작업도 계속해서 하였습니다. 개신교에서 개역한 한글 성경을 전국의 교인들에게 보급합니다. 성경을 보급하는 일이야말로 문맹을 퇴치하는 획기적인 일이기도 합니다. 교인들이 한글로 된 성경을 자주 접함으로써, 한글에 대한 호기심으로 한글을 습득하는 계기가 되기도 합니다. 조선인들은 보급된 한글 성경을 통하여 성경 구절을 암송하기도 하는 놀라운 일이 벌어지고 있습니다. 외국 선교사들의 초교파적인 교육과 단합, 수련 장소로서의 역할을 함으로써 동아시아 인근 지역의 많은 선교사들에게까지 휴양차 지리산 노고단에 모여 아시아 지역 선교 전략을 세우기도 하였습니다. 그럼으로 인하여 지리산 노고단은 선교사들에게 유명한 장소가 되었습니다. 미국, 영국, 프랑스, 캐나다, 호주, 네델란드, 노르웨이, 덴마크 등 여러 나라에서 온 선교사들 모두를 불러들였습니다. 노고단은 차차 문호를 넓혀 선교사뿐만 아니라, 휴양차 온 서양 사람들에게도 점점 개방되고 있어서 교류의 장이 되고 있습니다."

만식과 인철은 고개를 끄덕거린다.

"그럼 목사님도 일이 있어서 노고단에 올라오신 건가요?"

"예. 나도 성경 한글 개역에 도움이 필요하다 해서 가끔 노고단에 올라옵니다. 성경을 전문적으로 연구하는 목사님들과 함께합니다. 캠프가 열리는 기간에는 구례읍교회 양 목사와 일을 분담하여 돕습니다. 양 목사와 함께 이곳에 필요한 일을 알선해 주기도 하고 노고단에서 필요한 물품들을 구례 지방을 통해서 구해오기도 합니다. 엄청난 양의 생활필수품이 필요합니다. 그 물건들을 구해서, 구례 사람들에게 노고단까지 나릅니다. 그래서 일당은 보통 품삯의 세 배에서 다섯 배까지도 쥐 가면서 일을 시키고 있습니다."

"그렇군요. 목사님도 바쁘시겠네요?"

"예. 그러나 선교사업을 위해 중요한 일이기에 기꺼이 봉사하고 있습니다. 조선에 천주교가 전파되었을 때, 무시무시한 보복의 역사를 더듬자면 한도 끝도 없을 겁니다. 그 후 기독교인들에게 가해진 박해의 소용돌이는 많이 잦아들었습니다. 수양관 허가 초기에는 여름 한철 휴양처로 지정하여, 높은 지대인 노고단에서 휴양할 수 있도록 천막을 치거나, 가건물을 만들었지만, 고지대라서 거센 바람과 추위로 1년도 못 버티고 허물어졌습니다. 매년 휴양처를 만들기는 쉬운 일이 아니었습니다. 수많은 선교사들이 풍토병으로 죽어 나가는 상황에서 가건물이 아닌 건축물 허가권을 얻게 됩니다. 외국인 선교사 피서지로는 노고단뿐만 아니라 명사십리 해수욕장으로 유명한 함경도 원산, 강원도 금강산, 황해도 구미포에도 허가를 해 주었습니다. 지리산 노고단은 조선총독부를 거쳐 동경제국대학과 임업용 부지 사용 허가를 얻어 장기간의 임대 계약을 맺고 선교사 수양관을 지을 수 있었습니다."

한 목사가 급한 일이 있다며 자리를 털고 일어난다. 한 목사의 애기에 만식은 신이 나 있지만 인철은 점점 심란해진다. 한 목사 앞에서 불편한 기색을 내보일 수도 없고…. 얘기를 듣고는 있었지만 귀에 들어오지는 않았다.

인철은 한 목사의 이야기에 의심을 지울 수가 없다. 아무리 그래도 그렇지, 민족의 영산인 노고단 꼭대기에 피서지를 허락해 준 것은 좀 그렇다. 일제는 조선 사람들의 기가 빵빵한 전국의 산봉우리에 쥐도 새도 모르게 쇠말뚝을 박는 일을 자행했다. 특히 강화 마니산의 참성단, 태백산의 천제단, 지리산의 노고단은 수천 년간 국가에서 제사를 지내는 영산임을 모를 리 없다. 조선 땅 위에 군림한 일본은 조선총독부를 통해 노고단 정상에 선교사들이 휴양을 할 수 있도록 터를 내주고 말았다. 왜 하필이면 노고단이었을까? 전국 방방곡곡에 산봉우리가 있고, 지리산 중에서도 수많은 봉우리가 있는데 왜 하필이면… 노고단에 외국인 수양관을 조성한다고 하는 것은, 민족 말살의 저의가 맞아떨어진 게 아닌가 하는 의심을 지울 수가 없다.

만식과 인철은 노고단 정상을 향해 다시 오른다. 노고단 너머 동쪽 산맥이 보이지 않았는데 능선에 도착하니 지리산 영봉들이 수없이 펼쳐진다. 노고단 정상까지는 조금만 더 올라가면 된다. 정상을 향하여 발길을 재촉한다. 정상으로 향하는 오솔길은 잡초만 무성하다. 물이 철철 넘치고, 나무가 제법 자란 선교사 수양관 건물들이 자리 잡은 곳과는 사정이 사뭇 다르다. 드디어 노고단 정상이다.

"와!"

발아래를 내려다본다. 노고단 분지 위에 수십 채의 별장이 펼쳐져 있다. 조금 더 내려다보니 차일봉이 보인다. 몸을 돌려 돌아선다.

지리산 반야봉과 천왕봉을 비롯한 수많은 영봉들이 황홀한 자태를 드러낸다. 빙빙 둘러보아도 아련히 펼쳐진 봉우리들이 너울너울 춤을 춘다. 희뿌연 구름 사이로 몽환적인 분위기를 자아내는 봉우리들의 향연이다. 그야말로 장엄한 비경이다. 바로 눈앞의 파란 하늘도 저 멀리 산과 맞닿은 지점에서 희뿌연 안개처럼 하늘색도 희뿌연 안개로 아련해진다. 지리산 최고봉인 천왕봉이 지척에 다가온다. 지금 당장 가 볼 수는 없지만 천왕봉이 상상봉이 아님을 실감한다. 어디가 끝인지 모르게 수많은 태백산맥 줄기의 영봉들이 고요 속에 숨 쉬고 있다. 켜켜이 쌓인 지리산의 영봉들이 구름과 함께 잔물결을 이루어 낸다. 태백산맥의 끝없는 줄기가 너울너울 넘실댄다. 저 너울을 타고 가면 태백산맥의 줄기는 백두산까지 이어져 있으리라. 조상 대대로 하늘을 향한 호연지기浩然之氣를 배울 수 있었던 산맥이었으리라. 한라에서 백두까지의 드높은 기개가 가슴속에 와락 스며드는 듯하다. 영산의 기운이, 하늘의 기운이 가슴속으로 들어오는 벅찬 순간, 어디가 끝일까? 인간의 셈으로는 가늠할 수 없는 세계가 끝없이 펼쳐진다. 저 구름 사이로 봉우리를 징검다리 삼아 훨훨 날아 뛰어다니는 환상을 꿈꾸어 본다. 하늘은 손만 뻗으면 금방이라도 닿을 듯한 진취적인 기상이 솟구친다. 눈을 껌벅하는 찰나에도 또 다른 장관이 시시각각 변한다. 이대로 서 있기만 해도 하늘을 수도 없이 날아다닌 것만 같다.

눈앞에 반야봉이 다가온다. 여인의 젖가슴처럼 봉긋한 봉우리가 살포시 내려앉아 있다. 다소곳한 여인의 젖가슴에 실오라기를 살포시 두른 듯 구름이 걸쳐 있다. 반야봉 봉우리가 보일 듯 말 듯 환상적인 자태를 뽐내고 있다. 천왕봉은 구름 사이로 우뚝 솟아 있다. 그 너머에도 수많은 봉우리들이 아련히 보인다. 태양 빛이 작열한다. 온 대지를 이글거리게 하는 눈부신 햇살이다. 그늘막 없는 노고단 꼭대기에서 온몸으로 태양을 맞이한다. 하늘의 기운을 다 안고 갈 기세로 두 팔을 벌린다. 산들바람이 불어온다.

오늘은 그야말로 운이 좋은 날이다. 궂은 날씨를 만나지 않아서 다행이다. 예로부터 노고단에서 거센 바람을 잘못 만나면 섬진강까지 휩쓸려 간다고 했다. 남쪽으로는 섬진강이 구불구불 작은 개울처럼 보인다. 남해까지 이어진 섬진강 줄기를 따라가 본다. 남해의 섬들이 옹기종기 펼쳐져 있다.

정상 아래에 수십 채의 선교사 별장과 시설들이 다시 또 눈에 들어온다. 노고단 정상의 돌탑을 보니 왠지 기쁨보다는 서러움에 화가 가라앉지 않는다. 산신제를 지내던 제단 봉우리 돌탑은 허물어져 흔적만 남아 있다. 수천 년 동안 비가 오나 눈이 오나 산신제를 올렸던 제단이었는데, 이렇게 허물어지고 흔적만 남아 있다니. 군데군데 원추리꽃이 군락을 이루고 있다. 허리춤까지 차오른 원추리꽃의 노란 꽃물결이 장관을 이룬다.

인철과 만식은 노고단 정상에 앉아 지리산 천왕봉을 말없이 바라본다. 인철이 먼저 일어서고 만식이 뒤따라 일어선다. 뒤돌아서는 발길이 아쉽기만 하다. 선교사 별장 터를 지나서 내려온 후 차일봉으로 향한다. 차일봉은 산 아래 구례에서 봉우리를 올려다보면 차일을 쳐 놓은 듯한 모양새를 갖췄다고 하여 차일봉이라 한다. 노고단에서 왔던 길을 되돌아서 한참을 내려가다가 다시 올라가야 하는 지형이다. 노고단에서 계속 내려와 무넹기 쪽에 다다랐다. 무넹기 쪽으로 내려가면 화엄사 계곡이 나온다.

다시 차일봉 계곡을 오르기 시작한다. 차일봉 정상으로부터 천은 골과 화엄사 계곡이 나누어지고, 북쪽으로 향하면 성삼재와 만복대로 가는 길이다. 노고단에 비하면 한참 아래에 위치한 곳이다. 차일봉에 서니 구례골 사람들이 서산이라고 부르는 간미봉이 눈앞에 보이고, 중방 들판도 보인다. 구례 곳곳이 더욱 가깝게 보인다. 천은사 계곡의 꼭대기에 서 있는 셈이다. 천은사 계곡물이 솟아나는 발원지요, 구례 전체가 한눈에 들어오는 곳이다. 마을마다 초가지붕은 꼬막 껍데기를 엎어 놓은 듯 앙증맞다. 서시천으로 흐르는 물도 실뱀처럼 꿈틀거리는 듯하다. 거대한 바위가 정상에 우뚝 서 있다. 종석대 앞이다.

신라의 고승 우번조사가 상선암에서 수도를 하던 중 절세미인이 암자에 나타나 요염한 자태로 우번을 유혹하였다. 여인에게 홀린 우번은 자기가 수도승임도 잊은 채 여인의 뒤를 따라나섰다. 그 여인은 온갖 꽃이 아름답게 피어 있는 숲을 지나 자꾸만 높은 곳으로 높은 곳으로 한없이 올라갔다. 우번은 여인을 놓칠까 봐 숲을 헤치며 정신없이 올라가다 보니 어느덧 차일봉 정상까지 오르게 됐다. 그런데 우번을 유혹하던 그 여인은 사라져 버리고 관음보살이 나타나 우번을 바라보고 있는 것이 아닌가? 깜짝 놀란 우번이 정신을 가다듬고 생각해 보고는, 이것은 관음보살이 자기를 시험한 것이라 깨닫고 그 자리에 엎드려 자신의 어리석음을 뉘우치고 참회하였다. 그러자 갑자기 관음보살은 사라져 버리고 대신 산꼭대기에 큰 바위만 우뚝 서 있는 게 아닌가? 자신의 수도가 크게 부족함을 그제야 깨닫게 된다. 곧바로 우번은 뉘우침으로 그 산꼭대기 바위 밑에 토굴을 파고 토굴 속에서 수도하여 후일 도승이 되었다 한다. 우번조사가 도통한 그 토굴 자리라 하여 우번대라고 부르게 되었으며, 우번조사가 도통하던 그 순간에 신비롭고 아름다운 석종 소리가 들려왔다 하여 이곳을 종석대鐘石臺라고 부르기도 하고, 관음보살이 현신現身하여 서 있던 자리라 하여 관음대觀音臺라 부르기도 한다.

조금 더 내려오니 상선암이 나타난다. 산속에 보일 듯 말 듯 거대한 바위에 숨어 있는 암자로 상서로운 기운이 감돈다. 옛날에 나무꾼들이 물이라도 한 모금 얻어 마시려고 상선암자에 오르면 호랑이가 제집인 양 떡 버티고 스님과 암자를 지키고 있다 하여, 사람들은 무서워서 접근을 꺼렸다고 할 만큼 깊은 산속, 높은 곳에 자리 잡고 있는 암자다.

상선암 발밑에 바로 시암재가 내려다보인다. 천은사에서 상선암을 갈라치면 큰맘 먹고 올라야 당도할 수 있는 험한 곳이다. 계속 산을 내려오다 보니, 수도암, 도계암, 삼일암이 있는 천은 계곡을 타고 천은사에 당도한다. 날이 저물어 발길을 재촉한다. 집으로 향하는 인철과 만식의 발걸음이 더욱 빨라진다.

ㅎ

결혼

꽃샘추위가 채 가시기도 전에 봄비가 내린 원촌 들녘에는 보리가 파릇파릇 자라고 있다. 겨우내 눈 속에서 눈 이불을 뒤집어쓰고 푹 한숨을 자고 나온 보리가 기지개를 켠다. 자연의 이치는 어쩌면 이리도 오묘할까? 지난가을에 뿌렸던 보리가 싹을 틔우고, 뾰족한 잎사귀 한두 장만 세웠을 뿐이다. 많은 눈을 뒤집어쓰고, 북풍한설의 세찬 바람에도 살아남았다. 소생하는 봄을 얼마나 기다리고 기다렸을까? 온실 속에서만 자란 밀과 보리는 열매를 맺지 못하지만, 싹을 틔운 채로 추운 겨울을 견디어 낸 밀과 보리만이, 꽃이 피고 열매를 맺는 춘화春化 현상이야말로 우주의 신비스러움이다. 겨우내 기다렸다는 듯이 산수유가 꽃망울을 하나둘씩 활짝 터트리기 시작한다. 봄을 알리는 전령사다. 변덕이 심한 봄 날씨 속에서도 꽃봉오리를 몇 번씩 오므렸다 폈다 반복하더니, 드디어 따사로운 봄 햇살 아래 일제히 얼굴을 내밀고 있다. 노고단 서북능선인 만복대를 끼고 아담하게 자리 잡은 산동골은 구례에서 또 다른 하나의 분지를 이루고 있다.

"복자야! 우리 쑥 캐러 가자!"

경자가 동생 복자를 부른다.

"그래, 언니!"

기다렸다는 듯이 복자는 쑥을 캘 소쿠리와 몽당칼을 챙긴다.

"엄마! 복자 데리고 쑥 캐 올게요!"

경자가 안방 쪽을 바라보며 큰 소리로 알린다.

"그래! 조심해서 댕겨오니라."

안방에서 바느질을 하던 이평댁이 대답을 한다.

"예!"

경자와 복자는 합창하듯 대답을 한다. 며칠 전부터 날씨가 변덕스럽다. 비를 뿌리다가도 눈발이 되어 날린다. 봄이 오다 말다 변덕을 떨더니 제법 따뜻한 기운이 감도는 걸 보니, 이제야말로 봄이 제대로 오려나 보다. 노란 산수유 꽃봉오리가 꽃샘추위를 잘도 견디어 냈다. 그야말로 옴팡지게 단련된 모습이다. 봄은 처녀 가슴에 제일 먼저 온다고 했던가? 어느새 봄은 경자와 복자의 가슴에 와 있다. 동네 앞에만 나가도 산수유가 지천으로 노랗게 물들기 시작한다. 산동 전체가 온통 산수유 꽃으로 별천지를 만들고 있다. 노란 물감으로 온 동네를 칠해 놓은 듯이 온 산천이 노랗다. 물길 따라, 사람 따라 줄지어 늘어선 모습이 장관이다. 산수유 꽃 세상이 만들어진

꽃대궐이다. 노란 팝콘을 튀겨 놓은 것처럼 꽃봉오리가 탐스럽고 먹음직스럽다. 노랑 병아리의 솜털처럼 보송보송한 꽃망울이 귀엽고 앙증맞다.

산수유는 영원불멸의 사랑이다. 병이 든 아버지를 살리기 위하여 산천을 헤매고 다니던 딸의 효심에 감동한 산신령이 나타나 붉은 열매를 보여 줬다. 그 열매를 가져다가 달여 드려 아버지 병이 나았다는 전설이 내려오는 사랑의 열매다. 영원불멸의 사랑이 어디 부모와 자식 간의 이야기만 있겠는가? 남녀의 사랑도 산수유 열매처럼 빨갛게 익어 정열적인 불멸의 사랑으로 영원하지 않겠는가.

"복자야! 이 꽃 좀 봐!"

"어머, 예쁘다!"

산수유 꽃을 코에 대 보기도 하고, 볼에 살포시 비벼 보기도 한다. 톡톡 꽃망울을 터트린 산수유 꽃이 온통 하늘로 날아갈 듯하다. 경자와 복자도 하늘을 날 듯한 기분에 들판을 벗 삼아 살랑살랑 움직인다. 아지랑이와 함께 경자와 복자를 하늘로 두둥실 날려 보낸다. 노란 꽃과 함께 어우러진 아름다운 한 폭의 수채화다. 다랭이논 양지바른 곳 여기저기에 쑥이 솟아오르고 있다. 강한 생명력이 움트고 있다. 경자와 복자가 쑥을 캐서 소쿠리에 담는다. 간혹 냉이도 눈에 띄면 뿌리가 상하지 않도록 뿌리째 뽑아 올린다. 대바구니에 쑥과 냉이가 점점 차오른다.

면 소재지 원촌에 보통학교가 생겼지만, 대부분의 여자아이들은 학교에 가지 않았다. 여자들을 가르쳐서 뭐 하냐는 분위기였다. 여자아이들은 집안일이나 하면서 조신하게 지내다가 시집을 가는 것이 전부였다. 이제 시대가 변했다고 생각한 김성출은 달랐다. 여자아이를 밖으로 나돌아다니게 한다는 것이 쉬운 일은 아니었지만, 새로 들어선 보통학교에서 까막눈이라도 면하게 해 주고 싶었다. 원촌보통학교를 졸업한 경자는 전주에 있는 예수병원에서 허드렛일을 했다. 서양 선교사들이 세운 신식 병원에서 일하게 된 것은 보통학교를 졸업했기에 가능했다. 한의원에서 침을 놓고 한약으로 병을 다스리는 것만 보아 왔던 경자에게는 신기할 따름이었다. 전주 예수병원은 가난한 사람들에게 무료로 치료를 해 주는 일이 다반사였다. 그런 모습에 큰 감동을 받은 경자는 병원에서 허드렛일을 하는 처지였지만, 급할 때는 선교사들의 잔심부름도 곧잘 해냈다. 외국어 몇 마디 말도 알아들을 수 있는 귀도 뚫렸다. 서당 개도 삼 년이면 풍월을 읊는다고, 예수병원에서 어깨너머로 많은 것을 배울 수 있었다. 교회, 병원, 학교가 한 곳에 있어서 교회에도 간간이 다니면서 세상을 바라보는 눈이 점점 트였다. 경자는 간호사가 되고 싶었다. 간호사가 되려면 중등여학교를 먼저 졸업해야만 했다. 선교사들의 도움으로 기전여학교에 입학을 하였다. 그러나 선교사들이 세운 기전여학교에 입학하자마자 경자는 열병으로 앓아누웠다. 의사 선교사들의 헌신적인 도움으로 경자의 열병은 치료되었지만, 학교를 포기하고 고향으로 내려와야만 했다. 경자 나이가 열일곱이 되자 시집을 보내자는 얘기가 오갔다.

"이 집 큰애기 시집 안 보낼 거여?"

중매쟁이 할매가 이평댁 집에 들어선다.

"할매! 어서 오셔요!"

이평댁이 소쿠리에 수확한 콩을 고르다 말고 마당으로 급하게 내려선다. 중매쟁이 손을 잡으며 살갑게 맞이한다. 얼마나 반가운 중매쟁이인가? 중매쟁이가 여러 번 경자의 혼처를 들이댔고, 이번에도 무슨 소식을 전하려나 보다 하고 할매에게 잔뜩 기대를 걸고 있던 참이다.

"아따! 할매 봉께로 겁나게 방갑그만이라. 어서 올로 앉즈씨요."

이평댁은 중매쟁이에게 자리를 권한다.

"아이고 다리야! 나도 나이가 든께로 쬐끔만 나대도 삭신이 막 쑤신다니까."

중매쟁이가 엄청 피곤한 투로 마루에 겨우 걸터앉는다.

"아따! 좀 살것네. 내가 요 집에 한번 올라면, 어찌나 심이 들던지…."

할매가 엄살을 부린다.

"내가 가실 일이 끝나가면서, 할매가 우리 집에 언제쯤 오시나? 할매 오기만을 겁나게 기다렸당깨요."

이평댁이 그동안 중매쟁이를 기다렸다는 듯이 말한다.

"그나저나, 이 집 가실 일은 다 했다요?"

"예, 급한 것은 얼추 다 해 가는디… 저, 뻘건 산수유를 딸라면, 아직 일이 많아 남았그만이라. 산수유 따기가 겁나게 힘들고 웅상시러워서…"

이평댁이 담벼락에 빨갛게 익어 매달려 있는 산수유나무를 쳐다보면서 대답한다. 서리도 서너 차례 내린 뒤로 잎사귀는 다 떨어지고 빨간 산수유 열매만 매달려 있다.

"그러제, 산수유 따기가 힘들제…. 산수유 낭구(나무)가 개울가나, 다무락(담) 같은 옹상시러운 데가 있는 놈은 아주 따기가 애롭당깨. 크지도 않은 잘잘한 열매를 따는 것도 힘들지만, 따서 씨를 볼라 낼라면 더 일이 많제. 단단한 산수유 열매를 몰랑몰랑하게 만들어서, 일일이 하나썩 입으로 깨물어 씨를 볼라 낼라면, 여간 어려븐게 아니지. 나도 잘 알지. 아직 가실 일 할라면, 이제 시작이구먼… 산동사람들은 가실 일을 두 번 하는 셈 아닌가베. 산수유 가실 일은 가윗일이랑깨로."

산동에 살면서 산수유 수확하기가 번거롭고 어려운 줄 다 안다는 소리다.

"그렁깨 말이여라. 그렁깨로 산동사람들은 이제부텀, 가실 일을 새로 시작해야 된당깨요. 그래도 저 뻘건 산수유 닦달을 해놓으면 귀한 것이 안 되는기요?"

이평댁도 중매쟁이 옆에 걸터앉는다.

"아, 내가 바쁜 사람이랑깨로."

가을걷이가 끝나자마자 여기저기 중매를 하느라, 바쁘다는 핑계를 늘어놓는다. 중매쟁이에 의해 결혼이 모두 성사되는 건 아니지만, 사실은 경자의 결혼 때문에 다른 중매쟁이를 통해서도 매파가 오고 갔다. 여러 총각들을 들이댔지만 진척이 없었다.

"아, 거시기 뭐냐…. 내가 전에 말한 이 집과 혼사를 붙일라는 집은, 쩌그… 광의면… 이 대감 집이란 말이시. 요 동네, 산동이 아니랑깨로…. 그렇깨로 그 집으로 말할 것 같으면, 이씨 집안은 아주 먼 옛날부터 대대손손 수백 년을 이어온 짱짱한 집안이란 말이시! 한마디로 말하자면 양반 가문이랑깨! 아, 광의면에서 제일가는 부잣집이랑깨로… 그 동네 사람들은 모도 다 그 집 전답을 부쳐 먹고 산다 그러더마. 동네 사람들이 아직도 대감마님! 대감마님! 하면서 인사를 꾸뻑꾸뻑 하드랑깨. 그라고 그 집이 얼마나 큰지 알어? 집이 얼마나 크던지, 아조, 큰 대궐집이랑깨! 연파리 동네에서 제일 높은 곳에 자릴 잡은 으리으리한 고래 등 겉은 기와집이 네 채나 자리를 잡고 있어서, 그 집에 들어서면 어디 큰 절간에 들어선 것 같다니깐. 다른 집하고는 택도 안 될 만큼 큰 집이랑깨!"

중매쟁이가 그 집을 소개하다 먼 산을 한 번 보면서 잠시 숨을 고른다. 이평댁은 중매쟁이의 입에서 눈을 떼지 못한다.

"내가 그 집을 한 번씩 댕겨올라면, 얼매나 심이 드는지… 알기나 할랑가 모르겠네? 그 집을 가려면 동네에 들어서고 나서도, 까끄막(언덕)을 한참이나 올라가야 한당깨…. 동네 꼭대기까지 올라가야 한당깨로…. 그 대궐집을 내가 한 번 올라갔다 올라면, 숨이 얼마나 차던지… 몇십 번은 쉬었다 올라갈 만큼 높은 집이랑깨."

말하는 사람이 먼저 지칠 정도로, 힘이 들 만큼 높은 곳에 위치한 집이란 말이다. 듣는 이평댁까지 힘이 부친다. 중매쟁이는 계속 그 집 자랑을 늘어놓는다. 가지고 있는 땅만해도 마을 앞에서부터 주재소나 면사무소 인근 모든 땅들이 그 집 논밭이다. 평바대들과 중방들 전체 수백 마지기가 넘는 논밭이며, 문중 산을 비롯하여 인근 야산 곳곳이 이씨 집안의 땅이란다. 집안에도 머슴들이며, 식모들이 서너 명 되지만, 질매재 문중 산에는 산지기를 둘 정도로 부자란다. 중매가 들어온 곳은 광의면 연파리 이씨 집안의 큰아들이다. 일본 유학을 하여 대학도 일본에서 나왔다고 한다. 중매쟁이가 대학을 나왔다고 하면 나온 것이고, 안 나왔다고 하면 안 나온 것으로, 모두가 중매쟁이의 말이라면 찰떡같이 믿는다. 중매쟁이가 제멋대로 있는 얘기, 없는 얘기에 허풍까지 늘어놓는다. 일찍이 청상과부로 늙어 버린 탓도 있지만 젊었을 때는 이 동네 저 동네 다니면서 굿도 해 주는 명성 높은 당골네(무당)였다. 나이가 들어서는, 기력도 달리고, 굿도 영 신통치 않아서 이 동네 저 동네 다니면서 기일도 봐 주고, 중매나 서 주고 하는 어중이떠중이가 되었다. 얼마나 넉살도 좋은지, 말재간도 청산유수다. 오늘도 이평댁을 앉혀 놓고 중매쟁이의 입담이 끊어질 줄 모른다.

"이 집 딸을 시집보낼 거여 말 거여? 내가 중매를 대는 집은 이 집과는 택도 없는 집인디… 나나 되니까, 이 집과 중매를 한번 대 보는 건디…"

중매쟁이에 의해 결혼이 결정되는 것처럼, 했던 말을 또 반복한다.

"그 집 아들은, 일본으로 유학도 갔다 오고, 집도 대궐집에다가 기와집이 네 채가 들어앉아 있는…. 아, 옛날에는 이 대감 집이라고 하면, 광의면에서 제일 유명한 어마어마한 천석꾼, 만석꾼의 집이여, 그 머시기냐, 옛날로 치면 신라 시대부터 터를 잡고 살아온 양반 가문이여…. 시대가 바뀌어서 그렇지! 아, 옛날에는 그 집에 아무나 얼씬거리지도 못할 만큼 양반집이었당깨로, 아무나 며느리로 들어갈 수가 없는 자리랑깨. 그 동네에서 제일 부잣집인데, 논이 수백 마지기도 넘는 집이랑깨! 내가 그 집을 한 번 댕겨올라면 하루가 꼬빡 걸려 버린당깨."

중매쟁이의 자랑은 끝날 줄 모른다. 했던 말을 또 하면서 입에 침이 마르지를 않는다. 중매쟁이 말속에는, 그만큼 애를 쓰고 감히 엄두도 못 낼 집안을 소개시키니까, 무조건 시집을 보내라는 속셈이 숨어 있다. 또한 중매쟁이가 애쓰고 있다는 걸, 과시하려는 말투다.

"이 집 딸도 전주까지 가서 신식 물을 묵었고, 소학교라도 나온 규수라고 항깨로… 전주예수병원에서 간호원이라도 했당깨로… 내가 그 집과 대 보는 거랑깨."

중매쟁이는 소학교라도 나온 처녀가 몇 안 됐기 때문에, 일부러 찾아와 연파리 이 씨 집 아들과 대볼 참인 셈이다. 경자가 전주 예수병원에 잠시 허드렛일을 했던 것만으로도, 어느새 간호원이라고 그쪽 집에는 벌써 부풀려 알렸음 직한 말이다.

"근디… 대 보기는 대 보는디… 그 집에서는 영…."

잠시 말을 멈추고 머뭇거린다.

"어디 그 집에서는, 이 집과 대면, 택도 없어…. 중매고 뭐고 아무것도 안 될는지도 몰라…. 나나 되니께 이 집 딸을, 그 집에다 붙여 보는 거지…."

중매쟁이가 뭘 바라고 한 얘긴지? 경자네를 무시하는 것인지? 아니면 중매 턱을 얼마나 받아 내려고 하는 심산인지? 신랑이 될 연파리 이 씨 집을 자꾸만 치켜세우고 있다. 이 씨 집은 광의면에서 알아주는 부잣집이란 소리를 이평댁도 소문으로 익히 들어서 알고 있다. 연파리에서 가장 큰 대궐집하면, 이 대감 집이라는 것은 이곳 산동 골에까지 알려진 일이다. 결혼이란 게 우리 집보다 더 부잣집이고, 시대가 변했지만 옛날 양반집 가문이라고 하면 좋은 일 아닌가? 결혼은 집안을 보고 결정하는 일이잖은가?

"내가 궁합도 봤는디… 둘은 천생연분이여!"

진짜로 궁합을 봤는지는 알 수 없지만, 중매쟁이가 궁합이 좋다고 하니, 좋은가 보다 한다. 결혼을 성사시키려면 중매쟁이야 어떤 말이든 둘러대고, 어떤 말이든 갖다 붙여서라도 궁합이 좋다고 해야 한다. 그러나 이평댁도 중매쟁이에게 기를 꺾이고 들어갈 수는 없다. 내 자식 귀하지 않은 부모가 어디 있겠는가? 어떻게 키운 금쪽같은 자식인데….

"우리 딸같이 야무지면, 어디라도 시집을 보낼 수 있제라! 우리 딸도 소학교는 배운 사람 아니요? 그라고 전주 예수병원에서 간호원까지 한 사람이 어디 흔하다요?"

이평댁도 중매쟁이의 말대로 병원에서 잔심부름이나 하고 허드렛일을 했던 경자가 간호원이라고 해 버린다.

"어디다 내놔도 살림도 잘하겠다. 거시기 뭐냐? 밥도 잘하겠다, 들일도 잘하겠다, 어른 공경도 잘하겠다, 싹싹하게 붙임성도 좋제, 빨래도 잘하제, 바느질도 잘하제, 베도 짤 줄 알겠다…. 그라고 산동 처녀들처럼 쬐깐헐 때부텀, 산수유를 앞니로 까면서 귀하고 좋은 산수유를 많이 묵어서 그런지 잔병치레도 없고, 건강해서 애도 쑥쑥 잘 낳을 꺼구만요. 우리 딸은 원체 부지런해서 못하는 게 없당깨

라. 눈썰미가 얼마나 좋은지 누가 뭘 하기만 하면 어깨너머로 다 배워 뿌러서, 금방 얼렁뚱땅 잘도 해낸당께라. 부잣집 큰 며느릿감으로 우리 딸은 어디 내놔도 손색이 없제라 잉!"

이평댁이 웃으면서 중매쟁이와 눈을 다시 한번 맞춘다.

"우리 동네 사람들한테 다 물어보시오. 우리 딸은 동네에서 칭찬이 자자하당께요. 아, 혼사만 잘되면 내 섭섭지 않게 해 드릴께요, 할매! 그 집과 잘 좀 대 보랑깨요!"

이평댁은 중매쟁이에게 바짝 다가가 앉는다.

"산수유를 에레서부터 입으로 까니라고 산수유를 입에 달고 살아 놓깨로, 산수유를 많이 묵어서 산동 처녀들은 건강하고, 애도 잘 낳는다는 얘기는 그쪽 집에 다 해 놨지. 그랬더니 그 집에서는 중신할 처녀가 산동 처녀랑깨로 욕심을 내드라니깐! 아, 산동 처녀들이 산수유 땜으로 인기가 최고라는 거 다 아는 얘기 아니여?"

"그럼요, 산수유 좋은 거야 다 아는 얘기지라."

은근히 이평댁도 중매가 들어온 집이 욕심이 나지만, 어디 대놓고 중매쟁이에게 꼭 그 집과 혼사를 성사시켜 달라고 할 수는 없지 않은가? 그러나 이평댁도 말을 하다 보니까 잘 좀 그 집과 대 보라는 말이 저절로 나와 버렸다. 마음속으로만 욕심을 부리지, 겉으로 표를 낼 수는 없는 일 아닌가? 혼사라는 게 맘먹은 대로 되는 것도 아니다. 하늘이 지어 준 인연이 아니면, 성사가 다 될 뻔한 중대한 혼사도 물거품이 되어 버리는 일이 벌어진다. 세상일이 마음먹은 대로만 되면 얼마나 좋은 일인가.

경자네 집에 중매쟁이가 서너 번 들락거리더니 결혼을 서두르게 되었다. 중매쟁이가 양쪽 집에 왔다 갔다 하면서 얼마나 설득을 했는지, 가을걷이가 끝나자마자 결혼 날짜를 잡았다. 신랑 집에서 오히려 서두르는 것 같았다. 사주와 궁합도 보았다. 궁합은 좋다고 했다. 경자는 부모님들이 하자는 대로 할 수밖에 없었다. 신랑 될 사람 얼굴도 안 보고, 동짓달 보름날로 결혼 날짜가 잡혔다.

서리가 내리고 찬바람이 불기 시작하면, 산수유나무의 잎은 단풍이 들어 오색찬란한 빛을 띤다. 단풍이 든 잎 사이사이에 숨어 있는 산수유 열매는 붉다 못해 진한 선홍빛으로 변한다. 잎이 모두 떨어지고 나면, 나무에 올망졸망 매달린 빨간 산수유 열매는 깨물어 주고 싶을 만큼 앙증맞다. 열매는 제법 통통하고 단단해진다. 알알이 맺힌 빨간 유리구슬이 되어 나뭇가지에 달려 있다. 산동골은 산수유 열매로 별천지가 된다. 집집마다 가을걷이가 끝나기 무섭게 빨갛게 익은 산수유 열매를 딴다. 나무 아래에 넓은 천이나 거적때기를 깔아 놓고 어른 키보다 높은 장대를 휘둘러 산수유를 털어 댄다. 열매는 며칠간 그늘에서 후숙을 시키면 시간이 지날수록 단단한 과육이 점점 몰랑몰랑해진다. 과육이 덜 몰랑한 것은 가마솥의 끓는 물에 살짝 담갔다 건져 내면 물러진다. 말랑거리는 산수유 열매를 하나씩 입 속으로 가져가, 앞니로 씨와 과육을 조심스럽게 분리한다. 산수유 맛은 떫은맛, 신맛, 단맛이 어우러진다.

복자가 산수유를 입으로 깨물다 말고 하품을 한다. 호롱불 밑에서 밤이 깊어 갈수록 식구들 모두에게 하품이 전염된다. 경자와 이평댁도 산수유를 까다 말고 하품을 크게 한다. 초저녁부터 밥상을 물리고 시작했는데, 밥상 위에 쌓아 놓은 산수유는 도무지 줄어들 줄을 모른다. 복자가 산수유를 집어 입으로 가져가다 말고 눈이 스르르 감긴다. 다시 정신을 차리고 산수유를 까지만 꾸벅꾸벅 고개를 떨어뜨린다. 경자의 눈에 복자의 조는 모습이 들어온다. 이평댁의 불호령이 떨어지기 전에 복자를 깨워야 한다. 경자가 밥상 건너편에서 헛기침을 한다.

"흠! 흠! 흠!"

졸고 있는 복자는 끄떡도 하지 않는다.

"흠! 흠! 흠!"

경자의 헛기침 소리가 더 커지자 복자가 흠칫 놀라며 잠에서 깬다. 정신을 차린 복자가 아무 일 없었다는 듯이 산수유를 손으로 집어 입으로 가져간다. 씨와 과육을 분리하는 손놀림이 바빠진다. 복자를 바라보던 이평댁이 식구들에게 호령을 한다.

"얼릉 얼릉 서둘러라!"

경자 결혼식을 치르려면 산수유부터 빨리 해치워야 한다. 후숙된 산수유가 더 몰랑해져 짓무르고 으깨지기 전에 빨리 씨를 분리해야 한다.

"아따! 이 많은 산수유를 언제 다 간다요?"

졸린 복자의 입에서 볼멘소리가 흘러나왔다.

"얼릉 산수유를 다 까야, 언니 결혼식을 치르제?"

무조건 산수유를 까 치워야 하는 이평댁이 다그친다.

"이놈의 산수유는 까도 까도 줄어들 줄을 모르네!"

잠이 쏟아지는 복자가 투덜댄다.

"내일부터는 동네 사람들을 동원해서라도 얼른 해치워야 쓰겄다! 느그 언니 날 잡아 놨는데, 내가 챙겨야 할 일이 너무 많아서 그런 다."

"엄마! 제발 쫌, 그렇게 하세요! 동네 사람들에게 품삯을 주면서 일을 시키랑깨요."

복자가 이평댁의 말에 맞장구를 친다.

"아따, 저것이!"

이평댁이 눈을 흘기며 복자를 쳐다본다.

"누구는 그걸 몰라서 그런다냐? 산수유 까는 데 품삯 주고 나면, 뭐 남는 게 있다고 그런다냐? 힘들어도 우리 식구끼리 해결해야징!"

경자는 식구들의 푸념을 들으면서 묵묵히 산수유를 발라낸다.

밤새 입으로 분리한 산수유 과육을 볕이 좋은 마당에 널었다. 꽤 많은 양의 산수유다. 산수유는 한약재로 귀하게 쓰인다. 산동 사람들은 농사 외에도 산수유 벌이로 제법 많은 돈을 만질 수 있었다. 말릴 때도 때깔이 잘 나도록 정성을 들여야 한다. 붉은 기운이 투명하고 때깔이 고울수록 고급품으로 쳐 주기 때문이다. 말리는 과정에서 산수유가 거무스름하게 되어 버리면 하품으로 쳐 주기 때문에 가을볕에 정성을 들여 말려야 한다. 이평댁과 경자가 멍석 위 산수유를 손으로 하나씩 만져가며 뒤집기를 한다.

산동장에 산수유 장이 들어서는 시기가 되면, 산동 곳곳에서 말린 산수유가 한꺼번에 쏟아져 나온다. 전국 팔도에서 산수유를 사려는 장사치들이 산동장으로 몰려들기 때문이다. 자리가 모자라 시장 초입에서부터 산수유 좌판이 벌어지고 흥정이 오간다. 조선 팔도에서 최고로 쳐 주는 산동 산수유는 구례에서도 유난히 해발이 높을 뿐만 아니라 밤낮의 기온 차가 심하고, 병충해도 없는 지역이어서 과육이 풍부하다. 특히 산동은 자생적으로 자란 산수유가 군락을 이루고 있는 지역으로 유명하다. 산수유는 남녀노소 가릴 것 없이 기를 돋우어 몸을 따뜻하게 하고, 콩팥(신장) 해독 기능이 있어 귀한 약재로 쓰여 왔다. 산수유 달인 물을 마시고 나면, 뻐근했던 허리 병도 씻은 듯이 없어져 버린다. 남녀노소를 불문하고 허리와 연관이 있는 콩팥에 특효인 셈이다. 특히 남자들이 먹으면, 오줌발이 강해서 요강이 엎어지는 것은 고사하고, 담벼락에 오줌을 쌀 때는 담벼락이 무너질 정도로 오줌발이 강하니까 조심하라는 얘기가 나올 정도다. 또한 산수유로 담근 술을 마시면 정자의 움직임이 철철 넘쳐흘러 애가 없던 부부도 애를 갖게 하는 묘약이라고 전해져 왔다.

안방에서 여자들의 수군거리는 소리가 난다. 경자가 시집갈 때 시댁 어른들께 드릴 솜이불을 만들고 있다. 이평댁과 이웃집 여인네들이 둘러앉아서 이불 땀을 한 땀, 한 땀 뜬다. 경자도 이평댁 옆에서 바느질을 함께 거든다.

"경자 시집가는데 이불은 몇 채를 해 주는 건가?"

"시부모님 몫으로 한 채, 신혼부부 몫으로 두 채는 해 줘야 되지 않겠어요?"

이평댁이 바느질을 하면서 대답한다.

"아, 경자 시집갈 데가 광의면에서 최고 부잣집이라고 소문이 났던데… 두 채로 되겠어?"

"두 채면 되겠제! 내 형편 따라서 해야지!"

"암, 그렇지. 형편 따라서 하는 거지."

"경자는 좋겠다. 시집가서 새 이불에 새신랑과 짜란히 덮고 자면 얼마나 좋을까?"

경자는 부끄럽지만, 살며시 미소 짓는다.

"아, 내가 우리 경자 시집가면 혼수 이불을 해 줄라고, 몇 년 동안 미영(목화)을 심어서 곱게 솜으로 타 논 걸, 우리 경자가 알랑가 모르겠그만!"

"그래! 이 집에서는 처음으로 자식 혼사를 치르는 거라서 베멘히 준비를 했겠어? 더군다나 아들도 아니고, 딸을 시집보내는데, 이평댁에게 신경이 많이 쓰이것그만."

"그렇깨 말이여라. 식을 올릴 날짜는 점점 다가오지… 준비할 게 한두 가지가 아니구먼!"

바느질을 하면서 덕담이 오가는 동안 이불이 완성되어 간다. 몇 년 전부터 가을에 장만해 놓았던 목화를 차곡차곡 모아 뒀다. 다른 것은 못 해 가도 솜이불만큼은 꼭 해 가야 하는 혼수품이다. 경자는 한쪽에 앉아서 무명천에 색실을 가지고 자수를 놓는다. 작은 천에 놓는 자수는 베갯잇을 만들려고 놓는 자수이고, 큰 천에 놓는 자수는 횟댓보에 놓는 자수다. 벽에 걸어 놓은 옷에 먼지가 앉지 않도록 횟댓보를 둘러씌우면, 옷장 역할을 톡톡히 한다.

잔치에는 뭐니뭐니 해도 음식 준비가 먼저다. 특히 손님들을 대접하려면, 술이 있어야 한다. 산수유 막걸리를 미리 넉넉하니 만들어 둬야 한다. 산동의 특산물인 산수유를 넣어서 불그스레하고, 맛깔난 산수유 막걸리를 만든다. 쌀을 담가 불린 쌀을 시루에 찌고, 찐쌀을 식힌 후에는 물, 누룩과 특별히 말린 산수유 열매를 쪄 내서 항아리에 담는다. 항아리를 차갑지 않게, 따뜻한 아랫목에 이불을 둘러씌워서 며칠 동안 숙성시킨다. 그리고 항아리 안에서 발효가 잘 되도록 서너 번 저어 주면, 세상 어디에도 없는 산수유 특유의 시큼한 맛이 풍기는 술로 변한다. 막걸리 때깔이 불그스름하니 보기만 해도 군침이 도는 산수유 막걸리가 된다. 이평댁과 경자는 또 잔치에 쓸 유과를 만들기에 여념이 없다. 유과는 많은 시간과 정성이 들어가야만 만들 수 있다. 하루 이틀에 되는 것도 아니고 몇 날 며칠을 걸려서 만들어야 한다. 먼저 찹쌀을 며칠 동안 물속에 푹 담가 불려 놓는다. 그리고 며칠이 지난 후, 찹쌀을 건져서 시루에 찐다. 푹 찐 찹쌀을 절구통에 넣고 떡메로 쳐 떡을 만든다. 전분 가루를 묻혀서 밤알 크기로 하나씩 떼어, 홍두깨 방망이로 아주 얇게 늘인다. 손바닥만 하거나 그보다 조금 작게 하여 네모지게 만들어서, 따뜻한 아랫목에 서서히 말린다. 급하게 말린다거나 햇빛을 보면 찹쌀 말랭이에 금이 가거나 얇은 막이 생겨서 깨져 버린다. 그래서 종이를 깔든지, 아니면 얇은 천을 깔고 방바닥에서 서서히 말려야 한다. 그다음 조청이 필요한데, 조청을 만들려면 먼저 식혜를 만든다. 식혜 건더기를 보자기로 싸 물을 꽉 짜낸 후, 식혜 물을 가마솥에 붓고 장작불에 온종일 졸이다 보면 조청이 완성된다. 색깔이 거무스름하여 끈적거리고 달착지근한 조청을 준비해 둔다. 찹쌀로 만든 얇은 조각을 기름에 튀기거나 화롯불에 은근히 구워 내면 두세 배, 혹은 다섯 배로 부풀어 오른다. 그 찹쌀 과자에 조청을 바르고, 그 위에 쌀 튀밥을 가루로 만들어 바르면, 먹음직스럽고 보기 좋은 유과가 만들어진다. 잔치가 있기 전에 손이 많이 가는 유과는 미리 만들어 두어야 한다. 잔치 음식으로도 쓰지만, 결혼식 후에 사돈댁에게 보낼 이바지 음식으로 쓰이기 때문이다.

결혼식 전날, 상관에 사는 원촌댁이 집 안으로 들어선다.

"형님 어서 오셔요."

이평댁이 반갑게 맞이한다.

"큰일을 치르려면 올케가 애 좀 쓰겠네."

결혼 음식을 장만하느라 마을 사람들이 모여든다. 지난주에 산동장을 봐 음식 재료가 가득하다. 잔치 음식으로 쓸 꼬막 서너 가마니가 우물가에 쌓여 있다. 지리산 골짝의 구례 땅에서는 바다가 멀어 생선 구하기가 힘들고 비싸기만 하다. 그러나 여수에서 기차가 다닌 뒤로는 바닷가의 해산물이 쏟아져 들어왔다. 비싼 생선은 구하기 어려워도, 꼬막만은 흔하다. 밑반찬으로, 술안주로 짭조름한 꼬막이 제격이다.

돼지우리에서는 돼지를 끌어낸다.

꽥, 꽥, 꽤—액, 꽥.

돼지가 안 나오려고 발버둥을 치지만, 장정 여럿이 달려들어 마당한 귀퉁이로 돼지를 몰고 가 멱을 딴다.

꽥, 꽥.

돼지 멱따는 소리가 들리더니 이내 잠잠해진다. 장정들은 어느새 뜨거운 물을 부어 돼지 털을 뽑고, 이어 사랑채 무쇠솥에 돼지고기를 삶느라 정신이 없다. 돼지고기를 삶아 낸 가마솥에 술국을 끓인다. 시래기 우거지에, 고사리, 토란대와 콩나물까지 넣어 끓인 술국에서 김이 모락모락 난다. 일손들 모두 술국으로 국밥을 만들어 허기진 배를 채운다.

마을 사람들은 잔치에 보태 쓰라고 부조를 한다. 집에 아껴 두었던 귀하디귀한 계란, 말려 두었던 고사리, 땅속에 묻어 두었던 무, 그리고 쌀까지 들고 온다. 이렇게 현금 대신 잔치에 쓰일 음식 재료 한두 가지씩을 들고 온다. 가까이 사는 이웃들은 미리 부탁한 콩나물시루를 통째로 들고 왔다. 이게 다 이웃의 정이다. 집안 대소사를 치르면서, 상호부조를 하는 풍습이다.

"아이고 콩지름이 하나도 안 썩고, 잔발도 없이 잘 질렀네 잉!"

"아이고 통통하니 어찌 크롬 요로께 잘 질렀당가잉? 우리 것보다 더 잘 질렀네 잉!"

"그나이나, 콩지름을 예쁘게 잘 질렀으니 상을 줘도, 큰 상을 줘야 쓰것그만이라!"

이평댁과 이웃 여자들이 돌아가면서, 검은 천으로 덮어 놓은 콩나물시루를 하나씩 들추며 칭찬을 아끼지 않는다.

"그나이나, 콩지름 질구느라고 겁나게 욕봤소 잉!"

"아, 이 집 잔치에 쓸려는 거라서, 내가 우리 집 윗목에다 놓고 자주 쳐다봄시롬 신경을 썼지라. 시루에 불린 콩을 앉혀 놓고, 물을 쪼르륵 쪼르륵 주기만 했는디도, 요로콤 잘 질드라고. 처음에는 불린 콩이 금방 말라 버릴까 봐, 지푸라기로 똬리를 만들어 위에 얹혀 놓고, 물을 계속 주는디도, 통, 안 질드란 말이요. 아, 날씨가 싸르르 하니 베멘히 안 추었소?"

"그렁깨 말이여, 날씨가 베멘히 추웠어야지. 나도 며칠을 지나니 껜, 발이 나고부터는 지가 알아서 쑥쑥 크드랑깨. 햇빛이 들칠까 봐 검은 광목천으로 단단히 덮어 가며 질렀그마요! 콩지름은 빛이 들어가서 포르스름해저 불면 고소한 맛이 덜해 붕깨로 신경을 쪼깨 썼당깨요."

"아, 나도 경자 시집가는데 콩지름을 맡아가코 애가 타들어 가드 니만, 이평댁이 보시다시피 쪽쪽허니 잘 안 컷쏘?"

"잘 질렀네."

이평댁이 콩나물시루 안을 들여다보며 흐뭇해한다.

"내가 이 집 잔치에 콩지름을 맡았는디, 이것도 다 품앗인디, 책임 감이 있지라. 내가 이 콩지름 하나 잘못돼서 이 집 잔치 망칠일 있다 요?"

"그렁깨로! 내가 아심찮(미안)해서 어쩌야 쓰까잉. 그나저나, 콩지름 질구느라고 다들 욕봤소 잉!"

이평댁이 콩나물시루를 보면서 이웃집 아주머니들에게 칭찬을 아끼지 않는다. 이평댁은 검은 광목 보자기로 덮은 콩나물시루가 줄 줄이 늘어선 모습에 흐뭇한 미소를 짓는다. 마을에 잔치가 있으면 품앗이로 콩나물도 서로서로 대신 길러서 가져다준다. 흔한 콩나물 이지만 정성이 들어가야만 한다. 콩나물이라는 게 뜨뜻한 방에서 급하게 기르면, 콩나물 길이는 흔한 말로 콩나물 크듯이 쑥쑥 자랄지 모르지만, 금세 뿌리에 잔발이 생겨 버린다. 작은 발이 서로 엉키기도 하고, 음식으로 해도 질기다. 그래서 겨울에는 아주 춥지도 않고, 냉기가 어느 정도 가신 방 윗목이나, 뒷방 한 귀퉁이에 놔두고 수시로 물을 주어야만 한다. 그래야 잔발도 안 나고 보기에도 좋은 콩나물이 완성되어 간다. 부줏돈 대신 자기 집에 있는 물건을 정성스레 가져오는 일도, 음식 장만하는 일을 거드는 것도 품앗이로 상부상조하면서 내 일처럼 손을 걷어붙인다.

적(전) 부치는 냄새가 고소하다. 마당 귀퉁이 여기저기에 삼삼오오 둘러앉은 이들이 적을 부친다. 돌로 화로를 만들어 무쇠솥 뚜껑을 뒤집어 놓고 적을 부쳐 댄다. 솥뚜껑마다 사람들이 붙어 적을 부쳐 대느라 부산하게 움직이는 모습이 장관이다. 돼지고기 비계를 솥뚜껑에 놓으면 비계가 조금씩 녹아 기름이 좔좔 흐른다. 금방 배를 채울 수 있는 고구마전, 무전, 배추전, 시래기나물 적부터 먼저 부쳐 댄다. 잔치 음식을 준비하는 모든 식구들에게 그 적으로 허기를 달랜다.

"뜨실 때 한 볼테기 잡사 봐!"

"그래! 한 볼테기씩 하면서 일을 해야지."

이평댁이 음식을 권한다. 적 부치는 고소한 냄새에 코를 벌름거리며 기웃거리는 아이들에게도 맛뵈기로 한바탕 배를 채우게 한다. 메밀묵도 생메밀을 학독에 물을 넣고 갈아서, 고운 체에 밭쳐 껍질을 분리한다. 그 물을 가마솥에 넣고 눌어붙지 않도록 계속 저어 주면서 끓이면, 되직하니 메밀죽이 된다. 뜨거운 메밀죽을 넓적한 옹기 그릇에 부어 식히면, 단단한 메밀묵이 완성된다. 한쪽에서는 두부를 만드느라 분주하다. 맷돌을 돌려서 불린 콩을 갈아 가마솥에 끓인다. 펄펄 끓인 콩물을 식힌 후, 베 보자기에 넣어 짜낸 후, 간수를 부어 순두부를 만들어 낸다. 순두부를 틀에 부은 후 무거운 돌로 누르면 두부가 완성된다. 한쪽에서는 떡메질이 한창이다. 찹쌀을 쪄서 떡판에 놓고 떡메를 친다. 떡판을 먹음직한 크기로 썰어, 콩가루를 묻혀 인절미를 빚어낸다. 수숫가루와 팥고물을 시루에 켜켜이 쌓아 찐 수수떡도 한 시루 쪄 낸다. 방앗간에서 짚어다 놓은 가래떡을 썰기 시작한다. 떡국에 넣을 닭장국도 준비한다. 닭을 잡아서 생고기를 잘게 썬 다음 간장을 붓고 계속 졸이면 육수가 배어들어 짭짤하고 감칠맛 나는 닭장국이 만들어진다. 떡국을 끓일 때 닭장국을 한 국자씩 넣어서 끓이면 맛이 그야말로 일품이다. 꿩장국을 만들면 더할 나위 없이 좋으련만 야생 꿩을 잡기는 어려워서 '꿩 대신 닭'이다. 동짓달이라서 날씨가 살을 에는 듯이 차갑지만, 결혼식 잔치에 참여한 하객과 동네 사람들이 나누어 먹을 음식이라 정성스럽게 광주리에 담고 채반에 담아 광 속에 가지런히 쌓아 둔다. 와자지껄했던 마당은 해가 넘어가면서 고요하다.

결혼 전날 밤이다. 경자가 부모님 앞에 앉았다. 시집가면 언제 올지 기약이 없는 일이다.

"시집가면 인제는 그 집 귀신이여! 죽어도 그 집에서 죽어야 되고, 친정집은 걱정하지 말고 집안 어른 잘 모시고, 아들딸 낳고 잘 살아야 한다. 시집가면 벙어리 삼 년, 귀머거리 삼 년, 장님 삼 년으로 시집살이가 아무리 무서워도 잘 견뎌야 한다. 우리 경자는 당차게 잘 해낼 수 있으리라 믿는다."

이평댁이 경자에게 당부한다. 친척들이 경자네 집 안에 모여 겨울 밤이 깊어 가도록 도란도란 이야기꽃을 피운다. 멀리서 온 친척들은 내일 결혼식을 위해 집에 가지 않고 경자네 집에서 밤을 지새우고 있는 중이다.

날이 밝았다. 제법 추운 날씨다. '과방'이 차려졌다. 과방에는 어젯밤에 삶아 놓았던 돼지고기며, 전이며, 미리 장만해 두었던 모든 음식이 모여 있다. 오늘은 상관 원촌댁이 과방 주인이다. 과방 주인의 진두지휘하에 잔칫상을 차려 내느라 바쁘게 움직인다. 하객들에게 대접할 닭장떡국에 두부를 넣고, 계속 끓여 대느라 솥에서는 김이 모락모락 피어오른다. 상관마을에서 출발한 민호, 민수, 민국, 정숙이도 일찌감치 집 안으로 들어서며 인사를 한다.

"아이고, 우리 조카들 어서 오너라."

이평댁이 반갑게 조카들을 맞이한다. 전주에서 학교를 다니던 정욱과 정규도 왔다. 정욱과 정규가 민호, 민수, 민국과 반갑게 악수를 나눈다. 복자가 정숙을 반갑게 맞이하며 손을 잡는다. 계척마을에 사는 친척 아주머니도 집 안으로 들어선다.

"아지매! 어서 오셔요."

이평댁이 반갑게 맞이하자, 정욱, 정규, 복자도 꾸벅 인사를 한다.

신랑이 동네 어귀에 다다랐다는 소식에 잔칫집이 술렁인다. 말을 탄 신랑이 늠름한 모습으로 마을로 들어선다. 경자는 신부 꽃단장이 한창이다. 입술과 양 볼에는 연지를 찍고, 이마에도 곤지를 찍었다. 머리에는 원삼 족두리를 썼다. 노랑 저고리에 다홍치마를 입었고, 화려한 활옷을 걸쳐 입었다. 붉은색으로 연지곤지를 찍은 경자의 모습은 인형처럼 예쁘다. 불그스레한 볼이며, 화장한 얼굴이 그야말로 천상의 여인이다. 복자가 문에 기대어 신부를 들여다본다. 화장을 한 경자를 보고 기뻐서 어쩔 줄을 모른다. 정숙이도 덩달아 기분이 좋다.

"하이고 언니! 참말로 이쁘네! 언니는 참말로 좋겠다 잉!"

복자와 정숙이 서로 얼굴을 쳐다보며 호들갑이다.

"언니! 참 이쁘당깨로!"

"경자를 저렇게 해 놓으니까 하늘에서 내려온 선녀가 따로 없네."

옆에서 신부를 바라보던 친척들도 한마디씩 거든다.

"경자는 참말로 좋겠다 잉!"

여기저기서 신부의 자태에 찬사가 쏟아진다. 결혼식을 구경하는 동네 사람들 모두 신랑 신부가 된 기분으로 들떠 있다.

초례청이 차려졌다. 마당 한가운데 덕석이 깔리고, 그 위에 또 돗자리를 깔았다. 병풍이 둘러쳐지고, 혼례상이 만들어졌다. 혼례상 촛대 위에는 촛불이 켜져 있다. 솔가지와 대나무 가지도 꽂아 놨다. 밤, 대추, 검은콩, 붉은팥, 목화씨가 놓이고, 나무로 깎아 만든 기러기 한 쌍이 마주 보고 있다. 혼례상을 가운데 두고 신랑과 신부가 마주 섰다. 왁자지껄한 사람들 틈으로 신랑의 모습이 드러난다. 사모관대를 쓰고 두루마기를 걸친 신랑이 늠름하게 서 있다. 신부는 보모 두 사람의 도움을 받으며 얼굴을 가린 채 다소곳이 서 있다. 신부가 조심스럽게 얼굴을 들고 신랑을 힐끔 쳐다본다. 늠름하게 서 있는 신랑이 경자의 눈에 들어온다. 신랑의 얼굴을 처음 보자마자 경자는 가슴이 쿵쾅거린다. 부끄럽기도 하다.

신랑과 신부가 맞절을 교환한다. 결혼 집례자가 큰소리로 외친다.

"부선재배婦先再拜요."

신부가 신랑에게 두 번 절을 한다.

"부답일배夫答一拜요."

신랑은 신부에게 한 번 절을 한다.

"부우재배婦又再拜요."

신부가 다시 신랑에게 두 번 절을 한다.

"부우답일배夫又答一拜요."

신랑은 또 답배로 한 번 절을 한다. 신랑 신부가 '교배례'라 하여 맞절을 한다. 이번에는 각각 신랑과 신부가 술을 두 번 마신다. 신부는 술을 마실 수 없어 마시는 시늉만 한다. 술을 두 잔씩 마신 후, 표주박에 술을 따라 '합근례'라 하여 표주박 술잔을 교환하면서 마신다. 그리고 결혼 집례자의 성혼 선언으로써 결혼식 절차가 마무리된다.

사람들이 달려들어 목화씨와 팥을 신랑 신부에게 던진다. 단단한 씨앗을 던져 줌으로써 액운이 없어지고 잘 살라는 의미다. 갑자기 던진 목화씨와 팥 세례를 받은 신랑 신부는 한동안 정신을 못 차린다. 신랑 신부가 사진을 찍기 위하여 나란히 섰다. 그러자 친구들이 길고 둥그렇게 둘둘 말려 있는 오색 색종이 다발을 신랑 신부에게 뿌리면서 축하를 해 준다. 하객들은 희희낙락거리며 떠들어 대는데, 정작 오늘의 주인공인 신랑 신부의 얼굴은 긴장한 탓인지 굳어 있다. 일가친척들이 모여 가족사진을 찍는 것으로 결혼식이 끝났다.

마당 한편에서는 덕석 위에 앉아서 많은 사람들이 잔칫상을 받는다. 김이 모락모락 나는 닭장떡국이 끓어오른다. 거나하게 불그스레한 산수유 막걸리 잔이 오고 가며, 왁자지껄 잔칫집 분위기가 한층돋우어진다.

"아따! 산수유 막걸리가 입에 짝짝 달라붙는구만!"

"자, 자, 한잔하자고."

"건배!"

하객들과 마을 사람들이 잔칫상에 마주 앉아 술잔을 건네며 모두가 배부르게 먹는 날이다.

날이 저물어 어둑어둑해졌다. 하객들도 모두 돌아갔다. 원촌댁의 주도로 폐백이 진행된다. 안방에 자리를 잡고 있는 김성출과 이평댁에게 신랑 신부가 큰절을 올린다. 일가친척들에게도 큰절을 올린다. 원촌댁이 나서서 방 안에 모인 친척들을 한 사람씩 소개한다.

"내가 고모야. 여긴 큰 처남과 작은 처남, 여기는 처제."

처남인 정욱, 정규와 처제인 복자를 인사시킨다.

"자, 서로 맞절을 하는 거야."

간단하게 폐백이 끝나고 잔칫상에 마주 앉는다. 술을 주거니 받거니 하며 잔칫집의 분위기가 무르익는다. 술기운이 오르면서 웃음소리가 커지더니 장난기가 발동한다. 급기야는 신랑을 윗목에 세워 노래를 시킨다. 새신랑이 노래 부르기를 주저한다. 노래를 부르지 못한 벌칙으로 술을 신랑에게 권한다. 노래를 시키는 것도, 술을 권하는 것도 새신랑을 달아매기 위한 수작이다. 신랑은 신부 집안 식구들에 의하여 다리가 묶였다. 민호, 민수, 민국이 함께 거든다. 신랑을 달아매서 신붓집의 매운맛을 제대로 보게 할 참이다. 묶은 다리를 치켜세우고 민호와 민수가 장난을 치기 시작한다.

"시방, 누구 맘대로 산동 처녀를 자네 색시로 데리고 가려는 거야, 잉!"

"우리 경자를 데리고 가면 호강시켜 줄 꺼여? 아니면 고생시킬 꺼여?"

묶은 다리를 치켜들고 돌아가면서 신랑 인철에게 한마디씩 한다. 민호가 몽둥이를 손에 쥐었다.

"자. 이 집 사위가 되기가 쉬운 것이 아니랑깨! 이 집 사위가 될라면 술을 거나하게 한잔 내야 하는디…"

인철은 누워서 웃으면서도 긴장을 한다.

"발바닥 맛을 먼저 보고 한턱 낼 꺼여? 아니면 한턱을 먼저 낼 꺼여?"

"먼저 한턱을 내것습니다."

"아니여, 아니여…. 자, 일단, 산동 맛이 어떤가 한번 보드라고 잉!"

민호가 발바닥을 몽둥이로 세게 내리친다.

퍽!

"아이쿠!"

인철이 발바닥을 맞자 움찔하며 놀란 소리를 낸다.

"자, 산동 맛이 어떤가? 이 집 사위가 되는 게 쉬운 일이 아니랑깨."

그러면서 한 번 더 발바닥을 때린다.

퍽!

"아이쿠, 아!"

발바닥을 내리치는 강도가 심했던지 인철이 더욱더 고통스러운 소리를 낸다. 그러자 교대로 돌아가면서 발바닥을 내리친다.

퍽!

"아이쿠, 아악! 나 죽네!"

"그래 어쩐가? 발바닥에 천불이 날 것이시. 우리 경자를 데려가려면, 닭을 잡아 오던지, 술을 몇 말 더 내놓던지, 뭘 내놔도 내놔야지. 어쩔 건가?"

퍽! 퍽!

발바닥을 돌아가면서 더 세게 내리친다.

"아이쿠, 아악! 나 죽네!"

인철이 발바닥을 맞자, 아프기도 하지만, 일부러 아파 못 견디는 시늉을 한다.

"아! 그러니까 닭을 잡아 올 꺼여? 술을 더 가져올 꺼여?"

그러면서 발바닥을 더 세게 내리친다. 인철은 아픔에 못 이겨 살려 달라고 고함을 내지른다.

"아이쿠, 아악! 나 죽네! 시키는 대로 제가 다 하겠습니다. 장모님! 저 좀 살려 주십시오!"

그러자 이평댁과 원촌댁이 웃으면서 달려든다.

"여보게들 뭘 원하는가? 이러다가 우리 사우 잡것네. 내가 닭이라도 잡고, 술도 더 가져옴세."

첫날밤을 잘 치르라고 긴장도 풀어 주고, 장난삼아 새신랑을 달아매는 풍습인 줄 알지만, 새신랑이 상하기라도 할까 봐 말리는 중이다.

퍽! 퍽!

"아이쿠…"

새신랑이 발바닥을 맞을 때마다 아픔을 대신하듯 이평댁이 얼굴을 찡그린다.

"아이고! 이러다 우리 새신랑 잡겠네. 그래 뭘 원하는가?"

이평댁이 새신랑 다리를 보호하기 위해 신랑 발바닥을 막고 나선다.

"아! 야들아 여기 술상 좀 거나하게 더 봐 오너라."

부엌 쪽으로 소리친다. 새신랑 다리를 힘껏 내리치던 사람들이 이평댁의 고함 소리에 장난이 수그러든다.

"오늘 자네 장모님 아니면, 자네 발바닥이 온전치 못했을 텐데, 용케도 살아났네그려."

묶어 놓았던 새신랑 발바닥을 풀어 주고, 술상 앞에 모여 앉는다. 주거니 받거니 술잔이 오가며 인사를 나눈다.

"여긴, 이종사촌 처남들과 처제야."

원촌댁의 소개로 민호, 민수, 민국, 정숙이 인철과 인사를 나눈다. 친인척들의 소개가 끝나고 다시 술상 앞에서 주거니 받거니 술잔이 오간다. 술잔을 한 순배 돌리고 나니 인철의 취기도 더욱더 오른다. 경자는 신부 단장을 한 채로 신방에서 초롱불을 켜 놓고, 새신랑이 오기만을 눈이 빠지도록 기다리고 있다.

새신랑 인철이 신방으로 들어간다. 밖에서는 신방을 들여다보기 위해 사람들이 짓궂은 창호지 뚫기에 정신이 없다. 소곤거리거나 킥킥대며 신방을 엿본다. 경자는 신방에서 새신랑의 살려 달라는 비명 소리에도 의연하게 앉아서, 새신랑이 오기만을 기다리고 있었다. 결혼 예복을 입은 상태다. 낮에 결혼식장에서 신랑의 모습을 얼핏 보기는 했지만, 식을 치르느라 정신이 하나도 없었다. 신랑이 신부 앞에 섰다. 신랑 신부가 이제야 정면으로 마주 본다. 신랑 얼굴도 못 보고 한 결혼인데, 처음으로 보는 신랑의 얼굴이다. 가슴이 두근두근거린다. 심장이 쿵쾅쿵쾅 뛴다. 숨이 멎을 것만 같다. 입 안이 바짝 마른다. 경자의 심장은 점점 빠르게 요동친다. 수백 미터를 한숨에 달려온 것처럼, 가파르게 심장이 요동을 친다. 인철이 호롱불을 끈다. 경자에게 가까이 다가간다. 경자의 옷고름을 천천히 풀기 시작한다. 경자는 신랑의 손끝이 닿기만 해도 움찔한다. 심장은 점점 더 요동을 친다. 온몸이 찌릿찌릿해진다. 숨이 막히다 못해, 멎을 듯한 기세다. 인철도 경자의 옷고름을 잡아당기는 순간부터 가슴이 방망이질을 친다. 경자의 옷고름을 풀고 저고리를 벗기자 온몸이 불덩이가 되어 버린다. 인철의 목이 바짝바짝 타오른다. 침을 꿀꺽 삼킨다. 침 넘어가는 소리가 천둥소리처럼 요란하다. 그 천둥소리가 파장이 되어 신부에게도 다가온다. 인철의 아랫도리에서부터 솟아오른 묵직한 기운이 하늘을 찌를 것만 같다. 그 어떤 무거운 강철이라도 뚫을 기세다. 바늘구멍만 한 숨구멍만 있어도 거칠 것 없이 파고들 것 같다. 긴장과 술기운이 더한 인철은 하늘을 붕붕 날 것 같다. 깜깜한 밤인데도 경자의 다소곳한 얼굴이 훤하고, 매끄럽게 다가오는 듯하다. 경자는 차라리 눈을 감는다. 신랑의 손길이 거칠어진다. 인철은 자꾸만 서두르면 서두를수록 헛손질이다. 급하면 급할수록, 시간을 재촉하면 재촉할수록… 천천히, 천천히 되뇌어 보지만⋯ 소용이 없다. 인철은 급해져만 간다. 거친 숨소리가 둥둥 떠다닌다. 경자의 숨소리도 점점 빨라진다. 밖에서 천둥 벼락이 치고, 천지가 개벽이 된들 경자와 인철의 신방에는 아무것도 들리지 않는다. 수줍음도, 부끄러움도, 이 순간 모든 걸 망각하게 하는 천상의 낙원이다. 모든 미물이 잠든 고요한 밤, 신방에는 오직 새신랑과 새신부의 거친 숨소리만 쿵쾅거릴 뿐이다.

6

꽃가마

가을에 추수하고 쌓아 둔 볏짚단 위로 참새 떼가 우르르 몰려다닌다. 먹이가 부족한 겨울에는 볏짚단에서 벼이삭을 찾아내기 위해서다. 결혼식 때 사람들로 북적였던 마당도 조용하다. 경자가 시집으로 가는 날이다. 꽃가마를 타고 산동에서 광의면 연파리까지 십리 길을 가야 하는 머나먼 길이다.

"너는 시집가면 이제부터는 그 집 귀신이 되는 거여."

어머니의 말이 귀에 쟁쟁하다. 이제 열일곱 경자에게는 들뜬 기분보다 부모님과 동생들, 친척들과 함께 살아왔던 산동골을 떠나야 하는 일이 왠지 슬프다. 복받쳐 오르는 설움에 눈시울이 뜨거워진다. '이제 가면 언제나 다시 산동 땅에 올 수 있으려나?' 그러나 가야 하는 길이다. 이른 아침부터 경자가 몸단장을 한다. 색동저고리에 다홍치마를 입었다. 가마를 타고 한나절을 가야 하는 새색시에게 다홍치마를 입혀서 보내는 풍습에 따른 것이다. 곱게 한복을 입은 경자가 부모님께 큰절로 하직 인사를 드린다. 정욱, 정규, 복자와도 이제 이별이다.

"복자야! 부모님 말씀 잘 들어야 한다."

"언니! 잘 가."

경자가 눈물을 보이는 복자를 끌어안고 토닥인다.

이평댁은 시댁 사돈어른 집에 보낼 이바지 음식을 준비하느라 바쁘다. 이평댁의 지시에 따라 정욱과 정규가 분주하게 짐을 챙긴다. 찰떡을 한 석작(대바구니) 채우는 걸 시작으로 석작을 가득가득 채워 나간다. 시부모님들의 맘에 들기 위한 경자의 첫 번째 관문이다. 외모나 말투며 예의범절보다도, 이바지 음식과 혼수품의 정도를 보고 새색시를 바라보는 시선이 달라질 수 있기 때문이다. 알 수 없는 게 사람 속이다. 이평댁은 며칠 전부터 이바지 음식이며 혼수품을 챙기기에 바빴다. 부잣집 사돈네에게 기죽기 싫어서다. 또한 사돈네에 대한 예의를 갖추어야 한다. 친정엄마가 이렇게 챙기는 것도 딸이 시댁 식구들에게 잘 보이게 하려는 처사며 자식에 대한 애틋한 마음이다. 경자의 옷 보따리와 이불 보따리를 준비하니 어느새 짐이 소달구지에 꽉 찬 것 같다. 시어머니, 시아버지께 드릴 옷감도 비단으로 한 벌씩 고운 보자기에 쌌다. 그리고 놋쇠로 만든 요강을 준비하여 보이지 않게 꼬옥 싸서 챙겨 뒀다. 요강단지는 새댁이 시집갈 때 꼭 챙겨야 하는 혼수품이다. 인절미로 채운 떡, 여러 가지 전을 담은 석작, 유과를 담은 석작, 곶감, 밤과 대추를 가득 채운 석작, '입떡지기'라고 시댁 식구들과 동네 사람들이 나누어 먹을 인절미를 잔뜩 준비했다. 경자가 시집을 가서도 주변 사람들과 잘 어울리라는 바람이기도 하다. 입떡지기 떡을 얻어먹은 사람들은 혹시 흉잡을 일이 있더라도 흉잡지 말라는, 입막음을 하기 위한 방편이다. 딸 시집을 보내는데 사돈네가 큰 부잣집이라고 자칫 초라하게 보여서는 안 된다. 소달구지 한가득 이바지 음식을 싣고 떠나는 길, 경자가 집안 어른들의 배웅을 받으며 꽃가마에 올라앉는다. 이평댁이 막 떠나려는 가마 곁으로 다가와 쌀 담은 작은 주머니를 건넨다.

"이거, 서시천을 건널 때 물에 던져야 한다. 그래야 액운이 물속으로 달아난단다."

가마에 앉아 있는 경자에게 일러 둔다. 시집을 가는 딸자식에게 액운이 없기를 바라는 어미의 당부다.

"대감마님! 가마가 신작로에 들어섰습니다."

김 서방이 마당에서 안방에 있는 어른들을 향하여 알린다.

"알겠네!"

이대길과 절골댁이 마루로 나선다. 신작로에 멀리 가마꾼 대열이 눈에 들어온다. 광의면과 용방면 사이의 중방들 정중앙을 가로지른 신작로다. 신작로 양쪽으로 이대길의 전답이 있는 곳에 신작로가 났다. 반듯하게 일직선으로 난 신작로는 차가 다닐 수 있도록 넓고, 시원스럽게 길을 내 놨다. 문지방이 마루보다 조금 낮은 안방에서 마루로 올라서면 중방들 전체가 한눈에 들어온다. 마당에서도 중방들이 한눈에 보이지만, 마루에서는 더 많은 시야가 확보되어 중방들과 신작로가 훤히 보인다. 저 멀리 광용 신작로에 꽃가마와 짐을 가득 실은 소달구지가 뒤따라온다. 종종걸음으로 꽃가마가 계속 움직인다. 꽃가마는 곧 광용 신작로를 건너 서시천에 도착했다. 지나온 광용 신작로는 한없이 길기만 하다. 신작로는 언제 보아도 시원하게 쭉 뻗어 있어 처음과 끝이 아련하게 보이는 풍광이 참 좋다. 신작로에 처음 들어설 때는 언제 저 길을 다 갈까 하지만, 지나고 나서 뒤돌아보면, 내가 저 길을 언제 다 지나왔을까 할 정도로 쭉 뻗은 신작로가 시원스럽게 보인다. 광의와 용방의 첫 자를 따서 '광용 신작로'라고 불렀다. 동쪽으로는 광의, 서쪽은 용방 땅, 북쪽은 산동 방향이요, 남쪽은 읍내 방향인데 그 끝이 어디인지 가물가물할 정도로 긴 들판이다. 구례를 통틀어 제일 넓은 들판이다.

신부를 태운 가마가 선월리 서시천 앞에 당도했다. 널따란 서시천이 시원스럽게 펼쳐진다. 차일봉 능선에서 발원하여 천은 계곡을 지나온 물과 만복대에서 발원하여 산동골을 거쳐온 물이 합수하는 자리가 바로 연파리다. 서시천은 하절기에는 하천이 범람하지만, 동절기에는 하천 한쪽으로만 물이 흐른다. 그 위에 섶다리가 놓여 있다. 섶다리를 건너고 나면 징검다리를 건너야 한다. 징검다리를 건넌 후에도, 자갈길을 걸어야 할 만큼 서시천 폭은 길다. 물이 불어날 때면 징검다리로 건너야 하지만, 겨울이라서 흐르는 물이 적어 징검다리까지는 젖지 않았다. 섶다리가 놓인 곳은 물이 빠르게 흐르고 깊이도 제법 깊다. 섶다리를 건너려면 신부를 태운 채 가마를 들고 건널 수 없다. 사람 따로, 가마 따로 건너야 한다. 사람 둘이 겨우 비껴갈 정도로 폭이 작기 때문이다. 신부를 가마에서 내리게 한다. 곱게 한복으로 단장한 새색시가 가마에서 내린다.

경자가 고개를 돌려 연파리 마을을 바라본다. 수백 채의 집들이 모여 있는 큰 규모의 동네다. 경자의 눈에는 모든 게 신기하고 설렌다. 그중에서 마을 언덕에 우뚝 솟은 대궐집이 눈에 제일 먼저 들어온다. 경자가 오늘 당도해야 할 집이다. 멀리서 보아도 이 동네에서 제일 큰 대궐집이다. 빈 가마가 섶다리를 먼저 건넌다. 빈 가마 뒤를 따라 신부도 섶다리를 건넌다. 섶다리 위에 색동옷을 입은 신부의 옷고름이 바람에 나풀거린다. 다홍치마도 바람에 흔들거린다. 경자가 섶다리 중간쯤 오자 잠시 멈춰 물속을 들여다본다. 액운을 없애기 위해 쌀을 한 움큼 쥐어서 흐르는 물에 흘려보낸다. 일어서서 서시천을 바라본다. 다리 위와 아래로는 한없이 넓은 자갈밭이 끝없이 펼쳐져 있다. 저 멀리엔 백사장도 보인다. 멋진 풍광이다. 북쪽은 산동골이요 남쪽은 읍내 쪽 섬진강을 향한 물길이다. 서시천을 천천히 건넌다. 서시천을 건넌 꽃가마가 대기를 하고 있다. 서둘러 경자가 꽃가마에 다시 오른다.

집 안에서는 새 며느리를 맞이하기 위하여 분주하다. 집안 친척들이 모두 모였다. 종갓집 장손의 큰며느리가 시집오는 날이다. 장차 이씨 문중의 종갓집 종부宗婦를 맞이하기 위하여, 집안 친척들이 모두 모인 셈이다. 수백 년간 이 집터에서 대를 이을 장손이 장가를 간다니 얼마나 큰 경사인가? 사나흘 전부터 잔치를 치르기 위해 모든 친척들이 모였다. 동네 사람들도 함께 음식 장만을 하느라 부산을 떨었다.

언덕을 힘겹게 오르던 꽃가마가 대궐집 마당으로 들어선다. 꽃가마가 멈추자 새색시를 보려는 사람들이 가마 곁으로 우르르 몰려든다. 드디어 꽃가마 문이 열리고 집안 식구들이 양쪽에서 새색시를 부축한다. 수줍은 새색시의 눈부신 자태가 빛난다.

"아이고 어쩌면 저렇게 새색시가 곱단가 잉!"

마당에 모인 사람들이 저마다 새색시를 보고 한마디씩 한다.

"참말로 곱긴 곱네."

고개를 서로 끄덕이며 웃는다. 웃는 구경꾼들이 더욱 신나는 광경이다.

"키득, 키득, 킥…."

새색시의 몸짓 하나하나에 눈길이 쏠린다.

"화!"

여기저기서 새색시를 보고 탄성이 터진다. 대산리댁을 따라 온 민정도 마당을 폴짝거리며 뛰어다닌다. 새색시의 등장에 마냥 즐겁기만 하다. 곱게 단장한 새색시가 마당을 밟는다. 고개를 숙인 채여서 힐끗힐끗 보이는 집 안의 모습은 눈에 들어오지 않는다. 마당부터 얼마나 넓은지 휑한 기분이다. 집 안은 사람들로 꽉 차 있다. 대문 입구에서부터 새색시를 구경하러 온 사람들과 집안 식구들로 가득하다. 집안 친척들이 방 안에 모두 모였다. 경자는 집 안을 환하게 하고도 넘칠 만큼 집안사람들의 부러움을 한 몸에 받으며 안방으로 향한다. 토방 계단을 두 번씩이나 올라가야 마루에 다다를 만큼 높다.

안방에 이대길과 절골댁이 앉아 있다. 신랑, 신부가 큰절을 올린다. 작은어머니와 집안 어른들에게도 큰절을 올린다. 대산리댁이 나서서 시동생들과 맞절을 시킨다. 맞절을 하자 가족들을 소개한다.

"여기는 시아재들인데, 바로 밑에 인수, 그다음이 인영이, 그다음이 인호."

대산리댁이 시동생들을 한 명씩 소개할 때마다 묵례를 하지만, 신부는 누가 누군지, 도무지 알 수가 없다. 그저 고개를 공손하게 숙여 시동생들에게 예의를 표한다. 대산리댁이 방 안에 모인 친척들을 소개하지만, 정신이 없어서 누가 누구인지 알아차릴 수가 없다.

날이 밝았다. 이른 아침이다. 경자는 머리를 단정히 빗고, 치마에 허리띠를 단단히 둘렀다. 시부모님께 문안 인사를 드리기 위해 안방 앞에 서서 머리를 조아린다.

"아버님, 어머님, 안녕히 주무셨습니까?"

경자가 문안 인사를 올린다. 안방에서 시아버지의 기침 소리와 함께 절골댁이 대답을 한다.

"오냐."

안방에서 시어머니의 대답이 들리자 경자가 안방을 향해 고개를 숙이며 돌아선다. 경자가 조심스럽게 부엌 안을 들여다본다. 난동댁과 점말이 아궁이에 불을 지피느라 손놀림이 분주하다. 아궁이에서 연기가 풀풀 난다. 연기가 가득한 부엌 안으로 발을 들여놓는다. 시집을 온 새색시가 눈 밖에 나지 않기 위해 부지런한 모습을 보이고 싶다. 난동댁은 군불을 지펴 가마솥에 물을 데우고 있다. 경자가 먼저 인사를 건넨다.

"일찍 나오셨구만요."

"아이고, 누구시당가요?"

난동댁이 부엌으로 들어서는 경자를 보자 깜짝 놀란 표정을 지으며 일어선다. 경자에게 허리를 굽히고 인사를 건넨다. 점말이도 경자에게 꾸벅 인사를 한다.

"아이고! 새색시가 이른 아침부터 뭔 일이다요?"

"저도 이 집 식구가 됐으니 일을 거들어야죠."

경자가 웃음으로 답한다.

"아니지라, 아니지라. 정제(부엌) 일은 우리가 헐 텡케, 걱정 안 해도 되구먼요."

난동댁은 새색시 경자가 이른 아침부터 팔을 걷어붙이고 부엌으로 들어선 모습에 안쓰러워하는 기색이다. 새댁 대우를 해 주는 모양새지만, 경자는 그래도 새댁이니까 더더욱 부엌살림을 빨리 배우고 싶은 마음뿐이다. 난동댁의 공치사도 듣는 둥 마는 둥이다.

"저! 무슨 일부터 거들어야 하나요?"

난동댁도 인사치레를 했지만 경자가 손을 걷어붙이고, 부엌일을 하려고 하니, 경자의 마음이 이쁘게만 보인다. 난동댁이 경자의 말투에 웃음 띤 얼굴로 대한다.

"아따! 새색시인디, 아직은 아니지라. 새색시한테 이른 아침부터 뭘 시킨다요? 정제 일은 우리가 할텡께로…. 그나저나 추위가 매섭고, 코가 싸르르 할 텐디… 요기 불 앞으로 와서, 몸을 먼저 녹여야 쓰것그만이라."

경자가 머뭇거리자 난동댁이 불 앞으로 와 앉으라고 재촉한다.

"요리 와서 항꾸네 앉으랑깨요."

주저하는 경자에게 다시 불 앞에 앉기를 권한다. 경자가 불 앞에 앉기를 주저한다.

"날씨가 추운깨로 불 앞으로 바짝 오랑깨요. 쬐끔 있으면 마님이 나오실거그만요. 마님이 광에서 아침거리를 내줘야 항께로. 그동안에 요기로 와서 군불이나 같이 때게 이리로 와서 앉으랑깨라."

난동댁이 경자에게 불 앞으로 와 앉으라고 자꾸 재촉한다. 날씨가 제법 추워서 몸에 찬기가 와 닿지만, 난동댁의 권유에 못이기는 척하고 아궁이 앞으로 다가간다. 난동댁이 앉아 있는 옆으로 자리를 잡고 쪼그려 앉는다. 점말은 그릇을 만지작거리며 바쁘게 움직인다.

"요짝 불 옆으로 더 가까이 오랑깨요."

난동댁의 적극적인 권유에 맘이 한결 편해진다. 난동댁과 눈이 마주친 경자가 고개를 숙여 고마움을 표한다.

"예. 고맙구만이라."

경자가 머뭇거리다가 불 앞으로 살며시 앉는다. 몸에 온기가 다가온다.

"점말이도 그릇은 나중에 챙기고, 이리 불 앞으로 오니라."

난동댁이 경자가 미안해할까 봐 점말이를 챙긴다. 점말도 난동댁의 부름에 그릇 챙기는 걸 멈추고 아궁이 옆에 와 앉는다. 셋이서 아궁이 앞에 쪼그리고 앉아 불을 쬔다.

"그나저나 광의는 처음잉가요?"

난동댁이 조심스레 경자에게 묻는다.

"예. 처음이그만요."

"그러면 연파리 동네도 처음이것네요?"

"예."

"동네가 워낙 큰 동네라서…."

경자는 부엌을 구경하느라 두리번거린다. 부엌은 휑할 정도로 넓다. 부엌 입구 좌측에 나뭇짐을 서너 짐 넣을 정도의 나뭇간이 자리 잡고 있다. 앞에는 절간에서나 봄 직한 커다란 무쇠솥이 세 개씩이나 걸려 있다. 어린애가 들어앉고도 남을 만큼, 무쇠솥이 얼마나 크던지 수십 명의 밥을 할 수 있는 크기다. 놀라지 않을 수 없다. 살강 밑에는 구시가 길게 누워 있다. 통나무로 만든 구시는 그릇을 씻기 위해 담가 놓은 설거지통으로, 음식 재료를 칼질하는 도마로도 쓰인다. 살강에 엎어져 있는 숱한 그릇을 보고 이 집의 식솔들을 가늠할 수 있다. 그릇을 엎어 놓은 살강은 대나무발로 되어 있다. 삼층 구조로 된 살강 제일 밑바닥과 중간에는 수백 개의 질그릇이 엎어져 있다. 살강 옆쪽으로는 물을 담아 놓은 큰 항아리가 버티고 있다. 음식을 조리할 때 쓰는 물과 설거지를 할 때 필요한 물을 담아 놓은 항아리다. 반대편에는 찬장이 붙박이로 천장까지 반듯하게 서 있다. 찬장 문은 유리로 되어 있어 안이 훤히 들여다보인다. 찬장 안에 포개져 있는 수백 개의 접시와 그릇들이 꽉꽉 차 있다. 나무로 만들어진 붙박이 찬장은 어른 키만큼 높다. 부엌살림이며 반찬거리는 찬장 속에 넣어 두면 먼지가 들어가지 않아서 좋다. 그야말로 신식 시설이다. 갖가지 바가지며 밥상은 살강 위에 눕혀 있다. 둘러보면 둘러볼수록 엄청난 크기에 놀라지 않을 수 없다.

"정제가 엄청 넓지요?"

부엌을 둘러보고 있는 경자에게 난동댁이 말을 걸어온다.

"예… 요롯케 넓은 정제는 처음이라서…"

경자는 아직도 넓은 부엌에 들어선 것이 실감 나지 않는다. 경자가 난동댁과 불을 지피면서 이야기를 나누는 동안에 절골댁이 부엌 앞에 와 있다. 절골댁을 발견하자, 난동댁과 점말이 군불을 때다가 말고 급하게 일어선다. 경자도 함께 자리에서 일어선다.

"마님, 나오셨어요?"

난동댁의 인사에 절골댁이 부엌 안을 들여다보고 새색시가 일찍 나와 있는 모습에 흐뭇한 미소를 짓는다.

"그래. 일찌감치 나왔구면."

절골댁이 대답을 하면서 부엌 안으로 들어선다. 경자가 절골댁에게 허리를 숙인다.

"어머님! 안녕히 주무셨어요?"

"오냐! 밤새 별고 없었느냐?"

"예."

절골댁도 이른 아침부터 시부모에게 문안 인사를 하는 며느리의 목소리에 기분이 한층 좋다. 새색시가 부엌에 들어와 팔을 걷어붙이고 나와 일손 거드는 것을 보니 더더욱 맘이 뿌듯하다. 아직은 모든 게 익숙하지 않을 텐데, 시어머니보다 먼저 일어나서 부엌에 나온 며느리가 맘에 드는 모양이다. 절골댁이 찬장 문을 연다. 찬장 안에서 광 열쇠를 챙겨 들고 마당을 내려선다. 난동댁이 함지박을 들고 따라

나선다. 난동댁이 멈칫거리고 있는 경자를 뒤따라오라고 눈짓을 한다. 경자가 난동댁의 눈짓을 알아차리고 곧바로 그 뒤를 따른다. 절골댁이 광문 열쇠를 따고 광 안으로 들어간다. 난동댁이 절골댁을 따라 들어간다. 경자는 어쩔 줄을 몰라 광문 앞에서 서성거린다.

"들어오너라!"

절골댁이 광 입구에서 머뭇거리는 경자를 향해 들어오라고 부른다. 광 앞에서 머뭇거리던 경자가 조심스럽게 광 안으로 발을 들여놓는다. 엄청난 넓이의 광 안을 두리번거린다. 이렇게 큰 광을 본 적이 없다. 곡식을 저장하는 어른 키만 한 나무로 만들어진 두지가 줄지어 서 있고 곡식 가마니가 줄지어 쌓여 있다. 경자는 엄청난 양의 곡식 가마니와 두지의 크기에 놀란다. 난동댁이 허리를 숙여 큰 항아리에 담겨 있는 쌀과 보리쌀을 함지박에 퍼 담는다. 난동댁이 허리를 펴고 절골댁의 눈치를 살핀다. 절골댁이 함지박 안을 들여다보고, 고개를 끄덕인다. 난동댁이 함지박을 들고 일어나서 밖으로 나간다. 경자와 절골댁도 밖으로 나온다. 그 함지박을 들고 부엌으로 향하자 경자도 난동댁을 따라 부엌으로 들어선다. 세 사람은 아침을 준비하느라 바쁘게 움직인다. 솥에서는 김이 모락모락 난다.

덜거덕 탁 덜거덕 탁 탁탁….

사랑채 베틀방에서 베 짜는 소리가 요란하다. 사랑채 한쪽 방은 베틀이 자리를 잡고 있다. 일 년 내내 베 짜는 소리가 끊이질 않는 곳이다. 난동댁이 베틀에 앉아 베를 짠다. 경자가 베틀 옆에서 난동댁과 함께 앉아 있다. 난동댁에게 베 짜는 기술을 빨리 익혀야 하기 때문이다. 난동댁의 베 짜는 손과 발놀림을 유심히 쳐다본다. 난동댁이 경자에게 베 짜는 기술을 전달하느라 중간중간 같은 동작을 반복하면서 보여 준다. 경자가 옆에서 고개를 끄덕이며 난동댁의 몸짓에 눈을 떼지 못한다. 경자가 친정에서 어깨너머로 배워 둔 베 짜는 일이, 시집을 와서는 며느리로서 챙겨야 할 중요한 일과가 되었다. 며느리가 주도적으로 베틀방을 챙겨야 한다. 한쪽에서는 점말이가 삼실을 챙겨 물레 돌리는 일을 하고 있다. 한 필의 베를 짜기 위해서는 집안 여자들의 정성과 수고가 있어야 한다. 삼실을 길게 한 올로 이어서, 실꾸리에 감아 두기까지 수많은 과정을 거쳐야만 한다. 실이 팽팽해져야만 베를 짜는 실로 쓰이게 된다. 실이 팽팽해지도록 실에 풀을 먹이는 일도 집안 여자들이 함께 일손을 거들어야만 된다. 마당에서 수십 가닥의 실을 길게 늘어뜨려 놓고, 불을 피워 가며 마당에서 풀을 먹이고 말리는 과정을 거쳐야만 베를 짜는 실로 만들어진다.

덜거덕 탁 덜거덕 탁 탁탁…

경자가 사랑방 베틀에 앉아 베를 짜고 있다. 집안 식구들에게 옷을 입히려면 쉴 수가 없다. 삼베와 무명베가 많이 필요하다. 집안 여자들은 베틀에서 벗어나기가 힘들다. 시간만 나면 교대로 베틀에 앉는다. 경자가 시집을 오고 나서부터는 베틀방에 모여 베를 짜고, 바느질하는 일이 잦아졌다. 누가 시키지 않아도 시간만 나면 겨우내 베를 짜고 바느질로 옷을 만들어 내느라 밤늦게까지 쉴 틈이 없다. 농사철에는 식솔들 먹일 음식을 장만하느라 바쁘고, 농한기라고

해도 쉴 틈이 있는 것은 아니다. 틈나는 대로 베틀에 앉아 베를 짜
야 한다. 경자의 베 짜는 솜씨가 날로 늘어 간다.

7
시제
時祭

절골댁이 부엌문 앞에 멈춰 선다. 마당에서 부엌 안을 들여다본다. 부엌 안에서 몸을 부지런히 움직이는 경자를 부른다.

"새애기 바쁘냐?"

"예, 어머니!"

경자가 시어머니의 호출에 하던 일을 멈추고 대답을 한다. 손을 앞치마에 닦으면서 마당으로 내려선다.

"광으로 따라오니라."

"예."

절골댁이 앞장서고 경자가 뒤를 따른다. 광문이 자물통으로 굳게 닫혀 있다. 절골댁이 자물통을 붙잡고 광문 열쇠를 딴다. 자물통이 놋쇠로 만들어져 뭉툭하다.

덜그럭덜그럭, 자물통 따는 소리와 함께 광문이 열리고 절골댁이 광 안으로 들어간다. 경자는 주춤거리며 광 안을 들여다본다. 광문이 열리자 가마니가 높게 쌓여 있다. 경자가 광 안을 두리번거리고 있는 동안 절골댁이 물건을 확인한 후, 광 입구로 나온다.

"점말아! 김 서방과 남자들 좀 오라고 해라!"

"예."

점말이 부엌에서 나오며 공손히 대답을 하고, 사랑채로 향한다. 김 서방과 심탁이와 머슴들이 함께 마당을 가로질러 바쁜 걸음으로 다가온다. 심탁이 점말이에게 아는 체를 한다.

"마님! 부르셨습니까?"

절골댁이 먼저 광 안으로 들어가자 김 서방이 절골댁을 따라 들어간다. 머슴들과 경자도 광 안으로 우르르 따라 들어간다.

"놋그릇 가마니를 몽땅 꺼내 오게."

"예! 마님!"

김 서방과 머슴들이 절골댁의 말이 끝나기 바쁘게, 끙끙거리며 광에 있는 가마니를 꺼내 온다. 묵직한 가마니가 울퉁불퉁하다. 가마니를 혼자서는 들 수가 없다. 2인 1조가 되어 묵직한 가마니를 들고 나온다. 가마니 속에는 놋그릇이 가득 들어 있다. 김 서방과 머슴들이 계속해서 가마니를 광에서 끌어낸다. 가마니를 풀어헤치고 무거운 놋그릇을 조심스럽게 하나씩 꺼내 마당에 펼쳐 놓는다.

"광에 있는 그릇 가마니 모두 꺼내 왔는가?"

"예. 모두 꺼내 왔그만요!"

놋그릇을 하나씩 꺼내 아래채 앞마당에 펼쳐 놓는다. 놋그릇들은 일 년 만에 꺼낸 것이라 푸르스름한 색을 띠고 칙칙하게 변색되어 있다.

"시제가 곧 다가오는데, 우선 그릇부터 닦아야 한다."

"예."

시월 상달이 되면서 시제 지낼 채비를 한다. 쌓아 놓은 놋그릇 주위로 여자들이 모여 자리를 잡고 앉는다. 김 서방이 볏짚을 가져다 놓는다. 난동댁이 먼저 자리를 잡고 점말이 뒤따라와 자리를 잡는다. 송정댁도 일손을 거들기 위해 일찌감치 큰집으로 올라왔다. 송정댁은 경자보다 더 빨리 결혼을 한 작은집 새댁이다. 이대길의 바로 손아래 동생 이성길이 동학운동에 가담하여 목숨을 잃은 후, 명일이 모친도 병환으로 누워 있다가 세상을 떴다. 고아 신세가 된 조카 명일을 챙겨야 했다. 인철보다 나이가 어린 명일의 결혼을 먼저 서둘렀다. 절골댁이 앞장서서 명일이 혼처를 알아보고 결혼을 시켰다. 명일이 결혼을 하자, 집안의 가장으로서 집안을 잘 챙긴다. 큰집에 대소사가 있으면 서둘러 큰집으로 올라와 일을 거든다.

"큰어머님, 저 올라왔습니다."

송정댁이 큰집에 들어서자마자 절골댁에게 인사를 한다.

"그래, 어서 오니라."

절골댁이 반갑게 맞이한다. 송정댁이 절골댁에게 인사를 하고, 경자에게 다가간다. 송정댁이 결혼은 먼저 했지만, 송정댁에게는 경자가 손위 형님뻘이 되는 셈이다.

"성님!"

송정댁이 경자를 보며 웃는다.

"어서 와, 동서!"

경자도 송정댁을 살갑게 맞이한다. 송정댁도 큰집 어른들을 시부모님처럼 모신다. 경자도 시집을 와 보니, 비슷한 또래의 작은집 동서가 있는 것만으로도 말벗이 되기도 하고, 의지가 된다. 송정댁과 경자가 놋그릇이 놓여 있는 마당으로 간다. 경자와 송정댁이 쪼그리고 자리를 잡자 난동댁이 경자에게 짚을 건넨다.

"자! 짚을 많이 깔고 앉아야 된당깨. 바닥이 차다니까. 여자는 몸을 차게 하면 안 된당깨로."

경자와 송정댁이 차가운 바닥에 앉을까 봐 걱정하는 소리다.

"아, 예."

경자가 짚을 받아 들고 송정댁에게도 건넨다. 짚을 깔고, 경자와 송정댁이 자리를 잡고 앉는다. 자리를 잡은 사람들은 우선 짚을 돌돌 말고 뭉쳐서 짚수세미를 만든다. 짚수세미에 물을 촉촉하게 적신 다음, 부엌 아궁이에서 꺼내 온 재를 묻혀 그릇을 닦는다.

"조상님께 올릴 시젯상에 쓸 그릇이니, 빡빡 문질러서 반질반질 빛이 나도록 깨끗하니 닦아야 한다."

"예."

절골댁이 신신당부를 한다. 절골댁의 당부에 그릇을 닦던 사람들의 손놀림이 빨라진다. 시제에는 워낙 많은 문중 식구들이 모이는 자리여서, 놋그릇도 수십 벌이 필요하다. 놋그릇은 연파리 당산나무 옆 서시천 변의 유기 공방에서 만들었다. 삼남 일대에서 최고로 소문난 유기 공방에서 특별히 맞춘 것이다. 조상 대대로 이어져 내려온 놋그릇이다. 닦아 놓은 것과 아직 닦지 않은 놋그릇이 차이가 확연하다. 닦아 놓은 놋그릇은 햇빛에 반사되어 반짝거리는 데 반해, 아직 닦지 않은 놋그릇은 푸르스름해서 우중충해 보인다. 경자도 고개를 숙이고 짚수세미로 그릇을 닦는다. 난동댁이 잠시 손을 멈추고 경자의 그릇 닦는 모습을 지켜본다.

"재만 묻혀 닦지 말고, 여기 기왓장 가루도 있으니 묻혀서 닦아 봐! 윤이 더 잘 난다니까."

"그래요?"

경자가 난동댁의 권유에 기왓장 가루를 짚수세미에 묻혀 닦는다. 송정댁도 경자를 따라서 놋그릇을 열심히 닦는다. 놋그릇을 반짝거리게 하려면 나무를 태운 재와, 몽글몽글한 기왓장 깨진 것을 가루로 내어 물과 함께 섞어서 박박 문질러야 한다. 누렇게 변색된 놋그릇이 반질반질해지면서 놋그릇 고유의 구릿빛으로 변한다. 집안의 수많은 큰일을 치르려면 그릇을 관리하는 것도 집안 여자들의 큰일과 중 하나다. 절골댁이 진두지휘하며 시제에 쓸 그릇들을 챙기느라 바쁘게 움직인다. 평상시에는 사기그릇이나 옹기그릇을 쓰다가도 집안 어른들과 집안 식구들이 모두 모여서 제를 올리는 날에는 놋그릇에 모든 음식을 담아 대접해야 한다. 평상시 집안 식구들에게는 사기그릇이나 뚝배기에 음식을 담아내지만, 어른들 밥상은 항상 놋그릇에 챙겨야 한다. 집안 여자들의 웃음소리와 함께 놋그릇이 반짝반짝 윤기를 내며 색깔이 변해 간다.

"명길이 아들이 몇 살이던가?"

이대길이 김 서방에게 묻는다.

"올해 열세 살이 된다고 합니다."

"벌써 그렇게 됐나? 세월이 참 빠르구먼…. 이번 시제에 맞춰서 오라고 기별을 하게."

"예, 대감마님."

당몰 외가에서 자라고 있는 조카 인석을 시제에 참여시키라는 얘기다. 분가한 동생 이명길이 죽은 지 십 년이 흘렀다. 인석이 세 살 때 일이다. 그동안 인석은 당몰 외삼촌 집에서 십 년을 지내 온 것이다. 그동안 이대길은 동생의 전답을 대신 관리해 왔다. 인석이 장차 성장해서 결혼을 해 살림을 날 때쯤이면 그 몫을 챙겨 주려고 한다. 인석이 이제 다 컸으니 큰집에 와서 일도 배우고, 또 결혼도 하려면 데려와 키워야만 한다. 인석이 어머니도 평생을 청상과부로 살 수 없는 일이어서, 인석을 친정에 맡기고 재혼을 한 상태다. 그러니 인석이 혼자서 외가에 계속 눌러앉아 있기는 어려운 일이다. 더구나 이씨 성을 가진 인석을 유씨 외가에서 계속 지내게 할 수는 없다. 인석이 어느 정도 크면, 큰집으로 데려오려고 애초부터 작정한 일이었다. 하루라도 빨리 데려와 집안의 일원이 되는 일이 급하기만 하다. 금번 시제에 집안 어른들께도 문안을 드리고, 큰집에서 계속 지내게 할 작정이다.

인석이 김 서방을 따라 대문 안으로 들어선다. 처음 들어와 보는 큰집이다. 엄청난 규모의 대궐집에 발을 들여놓은 인석의 눈이 휘둥그레진다. 인석은 외가 식구들에게 인사를 하고 나오면서, '연파리 큰집이 엄청난 대궐집이란 소문을 들었다. 여기가 말로만 듣던 대궐집이란 말인가?' 인석은 놀라워하며 김 서방 뒤를 따른다. 마당을 지나 안채로 향한다. 집안 식구들이 우르르 몰려나온다. 처음 발을 들인 인석을 호기심 어린 눈으로 바라본다. 누구인지 몰라 서로 수군거린다. 인석이 김 서방을 따라 안방으로 들어간다. 안방에 들어서자 넓은 방을 이리저리 둘러본다. 경계하는 눈빛이라곤 없다. 큰집이라 해서, 한 번도 뵙지 못한 어른들이라 해서 긴장할 그럴 나이는 지났다. 인석은 계속 방 안을 두리번거린다. 아랫목에 어른들이 앉아 있다. 처음 보는 어른들이다. 이대길과 절골댁이 엷은 미소를 띠며 인석을 바라보고 있다.

"큰아버님, 큰어머님이시다. 큰절을 올려야지."

김 서방의 말이 끝나자마자 인석이 큰절을 한다. 이대길과 절골댁은 웃음 띤 얼굴로 인석의 절을 받는다. 어느새 훌쩍 커 버린 인석이 대견하다.

"그래! 네가 인석이냐? 이리 가까이 오너라."

"예."

이대길과 절골댁은 인석을 바라보면 바라볼수록 흐뭇하기만 하다.

"그래! 몇 살이라고 했지?"

이대길이 나이를 묻자, 씩씩하게 대답한다.

"열세 살입니다."

구김살 없이 씩씩하게 대답하는 인석이 그저 귀여울 뿐이다.

"그래! 많이 컸구나! 그동안 외갓집에서 고생 많았다."

이대길이 인석의 머리를 쓰다듬는다.

"아이고 내 새끼, 이리 가까이 오니라!"

절골댁이 인석을 끌어안는다.

"고사이, 많이 컸구나. 에렛을 때 봤는데… 이게 몇 년 만이냐? 이제 보니까 커 갈수록 아부지를 도싱(비슷)하게 닮았구나. 아이고, 내 새끼! 이제는 외갓집에 안 가도 된다. 여기 큰집에서 우리랑 같이 살아야 한다. 그동안에 에린 것이 얼마나 고상을 했을꼬…"

절골댁이 안쓰러운 모습으로 인석의 얼굴을 쓰다듬는다. 부모도 없이 외가에서 자란 인석이 가여울 뿐이다. 몰라보게 커 버린 인석을 보니 마음 한구석이 짠하면서도 대견하기만 하다. 이제부터는 어미 노릇을 할 생각에, 녀석의 모습이 측은하게 보인다. 인석은 그저 큰집 어른들의 사랑스런 반김에 어리둥절하다.

"어디 아픈 데는 없고?"

"예."

인석이 작은 소리로 대답을 한다. 절골댁이 인석의 머리를 쓰다듬으며 손을 잡고 마루로 나온다. 그리고 김 서방을 불러 인석을 잘 돌보라고 당부한다. 인석은 오랜만에 자신의 손을 잡아 준 어른의 따뜻한 온기에 힘이 절로 난다. 그동안 아무도 자신에게 관심이 없었던 지난 일들이 주마등처럼 스친다.

"김 서방이 집안 식구들에게 인석이를 잘 인사시켜 주게."

"예, 마님."

김 서방이 인석을 데리고 집 안을 돌아다니며 일일이 인사를 시킨다. 부엌 앞에 서 있는 경자에게 김 서방과 인석이 다가와 인사를 한다. 경자도 허리를 숙여 인석이와 인사를 나눈다. 난동댁과 점말이도 웃는 얼굴로 반긴다. 김 서방과 인석이 마당을 가로질러 사랑채로 향한다. 인철, 인수 형에게 인사를 시키고 동생뻘이 되는 인영과 인호에게도 소개를 한다. 형들이 인석의 머리를 쓰다듬으며 반긴다. 인영과 인호는 인석과 얼굴을 쳐다보자마자 금방 친해졌다. 서로 몇 마디 나누더니 셋이서 우르르 밖으로 몰려나간다. 비슷한 또래의 사촌끼리 어울리는 일이니 신나는 일이다.

음력 시월상달 초순에는 새로 수확한 햇곡식으로 조상들에게 시제를 지내는 달이다. 매월 수시로 돌아오는 제사에 이어, 이번 달에는 친척들이 가장 많이 모이는 달이다. 경자가 시집와서 시부모와 층층이 아래 시동생들과, 수많은 일꾼들의 끼니를 매일매일 챙기는 것은 여간 고단한 일이 아닐 수 없다. 부엌에서 난동댁과 점말이와 함께 수시로 드나드는 손님들을 위해서 수많은 상차림을 해 내야 한다. 매월마다 빠지지 않고 들어서 있는 제사 음식을 준비하느라 온종일 손에 물이 마를 날이 없다. 이 집안의 음식 비법을 배워 가는 일도 경자에게는 여간 힘든 일이 아닐 수 없다. 큰며느리인 경자에게 주어진 큰 과업이다. 집안 어른들 틈에 끼여서 어깨너머로 배우기는 하지만, 워낙 많은 제사와 밀려드는 손님들을 치대느라 바쁘다. 눈만 뜨면 부엌에서 하루 종일 살다시피 한다. 절골댁이 하루도 거르지 않고 끼니를 예측하여 먹을 양의 쌀과 보리쌀을 내어준다. 경자는 시어머니를 졸졸 따라다니며, 어깨너머로 모든 일을 배워 나가고 있다.

"오늘은 네가 식량을 퍼 오너라."

갑작스런 시어머니의 분부에 경자가 머뭇거린다.

"어머니, 제가…."

머뭇거리는 숙자를 향해 절골댁이 재촉한다.

"그동안 내가 퍼 온 만큼만 퍼 오면 된다."

"저보고 퍼 오라고요?"

"그래. 너도 이제 배워야 한다. 내가 언제까지 매번 퍼다 줄 수는 없지 않느냐!"

"예, 어머니…."

경자가 머뭇거리다가 할 수 없이 함지박을 들고 광으로 들어간다. 광으로 들어온 경자는 쌀과 보리쌀을 얼마만큼 퍼야 할지 가늠하기가 어렵다. 또 쌀과 보리쌀을 얼마나 섞어야 할지도 막막하기만 하다. 고민을 하면서 머뭇거리다 눈대중으로 함지박에 곡식을 퍼 담는다. 곡식을 퍼 담는 손이 조심스럽기만 하다. 퍼 담은 함지박을 두 손으로 들고 광을 나온다. 퍼 온 함지박을 절골댁에게 내민다. 절골댁이 함지박을 보고 경자를 쳐다본다.

"너무 양이 많다. 매번 식솔 수에 따라 달라지기도 하지만, 오늘 퍼 온 양보다 조금씩 적게 해야 한다."

"예…."

기어들어 가는 소리로 경자가 대답한다.

"아껴야 한다. 힘들게 지은 농사인데… 곡식 한 톨이라도 허투루 생각해서는 안 된다."

"예."

경자가 시집온 후로는 매 끼니마다, 절골댁이 식량을 직접 함지박에 퍼다 주었다. 이제는 경자도 식솔들에게 먹일 곡식량을 짐작하고 조절해야 한다. 그렇게 절골댁에게 몇 번 지도를 받은 후, 경자도 곡식량을 가늠할 수 있게 되었다. 매번 절골댁의 허락을 받을 필요 없이 광 열쇠만 가져다주면 되었다. 어느 정도 시어머니에게서 인정을 받은 셈이다.

시제 장을 보는 날이다. 이른 아침부터 십 리 길을 걸어 읍내까지 구례장으로 가야 한다. 이번 시제에 유사로 임명된 아재 둘과 함께 나섰다. 연파리 동네 천은천 건너편에 서는 광의장도 있지만, 광의장은 구례장에 비하여 절반 수준도 안 된다. 물건들이 다양하지도 않아 집안의 큰일을 치르려면 구례장을 봐야 한다. 구례장은 삼남 일대에서도 꽤 알아주는 장이다. 여수, 순천, 하동, 승주, 곡성, 남원에서 온갖 사람들이 몰려든다. 기차가 개통되는 바람에 여수에서 기차를 타고 올라오는 해산물도 풍성해졌고, 가축전도 엄청나게 크게 선다. 가축 시장에는 고깃간도 줄줄이 자리를 잡고 서 있을 만큼 사람들로 북적인다. 각종 거래나 거간이 수없이 이루어지는 곳이다.

명일이 대문 안으로 들어선다. 장가를 간 후 처음으로 인철과 함께 시제 장을 보러 가기 위해서다.

"큰아버님, 별고 없으셨는지요?"

"그래, 어서 오너라! 오늘은 인철이랑 같이 구례장에 댕겨오너라!"

"예!"

"인철이도 얼른 서둘러라!"

"예!"

"이번에 장에 가거든 장 보는 거 잘 배워 두거라! 시제는 장 보는 거부터 시작이다. 물건은 좋은 걸로 사 와야 한다."

시제 장을 보러 처음으로 가는 인철과 명일에게 이대길이 당부를 한다.

"야들도, 이제 일을 배워야 하니까, 자네들이 꼼꼼하게 잘 가르쳐 주게."

"예, 어르신."

인철과 명일을 데리고 가려는 집안사람들에게 이대길이 당부를 한다.

"그럼, 저희들 댕겨 오겠습니다!"

집안사람들과 인철과 명일이 이대길에게 고개를 숙여 인사를 한다.

"그래, 조심히 댕겨 오너라!"

인철이 장가를 들기 전에는 시제 장을 볼 기회가 없었지만, 장가를 든 후로는 어른 몫을 단단히 하라는 분부다. 명일도 인철을 따라 시제 장을 보는 법을 차차 배우라는 분부다. 시제 음식을 장만하려면 엄청난 양의 장을 봐야 한다. 시제 장은 여자들이 보는 게 아니다. 힘쓸 줄 아는 장정들 중에서 매년 유사를 정하여 장을 보는 전통을 그대로 이어 가고 있는 셈이다. 장에 가서 제물을 고를 때는 과일도 크고 좋은 것으로, 제수에 쓸 생선도 제일 큼지막한 것으로, 각종 야채도 싱싱한 것으로 사야 한다. 그리고 상인들에게 물건 값을 깎지 않고 후하게 쳐 주어야 한다. 예로부터 내려온 집안 전통이다.

　동네를 빠져나온 일행이 소달구지에 올라앉았다. 구례장을 향하는 사람들이 점점 늘어난다. 소달구지에 앉아 장 보러 가는 대열에 합류한다. 동네를 벗어나니 가을걷이가 끝나가는 시절이라서인지 신작로에는 장을 보러 가는 사람들로 발걸음이 붐빈다. 신작로를 따라 햇곡식을 머리에 이고, 등에 짐을 지고 장을 보러 가는 사람들의 마음은 풍성하다. 흰옷을 입은 사람들이 점점 늘어난다. 추수가 끝난 들판은 뒤늦은 보리를 파종하는 사람들만 듬성듬성 보인다. 들판에는 어느새 파란 보리 싹이 뾰족하게 올라오는 곳도 있다.

　구례장에 가까이 다가갈수록 사람들의 긴 행렬이 장관이다. 구례의 모든 사람들이 가을걷이를 마치고 벌어지는 풍성한 축제의 길로 걸어 들어가는 모습이다. 흰 무명옷을 갈아입은 사람들의 대열이 꼬리에 꼬리를 물고 길게 늘어졌다. 장터는 사람들을 끌어 모으는 축제의 장이다. 구례장은 5일 간격으로 열리는데, 양력으로 날짜 끄트머리가 3일과 8일에 장이 선다. 이 오일장에는 사람들로 인산인해를 이룬다. 가축 시장이 제일 먼저 반긴다.

　음매 음매….

　소 울음소리가 시장의 분위기를 돋운다.

　꿀꿀꿀꿀.

　꼬끼오!

　사방팔방에서 들리는 가축의 울음소리와 사람들의 목소리가 어우러져 시장은 그야말로 활기로 넘쳐난다. 가축 시장이야말로 장을 대표하는 곳이다. 장터를 차지하는 자리도 가장 넓다. 가축전에는 동이 틀 무렵부터 장꾼들이 모여들기 시작한다. 화개에서, 광양에서, 곡성에서, 학구와 괴목에서, 남원에서, 지리산 골골에서 사람들과 가축들이 모여든다. 거리가 멀기 때문에 전날부터 가축을 몰고 오는데, 돼지는 다리를 묶어서 달구지에 실어 오거나 거꾸로 매달아 지게에 지고 오는 사람도 있다. 밤새 걸어서 장에 도착하면 새벽부터 가축전이 선다.

"음매…."

소 울음소리로 우시장은 이른 아침부터 부산하다. 가축의 거간이 성사된다. 해가 떠오를 때면 우시장 인근의 선술집은 문전성시를 이룬다. 가마솥에서는 술국이 펄펄 끓고, 거간을 끝낸 사람들이 어울려 술국으로 얼큰하게 잔을 주고받는다. 우시장이 파장하면, 그다음은 돼지나 다른 가축들의 거간이 이루어진다. 수십, 수백 마리의 가축들이 거래되는 가축전은 사람들의 고함 소리와 가축들이 울어 대는 울음소리로 시끌벅적하다.

인철 일행은 가축 시장 옆 푸줏간 골목으로 향한다. 푸줏간에는 벌겋게 핏물이 덜 빠진 고기가 걸려 있다. 푸줏간에 걸린 고기들을 물색한다. 제일 싱싱한 것을 고르고 구입하기 위해서다. 이것저것 물건들을 고르고 흥정한다. 시제 장을 볼 때는 좋은 물건으로만 고르되, 값을 깎지 말라는 전통 때문에 상인들이 달라는 대로 돈을 지불한다. 푸줏간 골목을 빠져나와 생선전으로 향한다. 생선전에는 즐비하게 늘어서 있는 물고기들이 그득하다.

"자! 여수에서 방금 올라온 싱싱한 생선이오!"

고객을 부르는 상인들의 호객 소리가 시장을 활기차게 한다. 생선을 사라고 부추기는 상인들의 입담을 들으며 생선전을 둘러본다. 상인이 생선을 한 손으로 들고 요리조리 돌려가며 보여 준다. 큼지막하고 튼실한 생선을 들어 올려 꼼꼼히 살펴 흥정을 한다. 살이 통통한 생선을 골라 담는다. 생선전에는 꼬막이 가마니 채로 산더미처럼 쌓여 있다. 꼬막은 가마니 채로 서너 가마니를 구입한다. 집안의 큰일을 치르는 데는 꼬막만 한 게 없다. 값도 싸고 양도 푸짐하다. 다음은 건어물 전에 들러 건어물을 구입한다. 과일전에 들러서 잘 익고 때깔이 좋은 과일을 상자 째 구입한다. 시제 상에 올릴 제법 많은 것들을 어깨에 메고, 지고 시장을 빠져나와서는 소달구지에 싣는다. 짐이 소달구지 한가득이다.

시제는 조상 대대로 내려온 문중의 가장 큰 행사다. 문중의 모든 어른들이 모여 일 년 내내 지은 햇곡식으로 조상에게 감사의 제祭를 지내는 것이다.

"잘 봐 두거라!"

"예!"

절골댁이 경자를 챙긴다. 시제 음식 장만에서부터 모든 것이 낯선 경자에게 이런 큰일을 치르면서 잘 배워 두라는 눈치다. 제주祭酒를 먼저 담가야 한다. 쌀을 시루에 쪄서 식힌 후 고두밥, 누룩과 산동장에서 구해 온 산수유 말린 과육을 쪄서 물과 함께 버무린다. 버무린 재료들을 항아리에 담아 발효를 시키면 술이 익어 간다. 산수유와 함께 발효가 되어 잘 익은 막걸리는, 산수유의 시큼한 풍미가 함께 어우러져 있을 뿐만 아니라, 때깔도 불그스레하니 볼품이 있는 막걸리로 변한다. 조선 팔도 어디에 내놔도 손색이 없는 구례골 특유의 막걸리가 된다. 산수유로 만든 막걸리를 한 모금 마시면 산수유 특유의 시큼한 맛이 침샘을 자극한다. 그 감칠맛에 매료되어 입을 떼지 못하고 입맛을 훔치게 한다. 시제를 치르기 며칠 전부터 절골댁은 집안 여자들과 함께 음식 준비에 골몰하고 있다. 엿기름물과 시루에 쪄 낸 고두밥을 섞어서, 항아리에 담아 뜨뜻한 아랫목에 이불을 둘러씌워 하룻밤을 꼬박 삭힌다. 고두밥을 삭히고 밥알을 동동 띄워야만 제대로 된 식혜가 된다. 식혜 건더기를 건져 짜낸 식혜 물을 가마솥에 붓고 여러 시간을 졸여 주면 조청이 되는데, 그것으로 조과造果를 만든다. 조과를 만드는 일은 시간과의 싸움이다. 강정과 유과를 만드는 일은 몇 날 며칠 계속된다.

　문중 여자들이 이른 아침부터 집안으로 들어선다. 작은집 대산리댁도 단정한 차림으로 안방에 들어선다. 민정도 손을 잡고 따라 들어와 인사를 꾸벅한다.

　"민정이도 왔구나!"

　"성님! 잘 지내셨나요?"

　"동서, 어서 오시게! 이리로 와 앉게. 내가 동서에게 소개시킬 사람이 있네."

　생글생글 웃으면서 절골댁이 대산리댁에게 다가간다.

　"작은집 아들 인석이가 우리 집으로 왔다네."

　인석이 왔다는 말에 귀가 번쩍 뜨여 반갑기만 하다.

　"그래요? 그 아이라면… 많이 컸겠네요."

"그새에 몰라보게 훌쩍 컸더라니까!"

"…"

"잠시만 앉아 있게."

절골댁이 방문을 열고 밖으로 나간다. 곧바로 방문을 열고 절골댁이 인석을 데리고 방 안으로 들어온다.

"인석아! 작은어머님이시다. 큰절을 올려라."

인석이가 절골댁의 분부대로 대산리댁에게 큰절을 올린다. 인석이를 보자 대산리댁의 가슴이 뭉클해진다. 인석의 큰절을 받자마자 옆으로 다가가 두 손을 마주 잡는다.

"아이코, 내 새끼… 몰라보게 컸구나! 외갓집에서 잘해 줬나 보구나!"

대산리댁이 인석의 머리를 쓰다듬는다. 인석은 대산리댁의 환대에 말없이 고개를 숙인다. 그 모습을 옆에서 지켜보던 민정이가 대산리댁 옆에 붙는다.

"그래, 우리 민정이도 인석이 오빠에게 인사해라. 이제 큰집에서 살아갈 인석이 오빠야."

대산리댁이 민정일 보고 인석이에게 인사를 하라고 하지만, 민정은 몸을 비틀며 대산리댁만 바라본다. 서로가 처음이라서 서먹해하는 눈치다. 인석이도 민정이를 한번 쳐다보는 정도로 얼굴을 바라보다가 이내 고개를 숙여 버린다.

"아이, 참! 애들도… 서로 숫기가 없어서… 하하하. 서로 인사하라니까 뭐 하는 거야?"

"애들이 아직 어려서 처음 보니까 부끄러운가 보구나. 민정아! 앞으로는 인석이 오빠라고 불러라! 알았지! 느그들은 오늘 처음 보는 사이지만, 너희들은 사촌지간이야. 알겠어?"

절골댁이 옆에서 촌수까지 알려 준다. 애들은 그 소리를 듣는 둥 마는 둥 인석은 여전히 고개를 숙이고 있고, 민정도 관심이 없는 듯하다.

"애들이라서 아직 서먹한가 봐요. 그럼, 나가 놀아라."

"예."

인석이 대답을 하고 방문을 열고 밖으로 나간다.

"민정이도 인석이 오빠랑 밖에서 나가 놀아라."

민정이도 뒤따라서 밖으로 나간다.

"오빠! 나 잡아 봐!"

민정이 인석에게 오빠라 부르며 달아난다. 인석이 웃으면서 민정이 뒤를 따라 달려간다. 마당을 뛰어 다닌다. 달아나는 민정이 인석이게 금방 잡힌다.

"하하하… 호호호…"

인석과, 그에게 붙잡힌 민정은 한바탕 크게 웃는다.

절골댁과 경자는 문중 여자들이 도착하자 반갑게 맞이한다. 대산리댁도 팔을 걷어붙인다.

"성님 뭐부터 해야 항가요?"

"우선 적(전)부터 부쳐야   깨로, 둘씩 짝을 맞춰서 자리를 잡아 보게나."

"예, 알것그만이라!"

"자! 이리들 와서 자리를 잡아 보랑깨!"

절골댁의 진두지휘로 종갓집에 모인 여자들이 삼삼오오 짝을 지어 자리를 잡는다. 전을 부치기 위한 준비를 하느라 바쁘게 움직인다. 화로를 만들어 솥뚜껑을 걸고 불을 피워가며 전을 부친다. 전을 부치는 고소한 냄새가 집 안에 가득 퍼진다. 절골댁이 시제 음식 만들기를 서두른다. 시제 전날부터 집 안에서는 음식 장만이 한창이다. 전도 평소와는 다르게 크기를 좀 더 크게 부친다. 크게 만들어 놓은 전을 식힌 다음, 네모반듯하게 잘라서 각이 지게 높이 쌓을 수 있도록 석작(대바구니) 가득 채워 놓는다. 방앗간에서 떡 쌀을 빻아 왔다. 쌀가루와 동부콩을 삶아 계피를 타서 떡고물로 준비를 해 뒀다. 붉은색을 내지 않은 떡을 만들어야 한다.

"떡을 두껍게 깔아야 하네. 쌀가루는 평상시보다 쬐끔 더 넣어야 하네!"

"이 정도면 안 되겠어요?"

"그래. 그정도면 되겠구만."

"예."

"고물도 두껍게 깔게."

"예, 성님. 쌀과 고물을 도톰하게 안쳤그만이라!"

"그럼 됐네! 시젯상에 올릴 떡은 어쨌든 도톰하게 모양이 잘 나와야 하네."

절골댁이 떡쌀을 안치는 데까지 와서 하나하나 지시하고, 경자는 절골댁을 따라다니면서 어깨너머로 배운다. 부엌에서는 떡은 편編이라 하여 무쇠솥에 시루를 걸고, 시루 안에 떡고물을 넣고 불을 지펴 수증기로 떡을 쪄 낸다. 시루에서 찐 떡도 통째로 떡판에 부어서 식힌 다음 네모반듯하게 자른다. 부서지지 않게 각을 지어 석작에 담는다. 절편은 별, 반달, 꽃 등 여러 무늬로 떡판에 찍어 모양을 낸 후, 참기름을 바른다. 완성된 떡을 층층이 높게 쌓아 올린다. 다식 은 찹쌀떡에 송홧가루를 섞어서 치댄 다음 동글납작하게 만들어 꿀 을 발라 놓는다.

"나물은 기본으로 오첩반상은 해야 한다."

"예."

"나물도 숙채熟菜라 하여 미나리, 배추, 고사리, 도라지, 시금치, 머 우대, 파숙지 등 시절에 따라 삼색, 오색 나물을 삶고, 무치기를 해 야 한다."

"예."

"생선도 어적魚炙이라 하여 조기, 민어, 숭어를 통째로 쪄야 한다."

"예."

절골댁의 몸놀림이 계속되면서 경자에게 설명을 계속한다.

"닭은 계적鷄炙이라 하여 통째로 익혀서 놓아야 한다."

"예."

탕湯과 포脯도 준비한다. 김치는 나박김치를 담아낸다. 경자는 옆 에서 유심히 바라본다. 음식은 눈으로 보고, 귀로 듣고, 손으로 만 져 가면서 배우는 것이다. 절골댁의 주도로 만들어진 음식은 차곡 차곡 쌓아 간다. 참으로 많은 음식을 장만했다. 저렇게 많은 양의 음식이 시제에 쓰인단 말인가? 산처럼 쌓아 놓은 음식이 놀라울 뿐 이다. 음식을 하느라 지칠 법도 하건만 아직도 멀었다. 내일까지 음식을 더 장만해야 한다.

꽥꽥꽥!

"뒷다리를 꽉 잡으랑깨! 뭐 한당가?"

"알았어! 빨리 도끼질을 하랑깨! 야가 하도 나대서 힘 다 빠져 뿌 렀당깨로! 빨랑 쎄게 내리 쳐뿌랑깨."

"알았당깨로. 꽉 잡아야 되네."

장정 서너 명이 돼지를 잡느라 힘깨나 쓰는 모양이다. 살려고 발 버둥치는 돼지를 잡느라 실랑이가 벌어진다. 돼지를 잡아 가마솥에 불을 지핀다. 고기를 삶아 댄다. 돼지는 백 근이 넘어가는 큰 놈으 로 한 마리는 잡아야 많은 시제 참여자들이 나누어 먹을 수 있다. 한쪽에서는 햇밤으로 밤을 친다. 밤을 높게 쌓기 좋도록 깎는다. 밑 둥은 평평하게 하고, 옆은 각지게 한다. 계란을 삶아 껍질을 까고 반 으로 잘라 만든 숙란을 보기 좋게 꽃으로 만든다. 꼬막도 꼬막 살 이 탱탱하게 삶아 낸다. 가을에 감을 깎아 하얀 분이 나도록 잘 말 려뒀던 곶감도, 열 개씩 싸리나무에 끼워 층층이 쌓아 놓는다.

날이 밝자마자 흰 두루마기에 갓을 쓰고 의관을 차려입은 문중 어른들이 집 안으로 모여들기 시작한다. 타관에서 사는 모든 친척 들까지 모이는 날이다. 대부분 인근에 사는 문중들이라 이른 아침 에 모두 모여 인사를 나누느라 바쁘다. 집안 어른들은 종갓집에 도 착하자마자 종손이 있는 안방까지 들어가서 반드시 큰절을 올리는 게 예의다. 서로 맞절을 한다. 안방에서 이대길이 문중들의 인사를 받는다.

"어서 오십시오."

"그동안 별일 없었습니까?"

"예, 별일 없었습니다."

이대길은 문중들의 문안 인사를 받느라 바쁘다. 당도하는 문중들은 두루마기에 갓을 쓰고 단정한 차림으로 안방을 수시로 드나들면서 인사하기에 바쁘다. 집안 어른이 아니어도 나머지 사람들은 당도하는 즉시 큰절로 맞절을 한다. 친척들 간에는 간단히 악수로 오랜만에 만나는 반가움을 표시하기도 한다. 예로부터 조상 대대로 내려오는 문중의 예의 격식에 따라 촌수를 따져 가며 문안 인사를 나누는 것이다. 인석도 집 안에 도착하는 집안 어른들께 인사를 한다. 이대길이 공손히 인사하는 인석을 집안 어른들에게 소개한다.

"명길이 아들입니다."

"야가, 명길이 아들이라고?"

"그동안 많이 컸구나! 아부지를 도싱하게 탁했구나!"

집안 어른들이 인석의 머리를 쓰다듬으며 반긴다. 인석은 처음 보는 문중 어른들이 서먹하기만 하다.

아래채 대청마루에서는 제정을 차리느라 분주하다. 병풍이 둘러쳐지고, 큼지막한 제상이 놓인다. 제상 위에는 사당에서 모셔 온 신주가 줄줄이 놓여 있다. 제상에 장만해 놓은 음식을 나르느라 분주하다. 집안 여자들이 음식을 들고 온다. 집안 남자들이 음식을 받아 집사자에게 전달한다. 시제 집사자가 제상에 놓을 음식을 받아 정리하느라 눈코 뜰 새가 없이 바쁘다. 제상 차리는 기본 예법에 따라 음식이 진설된다.

"이쪽에 놓으시오!"

"그건 저쪽에 놓으시오!"

시제 집사자의 지시에 따라 제각각 자리를 잡아 진설한다. 조율이시(서에서부터 대추, 밤, 배, 감 순으로), 홍동백서(붉은 과일은 동쪽, 흰색 과일은 서쪽), 좌포우혜(포는 왼쪽, 식혜는 오른쪽), 어동육서(물고기 종류는 동쪽, 육지고기는 서쪽), 동두서미(고기 머리는 동쪽, 꼬리는 서쪽), 산동야서(산채는 동쪽, 야채는 서쪽), 좌로우합(향로는 왼쪽, 향합은 오른쪽), 생동숙서(생채소류는 동쪽, 익힌 채소류는 서쪽), 좌면우병(국수는 왼쪽, 떡은 오른쪽), 모동퇴서(모사는 동쪽, 퇴줏그릇은 서쪽).

앞 1열에는 사과, 배, 곶감, 밤, 대추 등 과실류와 유과, 약과, 조과가 놓인다. 2열에는 포, 식혜, 채소, 나물 반찬이 놓인다. 3열에는 탕 종류가 놓인다. 4열에는 물고기, 육고기, 어전, 육전이 놓인다. 5열에는 잔대와 시접, 반, 갱, 편, 면류가 놓인다. 집사자에 의하여 제상의 제물과 도구들이 자리를 잡았다. 화려한 시제상이다. 쌓아 올려진 음식의 각이 잡히고, 높이가 하늘을 찌를 듯하다. 각각의 모든 음식에 정성이 담겨 있다. 보기만 해도 배가 불러 오는 뿌듯함과 조상님에 대한 감사가 가득한 시제상이다. 올 한 해 풍년이 들게 해 주신 조상님에 대한 보답이다.

제관을 차려입은 사람들이 제청으로 들어가 자리를 잡는다. 대청마루에 자리를 잡지 못한 문중 사람들은 마당에 덕석을 깔고 그 위에 줄을 지어 자리를 잡고 제청을 향하여 선다. 집안 여자들도 잠시 일손을 멈춘다. 안채 마루에서, 사랑채에서 모두가 제청이 차려진 아래채로 시선이 쏠린다.

"유—세차… 상로기강 첨소봉영 불승감모 근이 청작서수 지천세
사 상향霜露旣降 瞻掃封塋 不勝感慕 謹以 淸酌庶羞 祗薦歲事 尙饗."

축문을 시작으로 일제히 절을 올린다. 절을 하는 모습은 일가친척
이 일심동체가 되는 일이다. 시제에 참석하는 것만으로도 이 문중
의 강한 소속감과 뼈대 있는 가문의 일원이라는 자부심을 느낀다.
몸가짐도 잘하고 문중을 욕되게 하는 일이 없게 항상 열심히, 조신
있게 살아야 하는 마음가짐을 새롭게 다짐하는 기회다.

제를 올린 후 대청마루에서 사람들이 마당으로 몰려나온다. 마당
에서 삼삼오오 둘러앉아 음복을 한다. 음복 후에는 도구들을 모두
챙겨서 묘제墓祭를 지내러 가야 한다. 어제부터 장만해 놓은 음식과
각종 제기祭器, 돗자리, 제사상을 차릴 도구들을 한가득 지게에 짊어
진다. 문중 묘가 있는 안뜰로 출발한다. 뒷문을 출발한 수십 명의
문중 일행들이 움직이기 시작한다. 갓을 쓰고, 흰옷을 입은 하얀 물
결들이 한꺼번에 집을 빠져나와 공북을 지나서 하대, 상대 동네를
가로질러 안뜰로 가는 길이다. 안뜰 들녘을 가로지른다. 천안골의
풍부한 수량은 안뜰을 기름지게 한다. 멀리 문중 묘소의 소나무 숲
이 보인다. 아름드리 소나무가 문중 산을 빽빽이 감싸고 있다.

안뜰 문중 묘소에 도착한다. 다섯 봉상의 묘가 3열종대로 소나
무 숲에 둘러싸여 고요히 자리 잡고 있다. 비문과 제각은 거무스름
한 색깔을 띠고 있다. 수백 년 된 세월의 흔적이다. 땅과 맞닿은 부

분에는 이끼가 파랗게 끼어 있다. 문중 묘소는 수백 년간 지켜 온 문중 까끔(야산)의 산비탈 초입에 있다. 문중 묘 인근에는 수백 평의 밭이 있다. 문중 답으로 문중 친척이 경작하여, 문중 세를 내놓는다. 문중 답을 서로 지으려고 여간 경쟁이 심하지가 않다. 문중 답을 지으면서 문중 묘를 관리하고 벌초까지 말끔히 해 놓았다.

산신제를 우선 지낸다. 문중 묘 입구에서 간략하게 한 상 차려 몇 몇이서만 산신제를 올린다. 간단한 음식 상차림과 술 두어 잔을 올리고 '고시레'를 한다. 준비한 음식들을 조금씩 떼어서 묘소에 있는 산신령들에게 보시하는 것이다. 문중 묘소에서 바깥쪽을 향하여 멀리 음식을 여러 곳으로 방향을 바꿔 가면서 뿌린다. 산짐승들이 묘를 파헤치지 말라는 기원도 담겨 있다. 한쪽에서는 문중 묘에 도착하자마자 장만해 온 음식을 묘 앞 석상에 가지런히 차려 놓는다. 목기 위에 음식을 차곡차곡 쌓는다.

"유—세차…."

술을 따르고, 절을 올리고, 축문을 시작하고, 절을 올린다. 시제에 참석한 모든 이들이 무릎을 꿇고 절을 올리는 모습이 일사불란하다. 모두가 함께 절을 올리는 모습에서 가문의 전통이 살아 있음을 보여 준다. 수백 년 동안 이어 내려온 문중의 전통을 지키는 중대한 일이 시제다. 시제를 올린 후, 삼삼오오 둘러앉아 술과 음식을 나눈다.

뚜껑이 닫힌 가마솥에서는 김이 모락모락 난다. 부엌에 있는 모든 솥에 메주콩을 삶는 중이다. 엄청난 양의 메주콩이다. 절골댁이 솥뚜껑을 열고 삶은 콩을 몇 개 집어 든다.

"다 삶아졌나 어디 한번 보자!"

콩을 입에 넣고 오물거린다.

"그래! 푹 잘 삶아졌다. 불 고만 때고 어서 퍼다가 도구통(절구통)에 찧어라!"

"예!"

절골댁의 분부가 떨어지자 솥뚜껑을 열고 콩을 함지박에 퍼 담는다. 함지박을 들고 밖으로 나간다. 삶은 콩을 큰 바윗덩어리를 움푹 파서 만든 절구통에 넣고 절구질을 한다. 집안 여자들이 교대로 절구질을 하다가 집 안에 있는 남자들을 부른다. 워낙 많은 메주를 쑤다 보니 여자들에게 힘이 부치는 일이다. 남자들이 대신해서 절구질을 한다. 심탁이 팔을 걷어붙인다. 절구질한 콩을 다시 퍼 담아 마루에 놓인 암반 위에서 모양을 잡는다. 네모반듯한 메주가 만들어진다. 한쪽에서는 절구질이 계속되고, 한쪽에서는 메주를 모양내고, 어느새 수십 덩이의 메주가 완성되었다. 짚을 깔고 가지런히 줄을 세워 놓은 메줏덩이가 마루 전체를 꽉 채운다. 메주 만들기는 그렇게 끝이 난다. 경자는 어마어마한 메주를 보고 이제야 허리를 편다. 이렇게 많은 메줏덩이를 본 적이 없다. 메줏덩이도 이렇게 가지런히 진열해 놓으니 장관이다. 집안의 음식 맛은 집안 아녀자들의 장맛에 달려 있다고 하니 정성을 들여야 할 일이다. 이 많은 메주로 장을 담가서, 뒤뜰 장독대의 항아리에 가득가득 채운다. 수십 개의 항아리에서 된장과 간장이 숙성되고 있다.

겨울 방학이 되어 순천에서 학교를 다니고 있던 인수가 집에 도착했다. 인석이와 마주치자 반갑게 인사를 한다.

"인석아! 잘 지냈어?"

인석은 대답 대신 고개를 끄덕인다. 방학 동안 집을 비웠던 인수와 인석은 아직도 서먹하기만 하다. 인석이 큰집 가족들과 가까운 사이가 되려면 아직 멀었다. 순천에서 학교를 다니는 인수 형과는 자주 부대껴 본 적이 없기에 얼굴을 제대로 쳐다보기도 어렵다. 인석은 누군가 옆에서 챙겨 주기 전에는 먼저 다가가지 못 하는 성격이다.

"인석아! 우리 썰매 타러 가자!"

인수가 썰매를 태워 줄 작정으로 먼저 말을 걸어 본다. 인석이 바로 대답을 하지 못하고 머뭇거린다.

"형! 나도 갈래!"

옆에서 그 소리를 듣고 있던 인호가 먼저 썰매를 타러 가겠다고 나선다. 인호는 썰매를 타러 간다는 말에 벌써 신이 난 모양이다.

"그래! 인석이 형과 함께 가자!"

인수가 인석을 챙기라는 눈치를 주자 인호가 재빨리 알아채고 인석이 옆으로 다가간다.

"인석이 형, 우리 썰매 타러 가자!"

인석이도 썰매를 타러 가자니까 고개를 끄덕인다. 인석의 얼굴에도 웃음이 번진다. 신이 난 얼굴이다. 인석이 인영을 보며 함께 썰매타러 가자고 고개를 돌린다. 인영도 고개를 끄덕이며 따라나선다. 연파보는 얼음이 꽁꽁 얼어붙어 있었다. 아이들이 얼음판 위에서 썰매를 타고 있다. 씽씽거리며 썰매가 얼음 위를 달린다. 아이들을 따라 나온 개도 같이 달린다. 연파보는 신나는 놀이터가 된다. 인수가 인석을 썰매에 태워 뒤에서 살며시 밀어 준다. 썰매가 속력을 내면서 앞으로 달려 나간다. 썰매가 달려 나가자 인석이 썰매채를 양손에 쥐고 얼음을 계속 찍어 내린다. 썰매채를 찍어 내릴수록 썰매는 속력을 내면서 앞으로 달려 나간다. 차가운 겨울바람이 얼굴을 때리지만 추위를 느끼지 못할 만큼 신나는 일이다. 인수는 인석의 썰매를 밀어 주며 함께 달린다.

"인석아! 재밌어?"

"응."

신나게 썰매를 탄 인석이 오랜만에 말문을 연다. 웃는 인석의 얼굴을 보니 인수도 기분이 좋아진다.

"형! 이번에는 내가 썰매를 밀어 줄게!"

"그럴래!"

인수가 썰매 위에 앉는다.

"자! 밀어 봐!"

"자! 밀게!"

"그래! 쎄게 밀어 봐!"

인석이 인수의 등을 힘껏 밀어 준다. 인수가 타고 있는 썰매가 앞으로 움직인다.

"야호!"

인수가 소리를 지르며 썰매채를 부지런히 움직인다. 속력을 내며 앞으로 달린다. 인석도 인수 형이 탄 썰매가 앞으로 미끄러져 나가자 한껏 웃는다.

"인호야! 너도 썰매를 타 봐! 내가 밀어 줄게!"

"형! 밀어 줘!"

"자! 민다!"

인석이 인호를 등 뒤에서 밀어 준다.

"와! 신난다!"

인호도 인석이 밀어 준 썰매가 속력을 내며 앞으로 달려 나가자 환호를 지른다.

8

대
홍
수

"**작**은댁 마님이 쓰러졌습니다."

"뭐라고, 동서가 쓰러졌다고?"

절골댁이 방문을 급하게 열고 마루로 나온다.

"예! 마님!"

"열이 펄펄 나고 꼼짝을 못 하고 있답니다."

난동댁이 헐레벌떡 달려와 숨을 몰아쉬며 알린다. 난동댁이 새뜸 샘에 물을 퍼 올리다가, 동네 여자들이 알려 줘서 새뜸 언덕을 급하게 올라온 것이다. 그 소리에 깜짝 놀란 절골댁이 서둘러 대문을 나선다. 막내 동서가 살고 있는 골안 골목을 향해 걸음을 빠르게 옮긴다. 난동댁과 경자도 그 뒤를 따라나선다.

절골댁이 열이 펄펄 나고 신음하고 있는 동서를 정성껏 간호한다.

난동댁과 경자가 병 수발을 드느라 바쁘게 들락거린다.

"얼릉, 황 약방에 기별을 하게."

"예! 마님!"

난동댁이 급하게 황 약방으로 향한다.

기별을 받은 황필수가 방 안으로 들어선다. 절골댁이 급히 들어서는 황필수에게 공손히 인사를 건넨다. 황필수가 방 안에 들어서자마자 누워 있는 대산리댁의 맥을 짚어 본다. 다시 조심스럽게 맥을 짚는다. 열이 펄펄 끓는다. 맥을 짚은 황필수가 고개를 젓는다. 응급처치로 침을 온몸에 놓는다.

벌써 며칠째 대산리댁이 누워 있다. 경자가 화로에 한약을 올려놓고 정성스럽게 달인다. 약탕기에서는 김이 솟아오른다. 황필수가 집 안을 들락거리며 대산리댁에게 침을 놓는다. 경자가 대산리댁을 비스듬히 일으켜 세운다. 절골댁이 대산리댁 입에 한약을 숟가락으로 떠서 먹인다. 대산리댁이 겨우 한약을 삼킨다. 한약을 먹이고 다시 대산리댁을 방바닥에 눕힌다. 대산리댁은 점점 기운이 떨어지고 얼굴은 더 창백해졌다. 황필수가 방 안으로 들어와 대산리댁의 맥을 짚어 보지만, 맥이 잡히지 않는다. 황필수가 눈을 크게 뜨며 고개를 젓는다. 살아날 가망이 없다는 표시다. 절골댁과 경자가 서로 얼굴을 바라보며 놀란다. 예감이 이상하다. 며칠째 대산리댁이 일어나지 못하고 있는 것을 지켜봐 왔던 절골댁과 경자다. 황필수가 일어나서 밖으로 나온다. 절골댁이 그 뒤를 따라 나온다. 황필수가 절골댁에게 고개를 저어 가며 몇 마디 건네고는 나간다. 절골댁이 방 안으로 다시 들어와 간호를 하지만 좀처럼 열이 내릴 기미는 보이지 않는

다. 한 순간, 대산리댁이 눈을 부릅뜨고 숨을 몰아쉬더니 숨이 멎는
다.

"아이고! 아이고! 아이고…."

절골댁이 통곡을 한다. 민정도 옆에서 눈물을 흘린다. 난동댁과
경자도 눈물을 훔친다. 상주는 민정이지만 어린 민정과 함께 곡을
하는 사람은 절골댁이다. 열병으로 앓아누웠던 대산리댁이 이렇게
빨리 목숨을 놓아 버릴 줄은 몰랐다. 갑작스런 일이다. 허망하기만
할 따름이다. 시집와서 좋은 세상 한번 살아 보지 못한 동서가 불
쌍하기만 하다. 절골댁은 자신의 일처럼 서럽다. 학길이 서방님은 사
업을 한답시고, 사업 밑천으로 전답도 모두 팔아치우고 일본으로 건
너갔다. 서방님만 오매불망 기다리더니…. 이씨 문중에 무슨 사람
잡아가는 귀신이라도 씌었는지…. 이대길 사 형제 모두 결혼을 하였
지만 둘째 성길, 셋째 명길까지 작은댁 서방님들이 둘이나 죽었다.
작은댁 서방님들이 죽고 난 후에 동서들도 이씨 집안을 모두 떠나가
버렸다. 이제 한 명 남아 있던 동서 대산리댁조차 죽어 버렸으니 얼
마나 원통한 일인가? 집안 대소사를 치를 때마다 동서끼리 그나마
서로 의지가 되어 왔는데… 민정과 한없이 목 놓아 운다.

"아이고! 아이고!"

어린 민정이 철없이 우는 모습에 안쓰럽기만 하다. 그 모습이 더
욱 안타깝고 불쌍해 보인다. 어린 민정이 외톨이가 되었다는 상황
에 더 큰 울음이 나온다. 초상이 난 집에 곡소리가 크게 나야 하는
데… 초상집에 곡소리가 커야 망자가 극락으로 간다고 했는데… 곡
소리를 할 당사자가 없다. 절골댁의 곡소리만 처량하다. 이학길이

일본에 가 있는 와중에 벌어진 일이다. 이학길이 도착하기도 전에 초상을 치러 더욱 안타까울 뿐이다. 이대길이 뒷짐을 지고 초상집 한쪽에 우두커니 서 있다. 일본으로 급하게 전보를 쳤지만 학길은 돌아오지 않았다. 일본에서 아직 돌아오지 않은 학길을 대신해 상주 노릇을 할 수밖에 없다.

마당에서 민정이 뛰어다닌다. 웃으면서 넓은 마당을 맴돈다. 절골댁은 어린 것이 가엽기도 하고, 안타까워 목이 멘다. 초상을 치른 지 며칠 지나지 않았는데, 민정은 벌써 그 일을 다 잊어버렸는지 마당에서 뛰어놀기에 바쁘다. 대산리댁이 죽은 후에 일본으로 전보를 쳤지만, 이학길은 형편이 닿을 때까지만 큰집에서 민정이를 돌봐 달라는 편지만 도착하였다. 그동안만이라도 딸처럼 절골댁이 돌봐야 할 처지다.

"민정아! 이리 와서 부채질 좀 해 봐라!"

"예, 큰어머니."

절골댁이 일부러 민정이 심심할까 봐 부채질을 하라고 시키는 것이다. 싫다는 내색도 하지 않고, 절골댁에게 다가와 작은 손놀림으로 부채질을 한다. 부채질하는 민정의 고사리 같은 손을 쳐다보면 쳐다볼수록 귀엽기만 하다. 절골댁은 민정의 손을 바라보며 살며시 미소를 짓는다. 아무 탈 없이 자라는 민정이 그저 사랑스러울 뿐이다.

"아이고! 시원하다. 우리 딸 민정이가 부채질을 해 주니 더 시원하구나!"

절골댁의 칭찬에 민정은 신이 났다. 부채질을 멈추지 않는다. 큰
집으로 들어온 뒤로는 어른들의 눈치를 보는 버릇이 생겼다. 혹시
나 어른들 눈에 나지는 않을까? 어른들의 말을 듣지 않으면 자기를
싫어하지는 않을까? 마음속으로 눈치를 보며 보내는 날들이 많았
다. 민정이에게는 아버지 얼굴도 기억이 가물가물하다. 어린 민정도
눈치가 뻔해졌다. 큰집에 얹혀사는 날이 편할 리 없다. 절골댁이 시
원하다고 하니, 힘이 부치도록 열심히 부채질을 해 댄다. 민정은 땀
을 흘려 가며 부채질에 열을 올린다.

"우리 민정이가 부채질해 주니까 더위가 싹 날아가 버렸네. 이제는
큰엄마가 우리 민정이를 위해서 부채질을 해 줄 테니 이리 와서 앉
아라."

"예."

절골댁이 민정이를 앞에 앉혀 놓고 부채질로 시원하게 해 준다.

"우리 딸 민정이, 시원하냐?"

"예."

절골댁의 물음에 민정이 씩씩하게 대답을 하면서 고개를 끄덕인
다. 큰어머니가 들고 있던 부채를 다시 잡고 민정이 절골댁을 향하
여 부채질을 한다. 집안 어른들과 격의가 없어지고 하루라도 빨리
큰집이 내 집이려니 하고, 자꾸 일을 만들어서 함께 부대끼고 싶은
것이다. 아버지가 돌아와 민정이를 일본으로 데려가기 전까지는 절
골댁이 친딸을 키우는 것처럼 조카를 돌보는 데 정성을 다한다. 부
채질을 하는 동안에 어느새 싫증이 났는지 민정이 일어선다.

"큰엄마, 나가서 놀아도 돼요?"

"그럼, 그럼."

절골댁의 허락이 떨어지기 무섭게 민정이가 후다닥 일어서더니 밖으로 나간다.

"나무아미타불 관세음보살…"

절골댁이 천은사에 올라와 불공을 드린다. 부처님께 불공이라도 열심히 드려야 마음이 안정될 것 같다. 젊은 나이에 생을 마감한 막내 동서 대산리댁이 불쌍하기만 하다. 어린 민정이가 더 가엽기만 하다. 절에 등이라도 하나 달아 줘야만 마음이 편할 것 같다. 대산리댁의 혼이라도 고통과 괴로움이 없는 극락에서 편히 쉬기만을 부처님께 간절히 빌고 또 빈다.

"나무아미타불 관세음보살…"

큰맘 먹고 절에 올라왔으니, 며느리를 위해서도 불공을 드린다. 장손 며느리에게 빨리 태기가 생겨 떡두꺼비 같은 손주 하나 생기기만을 간절히 바란다. 간절하게 치성을 드려야만 하는 일이다. 시어머니의 치성이 부족해서 며느리에게 태기가 생기지 않는 것만 같다. 부처님께 드리는 불공의 정성이 약하면 안 된다. 몸은 고단하지만 정성을 쏟아야만 집안의 모든 일이 잘 풀릴 것만 같다.

불공을 드리고 나서 혜정 스님과 앉아 차를 마시며 담소를 나눈다. 며느리를 천은사로 올려 보내겠다는 약속을 한다. 시어머니가 불공을 드리는 것보다는 당사자가 백일기도를 드려야만 빨리 태기가 생길 것만 같아서다. 혜정 스님이 절골댁에게 부적을 내민다. 절골댁이 부적을 받아 들고 일어서서 합장을 하며 혜정 스님에게 인사를 드린다. 혜정 스님도 절골댁에게 합장을 한다. 절골댁이 혜정 스님에게 신신당부를 하고 천은사를 내려온다.

서시천 양쪽 둑방에 지게를 지고 소를 모는 농부들이 보인다. 서시천의 자갈밭은 뜨거운 빛을 받아 냇물과 어우러져 둑방의 짙푸른 녹음방초를 더욱더 선명하게 해 준다. 서시천의 큰물이 내려갈 때 장정지에 다다라서는 엄청난 바윗돌에 소용돌이가 친다. 그 소용돌이가 어른 키의 두 배가 넘는 깊이의 소沼를 만들었다. 그곳을 장작소 혹은 장정지라 부른다. 둑방 높이만큼 키가 어마어마한 여러 개의 바윗돌 위에서는 몇몇 낚시꾼들이 밀짚모자를 둘러쓴 채 긴 낚싯대를 드리우고 있다. 그 모습이 한 폭의 그림 같다. 바윗돌 위 서시천 둑방에는 아름드리 느티나무가 한 그루 떡 버티고 서 있다. 장정지에 그늘막이 되어 준다.

사람들이 장정지 당산나무 아래에 모여 판소리 가락에 집중을 하고 있다. 합죽선 부채를 들고, 사모관대를 차려입은 소리꾼이 판소리 가락을 뽑아낸다. 구곡간장이라도 녹일 만큼 애절한 소리다. 지리산의 산세와 기개를 업은 멋들어진 가락이 흘러나온다. 기교를 부리지 않은 소리는 장정지의 느티나무가 쭈뼛거리게 할 만큼 힘이 있다. 「춘향가」 중 「농부가」의 한 대목이 서시천에 울려 퍼진다. 지리산의 기개가 「농부가」와 더불어 한층 고조된다.

"그때여 이 도령이 어사또 제수후여 춘향을 상봉할 량으로 남원으로 내려오는디 때는 마침 농방기라 남원고을 농부들이 모를 심으며 아니리 농부가를 부르난디 두리둥 둥 둥 둥 꾀꾕 매쩡 매 쩡 매

어럴 럴 럴 럴 상사디요 헤 여 여허 여루 상 사 디여 어럴 럴 럴 럴
상사디여 여보소 농부들 말 들어 보아라 아 나 농부야 말들어라 절
행이 무어라 개화를 꽂고서 마구잽이 춤이나 추어 보세 헤 여 여허
여루 상 사 디 여 어럴 럴 럴 러 상사디여 여보소 농부들 말 들어
보소 저건 너 저건 너 할미봉 비가 묻어 온다 우장을 두리고서 삿
갓을 서라 헤 여 여허 여루 상 사 디 여 어럴 럴 럴 럴 상사디여…"

　서시천은 구불구불 자연스레 이루어진 물줄기를 따라 넓은 자갈
밭을 만들어 내기도 하고, 근사한 백사장을 만들어 내기도 하고, 구
릉지에 풀숲을 만들어 놓기도 한다. 매년 여름 장마철이면 엄청난
물줄기를 몰고 와서 천혜의 풍경을 만들어 놓는다. 홍수가 지면 물
길이 새로 생기고, 모래사장이나 자갈밭도 새로 만들어진다. 자연
그대로 멋진 풍광이 살아 있는 서시천이다. 섬진강에서 타고 올라
온 물고기들이 떼를 지어 노니는 모습은 둑방 위에서도 훤히 들여다
보인다. 물고기가 떼 지어 몰려다닌다. 축 늘어진 버들가지를 꺾는
다. 버들잎을 서시천에 훅 뿌린다. 물고기 떼는 먹이가 떨어진 줄 알
고 달려든다. 달려드는 물고기 떼를 향해 버들가지로 후려친다. 후
려친 버들가지에 맞아 기절한 물고기가 물 위로 떠오른다. 물 위로
떠 오른 물고기를 부지런히 건져 올린다.
　서시천 지명의 유래는 진시황의 불로초와 연관이 깊다. 진시황은
불로장생하고자 부하인 서시(서복, 서불)에게 명하여 불로초를 구해
오도록 명하였다. 서시西市가 동남동녀童男童女 삼천 명을 거느리고 왔
다. 동남동녀 중 일부는 탐라(제주)로 향했고, 나머지 일행들이 삼신

산 중의 하나인 지리산(방장산)으로 입산하기 위해 섬진강에서 배를 타고 거슬러 올라와 서시천으로 들어왔다. 그들이 다녀간 길이라 하여 서불徐市의 불市과 시市의 한자가 같다. 불이 아닌 시로 읽어, '서시천'으로 부르게 되었다는 전설이다. 서시천을 거슬러 올라가 지리산으로 불로초를 찾으러 왔던 동남동녀들은 연파정까지 배를 타고 들어왔을 텐데… 연파정에서는 두 갈래로 나뉘어진다. 한 편은 서시천의 연장선상인 산동으로 들어가 만복대를 향해 올라갔을 테고… 한 편은 천은천을 따라 천은사와 성삼재를 거쳐 노고단으로 올라갔을 텐데… 지리산 심산계곡 속으로 들어가 불로초는 구하였을까?

서시천 천변 중에서 풍광이 뛰어난 곳은 단연, 연파정이 으뜸이다. 마을은 금수대錦繡帶와 같고 연화도수蓮花倒水와 같은 물이 흐르는데 그 물에 파도가 연기처럼 일러 파토반용波土盤龍에 다름없다. 연화도수의 연蓮 자와 파토반용의 파波 자를 따서 연파정蓮波亭이라 칭하였다. 훗날 연蓮 자가 연煙 자로 변하여 쓰여지고 있다. 남원부의 소의방에 속하였다가 구례현의 방광방과 남원의 소의방을 합병하여 광의면이라 칭하였다. 연파정은 면 소재지로 번성하여 수려한 주변 경관을 "연파팔경煙波八景"이라 노래해 왔다.

남악풍림南岳楓林
금성명월禁聲明月
둔령낙조屯嶺落照
송정야화松亭夜火

평해귀범平海歸帆

연파조수烟波釣叟

장사낙안長沙落雁

천은모종泉隱暮種

지리산의 단풍 든 숲

금성재에 뜬 밝은 달

둔산재에 지는 해

송정마을의 저녁 등불

평해로 들어오는 돛단배

연파정에서 낚시하는 노인

모래밭에 내려앉은 기러기

천은사의 저녁 종소리

금성재에 뜬 밝은 달은 아홉 굽이 계곡의 물소리와 함께 흐르고, 저녁연기 피어오르니 둔산(서산)에 지는 해는 붉게 물들고, 기러기 떼는 어두운 구름 속으로 날아간다. 푸른 봉우리를 병풍처럼 둘러쓰고 있는 송정마을은 어둠 속에서 기이한 불빛을 발하고, 상전벽해 흐름을 몇 번씩이나 겪었던 서시천으로 들어오는 돛단배가 사방으로 떠 있다. 서시천 중에서 제일 멋과 풍미가 있는 장정지에는 바람과 함께 버들피리 소리 들려온다. 물가에는 버들가지가 축 늘어져 있는 곳에 늙은이가 낚시를 드리워 놓고 있다. 그 위 푸른 하늘 위로 백조가 높이 난다. 서시천의 이십 리 길 모래밭에 달이 밝게 비치는 곳곳에는, 쓸쓸함이 머물고, 기러기 두세 마리 내려앉으니 그 쓸쓸함이 연파로 돌아오는 나그네의 한을 이기지 못하는구나. 밤이면 지리산 영험한 곳에서 들리는 천은사의 저녁 범종 소리는 나그네 되어 시를 짓게 한다네. 연파정은 낮은 언덕을 등에 지니면서, 무성한 숲을 이루고 있으며, 매섭게 추운 계절에는 까마귀 떼가 모여든 곳이다. 봄바람이 불고 비가 오고 느티나무 아래가 어둑해지고, 늙은 나무꾼이 오는 곳에도 멋진 단풍 숲과 함께 어울리는 곳이다.

경자가 일본인 점방에 들어선다. 일본인 복장을 한 남자 주인이 대부분 가게를 보는데, 오늘은 기모노를 차려입은 여자 주인이 가게를 지키고 있다. 점방 안과 밖이 물건들로 가득가득 진열되어 있다. 읍내까지 나가지 않아도 될 만큼, 점방 안에는 각양각색의 물건들이 가득 차 있다. 경자의 눈에 물건들이 들어온다. 마을 한가운데에 큰 점방이 있어 편리하게 물건을 구입할 수 있어서 좋다.

"어서 오셔요."

히마리가 경자에게 고개를 숙이며 상냥하게 맞이한다.

"예."

경자는 히마리가 인사까지 하며 맞이해 주자, 다소곳이 고개를 숙이며 대답을 한다. 히마리와 경자의 눈이 마주친다. 히마리가 웃음을 짓는다. 경자도 웃음을 짓는다. 히마리는 경자에게서 눈을 떼지 않는다. 경자는 흰 저고리에 검정 치마를 입었다. 머리는 단정하게 쪽 찐 머리를 하였고, 목은 늘씬하다. 이목구비가 예쁜 경자를 바라보던 히마리가 웃으면서 말을 건넨다.

"너무너무 아름답스므니다."

단아한 모습의 경자에게 히마리가 칭찬을 아끼지 않는다. 경자는 히마리의 칭찬에 쑥스러워하며 고개를 숙인다.

"별말씀을… 물건이 좋은 게 참 많네요."

경자도 히마리에게 답례로 점방 물건들을 들먹이며 인사를 건넨다.

"저기, 저, 새뜸 골목 오붓대집… 교코 상이시죠?"

이름까지 들먹이며 경자에게 아는 체를 하니 경자도 웃으면서 히마리를 쳐다본다.

"예, 저를 알고 계신가요?"

"저는 히마리입니다."

경자의 웃음에 히마리도 웃으면서 본인을 소개한다.

"아, 그러세요. 반갑습니다."

"먼발치에서만 항상 봐 왔는데… 교코 상… 오늘 이렇게 보니 너무너무 아름답습니다."

히마리는 계속 웃으면서 경자에게 칭찬을 아끼지 않는다.

"뭘요. 히마리 상께서 훨씬 더 아름다우신데요?"

경자의 칭찬에 히마리도 겸연쩍어한다.

"아닙니다. 교코상이 최고이십니다."

히마리와 경자는 서로 칭찬하기 바쁘. 경자가 물건을 사 들고 점방을 나오면서 경자와 히마리는 따스한 눈빛을 나눈다.

초복을 지나 중복으로 가는 한여름이다. 쨍쨍 내리쬐는 한여름 무더위에 매미는 나무에 매달려 마냥 즐거운 듯 울어댄다.

썰 썰 썰 썰 썰….

잠시 쉬었다가 매미는 지치지도 않고 또 계속 울어 댄다.

썰 썰 썰 썰 썰 써르르르르….

신록의 푸르름이 연중 최고로 무성해지는 시기다. 당산나무는 나뭇잎을 활짝 드리워서 시원한 그늘을 제공해 주고 있다. 푹푹 찌는 날씨에 모든 작물들은 키를 쑥쑥 키우고 있고, 열매가 달린 과수들은 튼실한 과실을 만들어 가고 있다. 들판은 이글거리는 태양 아래 논바닥의 벼들이 한여름 뙤약볕을 기분 좋게 받아들이고 있다. 들판 곳곳에는 초벌 김을 매느라 엎드려 있는 사람들이 눈에 들어온다. 혼자 김을 매는 사람도 있고, 품앗이로 여러 사람들이 한꺼번에 줄을 지어서 김을 매는 곳도 있다. 벼를 수확할 때까지 세 번 정도는 김을 매 줘야 한다. 이맘때쯤이면 농사꾼들도 한여름의 더위를 잠시 피해 쉬는 것이 좋다. 해가 쨍쨍 날 때는 그늘에 있으면 덥기는 해도, 제법 버틸 만하다.

후덥지근한 날씨는 사람들의 신경까지 건드려 불쾌지수를 높게 만든다. 조금만 움직여도 땀이 비 오듯 쏟아진다. 가만히 있어도 땀이 줄줄 흐른다는 말이 이런 날씨를 두고 한 말인 듯하다. 후덥지근한 날씨 속에서도 사람들은 연신 부채질을 해 댄다. 당산나무 아래에 동네 아낙들이 여럿 모였다. 각자 가져온 소일거리에 열중하면서 더위를 식히고 있다. 이렇게 무더운 날씨에도 손을 그냥 놀리는 법이 없다. 생 토란대를 베어 와서 껍질을 벗기는 사람, 호박잎을 꺾어

와서 벗기는 사람, 고구마 줄기를 끊어 와서 껍질을 벗기는 사람, 붉은 고추를 따 와서 흠이 있는 것들을 가위로 도려내는 사람, 봄에 수확하여 갈무리해 둔 삼실을 가져와 하나씩 입으로 물어뜯어 가면서 하나씩 이음 작업을 하는 사람들로 시끌벅적하다. 소일거리를 가져와서 한낮의 뙤약볕도 피하고 동네 돌아가는 이야기도 하는 장소가 바로 당산나무 아래다. 연파리 동네에 당산나무가 네 곳이 있지만 유독 새뜸 당산만은 동네 아낙들의 차지다. 장정지 당산이나 마을 입구 당산제를 올리는 유상각은 남정네들의 차지다. 그곳 당산나무 아래에서는 장기나 바둑을 두거나 낮잠을 즐긴다. 또 연파보 옆에 대여섯 그루 당산나무가 줄줄이 서 있는 곳에서는 아이들이 사방팔방 뛰어놀고 있다. 그곳은 간혹 우마차와 차들이 지나다니는 큰길 옆이라서 어른들은 잘 모이지 않는다.

"와따! 웬 매미가 저토록 울어 댄당가?"

"징그랍게 울어댔쌓네 잉!"

"뭔 날씨가 요로코롬 덥단가?"

"그러게 말이시. 겁나게 덥그망."

"날씨가 푹푹 찌는 날씨구망. 그나이나, 요런 날씨에 들에 나간 사람들은 대가리가 벗겨졌뿔것구만."

"아, 그렇깨로 말이시. 요런 뙤약볕에는 들에 나가는 것도 좀 참아야 된당깨로."

"맞아. 요롯케 더운디, 들에 나가면, 아조 이제 제대로 더위를 먹게 생겠뿔것구만. 요로다간 큰일 나분다니깐요."

화창한 날씨는 오후가 되자 바람이 조금씩 불어오면서 먹구름이 점점 끼기 시작한다.

"요롯케 후덥지근하고, 점점 더 먹구름이 끼인 거 봉깨로 비가 제대로 올랑갑구만."

"그러게 말이시. 아따, 비가 얼마나 올라고 하는지 모르겟네잉. 날씨가 사람 잡게 안 생겼다고. 이렇게 푹푹 찌는 날씨가 계속되불면, 큰비가 제대로 오더랑깨로."

"더우로 생사람 잡게 생겼는디, 큰비가 오던지 말던지, 비라도 쫙쫙 내려서 요 더우를 몽땅 가져가뿔면 쏙이 시원하겠구만. 안 그런가?"

"그라지다. 속 씨원하게 비가 내렸으면 좋겠구만."

"아! 이런 더우 끝에 비가 내리기 시작하면… 장마가 시작될 거그만."

"내가 며칠 전부텀, 여기저기 삭씬이 쑤신 것 봉깨로 비가 오긴 올랑갑그만."

당산나무 아래 여기저기서 더위와 장마에 대한 얘기가 오고 간다.

"요롷게 더우면, 올해는 들판의 나락은 잘 크겠네."

"맞당깨, 사람이 견디기는 힘들지만, 이렇게 더워야 들판의 곡식들이 잘되는 거여."

"아, 날씨가 얼마나 더운지, 엊그제 밭에서 따온 뻘건 꼬치를 널어났더니… 뙤약볕에 꼬치가 싹 다 말랐뿌럿뜨랑깨로."

"그나저나, 요롯케 더우면 살것다고?"

"그렁깨로, 비가 좀 와야 쓴당깨."

"어젯밤에는, 큰비가 올란가? 두꺼비가 엉금엉금 기어 나와 마당에 돌아다니드랑깨. 전에도 큰비가 올 때면 두꺼비가 나온다더니, 어젯밤에 나온 걸 봉깨로 큰비가 오긴 올랑갑그만."

"아 여기 좀 보라고! 개미 새끼들이 엄청나게 몰려가네. 이사를 하나 보네. 야들이 이사를 하면 큰비가 오더랑깨… 큰비가 오긴 올려나 보네."

당산나무로 기어오르는 개미 떼를 보면서, 이구동성으로 비가 왔으면 좋겠다고 한마디씩 한다. 사람들은 더위를 피해서 비가 내리기를 바란다. 비가 여러 번 내리기는 했지만, 올해 큰비는 아직 안 왔다.

날씨가 잔뜩 꾸물거리며 먹구름이 몰려오더니 후드득후드득 빗방울이 떨어지기 시작한다. 빗방울이 점점 거세지고 비가 퍼붓기 시작한다. 세찬 바람과 함께 빗방울이 점점 굵어지는 것 같다. 번갯불이 번쩍거린다.

우르르 쾅, 콰광….

천둥소리가 계속 울린다. 한 치 앞을 분간할 수 없을 만큼 무섭게 내린다. 이틀 밤낮을 내리던 비가 잠깐 쉬더니 또다시 내리기 시작한다. 이틀간 내린 비로 서시천이 흙탕물이 되어 큰물이 나간다. 흙탕물은 어느새 서시천 둑을 넘길 태세로 밀려 나간다. 이제 그만 왔으면 하련만, 또다시 비가 퍼붓기 시작한다. 비가 그칠 만하다가 또 내리고, 그칠 만하다가 또 내린다. 바람이 거세게 불고 천둥과 번개까지 치면서 폭우로 변한다. 바람도 점점 더 거세진다. 빗속을 걸어가는 사람이 비바람에 밀려서 몸을 가눌 수조차 없다. 폭풍우에 나뭇가지가 '우두둑' 하고 부러져 버린다. 걷잡을 수 없는 거센 폭우가 계속해서 쏟아진다. 앞뒤를 분간할 수 없을 만큼 비바람은 이제 당산 나무라도 뽑아갈 기세다. 숨 막힐 듯 몰아치는 폭풍우 속에 사람들은 겁을 먹기 시작한다. 지붕도 날려 버릴 듯한 무서운 폭풍우다. 사랑채 마루에 심탁과 머슴들이 걱정하면서 쏟아지는 비를 바라본다.

"태풍이 왔뿌렀능가 보네. 뭔 놈의 비가 요롯케 퍼부어 댄다냐?"

"아무리 태풍이 와도 그렇지. 어디? 하늘에 빵구가 나뿌렀는갑구 망. 비가 아니라 하늘에서 양동이로 물을 쏟아부은 것 맹키로 비가 많이 와 불구만."

"그렁깨로. 오늘은 용이 하늘로 올라가는 날인가 보네? 그러지 않고서야 이렇게 난리를 치면서, 비가 많이 내릴 리가 있나?"

"뭔 놈의 비가 쉬지도 않고 온당가? 시방 며칠째 비가 내리는 거지?"

"사흘째 아니라고? 이러다 뭔 일 나는 거 아니여?"

"글쎄 말이시. 무슨 일이 나도 크게 날랑갑그망."

"금매말이시. 그렇다면 이러고 있을 때가 아니지. 얼릉, 연기를 피워야 쓰것구만."

사랑채에선 머슴들이 수군거린다. 서둘러 연기를 피워 올린다. 습기가 젖어 눅눅해진 방을 건조시키기 위해서라도 아궁이에 군불을 지핀다.

끝도 없이 몰아치던 폭풍우가 조금씩 잦아들기 시작한다. 잠깐 비가 그치고 시야가 조금씩 확보되자 중방들이 드러난다. 걱정이 현실로 되어 버렸다.

"워매! 뭔 일이당가? 저, 중방뜰 좀 봐! 중방뜰이 온통 물에 잠겨 버렸구망."

"워매, 워매! 세상에 뭔 일이당가? 아이고, 저 나락을 어쩔꼬?"

"참말로 뭔, 이런 일이 다 있당가?"

"그러게 말일시. 며칠 동안 비가 퍼부어 댔으니, 서시천에 큰물이
져 뿌렸웅깨로 어디 물이 빠질 데가 없이 중방뜰로 달려 들어뿌렸
구만?"

집안사람들이 모두가 밖으로 나와 서성거린다. 절골댁도 걱정에
찬 소리로 저 멀리 중방들이 물에 잠긴 모습을 보면서 걱정 어린 소
리를 한다. 중방들의 새파랗던 벼가 물에 잠겨 버렸다. 중방들은 온
통 물결만 출렁거린다.

"아이고 저 벼들을 어찌할꼬! 저렇게 물에 잠겨 버리면 올 농사는
어찌할꼬! 쯧쯧쯧!"

비가 잠깐 그치자 사람들이 마을 앞 서시천 변으로 걸어 나온다.
서시천에 큰물이 흘러가는 모습을 보러 나온 것이다.

"뭔 놈의 붉덩물이 저리도 많이 내려온다냐? 저기 봐라. 산동에도
큰 물난리가 났나보다."

흙탕물이 진한 황토색의 붉덩물로 변해 버렸다. 붉덩물 속에는 별
별 살림살이가 함께 빠르게 떠내려온다.

"아이고 무섭네! 살다 살다 서시천에 저렇게 물이 많이 내려오는
건 처음 보네!"

마을 사람들이 서시천에 큰물이 무섭게 밀려 나가는 걸 보면서
걱정을 한다. 서시천에서 물이 계속 중방들로 넘쳐 들고 있다. 넓은
중방들 전체가 물에 잠기었다. 들판이 아니라 물바다가 되어 버렸

다. 구례골 중에서도 천안골과 산동골에 얼마나 많은 비가 내렸는지 엄청난 물이 삽시간에 서시천을 향해 무서운 속도로 밀려 내려온다. 물살이 점점 거세게 출렁거린다. 여름 장마 때면 서시천의 붉덩물이 가끔 나간 적은 있지만, 이번 비는 사흘 밤낮을 연속으로 퍼부었기 때문에 물의 양이 엄청나게 많다. 물살의 속도가 점점 빨라진다. 붉덩물과 함께 휩쓸려 내려가는 곳에는 호박 덩어리며, 온갖 농작물이 붉덩물에 엉켜 떠내려가고 있다. 아름드리 버드나무가 뿌리째 뽑혀 인정사정없이 거센 물줄기에 쓸려 간다. 어마어마한 양의 흙탕물이 무섭게 흘러간다. 천안골에서 내려온 여태껏 보지 못했던 붉덩물이 방광리를 지나고 상·하대 부락, 공북마을을 거쳐 오면서 불어났다. 장터로 가는 통나무 다리는 거센 물살에 흔적도 없이 사라져 버렸다. 산동골에서 내려온 큰물도 둑을 넘칠 듯 말 듯하며 서시천으로 내려온다.

연파리에서 천안골 물이 서시천을 만나 섬진강으로 흘러가야 하는데, 천안골에서 내려온 물이 연파리 마을 앞에 와서 소용돌이를 친다. 갈 길이 막힌 물은 물회오리를 일으키며 연파리 동네로 달려든다. 그동안 물이 넘쳐 마을까지 달려든 적은 없었다. 이번 장마는 다르다. 시간이 지날수록 서시천의 수위가 점점 높아진다. 물은 점점 더 연파리 마을로 달려든다. 멈췄던 비가 다시 쏟아진다. 폭우로 변한다. 물이 출렁거리며 삽시간에 빠른 속도로 마을이 잠기기 시작한다. 지대가 낮은 쪽부터 물이 차 오르기 시작한다. 어마어마한 물이 마을 전체를 덮친다. 어떻게 손을 써 볼 수도 없이 순식간에 벌어진 일이다.

"물이 넘쳤다! 물이 넘쳤다!"

물이 순식간에 신작로를 덮쳐 마을은 아수라장이 되어 버린다.

"높은 지대로 피하세요! 빨리빨리 피하세요!"

사람들의 다급한 소리가 여기저기서 터져 나온다. 아이들의 울음 소리, 어른들의 고함 소리, 짐승들이 울어 대는 소리가 한데 섞여 아수라장이다.

"사람 살려!"

여기저기서 물에 빠진 사람들이 허우적거리며 살려 달라는 비명 소리가 들린다.

"사람부터 먼저 구해라!"

"어서어서 높은 언덕으로 올라가라!"

젊은 남자들이 여기저기서 고함을 질러 댄다.

"사람 살려요!"

"여기요!"

차마 눈 뜨고 볼 수 없는 광경이다. 생사가 달린 절박한 순간이다.

"엄마! 앙! 앙! 앙…!"

엄마를 찾는 아이의 절박한 울음소리가 난다.

"사람 살려요!"

음메 음메….

꿀꿀꿀….

사람과 짐승의 아우성으로 일대 혼란이 벌어졌다. 살아남기 위한 절체절명의 순간이다. 흙으로 엮어 만든 초가집은 물살에 허물어져 버리고 지붕만 둥둥 떠다닌다. 세간살이가 물 위에 둥둥 떠다닌다.

우선 급한 대로 통나무를 붙잡고 있는 사람, 물 위를 떠다니는 지붕 위로 올라간 사람들이 도움을 청하고 있다.

서시천의 물결은 무섭게 휘몰아쳐 내려간다. 인정사정이 없다. 모든 걸 한꺼번에 집어삼킨다. 깜짝할 사이에 물 위에 떠 있는 모든 것들이 서시천 급물살에 휩쓸려 떠내려간다. 마을 전체를 삼킨 물이 이제는 계속 밀려드는 물살에 휘몰아친다. 서시천과 연파마을의 구분이 없어져 버린 물길이다. 연파리 전체 가옥 중에 지대가 높은 곳을 빼고는 서시천 수위만큼 물이 차올랐다. 동네 사람들이 높은 지대로 피난을 하느라 정신이 없다. 연파리 중에서도 지대가 높은 새뜸과 학교 몰랑 지대가 높은 쪽으로 세간살이를 옮기느라 바쁘게 움직인다. 물에 빠진 사람들을 살리기 위해서 젊은 사람들이 안간힘을 쏟는다.

"자, 장대를 잡으시오!"

긴 장대를 던진다. 물에서 허우적대던 사람이 장대를 붙잡는다. 여러 사람이 달려들어 장대를 서서히 당겨 건져 올린다. 축 늘어진 사람을 등에 업고 고지대로 달린다. 사람을 눕혀 놓고 눈을 뒤집어까 보기도 하고, 입 안에 숨도 불어 넣는다. 지붕으로 피한 사람들이 구조를 기다린다. 그 모습을 보고 있던 사람들이 발을 동동 구른다.

"저기! 지붕 위에도 사람이 있다!"

"그러게 말이시. 물살에 쓸려 가기 전에 저 사람들을 구해야 할 텐데…"

사람들이 물 밖에서 안타까워하며 소리친다.

"뗏목을 만들어라! 뗏목을!"

사람들이 소리친다. "뗏목" 소리에 사람들이 고개를 끄덕이며 웅성거린다. 급하게 물에 띄울 수 있는 것이 대나무 뗏목이다. 그러자 갑자기 젊은 사람들이 이대길 집 안으로 뛰어든다.

"어르신 물난리에 사람을 구해야 하는데, 대나무로 뗏목을 만들어야겠습니다."

"그래! 그래! 어서들 대나무로 뗏목을 만들게! 김 서방! 아끼지 말고 대나무를 많이 베어 내게!"

"예."

"인철아! 모두 달려들어 대나무를 베어라!"

"예! 아버님!"

집안 식구 모두가 달려들어 대나무를 베기 위하여 대밭으로 달려간다. 수백 년 이 집안의 재산이요, 부의 상징인 대나무밭을 기꺼이 내어준다. 집 북쪽과 동쪽에 집안을 호위하고 있는 수백 평의 대나무밭이 그야말로 사람을 살리는 데 요긴하게 쓰여지는 순간이다. 이대길의 분부가 내려지자 마을 사람들이 우르르 몰려들어 대나무를 자르기 시작한다. 대나무를 베어서 마당에서 뗏목을 만들기 시작한다. 급한 대로 새끼로 엮는다. 대나무를 칭칭 감고 올라가는 칡넝쿨을 잘라서 뗏목을 엮는다. 칡넝쿨이 뗏목을 단단히 묶는 데 안성맞춤이다. 뗏목 위에는 양철로 만든 큼지막한 함지박을 가져다가 양쪽에 매단다. 뗏목을 물에 띄운다. 급한 대로 노를 만들어 젓는다. 지붕 위에 있는 사람들을 먼저 구한다. 그 뗏목으로 사람들이고 세간이고, 미처 물속에서 덜 빠져나온 동물들도 건져 올린다.

갑작스럽게 오갈 데 없는 사람들을 위해서 이대길 집의 대문을 활짝 열었다.

"어서, 어서, 집 안으로 들어오라고 해라! 세상 팔도에 사람 목숨보다 더 중한 게 있다더냐?"

이대길이 급하게 재촉한다. 비를 흠뻑 맞은 동네 사람들이 하나둘 집 안으로 들어선다.

"온 동네 사람들이 들어와야 되니 차일도 내다가 쳐라!"

이대길이 마루에 나와 집안사람들에게 지시를 내린다.

"아이고 뭔 난리당가! 사람들은 안 죽었다냐?"

절골댁이 걱정스럽게 말을 하고 있을 때 갑자기 젊은 사람들이 집 안으로 뛰어든다.

"사람도 몇 명 죽고 거센 물살에 짐승들도 많이 떠내려갔는데 어찌 손을 쓸 수가 없었답니다."

갑자기 서두르는 목소리다.

"인철아! 인철아!"

다급하게 인철을 부른다. 인철이 보이지 않는다.

"김 서방! 김 서방!"

인철이 나타나지 않자 김 서방을 다급하게 부른다. 절골댁의 다급한 소리에 민정이가 먼저 달려오고, 이어 경자와 난동댁이 달려온다.

"남자들은 모두 물난리에 나가고 없그만요."

"그래, 그러겠지. 쩌그 작은집 송정댁은 어떻게 됐는지 빨리 알아보거라!"

"그러게요. 무사해야 될 텐데요. 마님! 제가 얼른 내려가 보겠습니다."

난동댁이 나선다.

"그러게! 얼릉 가 봐라. 큰물 가까이 가지 말아야 한다. 얼릉얼릉 조심해서 댕겨 오니라. 물을 피했으면 애들이라도 먼저 데리고 올라오니라."

"새언니! 나도 같이 갈래요!"

"애기씨는 안 돼요. 물이 무서워요. 여기서 큰어머니랑 기다리셔요."

"아이, 나도 가고 싶은데…."

민정이가 물난리를 구경하고 싶어서 따라나서려고 서두른다.

"그래. 민정이는 안 된다. 여기서 나랑 있자."

절골댁이 밖으로 나가려는 민정이를 재차 막아선다.

"큰어머니, 나도 가고 싶단 말이어요."

"글쎄, 안 된대도."

절골댁과 경자가 민정이 따라나서는 걸 극구 만류한다.

"어머님, 저희 댕겨올게요."

"그래. 물이 무서우니 조심해서 얼릉 댕겨오니라."

"예."

경자와 난동댁이 밖으로 급히 나간다. 도랑가 골목에 살고 있는 작은집 사람들이 물난리에 휩싸였을 텐데 걱정이 돼서 급하게 서두르는 것이다.

"모두 무사해야 될 텐데…."

혹시나 하는 생각에 절골댁은 안절부절못한다.

경자와 난동댁이 물에 흠뻑 젖은 송정댁을 부축하며 대문 안으로
들어선다. 송정댁이 기운이 없어 축 처져 있다. 비에 젖은 모습이 측
은해 보인다. 명일이도 뒤따라서 비에 젖은 몸으로 아이를 안고 뒤
따라 들어선다.

"아이고, 내 새끼들! 어서어서 올라오너라. 얼마나 놀랐을꼬!"

집 안에 들어서는 명일네 일행을 보자 걱정을 하고 기다리던 절골
댁이 반갑게 맞아 준다.

"예, 큰어머님."

기어들어 가는 소리로 송정댁이 대답을 한다.

"아이는 이리 주셔요."

먼저 경자와 난동댁이 아이를 받아 든다.

"얼마나 놀랐을꼬…"

절골댁의 환대에 송정댁은 고맙기만 하다.

"그래. 다친 데는 없느냐?"

"예. 갑자기 밀어닥친 물살에 몸만 피하였는데 아직도 정신이 하
나도 없습니다."

명일이가 정신을 차리고 대답을 한다.

"명일아! 니가 고상 많았다. 얼마나 놀랐을꼬? 그나저나 천만다행
이다. 갑작스런 물난리에 얼마나 고상을 했느냐? 어쨌든, 목숨을 건
져서 다행이다. 어서 안으로 들어가서 몸 좀 녹여라. 애를 춥지 않도
록 따뜻하게 해 줘라."

"감사합니다. 큰어머님!"

명일과 송정댁이 절골댁에게 인사를 하고 일행들이 행랑채로 몰려간다.

"마당에 무쇠솥을 걸어라."

"예. 예."

비가 계속 내리는 가운데 절골댁이 음식 만들기를 서두른다.

"서둘러라."

경자에게 재촉을 한다.

"예, 어머니."

"쌀을 계속 담가 놓게. 곧 사람들이 들이닥칠 텐데 밥을 빨리하려면 쌀을 미리 담가 놔야 할 것이야."

"예, 마님."

난동댁이 대답한다. 경자를 비롯하여 난동댁과 집안사람들이 모두 팔을 걷어 올렸다.

"비에 흠뻑 젖은 사람들에게는 따뜻한 음식이 최고니라. 어서어서 음식을 장만하거라."

"예. 마님"

비가 계속 내리는 중에도 한쪽에서는 음식을 장만하느라 바쁘게 움직인다. 비에 흠뻑 젖은 사람들이 계속 집 안으로 들어선다. 집이 떠내려가고 겨우 목숨을 부지한 마을 사람들이다. 갈 곳을 잃은 사람들에게는 은신처가 없다. 지대가 높은 곳으로 일단 피해야 한다. 당산나무를 기준으로 물에 잠기지 않은 집은 새뜸 골목이다. 물난리를 당한 동네 사람들이 지대가 높은 집으로 분산이 되어 피난을 왔다. 오포대 집에서 밥을 준다는 소문에 피난 온 사람들이 점점 많아진다. 가마솥에 밥을 계속 해 대며 뜨끈한 국물과 함께 마을 사람들에게 먹인다. 절골댁과 경자가 집안 식구들을 동원하여 먹을 것이 끊이지 않도록 한다. 오갈 데가 없는 동네 사람들을 모두 받아들인다. 마당에도 사랑채도 행랑채도 사람들로 발 디딜 틈이 없다. 그 와중에도 급하게 챙겨 온 세간들을 여기저기 풀어놓았다. 마당이 질퍽거렸지만, 짚을 깔고 천막을 쳤다. 몰고 온 가축들은 뒷문을 돌아서 뒷동산 언덕으로 몰아넣었다. 그곳은 나지막한 야산이다. 논밭과 이어지는 언덕배기는 훤하게 뚫린 동산이다.

"어서 오셔요. 이쪽으로 오셔요."

비에 젖어 잔뜩 움츠리고 있는 사람들을 반갑게 맞이한다.

"여기 국밥 좀 더 가져다 주셔요."

경자가 음식을 쟁반에 들고 가져온다.

"자, 많이 드셔요."

"예 감사합니다."

절골댁이 돌아다니며 배불리 먹으라고 독려한다.

"비를 맞아서 추울 텐데, 뜨거운 국물이라도 많이 드시게."

"예, 감사합니다."

새뜸 동네 다른 집에 피난을 한 사람들까지도 이곳으로 와서 요기를 한다. 대문 입구에서부터 긴 줄이 생겼다. 식사를 한 사람들은 오포대 집의 사람들만 만나면 고맙다는 인사를 하느라 연신 허리를 굽실거린다. 물난리로 오갈 데 없는 사람들을 받아 주고, 연일 밥을 먹여 주는 오포대 집이 연파리 사람들에게는 평생의 은인인 셈이다.

오포대 집의 사람들은 온 동네 사람들과 어울리면서도, 이렇게 어려울 때 도움을 준다.

히마리는 머리가 헝클어진 채 물에 흠뻑 젖어 있다. 등에 업힌 딸 미요코도 비에 흠뻑 젖었다. 히마리가 종종걸음으로 경자네 대문 안으로 들어선다. 평상시 끌고 다니던 나막신도 물속에서 잃어버린 채 맨발이다. 온몸이 비에 젖어 흡사 물에 빠진 생쥐 모양이다. 야스다도 짐을 어깨에 메고 뒤따라 들어온다. 집안 식구들의 시선이 이들 미요코 가족에게 집중된다. 점방을 운영하고 있지만, 평상시에도 말이 잘 통하지 않아 거리를 두고 지내 왔던 터라 말을 붙이기가 쉽지 않았다. 미요코 가족들도 쭈뼛거리기는 마찬가지다. 마을에서 어느 누구 하나 살갑게 지내 온 사람이 없었던 터다. 집 안에 들어서자마자 누군가를 찾는다. 히마리는 점방에서 몇 번 말을 주고받았던 경자를 찾고 있는 것이다. 경자가 히마리를 발견하고 먼저 달려 나간다. 인호도 미요코를 발견하고 눈을 크게 뜨고 달려 나간다.

"히마리상! 어서 오셔요!"

비에 흠뻑 젖은 히마리 손을 잡고 반갑게 맞는다.

"교코 상! 죄송합니다. 저희가 신세를 좀 져야겠습니다."

히마리가 경자에게 고개를 숙이며 감사 인사를 한다.

"아리가또 고자이마스(고맙습니다). 아리가또 고자이마스."

"원, 별말씀을요. 잘 오셨습니다. 이쪽으로 오셔요."

경자가 미안해하는 히마리 식구를 맞이하여 행랑채로 안내한다. 김 서방이 뒤따라 들어온 야스다를 맞이한다.

"어서 오셔요."

"하이, 아리가또 고자이마스."

야스다도 김 서방에게 허리를 굽혀 여러 번 인사한다. 김서방이 야스다의 짐을 받아 사랑채 마루에 놓는다. 우선 사람이 살고 봐야 할 상황이다. 식구 모두가 물속에서 살아난 것만도 다행이다. 이 물 난리 통에 갈 곳이 없는 사람들이다. 물난리에 잠기지 않은 집이 새 뜸에 더러 있기는 하지만 우선 급한 김에 히마리는 염치 불구하고 일본 말이 통하는 경자를 찾아 올라온 것이다. 평상시에는 점방에 들러 물건을 사는 일 외에는 말도 섞어 본 적이 없는 조선 사람들 아닌가? 일본 말이 유창한 경자가 떠올랐다. 다행히 경자가 사는 곳 이 오포대 옆 마을 꼭대기에 살고 있는 것이 천만다행이었다. 경자 가 거리낌 없이 환대를 해 주니 고맙기만 할 뿐이다.

인호는 미요코를 보자 그저 좋아서 어쩔줄을 모른다. 미요코가 우리 집에 올라왔다는 것만으로도 좋다. 미요코는 인호의 웃음에도 물에 젖은 몸이라 시큰둥하다. 인호가 제대로 보일 리가 없다.

"아이고, 어쩔까! 애가 비에 흠뻑 젖었네요. 이리 주셔요."

경자의 독촉에 히마리가 미요코를 내려놓는다. 경자가 비에 젖어 축 처진 미요코를 받아 든다. 인호는 조금 전과는 달리 비에 젖어 기운이 없는 미요코를 측은하게 바라본다. 김 서방이 얼른 달려가 행랑채 방문을 열어젖힌다. 경자가 미요코를 안고 방 안으로 들어선 다. 평소에도 사람이 많이 드나드는 집이라, 말끔하게 정돈된 행랑 채 방 안에 요를 깔고 가만히 눕힌다. 수건으로 젖은 몸을 닦는다. 물에 빠져 죽을 고비에서 벗어났지만 히마리는 미요코가 걱정된다. 교코상이 직접 미요코를 챙겨 주니 더할 나위 없이 미안하고 고맙기만 하다. 다행히 누워 있는 미요코가 움직인다. 미요코가 움직이자 마음이 놓인다. 교코상의 보살핌에 그저 고마울 따름이다. 경자가 미요코를 돌본 후, 자리에서 일어난다. 히마리가 일어나는 경자에게 깍듯이 허리를 굽혀 인사를 한다. 인호는 문지방에 기대어 방안에 누워 있는 미요코를 걱정 어린 눈빛으로 계속 바라본다.

"아리가또 고자이마스. 아리가또 고자이마스."

히마리가 연신 허리를 굽히며 경자에게 고맙다는 인사를 반복한다. 미요코를 챙기느라 히마리를 보지 못했던 경자가 히마리 손을 다시 굳게 잡는다. 히마리의 온몸이 아직 물에 젖어 있다. 히마리는 감격하여 눈물이 글썽거린다. 경자의 손이 따뜻하다. 타향에서 의지할 데 없는 긴박한 순간에, 손을 잡아 주는 경자가 고맙기만 하다.

"아이고 별소리를 다 하네요. 어쨌든 잘 오셨습니다. 얼마나 놀라셨어요. 다친 곳은 없나요?"

"하이. 아리가또 고자이마스."

히마리가 연신 허리를 굽히며 경자에게 감사 인사를 한다. 경자가 다시 앉아서 수건으로 미요코의 젖은 얼굴을 살며시 닦아 준다. 히마리도 함께 미요코의 젖은 몸을 닦아 준다. 미요코의 얼굴이 평온해진다.

"히마리상! 미요코에게 젖은 옷을 벗기고 얼른 새 옷으로 갈아 입혀야겠어요! 감기 걸리겠어요."

"하이!, 교코 상. 아리가또 고자이마스."

"내가 얼른 옷을 갖다드리겠습니다."

히마리가 경자에게 거듭거듭 허리를 굽혀 인사를 한다. 경자가 방을 나선다. 경자가 우선 급한 대로 옷을 가져다 히마리에게 건넨다.

"애가 춥겠어요. 얼른 젖은 옷을 벗기고, 갈아입혀야겠어요."

"하이!"

히마리는 경자에게 연신 고개를 숙여 고마움을 표시한다.

"교코 상, 고맙습니다."

"뭘요, 물에 온몸이 젖어 버린 데다가 체온이 떨어져 추울 텐데, 어서 젖은 옷을 벗기고, 갈아 입혀요. 물속에서 빠져나오느라 얼마나 경황이 없었겠어요. 서로 돕고 살아야죠."

"하이! 아리가또 고자이마스."

히마리는 연신 고맙다는 인사를 되풀이한다.

"어른들도 어서 젖은 옷을 갈아입어야겠네요. 방에 불을 지폈으니까 차차 따뜻해질 거여요. 따뜻한 곳에서 당분간 몸조리 잘 하셔요. 급한 일이 있으면 언제나 저를 찾으셔요."

"하이! 교코상, 고맙습니다."

경자가 얼른 옷을 갈아입으라고 재촉을 하면서 문을 닫고 나간다. 그나마 일본 말이 능숙한 경자는 성심성의껏 일본 말로 대하면서 불편하지 않게 미요코를 보살핀다. 마을 사람들과 말도 잘 통하지 않았는데, 이 물난리 통에 경자를 만난 건 구세주를 만난 것이나 다름없다. 고향을 떠나 타국에서 조선 사람들의 눈치만 봐 가며 살아가던 차에, 말이라도 통하는 경자와의 만남은 참으로 다행인 것이다.

사랑채와 행랑채를 왔다 갔다 하는 인호가 눈에 띈다. 물난리로 온 동네가 아수라장이고, 집 안에 동네 사람들까지 피난을 오느라 북새통을 이루고 있는데, 인호는 신이 났다. 학교에서 서먹하게 지내던 미요코가 인호네 행랑채 방 한 칸을 쓰게 되었기 때문이다. 미요코가 인호 집에 온 것만으로도 인호는 기분이 날아갈 것만 같다.

"인호야 큰 물가에 나가면 안 된다. 집 안에서만 놀아야 한다."

"예."

절골댁이 인호에게 타이른다. 물가로 가지 말라는 당부이지만, 인호는 미요코가 행랑채에 있는 것만으로도 밖에 나갈 생각이 없다.

둑을 넘쳐 흐른 물은 야스다 점방을 덮쳤다. 갑작스런 물난리에 겨우 허우적거리고 살아 나왔다. 물난리를 피하는 과정에서 물도 먹고 겁을 잔뜩 먹은 미요코를 업고 인호네 집 행랑채에 누워 물난리의 악몽을 가라앉히고 있는 중이다. 큰길 옆에 위치한 관계로 하마터면 죽을 뻔했는데, 겨우 식구들이 몸만 빠져나와 오갈 데 없는 신세가 되었다. 광의면에서 점방을 제일 크게 하는 야스다는, 넘친 물이 집을 덮치면서 수많은 물건들이 휩쓸려 가는 것을 가만히 볼 수밖에 없었다. 나중에는 집까지 폭삭 무너지는 바람에 아까운 물건들은 빼낼 틈도 없이, 식구들만 데리고 몸만 겨우 빠져나온 것이다. 점방 물건 중에 제일 비싸고 아까운 것은 소금 가마니였다. 소금 전매특허를 받은 점방이어서 소금을 잔뜩 들여놨었다. 여름 내내 간수를 빼서 가을에 비싸게 팔려고 했던 것인데, 물난리에 소금 가마니가 흔적도 없이 사라져 버렸다. 아까울 따름이다. 그러나 그 무서운 물난리에서 식구들을 무사히 데리고 살아 나온 것만으로도 다행인 셈이다.

인호가 사랑채로 다가가 미요코가 누워 있는 방 안을 들여다본다.

미요코가 입을 다물고 눈을 감은 채 누워 있다. 미요코의 얼굴이 천사 같기만 하다. 인호는 미요코가 빨리 일어나기만을 고대한다. 경자가 바쁜 와중에도 행랑채에 들러 미요코네 식구들을 챙긴다. 미열이 있는 미요코의 이마에 물수건을 올려 준다. 히마리가 경자에게 연신 굽신거리며 고마움을 표시한다. 인호는 형수인 경자가 미요코를 돌보는 것이 왠지 기분이 좋다. 인호는 잠자리에서도 온통 미요코가 깨어나기만 바랄 뿐이다. 미요코와 뛰어놀 궁리만 하느라 이불 속에서도 입가에 웃음이 번진다. 새침데기 미요코가 우리 집 행랑채에 누워 있다니, 인호에게는 이보다 더 좋을 수가 없는 일이다.

황필수가 대문을 들어선다. 옷이 물에 흠뻑 젖었다. 손에는 보퉁이를 들고 있다. 황 약방도 물에 잠겼다. 황필수도 급한 대로 피난을 왔다.
"형님! 신세 좀 져야겠습니다."
황필수가 이대길에게 허리 굽혀 인사를 올린다.
"그래, 어서 오시게! 그래 몸은 안 다쳤는가? 물건도 많았을 텐데 좀 건졌는가?"
이대길이 한달음에 마당을 가로질러 황필수를 맞이한다.
"워디요! 살다 살다 이런 물난리는 처음인디요. 워낙 갑작스럽게 들이닥친 물 때문에 급한 대로 몇 가지만 챙겨서 올라왔습니다."
황필수는 물이 들이닥치자 식구들을 대피시키면서도, 제일 귀중한 것을 챙겨 부랴부랴 집을 나왔다. 물난리가 나자, 세간살이와 수많은 한약재도 눈에 들어오지 않았다. 제일 먼저 한약 더미 속에,

비닐에 넣어서 깊숙이 숨겨 놓았던 서책 보퉁이를 챙겼다. 일가친척들과 함께 의논하여 보관해온 귀중한 자료인데, 목숨도 중요하지만, 서책 보퉁이를 포기할 수는 없는 일이다.

"잘 왔네. 큰 별고는 없었다니 그나마 다행이네."

황필수가 허리를 숙이며 나지막하게 이대길에게 말을 건넨다.

"형님, 긴히 드릴 말씀이 있는데요?"

"그런가? 우선 젖은 몸부터 추스르고 천천히 얘기함세나. 어여 들어가세."

이대길이 몸이 젖은 황필수를 행랑채로 안내한다. 행랑채에서 옷을 갈아입고 나온 황필수가 이대길 앞에 나선다. 황필수를 안방으로 안내한다.

"그럼, 어서 안으로 들어가서 이야기하세!"

이대길이 눈치를 채고 방으로 안내한다. 마당에는 많은 사람들이 오가고 정신이 없음을 안다. 황필수가 한 손에는 보퉁이를 꽉 쥐고 있다가 방바닥에 내려놓는다.

"편히 앉게."

"괜찮습니다."

황필수는 대수롭지 않다는 듯이 사양을 한다.

"그래, 물난리에 집 안이 다 잠겼을 텐데 식구들은 다 무탈한가?"

"예, 다행히도 다친 사람들은 없습니다."

"그래 다행이네. 사람이 제일 중한 것이니까. 귀한 한약도 많이 있었을 텐데…."

"제가 형님을 조용히 뵙자고 한 것은, 형님께서도 잘 아시는 매천 백부님에 관한 일입니다."

"매천 선생의 일이라고?"

이대길이 놀란 기색이다.

"예, 매천 백부님께서 조선 시대의 대문장가로 명성을 날리지 않았습니까?"

"그래 자네 백부님이신 매천은 조선 팔도의 제일가는 유명한 문장가가 아닌가?"

"그래서 사실은 매천 백부님께서 집필하신 서책 일부를 제가 보관하고 있었습니다. 『매천야록梅泉野錄』, 『오하기문梧下記聞』, 『동비기략東匪紀略』기록물 중 일부분입니다. 여러 가지 서책을 집안 어른들과 상의한 끝에 일본 형사 놈들의 눈속임을 하기 위해 매천 본가를 피해서 여러 군데에 나누어 보관하였는데, 그동안 저희 집에도 일부분 쥐도 새도 모르게 숨겨 왔습니다. 사실 형님께서 매천 백부와의 친분도 있으시고, 나라 잃은 설움을 누구보다도 잘 아시는 어르신께는 알려야겠기에 이렇게 말씀드립니다. 물난리가 아니었으면 모든 게 비밀리에 숨겨 보관하여야 할 터인데, 갑자기 닥친 일이라서 이렇게 형님께 알리고, 도움을 요청해야 할 것 같기에 급하게 싸 들고 왔습니다."

"그런가. 잘 왔네! 그럼! 그럼! 아무도 모르게 잘 보관해야지. 지금은 왜놈들한테 비밀로 해야 하네. 아! 그래야 후손들에게 피해가 안 가지. 매천 선생의 일이라면 열 일을 제쳐 두고서라도 도와야 되지 않겠나? 암! 그게 사람 사는 도리지. 암! 그렇고말고. 아! 자네도 알다시피 그 양반이 어떤 어르신인가? 조선 팔도를 통틀어, 조선이란 나라가 망하는 날 국가의 운명과 함께 순국한 사람이 어디 몇이나 있을라고? 이 나라의 선비다운 선비요, 온 나라 사람들이 알아주는 충절 지식인이 아닌가? 학교도 세우고, 제자도 가르치고. 난 그 어른 얘기만 나오면 가슴이 메인다네."

"…"

이대길은 말을 잠시 잇지 못한다. 매천 선생은 그만큼 구례 사람들 가슴속에 큰 영향을 끼쳤다. 수많은 위인들이 격문을 요청하고, 수많은 애국지사와 우국지사들을 칭송하는 찬사의 글을 남기고, 당대의 역사와 수많은 분야의 사실을 기록하여 기록물까지 남겼으니, 이대길도 숙연해질 수밖에 없다. 용호정 시우회에도 매천 선생의 끈으로 사람들이 모이고 독립운동을 쥐도 새도 모르게 하고 있지 않은가? 이대길은 본인 일처럼 책임감이 밀려온다.

"그래 자네와 나만 아는 사실로 해야 할 것 아닌가? 우리 집이라면 안심해도 될 것일세. 우리 집에 우선 숨겨 놓고 자네 집안 어른들과 함께 의논해서 처리하게. 내가 비밀은 절대로 보장하겠네. 걱정하지 말게. 그래, 그 보퉁이가 그것이란 말인가?"

"예, 형님!"

"그래, 그 보퉁이를 이리 주게."

황필수가 보퉁이를 이대길 앞에 놓는다. 이대길이 재빨리 벽장 안 깊숙이 숨기느라 일어선다. 아랫목 벽장문을 연다. 벽장문이 열리자 벽장 안에 또 다른 장롱이 눈에 띈다. 그 장롱에는 자물쇠가 달려 있다. 그 작은 장롱 속에 보퉁이를 감추고 벽장문을 닫는다.

"이젠 당분간은 안심해도 될 것이네. 그래 매천 선생 때문에 자네 집안사람들이 항상 일본 순사 놈들에게 감시의 대상이 되었지? 그럴수록 죽는데끼 하고 이 난국을 잘 이겨내야 되네. 이 나라가 언젠가는 독립이 되지 않겠는가?"

"그렇습니다."

"많은 젊은이들이 만주로 독립운동을 하러 떠나고, 중국에서는 임시정부가 활동을 넓혀 가고 있다네. 언젠가는 이 나라 이 강토가 일본 놈들의 속박에서 벗어날 수 있을 걸세. 자네도 아무쪼록 몸조심하길 바라네. 자네 백부이신 매천 선생이 어디 보통 사람인가? 일본 경찰 놈들은 자네 황 씨 집안을 뭔 꼬투리를 잡아서라도, 못 잡아먹어서 안달복달인 깨로⋯ 항상 몸조심을 하여야 하네."

"형님! 감사합니다."

황필수는 진심 어린 이대길의 걱정에 그만 눈물이 나오려고 하는 것을 겨우 참고 감사의 인사를 올린다.

"하늘도 무심하시지. 나라 잃은 설움에 물난리까지 났으니, 없는 어려운 살림에 얼마나 서러울꼬. 자네 집도 이젠 온통 물에 잠겼으니 시름이 많겠네. 자네 집을 새로 건수할 때까진, 우리 집에서 불편하지만 그냥 지내게."

"형님! 고맙습니다. 고맙습니다."

황필수가 이대길의 방에서 나온다. 매천의 한시는 창강 김영택이 중국 상해에서 이미 출간하였다. 한때, 매천집을 국내에서 간행하려고 이 얘기 저 얘기가 오고 갔었다. 그러나 일본 놈들이 판을 치는 이 시국에 매천집을 내는 것은 결국 반대에 부딪쳐 출간하지 못했다. 집안사람들과 쉬쉬하며 좋은 세상이 오면 발간하기로 하고, 원본을 감추기 위한 묘책을 꾀해 왔다. 일본 순사 놈들이 언제라도 구실을 만들어서 가택을 수사할지도 모를 일이어서, 문서 뭉치를 비닐에 넣어 싸매고 또 꽁꽁 묶어서 한약방 대청마루 밑 깊숙한 곳에 감추어 두었었다. 직계 식솔들에게는 나중에라도 발간하기로 기약하고 감춰 두었던 것이다. 이번 물난리로 인해 귀중한 자료를 잃을 뻔했는데 다행히도 화를 면한 것이다.

9

서시천

"**불**하고 물 중에 어느 것이 무섭냐 하면 물인기라. 불은 무서운 열기를 내며 활활 탈 때는 가까이 접근하기도 어렵거니와 무서워서 도망가지만, 재라도 남긴다. 그러나 물은 순식간에 몰려와 피할 수도 없거니와 아무것도 안 남기고 싹 쓸어 가 버린단다. 그래서 물을 잘 다스리기 위하여 천지신명께 비는 거란다."

절골댁이 물난리의 혼란을 떠올리며 말한다. 경자와 난동댁이 방 안에 둘러앉아 바느질을 하고 있다.

"그러게 말입니다, 어머니. 물이 그렇게 무서운 줄 몰랐습니다."

참으로 무서운 물난리였다. 물은 아무것도 남기지 않고 바닥까지 깨끗이 쓸어 가 버렸다. 그야말로 인정사정없이 모든 걸 휩쓸고 떠내려갔다. 연파마을은 순식간에 물에 잠기고, 건물이 폭삭 내려앉아 버렸다. 살림살이도 몽땅 물에 둥둥 떠내려가 버렸다. 물난리로 면사무소와 주재소까지 망가져 버렸으니, 수습을 하느라 마을 전체가 어수선하다.

서시천이 휑해졌다. 언제 물난리가 났는지 모를 만큼 홍수가 지나간 서시천은 군데군데 백사장이 드러나고, 굵은 자갈밭이 생기고 물길도 바뀌었다. 그야말로 말끔해졌다. 비가 그치고 물이 빠진 연파마을은 새뜸 언덕과 골안 언덕의 집들만 빼놓고 모두 엉망이 되었다. 주재소와 면사무소도 사무실을 학교로 옮겨 업무를 보고 있다. 물이 빠지자 다른 마을에서, 인근 면에서, 군에서까지 지원군이 도착한다. 부역賦役에 동원된 사람들이 서시천과 천은천 둑방 보수 공사를 하느라 땀을 흘리고 있다. 우선 천은천이 범람하지 않도록 면사무소 뒤편 담벼락을 높게 쌓았다. 또 서시천 물이 연파마을로 넘치지 않도록 둑방을 높게 돋우고, 연파마을 앞길도 넓혀 둑방길 위로 자동차가 다닐 수 있도록 확장을 한다. 다음은 서시천 범람으로 중방들 일부가 자갈투성이로 변해 버렸다. 물길이 지나간 자리는 자갈투성이가 되어 버렸다, 논과 밭이 형체가 없어져 버렸다. 자갈투성이 들판을 개간하다시피 복구해야 한다. 면민들을 동원하여 자갈을 골라내다 보니 곳곳에 자갈더미가 산더미처럼 솟아올랐다. 홍수 피해를 입은 중방들 일부는 돌을 골라내고 밭으로 개간할 참이다. 논이 있던 자리는 모래와 자갈이 뒤섞인 자갈밭으로 변했기 때문이다. 예전처럼 논으로 사용할 수는 없게 되었다.

임시방편으로 학교에 수재민들의 거처가 마련되었다. 한두 집도 아니고 백여 가구가 물난리에 집을 잃어버렸으니 다른 도리가 없었다. 이대길의 집에서 사나흘 숙식을 해결하던 수재민들도 학교로 옮겨갔다. 면 소재지라 워낙 많은 가구가 살던 마을이었으므로, 수재민의 수도 수백 명을 헤아린다. 먹을 것도, 끓여 먹을 냄비도 없는 마당에, 외부의 도움이 없이는 살아가기가 막막할 따름이다. 인근 마을에서 식량을 지원하고, 음식을 만들어 주고, 십시일반으로 물품을 내어놓는다. 적십자사에서 보낸 구호품과 의약품도 속속 도착한다.

마을은 온통 악취와 오물로 뒤범벅이 되었다. 사람들이 달려들어 오물을 걷어 내고, 골목을 정비한다. 물에 잠긴 집은 형체를 알아볼 수가 없을 정도다. 골목의 경계를 구분하기가 어려울 만큼 온 마을이 뒤죽박죽이다. 초가집이건 기와집이건 거의 다 폐허가 되어 버렸다. 하루속히 정비를 하고 집을 지어야만 한다.

여기저기서 공사가 한창이다. 물난리에 형체가 없어진 면사무소와 주재소를 먼저 짓는다. 이참에 공공 진료소를 지을 계획까지 내놓았다. 그러려면 땅이 필요하다. 이대길은 면장과 주재소 소장의 부탁을 받고 거절할 수가 없었다. 주재소 바로 코앞에서부터 오포대 언덕까지 모두 이대길의 전답인데, 그 한 군데에 진료소를 짓겠다는 것이다. 이대길이 통 크게 주재소 앞 전답을 희사했다. 그 땅에 신식으로 진료소 건물이 새롭게 만들어진다. 면사무소, 주재소, 진료소가 한꺼번에 지어진다.

"누락된 집은 없는지 다시 한번 더 점검해 보게."

이대길이 김 서방에게 재차 검토해 보라고 지시한다.

"예."

"우리 집 땅을 부쳐 먹은 집은, 한 집이라도 빠진 곳이 있으면 안되네. 물난리에 집도 폭삭 내려앉고 당장 먹을 식량이 한 톨도 안 남았을 텐데…"

이대길은 걱정이 태산이다. 마을 전체의 사람들을 모두 구제할 수는 없는 노릇이다. 며칠 동안 마당에서 마을 사람들에게 음식을 대접하긴 했지만, 그때는 우선 급한 대로 요기를 해결해 주었다. 물이 빠지고 무너진 집을 새로 복원하려면 억장이 무너질 일이 아니던가? 그러나 무엇보다도 당장 끼니를 해결하는 것이 우선이었다. 그것을 알고 있는 이대길은 마을 사람들에게 인심을 베풀기로 하였다. 우선 소작을 하는 사람들에게 먹을 식량을 나누어 주고, 그다음에는 물난리를 당한 마을 사람에게도 식량을 나누어 주기로 결심을 한 것이다.

"대감마님, 제가 여러 번 점검해 보았습니다."

김 서방의 목소리가 경쾌하다.

"풍족하지는 않겠지만 식량을 나누어 주게. 그들이 농사를 잘 지어야, 우리도 풍족해지는 거고, 그들이 배고프면 우리도 함께 배고파야 하는 게 인지상정 아닌가? 이번 기회에 광에 남아 있는 식량을 아낌없이 나누어 주게."

"예! 대감마님!"

김 서방의 목소리가 우렁차다. 대감마님이 큰맘 먹고 수해를 당한 소작인과 마을 사람들에게 식량을 나누어 주라는 말이 내 일처럼 반갑고 고맙기만 할 뿐이다. 마을 사람들을 대신해서라도 대감마님께 감사의 인사를 드리고 싶은 심정에 저절로 목소리가 높아진다.

새뜸샘에서는 여자들이 길게 늘어뜨린 두레박으로 물을 열심히 끌어올리고 있다. 사람들이 새뜸샘을 지나 식량을 받으러 언덕을 향하여 바삐 올라간다. 새뜸샘 여자들은 그 광경을 보며 부러운 눈으로 쳐다본다.

"오늘, 쩌그, 이 대감 집에서 곡식을 나누어 준다면서요?"

"그러게 말이어요. 물난리를 당한 집마다 모도 식량을 준다네…. 얼마나 고마운 일이여?"

"암, 고맙지, 고맙고말고…."

"그러게요. 하늘도 무심하시지는 않네 그려. 사람이 죽으란 법은 없는가 비여! 물난리에 끼니를 걱정해야 하는 판국인디… 참말로 다행이랑깨. 이렇게 고마울 데가 어디 있을라고?"

"부잣집이라고 쉽게 식량을 나누어 주기가 애롭지. 애롭당깨로… 이 대감 집은 더 큰 복을 받을 꺼구만요."

"맞아요! 그 복을 몇 배로 받을꺼구만요. 저렇게 없는 사람들을 생각해 줄 줄 아는 사람이 어디 있을라고…."

두레박을 끌어올리며 고마워서 눈물이 날 지경이다. 이대길 집에서 식량이라도 나누어 주지 않으면 쫄쫄 굶어야 할 판이다.

"아니! 왜 올라가지 않고…."

"왜 아니겠어요. 우리 집도 이 난리 통에 당장 끼니 끓일 것이 없는데… 우리 애들 아부지가 벌써 올라갔구만이라."

"그래. 나도 얼릉 물 질어다 놓고 빨리 구경하러 올라가 봐야 쓰겄

그망."

마을 사람들이 이대길의 사랑채 앞에 길게 줄을 섰다. 인영과 김 서방이 곡식을 나누어 주느라 바쁘게 움직이고 있다. 집안 일꾼들도 모두 동원되어 곡식 가마니를 푼다. 곡식을 받아 든 사람들이 허리를 굽혀 깍듯이 인사를 하고 돌아선다. 늦게 도착한 사람들이 줄을 서서 차례를 기다린다. 인철이도 인영이 옆에 서서 장부를 손으로 짚어 가며 체크한다. 김 서방이 옆에서 장부를 확인하며 고개를 끄덕인다. 김 서방이 다음 사람을 부른다.

"자! 다음 차례 오시오! 김소직 씨!"

"예! 예!"

김 서방이 김소직 씨 얼굴을 확인한다.

"오셨어요?

"예."

"이쪽에서 한 자루 받아 가시면 됩니다."

김 서방이 사람들을 호출하여 얼굴을 확인하고 옆에 있는 집안 일꾼들에게 곡식 자루를 내주라는 신호를 보낸다. 이를 확인한 일꾼들이 곡식 자루를 내준다.

"이쪽으로 오시오!"

"예, 예, 감사합니다."

곡식 자루를 받아 든 사람들이 허리를 굽혀 인사를 한다. 이 난리통에, 먹을 양식마저 없는 마당에 곡식 한 톨이 얼마나 소중한가? 인영이 장부를 확인하고 김 서방에게 다시 신호를 보낸다. 김 서방이 알아차리고 고개를 끄덕인다.

"자! 다음 사람! 장기석 씨?"

"예! 예!"

"오셨어요. 이쪽으로 오시오!"

"감사합니다."

쌀을 주기도 전에 인사부터 먼저 한다.

"고맙다는 인사는 내가 받을 게 아니고, 우리 대감마님이 받아야 할 꺼구만요. 허! 허! 허!"

김 서방이 자루를 건네주면서 확인하고 웃으면서 하는 소리다. 차례차례 마을 사람들에게 곡식 자루를 나누어 주면서 웃음꽃이 활짝 피었다. 나누고 베푸는 일은 흐뭇하다. 드디어 소작을 하는 집마다 쌀을 나누어 주는 일이 끝났다. 그 소문은 삽시간에 마을 안에 퍼졌다.

날이 밝자 대문 밖 골목에는 주민들의 긴 줄이 늘어서 있다. 소작을 하지 않은 주민들에게도 혹시나 식량을 나누어 주는 것은 아닌가 기대를 하고 있다. 마을 사람들이 웅성거리며 대궐집 대문을 향하여 목이 늘어져라 기다리고 있다. 정부에서 주는 구호품은 언제 도착할지 모른다. 김 서방이 대문 밖으로 나와 주민들의 긴 행렬을 바라보고, 다시 대문 안으로 들어선다. 이대길에게 다가가 대문 밖 상황을 보고한다. 상황을 보고 받은 이대길이 먼 산을 바라보며 한참 동안 고민을 한다. 고민하는 시간이 길어진다. 고민 끝에 이대길이 돌아서서 김 서방을 부른다. 김 서방에게 광 안에 있는 곡식을 마을 주민들에게 나누어 주라는 지시를 내린다. 김 서방이 일꾼들에게 광에 있는 곡식 자루를 꺼내 오도록 한다. 곡식 자루에서 보리쌀을 마을 주민들에게 한 됫박씩 나누어 준다. 곡식을 나누어 주자 주민들의 얼굴은 기뻐 어쩔 줄을 모른다. 비록 보리쌀 한 됫박이지만 목숨을 살릴 수 있는 양식이다.

"고맙습니다. 고맙습니다…."

허리를 굽히며 고맙다는 인사를 연거푸 한다. 세상에 산목숨은 죽으라는 법이 없다. 이런 재난에 보리쌀 한 됫박이야말로 사람의 목숨을 살리는 보약이나 마찬가지다.

"김 서방."

"예."

"산에 갈 준비는 다 되었는가?"

"예."

"자네가 오늘 나무를 베어 오는데 잘해야 되네. 크고 튼실한 것들로 베어 오게. 이참에 산판도 잘 둘러보고 오게. 이번 비에 산판에 산사태는 없는지? 산꼭대기까지 올라가서 둘러보고 오게."

"예. 산판 전체를 둘러보고 오겠습니다. 그럼 다녀오겠습니다."

"조심해서 댕겨오고, 인부들도 잘 챙기게."

"예."

"인철이도 동생들과 함께, 김 서방 따라서 산판에 다녀오너라."

"예."

산에서 나무를 베어오는 일이라서 이대길이 이른 아침부터 분주하다.

"대감마님. 나무를 베어 오려면 일꾼이 많이 필요할 것 같습니다. 어떻게 할까요?"

"일꾼이 필요한 만큼 동네 장정들을 알아보게. 산판일이라 위험하고 힘들 터이니, 품삯을 두 배로 쳐서라도 일을 시키게. 알겠는가?"

"예, 대감마님. 잘 알겠습니다."

동네 장정들과 함께 집안 식구들 모두가 나선다. 이대길 집안의 문중 산 산판에서 아름드리 소나무를 베어 나른다. 이대길의 집안 문중 시제를 모시는 시제 묘 둘레에 빽빽이 들어선 아름드리 소나무도 절반 정도 베어 왔다. 그 나무들을 면사무소와 주재소, 그리고 동각을 짓는 데도 회사했다. 집 뒤뜰의 수백 평 대밭 대나무도 절반 이상 솎아서 마을에 기증하였다. 대나무는 집을 짓는 데 요긴하게 쓰인다. 서까래 위에는 물론이고, 기둥 사이사이 흙벽을 만들려면 대나무나 싸리나무를 엮어서 가벽을 만들고 거기에 황토 흙을 발라야 한다. 면사무소 마당에 소나무와 대나무가 산더미처럼 쌓였다. 모두 이대길이 기증한 것이다. 이 동네 제일 부잣집인 만큼 제일 많은 회사를 한 셈이다. 서까래용 아름드리 소나무와 벽을 만드는 데 필요한 대나무를 회사한 일로 인근 각지에 소문이 퍼졌다. 수해를 당한 사람들 중에는 이웃사촌도 있고, 문중 사람들도 있어서 이대길은 기꺼이 회사를 했다. 다행히 문중 묘가 접근성이 좋아, 문중 묘를 둘러싸고 있는 아름드리 소나무를 수월하게 베어 나를 수 있었다. 이대길은 가슴이 뿌듯하다. 집안 선친들의 지혜로 많은 나무를 심어놓은 것이, 이런 어려운 때를 만나 빛을 발할 수 있게 되어 더더욱 기쁘다. 모두가 십시일반으로 집을 짓는 데 힘을 모았다.

탁 탁 탁 탁 탁…

망치 소리가 요란하다. 초가집 일색이었던 동네에 기와집도 군데 군데 들어서고 있다. 온 동네가 집을 재건하느라 바쁘게 움직인다. 천은사에서도 집을 짓기 위한 나무를 지원했다. 천안골에서 베어온 아름드리 소나무가 속속 면사무소 앞 광장에 도착한다. 어느새 면사무소 앞 광장은 나무들이 산더미처럼 쌓여 있다. 집을 새로 짓는 집집마다 재목이 골고루 지원됐다.

다행히도 공동 우물은 지대가 높은 곳에 위치하여 홍수에 잠기지 않았다. 그래서 식수를 구하기 위해 온 동네 사람들이 새뜸샘에서 두레박으로 물을 퍼 올리기 위해 하루 종일 북새통이다. 물을 길어 가기 위한 물동이들이 줄지어 놓여 있다. 물동이를 이고, 또 지고 가는 사람들로 새뜸샘도 몸살을 앓는다.

서시천은 물길 폭이 조금 더 넓어지긴 했지만, 홍수가 언제 지나 갔느냐는 듯이 예전처럼 유유히 제 모습을 찾아간다. 구불구불 휘몰아 가는 물길이 홍수가 나기 전의 물길과 다른 방향으로 모양새를 갖췄다. 장마 때 둑이 넘치면서 붉덩물이 거세게 흘러내리던 서시천은 기억 속에만 존재한다. 언제 홍수가 나서 둑방이 넘쳤는지? 아수라장이 되어 사람들이 죽어 나가고 동물들이 떠내려갔는지도 모를 만큼 고요하기만 하다. 엄청난 붉덩물 속에는 지리산에서 내려온 수많은 흙과 돌을 함께 몰고 왔다. 백사장이 새로 생기기도 하고, 자갈밭이 생기기도 하였다. 그러면서 자연스럽게 물길이 바뀌었다. 장작소의 집채만 한 바윗덩어리와 선월리 정자 아래 거대한 바윗돌은 이번 홍수에도 휩쓸려 가지 않고 우뚝 서 있다.

서시천 둑방을 보수하느라 면민 전체가 동원되어 축대를 쌓고 길을 낸다. 홍수에 휩쓸려 흔적도 없이 사라져 버린 서시천 군데군데에 보를 재건하는 데도 수많은 사람이 동원된다. 광의면 연파리와 용방면 선월리를 잇는 섶다리와 징검다리도 새로 만들었다. 물길이 지나가는 곳에는 통나무와 소나무로 얼기설기 엮어 만든 섶다리 위에 나뭇가지를 얹고, 그 위에 황토를 깔았다. 서시천을 건너지르는 울퉁불퉁한 자갈길에는 우마차가 다닐 수 있는 길도 다듬어졌다. 장터를 건너다니는 천은천에도 통나무 다리가 튼튼하게 세워져 우마차가 지나다닌다.

명일이네 집은 흔적도 없이 사라져 버렸다. 평바대들 끄트머리에 있는 질매재 산막으로 임시 거처를 옮겼다. 봄과 가을에 누에고치를 키우는 산막이다. 질매재는 이대길 집에서 가장 가까운 선산이 있는 까끔(야산)이다. 물난리로 집이 없어진 마당에, 명일이와 송정댁은 아이를 데리고 질매재 산막으로 들어와 기거를 한다. 송정댁이 개울에서 물을 길어 물동이를 이고 산막으로 향한다.

"어영차! 어영차! 어영차…"
장정들이 나무를 어깨에 메고 운반하면서 내는 소리다.
텅 텅 텅…
집터를 잡기 위해 무거운 돌을 내리치며 터를 다지는 소리다.
탕 탕 탕 탕 탕…
망치 소리가 요란하게 울린다. 모두가 자기 형편에 따라 집을 짓느라 각기 분주하다. 담장도 새로 쌓고 골목길도 다듬는다. 날이 갈수록 동네는 깔끔하게 단장되어 가고 있다.

당산나무 옆 초가집에 명일네가 자리를 잡았다. 질매제 산막에서 지내던 명일네가 거처를 '독바위' 집으로 옮겼다. 새로 집을 지을 만한 형편은 못 되어 당산나무 옆에 있던 초가집을 보수한 것이다. 큰집에서도 가까운 곳이다. 당산나무를 지나 언덕이 시작되는 입구에 큰 바위를 다듬어서 그 위에 지은 초가집이다. 처마 밑에서 마당으로 내려서면 마당의 절반은 바위가 놓여 있는 형태다. 이처럼 특이하게 자리를 잡아 지어진 집이라서 예전부터 독바위 집이라고 불렸다. 울타리는 싸리나무를 엮어서 만들었다.

김 서방이 어깨에 메고 온 곡식 자루를 마루에 올려놓는다. 절골댁과 경자가 살림살이를 챙겨 집 안으로 들어선다. 명일과 아이를 업은 송정댁이 큰어머니인 절골댁을 향해 허리를 굽혀 한참 동안 인사를 한다. 큰집의 도움이 없었다면, 이 초가삼간이라도 장만할 수 없었기에 명일이는 큰어머니에게 더욱더 고마움을 표시하는 것이다. 집안 피붙이라고 챙겨 주는 것이 고마울 따름이다. 경자가 아이를 업고 있는 송정댁에게 다가와 손을 잡아 준다. 송정댁이 고개를 연신 숙이며 고마워 어쩔 줄을 모른다. 경자가 업고 있는 아이에게 눈을 맞추며 송정댁을 다독인다. 그동안의 맘고생을 격려하는 것이다.

미요코네 집도 완공이 됐다. 일본풍을 본떠 근사한 2층 양옥집이 생겼다. 일본식 집은 한옥과 달리 나무를 많이 사용한다. 검은 기와

지붕 외에도, 외부를 온통 나무로 덮었다. 외부에서 보면 나무로만 집을 지은 것 같이 보인다. 나무에 검은색 칠을 하여 '검은 집'이라 불릴 정도로 온통 집이 검은색으로 빛난다. 동네 사람들은 물론이고 이웃 마을 사람들까지 특이하게 지어진 일본식 2층집을 구경하기 위해 몰려들었다. 일본식 목조건물 2층집은 연파리의 구경거리가 된다.

"와!"

"일본식으로 진 집이라마. 그렁깨로 겁나게 좋게 생겼그만."

2층집 '검은집'이 유난이 돋보인다. 집 주위에 몰려든 주민들이 호기심 어린 눈으로 2층집을 바라본다.

경자가 2층집 주위를 두리번거리다가 대문 안으로 발을 들인다.

"교코 상! 어서 오십시오!"

기모노 복장으로 단정하게 차려입은 히마리가 웃으면서 경자에게 공손하게 인사를 하며 반갑게 맞이한다. 야스다도 뒤늦게 경자가 집 안에 들어서는 걸 본다. 다가와 웃으면서 공손히 인사를 한다. 집 안은 말끔하게 단장되어 있다. 집 안에 들어서자마자 마당을 가득 채운 정원이 먼저 눈에 들어온다. 일본식 정원을 처음 본 경자가 집 안을 놀란 눈으로 둘러본다. 일본식 정원을 비롯하여 마당이 없는 집 안을 천천히 둘러본다. 대문 앞에 조그만 여유 공간이 마당을 대신하고 있다. 마당은 잔디로 채워져 있다. 정원 안쪽에는 연못이 만들어져 있다. 몇 그루의 나무와 꽃을 아기자기하게 심어놓은 이국적인 정원이다. 구경하는 사람의 마음을 사로잡는다. 정원에 백목련이 활짝 피어 경자를 반긴다. 하얗게 핀 백목련이 고고한 자태를 뽐내고 있다. 경자가 백목련에서 눈을 떼지 못한다. 처음 보는 신기한 꽃이다. 연못으로 난 길이 본채의 부엌이며 안방 앞까지 이어져 있다. 아래채의 처마까지 정원이 이어져 있다. 본채와 아래채를 지었는데 아래채는 한옥의 형태를 취한 기와집이고, 본채는 일본풍으로 이층집을 지었다. 본채와 아래채를 연결하여 대문을 만들다 보니, 골목에서 안을 들여다볼 수가 없는 구조다. 대문을 통해 들어서야만 집 안을 볼 수가 있다. 대문도 나무로 된 검정색 대문이다.

백련꽃에 매료되어 있는 경자를 히마리가 웃으면서 바라보고 있다. 히마리가 경자를 따라다니며 안내한다. 천천히 정원을 둘러본 후 본채 마루로 향한다. 유리창으로 닫혀 있는 마루 미닫이문을 스스르 열어젖힌다. 나무로 된 마루가 보인다.

"오르시지요."

머뭇거리는 경자에게 마루로 오르기를 권한다. 경자가 먼저 마루에 오르기를 주저하자 히마리가 먼저 마루 위로 올라서서 경자를 안내한다. 마루에 오르자 안방이 훤하게 보인다. 다다미를 깔아 놓은 방이 깔끔하게 보인다. 윗방도 마찬가지로 다다미로 되어 있다. 안방 바깥으로는 점방이다. 안방 창문을 통하여 점방 전체가 보인다. 안방과 윗방을 연결해 주는 마루에는 2층으로 올라가는 계단이 놓여 있다. 긴 마루 끝부분에 내부로 계단을 만들어 2층으로 오를 수 있게 했다. 안방을 보면서 마루 위를 걷는다. 계단을 통하여 2층에 오르자 긴 복도가 나타나고 아래층 구조와 같이 두 개의 방으로 이루어져 있다. 2층 방 안에도 바닥에는 다다미를 깔았다. 방바닥이 시원한 감촉으로 다가온다. 서쪽으로는 유리창문을 냈는데 창문을 통하여 연파보와 서시천과 광의장이 한눈에 들어온다. 저 멀리 장정지 느티나무까지 그야말로 멋진 풍광이 펼쳐진다.

"어머나! 풍광이 너무너무 아름답습니다."

경자가 창문 너머로 보이는 풍광에 감탄사를 쏟아 낸다. 한 폭의 수채화를 그려 놓은 듯하다. '검은집'은 밖에서도 근사하지만, 집 안에서 밖을 바라보는 풍경이 더 좋다. 계단을 통해 1층으로 다시 내려온다. 1층 윗방으로 안내를 받는다. 다다미방의 감촉이 매끄러우면서도 발바닥까지 시원하다. 미끄러워 넘어질까 조심조심 발을 내딛는다.

"이리로 앉으셔요."

다다미방 안으로 조심스럽게 들어서는 경자에게 히마리가 자리를 권한다. 경자는 일본풍의 집 안이 신기하여 천장이며 방 안을 찬찬히 둘러본다.

"집을 참 잘 지었네요. 정원과 연못도 예쁘고, 집 안도 그렇고… 방 안이며… 방바닥까지 깔끔하게 잘 꾸몄네요. 고생 많으셨겠어요."

"감사합니다."

경자의 치사에 히마리가 감사의 말을 전한다. 경자가 방바닥을 손바닥으로 쓰다듬어 본다. 다다미 바닥이 보드랍고 미끌거린다.

"방바닥이 특이하네요."

"예. 일본 전통 방식의 다다미방이라고 합니다."

"방바닥 감촉도 너무나 좋습니다. 다다미가 방 안 전체와 깔끔하게 어우러져 시원스런 감촉이 납니다."

"그렇습니까. 감사합니다."

"집도 너무너무 훌륭합니다. 아기자기한 정원이며 2층에서 바라보이는 풍광이야말로 너무너무 멋집니다."

"그렇습니까. 감사합니다. 교코 상의 마당에서 연파리 동네 전체와 서시천, 중방뜰을 바라보는 풍광에 비하겠습니까? 그거에 비하면 아무것도 아닐 텐데요?"

"아닙니다. 히마리 상의 2층에서 바라보는 풍광이야말로 너무너무 멋집니다. 바로 눈앞에 보이는 서시천과 흐르는 물소리까지 들려서 시원해 보입니다. 장정지의 당산나무가 저토록 아름다운 줄 미처 몰랐습니다."

"그렇습니까. 감사합니다."

"집 안을 구경하게 해 줘서 감사합니다."

"뭘요. 지난해 물난리 때 저희 가족을 돌봐 주신 은혜에 다시 한 번 감사드립니다. 그때 교코 상이 저희 가족에게 베풀었던 후의를 생각하면 평생 잊을 수가 없습니다."

"별말씀을 다 하십니다. 어려울 때 서로 돕고 지내는 게 이웃 간의 도리가 아닐는지요."

경자의 이웃 간이라는 말에 히마리는 기분이 좋아진다. 일본 사람이 하는 점방 주인이라고 사람들이 히마리네와는 되도록 멀리했다. 친하게 지내려고 하지도 않았다. 경자가 이렇게 집에까지 찾아와 주니 고맙기 그지없다. 히마리가 일어나서 차와 과자를 가져온다. 무릎을 꿇고 공손히 컵에 차를 따라 경자 앞에 가져다 놓는다. 히마리가 정성을 쏟는 모습이 경자의 눈에 들어온다.

"좀 드셔 보셔요."

히마리의 환대에 경자가 고개를 앞으로 숙이며 감사의 표를 한다. 히마리도 경자의 묵례에 따라서 함께 묵례를 한다.

"일본에서 유명한 차와 과자입니다. 드셔 보십시요."

"고맙습니다. 히마리 상 덕분에 귀한 차를 대접받는군요."

"별말씀을요…. 천천히 드십시오."

경자가 천천히 찻잔을 코끝으로 가져간다. 고혹한 차의 향기를 음미한다. 찻잔을 입으로 가져가 한 모금 머금고 맛과 향을 음미하며 천천히 삼킨다.

"차 맛이 일품입니다."

차 맛이 일품이라는 표현에 히마리가 만족해하며 웃음을 짓는다.

"감사합니다. 과자도 좀 드셔 보셔요."

"예."

경자가 과자를 한 입 베어 문다. 과자 맛이 달달하다. 입안에 침이 가득 고이며 과자 맛에 푹 빠져든다.

"과자가 달달하니, 참 맛있네요."

"감사합니다. 일본 과자가 좀 달달합니다."

인호와 미요코가 장난을 치며 집 안을 뛰어다닌다. 경자와 히마리가 아이들을 보며 웃는다. 둘이 집 안을 뛰어다니는 모습을 히마리와 야스다가 웃으면서 바라본다.

미요코와 인호가 1층 마루를 우당탕거리며 달린다. 단숨에 2층 다다미방에 올라왔다. 창 너머의 멋진 풍광을 구경하느라 신이 났다. 창문을 열어 둔 채 장터를 바라본다. 연파보 건너편에 위치한 가축전이며 도축장까지 한눈에 들어온다. 장날만 되면 가축 소리가 들리는 것까진 좋은데 도축장에서 소나 돼지를 잡느라 짐승들이 죽어 가면서 지르는 괴성이 바로 옆에서 들리는 듯하여 소름이 끼친다. 짐승들의 꽥! 하는 비명 소리가 나면 창문을 닫고 방에서 도망을 간다. 1층 점방도 더 넓어졌다. 많은 물건들을 들여와 광의면에서 제일 큰 점방으로 변했다. 유리로 된 신식 창으로 개조하여 밖에서 보아도 점방 안이 훤히 들여다보인다. 큰길을 오가는 사람들이 점방의 물건을 구경하느라 들락거린다. 장날만 되면, 미요코네 가게는 물건을 사려는 사람들과 일본식 2층 '검은집'을 구경하기 위해 사람들로 북새통을 이룬다.

땅 땅 땅 땅 땅….

대장간에서 나는 망치 소리가 계속해서 들린다. 미요코와 인호가 그 소리가 나는 쪽으로 발길을 돌린다. 대장간 앞에 자리를 잡고 앉아 망치질하는 모습을 바라본다.

땅 땅 땅 땅 땅….

벌겋게 달궈진 쇳덩어리를 망치로 두들겨 댄다. 뭉툭한 쇳덩어리를 망치로 수십 번 내리친다. 대장장이의 모시 적삼은 땀으로 흥건해진다. 벌겋던 쇠뭉치가 납작해지면서 거무튀튀한 농기구가 모양새를 갖추자 찬물에 담근다. '치지직' 뜨거운 쇠붙이가 하얀 수증기를 내뿜는다. 식힌 쇳덩이를 다시 불 속에 집어넣고, 벌겋게 달궈진 쇳덩이를 꺼내 망치질을 계속한다. 담금질을 여러 번 반복하자 괭이와 호미가 제 모습을 갖춘다. 대장간에는 이미 만들어진 수많은 농기구들이 가지런히 세워지거나 선반에 걸려 있다. 쇠를 달구기 위한 풀무질이 계속되고, 달군 쇠에 망치질을 가하여 농기구가 만들어지는 광경을 보려 아이들이 몰려든다.

이번에는 형형색색의 포목전을 들여다본다. 포목전 안에서는 바느질로 옷을 만드느라 사람들의 손길이 분주하다. 자를 들고 치수를 재어 옷감을 자른다. 한쪽에서는 옷감을 흥정하느라 정신이 없다. 사람들 틈을 헤집고 미요코와 인호가 장 구경을 하느라 신이 났다.

"자! 오늘 아침에 여수에서 올라온 싱싱한 생선입니다. 구경하셔요."

어물전은 가지런히 진열해 놓은 생선으로 그득하다. 소금에 절인 생선도 즐비하게 늘어서 있다. 건어물 전에는 말린 미역이며, 말린 생선, 말린 조갯살… 수많은 건어물이 쌓여 있다. 잡화점에는 다양한 그릇들과 수백 개가 넘는 장독들이 하늘 높은 줄 모르고 켜켜이 쌓여 있다. 고깃간에는 금방 잡아 핏물이 뚝뚝 떨어지는 고기가 걸려 있고, 술국이 펄펄 끓고 있다. 그 안에서 장꾼들이 모여 앉아 왁자지껄 술잔을 나눈다. 새벽부터 붐비던 가축전은 거간이 끝나고 많은 가축들이 팔려 나갔다. 장날마다 가축전에서는 많은 거래가 이루어진다. 도축장에서는 가축들 소리로 아우성이다. 주로 소와 돼지인데, 도축장으로 끌려 들어가지 않으려고 버티는 놈들과 도축장 승호 아저씨의 밀고 당기는 싸움이 한참 동안 벌어진다. 승호 아저씨는 도축장 일을 거들며, 도살을 맡고 있는 총각 아저씨다. 옷 매무새는 어깨와 배가 드러나게 대충 걸쳐 입었고, 짙은 눈썹에 얼굴은 넓적하여 험상궂은 모습이다. 도축장 안에서는 가축을 움직이지 못하도록 단단히 묶어 놓고 도끼로 내려친다. 괴성을 지르던 가축들은 도끼 한 방에 이내 잠잠해진다. 핏물이 도축장 안에 흥건히 고여 있다. 칼에 난도질당한 선혈이 낭자한 고깃덩어리를 어깨에 멘 채 푸줏간으로 나른다. 승호 아저씨의 옷은 피투성이가 되어서 옷인지 핏덩인지 분간이 안 될 정도다. 누더기를 걸친 윗도리와 피투성이가 된 바지를 걸치고 고기를 나른다. 인호와 미요코는 얼굴을 찡그리며 도축장을 떠난다.

파릇한 푸성귀가 쌓여 있는 청과 시장을 건너고 빵집을 지나 쌍방앗간을 지난다. 장터 외곽의 쌍방앗간에도 사람들로 북새통이다. 윙윙거리며 현대식 발동기가 요란하게 돌아간다. 쌍방앗간은 최근에 일본에서 기계를 들여온 최신식 방앗간이다. 디딜방앗간이 없어지고 쌍방앗간이 생기면서 광의와 용방 지역, 심지어는 산동에서까지 사람들이 쌍방앗간을 찾아와 문전성시를 이루는 곳이다. 쌍방앗간에서는 곡식을 도정하는 것은 물론, 방아를 찧어 떡을 만든다. 그 전에는 집안에서 일일이 절구통이나 디딜방아로 쌀가루를 빻아 체에 치고, 솥에 쪄서 일일이 손으로 비벼 가래떡을 만들었다. 이제 신식 기계에 쌀을 넣기만 하면 순식간에 가루가 되어 나온다. 또 다른 기계에 찐 떡쌀을 넣어 눌러주기만 하면 가래떡이 보기 좋게 뽑아져 나오는 게 신기하기만 하다. 아이들도 그걸 구경하러 쌍방앗간으로 몰려든다. 미영(목화)도 물레에 돌려 씨를 분리하던 것을 통째로 기계에 넣기만 하면, 미영 씨앗을 자동으로 분리해 낸다. 그 솜으로 이불솜을 만들 수 있다. 수작업에 의존하던 솜이불도 이 방앗간에만 오면, 뭉치지도 않고 평평한 이불솜 한 채가 뚝딱 만들어진다. 참기름, 들기름도 신식 기계로 압착하여 기름을 뽑아낸다. 그래서 5일마다 광의 장날만 되면 쌍방앗간에는 사람들로 발 디딜 틈이 없다. 인호와 미요코가 쌍방앗간을 지나 둑길을 따라 걷는다. 서시천이 인호와 미요코를 반긴다.

태양이 뜨겁게 내리쬐는 자갈밭에 미요코와 인호가 다정하게 앉아 있다. 서시천은 장마 때와는 다른 딴 세상이다. 물길도 새로 바뀌었고 백사장과 새로 생긴 자갈밭은 은빛으로 태양과 함께 눈부시게 반짝거린다. 물길이 빠르게 흐르는 경사진 지역도 있지만, 물길이 둥그런 모양새를 만들며 휘둘러가는 곳은 유유자적하다. 중방들에 물을 대기 위해 인근 마을 사람들을 동원하여 허문보가 다시 만들어졌다. 물길이 보에 막혀 잠시 머무르는 곳이다. 인호가 몸을 낮추어 물수제비를 뜬다. 물 위로 돌이 통통 튕기면서 날아간다. 돌이 튕겨져 나간 자리에는 물보라가 인다. 제법 물수제비가 서너 번씩 만들어지다 물속으로 고꾸라지고 만다. 물수제비를 구경하던 미요코가 박수를 치며 좋아라 한다. 미요코도 인호를 따라서 돌을 하나씩 가볍게 던져본다. 물수제비는 만들어지지 않고 '퐁당' 물방울이 튀어 오른다. 서너 개의 작은 돌을 물속에 퐁당 빠트리고 만다.

둘은 한참을 말없이 냇가에 앉아 있다. 허문보를 넘쳐흐르는 냇물을 바라본다. 서시천에 흐르는 물은 인호와 미요코와 함께 흐른다. 한참을 말이 없던 미요코가 먼저 일어난다. 인호도 따라 일어선다. 잠자리채를 가지고 나비를 잡느라 서시천을 뛰어다닌다. 인호와 미요코가 둑방 아래서 고개를 숙이고, 살금살금 풀밭 위에 앉아 있는 나비를 잡기 위해 숨죽이며 다가간다. 인호가 나비를 덥석 낚아챈다. 인호가 나비를 잡자 미요코가 뛸 듯이 박수를 치며 좋아한다. 나비를 미요코의 손에 조심스럽게 건네준다. 미요코는 얼굴을 찡그리면서도 함박웃음을 짓는다. 인호가 메뚜기며 방아깨비를 잡아 계속 미요코에게 건네준다. 그럴 때마다 미요코와 인호는 함께 웃는다. 둑방 아래쪽에 지천으로 깔려 있는 토끼풀의 꽃봉오리를 딴다. 그 꽃봉오리로 꽃시계를 만든다. 인호가 그것을 미요코 손목에 채워 준다. 손목에 꽃시계를 찬 미요코가 손을 하늘로 향해 치켜세우면서 미소를 짓는다. 고맙다는 표시이고, 자랑하고픈 마음에서다.

미요코는 두 팔을 벌려 잠자리 모양을 한다. 하늘을 모두 품을 듯 숨을 크게 들이쉬며 달린다. 세상을 다 얻은 듯한 행복한 모습이다. 인호가 미요코를 잡으러 뒤를 따라 달린다. 미요코는 인호에게 금방 잡히고, 서시천 둑방을 나뒹군다. 둘의 웃음소리가 서시천과 온 들녘에 퍼져 나간다.

인호가 자전거를 타자 미요코가 자전거 뒤에 걸터앉는다. 자전거가 서서히 움직인다. 서시천을 배경으로, 양옆에는 지리산 계곡들이 이들의 페달에 힘을 보태 준다. 시원한 바람을 일으키며 달리는 자전거가 하늘을 나는 백로 떼와 함께 날아간다. 하늘로 자전거가 날아올라 간다. 그럴수록 미요코는 인호의 허리를 더 세게 움켜잡으며 인호의 등에 머리를 기댄다.

　대홍수가 미요코와 인호를 더욱 가깝게 만들었다. 인호네 집에
서 물난리를 피해 행랑채에서 며칠 동안 머문 후로, 둘이 붙어 다니
는 기회가 잦아졌다. 해가 넘어가고, 들판에 인적이 드물 때 장정지
옆에 있는 쌍방앗간을 향하여 발길을 옮기기 시작한다. 쌍방앗간은
장터 뒷골목 장정지 느티나무 가까운 곳에 있다. 방앗간 지붕은 양
철지붕으로 되어 있는데 그 높이는 장정지 당산나무처럼 우뚝하다.
방앗간이 가동될 때면 어른 키만 한 발동기가 무시무시한 소리를
내면서 돌아간다. 그 발동기는 서산보의 물을 이용한다. 서산보는
서시천에 둑을 쌓아 만들었다. 거기서 물길을 끌어와 물의 낙차를
이용해 발동기를 돌리는 것이다. 말하자면 수력발전인 셈이다. 발전
기 두 대가 나란히 있다 하여 '쌍방앗간'이라고 불렀다. 방앗간의 높
이가 얼마나 높던지 아이들은 하늘을 한참이나 쳐다보아야 방앗간
의 함석지붕 꼭대기를 볼 수 있다.
　어른들은 쌍방앗간에는 귀신이 나오니, 애들은 가까이 가지 말라
고 했다. 쌍방앗간 근처만 가도 무시무시한 물소리와 기계 소리가
요란해서다. 어린아이들은 그 소리만 들어도 주눅이 들 정도다. 그
러나 호기심 많은 아이들은 물이 떨어지고, 물이 빙빙 돌며 발동기
속으로 빨려 들어가는 그 모습을 보기 위해 어른들 몰래 쌍방앗간
으로 몰려들었다. 물회오리를 보다 보면, 어질어질하여 그 속으로
빠지는 기분이다. 정신없이 구경하다가, 그 소용돌이 속에서 헤어
나오지 못하고 물에 빠져 죽은 어린아이도 있었다. 그 후로 어른들

은 아이들을 단속하기에 바빴다. 그래서 물회오리 주변에 나무 기둥으로 접근을 막고 철조망을 이중으로 둘러쳤다.

"애들은 쌍방아씰 근처에는 절대로 가면 안 된다 잉!"

"왜요?"

"저 쌍방아씰 물에 빨려 들어가면 죽어 이놈들아! 물이 뱅뱅 돌면서 회오리 속으로 순식간에 애들을 삼켜 버리면 빠져나오지 못하고 바로 죽는단 말이다. 절대로 쌍방아씰 뒤에는 얼씬도 하면 안 된다. 알았제!"

인호와 미요코가 조심조심 방앗간으로 향한다. 장날이 아니라 방앗간은 인적이 없다. 쌍방앗간 양철문이 굳게 잠겨 있다. 높다란 처마 밑에는 온통 거미줄로 뒤엉켜 있다. 거미줄은 쌍방앗간에서 나온 먼지를 배가 터지도록 먹었다. 거미줄이 그야말로 뚱뚱보가 되어 있다. 쌍방앗간 문 앞에 다다르자 더욱더 으스스한 느낌이다. 인기척에 쥐들이 "찌지직!" 소리를 내면서 도망을 간다. 그 소리에 깜짝 놀란 미요코가 몸을 움츠린다. 조그만 소리에도 식은땀이 날 지경이다. 먼저 주위에 어른들이 있나 없나를 살핀다. 조용하다. 발동기 돌아가는 소리도 나지 않고, 물 떨어지는 소리도 요란하지 않다. 방앗간을 가동하지 않을 때는 물길을 방앗간이 아닌 옆으로 돌려놓는다. 물레방앗간 물길에 빨려 들어갈 염려는 없다. 워낙 낙차를 높게 하여 놓았으므로 물길은 폭포가 되었다. 미요코와 인호가 쪼그리고 앉아 물이 떨어지는 폭포를 구경한다. 폭포는 요란한 소리를 내며 연파보로 흘러들어 간다. 그 물길은 광의장 가축전 끄트머리에 있는 도축장 앞을 지나게 된다. 도축장에서 물을 요긴하게 퍼 올려 쓰게끔 되어 있다. 폭포를 구경하던 미요코와 인호가 일어선다. 방앗간에서 나와 물길을 따라 발길을 움직인다. 물이 가축전을 지나 도축장 앞으로 흘러간다. 도축장은 함석지붕과 벽돌로 튼튼하게 지었다. 남북으로 나 있는 큰 문은 굳게 잠겨 있다. 인적이 끊긴 도축장은 을씨년스럽다. 무서워서 멀리서만 보아 왔던 곳이다. 도살장 안을 인호가 살며시 들여다본다. 안은 텅 비어 있다. 미요코도 인호 옆에 다가와 도살장 안을 들여다본다. 휑하니 아무 움직임이 없다. 뭔가 갑자기 튀어나올 듯한 긴장감에 가슴은 두근거린다. 금방이라도 가축이 죽어 가는 "꽥!" 소리가 들릴 것만 같은 으스스한 분위기다. 가축을 도살할 때 핏물이 낭자한 모습이 떠오른다. 푸줏간에 걸려 있는 시뻘건 고깃덩어리와 함께, 칼로 고기를 도려내는 사람들의 모습이 떠오른다. 미요코가 얼굴을 찡그리며 시선을 다른 곳으로 돌린다.

그때, 누군가 도축장으로 들어오는 소리가 들린다. 인호와 미요코가 잽싸게 뒤편으로 몸을 숨긴다. 누굴까? 우릴 잡으러 온 사람은 아니겠지? 숨죽이며 몸을 숨긴다. 그러자 도살장 문이 덜컹하면서 열린다. 저벅저벅 도살장 안을 걷는 발자국 소리. 호기심 많은 인호와 미요코가 천천히 고개를 내민다. 안을 들여다보니 승호 아저씨의 얼굴이다. 인호와 미요코는 후다닥 달아난다. 피 묻은 승호 아저씨의 나풀거리는 옷이 아이들을 잡으러 올까 무섭기만 하다. 도끼를 둘러맨 모습을 간혹 본 적이 있었기에 승호 아저씨의 모습을 보면, 왠지 미간이 찌푸려진다. 장정지 느티나무 아래에 도착한 인호와 미요코는 숨을 몰아쉬면서 서로의 얼굴을 보며 크게 웃는다.

"하 하 하 하 하…."

아무도 따라오지도 않았는데 지레 겁먹고 앞만 보고 달려온 것이 그저 우습기만 하다. 그 웃음소리는 방앗간과 도축장에서의 무서움을 한꺼번에 날려 보내고, 두 아이의 해맑은 웃음소리가 서시천을 따라 울려 퍼진다.

이대길의 사랑방 앞에는 일꾼들로 북적인다. 머슴들이 새로 들어왔다. 김 서방이 새로 들어온 머슴들이 서먹하지 않도록 살갑게 챙겨 주느라 바쁘다. 일꾼들이 고개를 끄덕인다. 김 서방이 일을 지시하자 일꾼들이 행랑채로 우르르 몰려간다. 김 서방이 누마루에 나와 있는 이대길에게 다가가 허리를 굽혀 인사를 한다.

"대감마님 분부대로 연파리 동네 사람들로 머슴 자리를 두 명 더 들였습니다."

"그래. 잘했네. 앞으로도 자네가 잘 챙기게."

"예, 알겠습니다."

지난 홍수로 인해 집이 없어진 연파리 마을 사람들 중에서 머슴을 들였다. 입에 풀칠하기도 어려운 사람들을 위해 식솔을 늘린 것이다.

10 ── 백일기도

"비나이다! 비나이다! 비나이다…."

절골댁이 불상을 향해 절을 올린다. 마음 한 곳에는 며느리가 하루빨리 부처님의 은공으로 태기가 있기만을 간절히 바란다.

"부처님, 부디, 우리 며느리에게 태기가 있게 하여 주십시오."

간절한 마음을 담아 불상을 향해 쉬지 않고 절을 올린다. 불공을 드리고 대웅전을 나와 스님을 만나자 공손히 합장을 하며 고개를 숙인다. 이어 혜정 스님에게로 다가가 몇 마디 나눈다. 며느리를 절 간에 올려 보내겠다는 기별이다. 도계암에 기거할 며느리를 잘 보살펴 달라는 부탁을 하고 천은사를 내려온다.

"절에 올라가거든 주지스님께도 안부 잘 전해라."

"예."

"혜정 스님께도 안부 잘 전하고."

"예."

"내가 혜정 스님께 잘 부탁을 해 놨다만… 절에 가서는 몸가짐도 조신하게 해야 한다. 산 짐승도 조심하고… 도착하거든 곧장 시루떡과 쌀도 부처님께 공양해야 한다."

"예."

며느리를 절간으로 보내는 절골댁의 마음이 구구절절하다. 짐을 챙기는 경자에게 신신당부를 한다. 천은사로 백일기도를 떠나는 경자도 마음이 착잡하기는 마찬가지다. 한편으로는 설레이기도 한다. 시집온 지 벌써 삼 년째인데 아이가 안 들어서니 걱정이 태산이다. 초조한 심적 고통이야말로 헤아릴 수 없지만, 마음 한구석에는 오로지 백일기도를 하고 나면 태기가 생길까 하는 기대뿐이다. 얼른 절에 가 보고 싶기도 하다. 절에 간다는 것이 겁나기도 하지만, 혼자 가는 길이 아니어서 다행이다. 소달구지에 실린 짐이 제법 많다. 부처님께 시주할 쌀도 실었다. 김 서방이 짐을 옮기느라 바쁘게 움직인다. 전날부터 준비한 팥 시루떡과 절에 시주할 물건들을 모두 실었다. 천은사를 향해 떠나는 길에는 김 서방과 난동댁 부부가 동행한다. 천은사로 백일기도를 보내는 시어미의 마음은 오죽이나 할까? 며느리지만 어린애를 물가에 보내는 것처럼 안쓰럽다. 게다가 사찰 예절에 서투른 며느리가 잘할까 하는 걱정에 당부 또 당부다.

"어쨌든 부처님께 불공을 잘 드려야 복이 든다는 걸 명심하거라. 도착하거든 부처님께 먼저 불공을 드려야 한다. 난동댁과 같이 가니 걱정은 덜 된다마는…"

경자도 시어머니의 말씀이 고맙기만 하다. 불공을 드리러 간다는 것 자체가 애 못 낳는 죄인 같아 바늘 방석에 앉아 있는 것만 같았다. 집안 어른들께도 면목이 없었다.

마을을 지나 학교 앞을 지난다. 공동묘지가 있는 곳을 지나고, 판쾡이마을에 다다랐다. 방광리에 판관이 살았다고 하여, 판관마을이라고 했는데 사람들은 판쾡이마을이라 불렀다. 방광리 마을에는 다음과 같은 재미있는 전설이 내려온다.

오뉴월 염천炎天.

조가 누렇게 익어 고개를 숙이고 있을 때, 한 도승이 바랑을 짊어지고 걸어가고 있었다.

"조 모개가 참 탐스럽구나."

이렇게 속으로 한 번 되뇌며, 자기도 모르는 사이에 조 세 모개를 꺾어 손으로 비벼 입에 넣었다. 참으로 맛이 있었다.

"거 참 맛이 좋구나."

하고, 한 번 더 꺾어 넣었다. 그런데 이렇게 넣고 보니 뭔가 마음에 걸리는 것이 있었다.

"인과는 자명因果自明한데, 내가 이것을 주인의 허락도 없이 먹다니."

도승은 크게 뉘우쳤다. 그는 지리산 초입 덩실한 바위 밑에 앉아 이렇게 생각하다가,

"에라, 내생에 백 배, 천 배 갚는 것보다는 차라리 금생에 갚으리라."

하고, 스님은 자리에서 일어나 승복을 벗어 바랑에 챙겨 넣고, 그 바랑

을 바위 밑동 굴속에 감춘 후 금방 소牛로 변하여 그 밭의 주인집을 찾아갔다. 임자 없는 소가 동네에 나타나자, 마을 사람들은 기이한 눈으로 그 주인을 찾아 주고자 안간힘을 썼다. 그러나 소 주인은 끝까지 나타나지 않았다. 하는 수 없이 관가에 고하니, 관가에서는 소가 매여 있던 그 밭 주인에게 소를 돌려주라고 하였다. 뜻밖에도 그 밭 주인은 소 한 마리를 얻게 되었다. 제 발로 걸어 들어온 소이기 때문에 마치 업동業童이 들어온 것처럼 특별 대우를 하였다.

소는 매우 말을 잘 들었다. 죽도 잘 먹고, 일도 잘하고, 또한 순하여 집안의 아이들도 고삐를 잡고 마음대로 끌고 다닐 수 있었다. 소는 2, 3년 동안 숱한 일을 하여 그 집안의 재산을 퍽이나 많이도 불려 주었다. 그런데 하루는 이 소가 갑자기 죽을 먹지 않고, 끙끙 앓았다. 주인은 걱정이 되어 그 곁을 떠나지 않고 있는데 소가 싼 똥에서 밝은 빛이 쏟아졌다. 들여다보니 글씨가 써진 종이가 그 안에서 반짝이고 있었다.

"명야마적중다래 흔연영접준비요明夜馬敵衆多來 欣然迎接準備要."

내일 저녁에 마적단들이 떼로 몰려올 것이니, 흔연히 영접할 준비를 하라는 말이었다. 너무나도 뜻밖의 일이었으므로 주인은 소똥에 새겨진 글대로 손님 접대 준비를 단단히 하였다. 준비를 마치고 기다리고 있으니, 과연 한밤중이 되어서 마적들이 수십 명 몰려왔다. 그들이 오자마자 주인은 대문까지 나가서 공경히 맞아들여 대접하였다. 도적들로서는 상상도 하지 못한 일이라,

"어찌 된 일이냐?"

라고 물었다. 주인은 자초지종을 이야기하였다. 도적의 괴수는 곧 그 소를 찾아보겠다며 밖으로 나갔다. 주인과 함께 소를 키우는 곳으로 가

보니 소는 이미 간 곳이 없고, 오직 그 똥에서 밝은 빛이 쏟아지고 있었다. 날이 밝아 소 발자국을 찾아가니, 첫날 그 스님께서 옷을 벗어 놓았던 곳에 소가죽만 남아 있고 스님은 온데간데없었다. 스님은 소가죽을 벗어 놓고 먼 길을 떠났던 것이다. 소가죽 위에는 다음과 같은 글이 쓰여 있었다.

"지리산 중으로서 무심코 길을 가다가 탐스러운 조 세 모개를 주인의 허락 없이 꺾어 먹은 과보로써, 3년 동안 일을 하여 은혜를 갚고 갑니다. 나의 이 가죽을 남해 바다에 던져 우뭇가사리가 되면 그것을 거두어 열뇌熱惱에 시달리는 중생들의 더위를 식히는 데 약이 되게 하십시오."

이 글을 본 도적들은,

"조 세 모개를 꺾어 먹고도 3년 동안 소의 과보를 받았거늘 두 손을 꼭 잡아매고 착취와 노략으로 도둑질만 해 먹은 우리들의 과보란 더 말할 수 있겠는가."

하고 마음을 고쳐먹고 천은사에 들어가 모두 중이 되었다. 이로 인하여 소가 똥을 싼 마을을 우분리牛糞里 즉 '소똥마을'이라 부르고 그 똥에서 밝은 빛이 발했다 하여 그 마을을 방광리放光里라고 불렀다.

방광리 뒤로 이어진 천은사 가는 길은 사랑재를 지나야 한다. 사랑재를 지나 가파른 내리막길을 거쳐 다시 경사가 가파른 길을 오른다. 만물이 소생하는 화창한 봄날이지만 이렇게까지 백일기도를 가야 하는 경자의 속마음은 어딘지 모르게 우울한 구석이 있다. 그러나 마음을 다잡아야 한다. 간절한 마음을 가지고 기쁜 마음으로 가야 한다. 머릿속은 한없이 복잡하다. 초파일이 며칠 남지 않았다. 천은 계곡 아름드리 나무숲 속에 들어선다. 수백 년 된 울창한 숲에 솔 향기가 가득하다. 절간이 가까워 올수록 숲에 가려서 하늘이 보이지 않는다. 폐부 깊숙이 스며드는 계곡의 신선한 공기는 경자 몸속의 모든 것들을 바꾸어 놓을 것만 같다. 연두빛 초록이 심신을 활기차게 하기도 하고, 계곡의 맑은 공기를 흠뻑 마시자, 날아갈 것만 같은 기분이다. 구불구불 언덕을 오르고 또 오른다. 멀리 일주문이 보인다.

'지리산 천은사智異山泉隱寺'.

일주문 현판이 한눈에 들어온다. 천은사의 유래는 절 이름과 연관성이 있다. 신라 시대 덕운조사와 인도의 사루 스님 두 분에 의하여 창건되었는데, 이슬처럼 맑은 샘이 있어서 '감로사甘露寺'로 불리어 왔다. 어느 날 이 샘을 지키던 구렁이가 샘 밖으로 나왔다가, 놀란 사람들의 돌팔매에 맞아 죽게 되었다. 이에 놀란 스님들이 죽은 구렁이를 묻어 주고 치성을 드렸으나 샘의 물줄기는 끊어지고 말았다. 이후 절 이름이 천은사泉隱寺로 바뀌게 되었다. 그런데 이상하게도 절 이름을 바꾼 뒤로는 원인 모를 화재가 자주 일어 큰 걱정거리가 되었다. 스님과 신도들이 절의 수기水氣를 지켜 주는 구렁이를 죽였기 때문이라고 여겼다. 화재가 자주 일어나는 터에 대책도 없이 두려워하기만 하였다. 그래서 조선 명필 중 한 사람인 이광사를 초청해서 마치 물이 흐르듯 수기水氣를 불어 수체水體의 글씨로 현판을 써 일주문에 걸게 하였다. 절간에 불이 자주 난다고 하니 물이 항상 흘러내리게 하는 혼백을 실어서 물 흐르듯 현판을 쓴 것이다. 부처님의 법도로 세속의 번뇌와 욕심을 씻으라는 정성이 담겨 있었다. 신기하게도 그 뒤로부터는 절에 화재가 일어나지 않았다.

일주문을 지나자 천상 속의 무지개다리가 보인다. '수홍루'다. 우렁찬 계곡물 소리가 요란하다. 계곡 가까이 다가서서 수홍루 앞에 선다. 계곡의 물소리만으로도 마음을 씻어 내릴 것만 같은 시원함이 몰려온다. 어마어마한 집채 같은 바윗돌 사이로 거센 물살이 요동친다. 천은사를 가려면, 이 계곡을 건너야 한다. 계곡의 깊이가 엄청나다. 계곡 밑을 보니 한참을 내려가야 하는 높이다. 엄청난 깊이의 계곡을 한달음에 건널 수는 없다. 무시무시한 계곡을 건널 수 있는 묘안을 찾아냈다. 수홍루다. 수홍루야말로 천년 사찰 천은사에 다다르는 관문이다. 계곡을 건널 수 있도록 최단거리로 연결하였다. 돌을 정교하게 짜 맞춘 아치형 다리다. 다리를 만든 정교한 기술에 먼저 감탄을 한다. 계곡을 쉽게 건널 수 있도록 다리 높이만큼 도로를 만들었다. 마치 평지처럼 연결시켜 튼튼하기 이를 데가 없다. 천은사를 가기도 전에 모두가 수홍루의 자태에 빠져들게 한다. 천은계곡에 우뚝 솟은 듯 자리를 잡고 있는 수홍루의 자태가 천은계곡과 잘 어울린다. 수홍루에서 내려다보는 높다란 절벽이 천은사와 속세를 연결해 주는 듯, 계곡과 절묘한 조화를 이루고 있다. 이승에서 피안의 세계로 가기 위해 계곡을 건너야 하는 절차를 밟는 듯하다. 경자가 수홍루에 서서 심호흡을 한다. 수홍루에 서 있기만 해도 풍류가 절로 나올 듯하다. 숲속에 가리어 하늘은 보일 듯 말 듯, 청아한 계곡의 물소리와 바람만 스친다. 그 물소리와 바람 소리만 들어도 속세의 모든 시름을 씻어 갈 듯 마음속이 시원하다. 계곡물이 우렁찬 소리를 내며 흐른다. 차일봉에서 발원한 물줄기가 천은사를 감싸고 흐르는 물이다. 수홍루 아래를 내려다본다. 계곡이 아득하게 멀게 느껴진다.

수홍루를 건넌 경자가 경사진 언덕길을 오른다. 절 입구에는 감로샘 샘터가 있다. 경사진 길을 계속 오르자 천왕문이 나타났다. 사천왕이 왕방울만 한 눈을 부라리며 떡 버티고 서 있다. 경자가 합장을 한다. 사천왕 조각상은 비슷비슷하면서도 모양새가 조금씩 다르다. 경자는 다시 합장하여 공손히 절을 하고 천은사 경내에 들어섰다. 숨이 차다. 극락보전極樂寶展이 제일 먼저 눈앞에 우뚝 선다. 극락보전을 향하여 합장하며 숨을 고른다. 극락보전 양옆의 화단에는 자산홍과 영산홍이 활짝 피어 있다. 석축 계단 위에 우뚝 솟은 극락보전이 자산홍, 영산홍과 절묘한 조화를 이루며 그 자태를 뽐낸다. 경자는 꽃과 더불어 극락세계에 다다른 느낌이다. 절간의 평온함이 극락세계일 것만 같다. 아무도 보지 않는 듯하고, 아무 인기척도 없는 절 마당. 누가 보든 말든 상관없이 얼굴을 꽃 속에 묻어 본다. 꽃 속에 묻힌 경자의 얼굴이 더욱 화사하게 빛난다. 꽃 앞에서 모든 시름을 잊는다. 계단을 천천히 올라 극락보전으로 다가선다. 극락보전 안으로 들어가 부처의 불상 앞에 먼저 다소곳이 합장을 하고 절을 올린다. 아무도 없는 극락보전 안은 적막감이 흐른다. 휑하니 거대한 불상 앞에 초라한 군상. 감히 고개를 들고 불상을 쳐다보는 일도, 천장을 쳐다보는 여유도… 오로지 부처님의 온화한 불상만 눈에 들어온다. 널따란 마루가 어찌 그리 긴지. 고개를 들어 보니 높다란 천장과 오색찬란한 단청이 신기하고 오묘하다.

"이것들이 다 뭐단가?"

경자는 속으로 중얼거린다. 처음 보는 광경이 신기하기만 하다. 법당 밖으로 나와 극락보전을 맴돌며 불화들을 살펴본다. 높다란 처마의 조각이며, 갖가지 색깔로 치장한 단청丹靑이 고색창연하다. 처마끝에는 물고기 모양을 한 풍경이 매달려 소슬 바람에 풍경 소리를 낸다. 극락보전을 나와 설선당으로 향한다. 스님들이 거주하는 요사채다. 스님들과 인사를 나누는 사이 진목 스님이 경자 일행 앞으로 다가와 합장을 한다. 경자와 난동댁도 함께 고개를 숙여 합장을 한다. 뒤이어 혜정 스님이 다가온다. 얼굴에서 광채가 난다. 혜정 스님이 다가와 합장하자, 경자와 난동댁도 두 손을 모으고 합장한다.

"어서 오십시오! 먼 길을 오시느라 수고 많으셨습니다. 공양미까지 가져오셨다니 고맙습니다."

"예."

스님과 처음 만나는 자리라 어색하여 경자는 기어들어 가는 목소리로 대답한다.

"잠시만 앉아 계십시오."

혜정은 조금 전에 진목이 향하던 설선당으로 들어간다. 경자 일행은 보제루를 구경하고 절 마당을 가로질러 회승당 툇마루에 걸터앉았다. 회승당은 여러 칸의 방으로 나누어져 절 마당과 바로 연결되어 있다. 오월의 밝은 햇살이 절 마당을 비춘다. 혜정이 경자 일행을 데리고 회승당 안으로 들어간다. 회승당은 공양간을 통해서 들어갈 수 있다. 공양간에 어마어마한 무쇠솥이 눈에 들어온다. 무쇠솥의 크기가 앞뒤 폭이 열 자가 넘고, 솥의 깊이는 세 자가 넘는다고 하니 밥을 지어도 수십 명, 수백 명이 한꺼번에 먹을 수 있는 양이라고 한다. 회승당에 도착하니 방 한 칸을 내어준다. 방에 들어가 가져온 짐을 푼다.

저녁 공양을 마치자마자 저녁 예불이 시작된다. 경자 일행도 발길을 옮긴다.

둥 둥 둥 둥 둥 둥….

산사에 법고 소리가 울린다. 절간에 있던 모든 사람들이 범종각으로 모여들자 법고 소리는 더욱더 장엄하게 울린다. 오늘을 마감하는 소리다. 국악의 사물이 꽹과리, 북, 장구, 징으로 이루어진 것과 같이 범종각에는 범종, 법고, 목어, 운판이 설치되어 있다. 불전사물佛殿四物이라고도 부른다. 우람하게 떡 버티고 서 있는 범종을 울려서 지옥의 중생까지도 그 소리를 듣게 한다고 한다. 큰 북의 법고가 울린다. 나무를 물고기 모양으로 길게 깎아서 만든 목어. 구름무늬 모양으로 얇게 만들어 매달아 놓은 철판소리가 울린다. 범종각 소리와 저녁예불로 산사의 하루를 마감한다.

징— 징— 징— 징— 징….

하루를 마무리하는 안식의 울림이다. 중후한 범종 소리가 산사와 계곡 전체에 메아리친다. 범종 소리가 연파리까지 들린다고 하여 연파 팔경의 하나가 될 만큼, 천은사의 범종 소리는 은은하게 광의 사람들의 가슴속에 남아 있다. 중생의 깨달음이 통했는지 회승당 숙소로 돌아온 후에도 여운이 남아 숙연해진다. 법당에 매달린 풍경 소리와 계곡의 물소리가 어우러지는 밤. 난동댁과 절간에서 백일기도를 올리며 지내야 한다는 생각에, 경자는 절간에서의 기나긴 밤을 뒤척인다.

칠흑의 어둠. 적막강산인 산사의 어둠은 어디가 어디인지 분간할 수 없을 만큼 컴컴하다. 새벽도 이른 꼭두새벽이다. 아직 모든 만물이 잠들어 있는 시간이다.

똑 똑 똑 똑 똑….

만물이 숨죽인 고요한 산사에 목탁 소리가 청아하게 들려온다. 진목이 도량 주위를 돌며 목탁 소리로 청정하게 한다. 도량에 남아 있는 잡귀를 몰아내는 의식이다. 목탁을 두드린 후 법당 안으로 들어가 종을 친다.

땡 땡 땡 땡 땡….

날카로운 철판소리에 화들짝 놀란다. 운판을 때리는 소리다. 날아다니는 날짐승들을 깨우는 소리다. 그 소리에 경자와 난동댁도 벌떡 일어나 밖으로 나와 범종각으로 향한다.

탁, 탁, 탁, 탁, 탁….

목어를 두드리는 둔탁한 소리가 울린다. 물속에 사는 물고기들을 깨우는 소리, 물속에서 잠자는 모든 중생들을 깨우는 소리다.

둥, 둥, 둥, 둥, 둥… 두두둥둥, 두두둥둥, 두두둥둥….

법고가 시간이 지날수록 경쾌하고 점점 더 빠르게 울린다. 법고를 치는 스님의 장삼 옷자락이 법고 북채를 쥔 팔과 함께 힘차게 허공을 가른다. 고요한 지리산 산사의 새벽을 깨운다. 법고를 신나게 때리던 스님의 이마를 땀으로 흠뻑 젖게 한다. 법고는 땅 위를 기어 다니는 모든 축생이 마음을 깨쳐 부처님께 나아가도록 인도하고, 새벽을 깨운다. 법고를 두드릴 때도 마음 심心 자를 그리면서 두드린다.

징— 징— 징— 징— 징….

범종 소리가 긴 여운 남긴다. 삼라만상의 모든 중생들을 깨우는 소리다. 지리산 계곡 깊은 골골까지 범종 소리가 울려 나가더니 아련한 울림이 되어 다시 천천히 되돌아온다. 범종은 울림이 가장 크고 멀리 퍼지기 때문에 지옥의 중생까지도 그 소리를 듣게 한다고 했다. 그 되돌아오는 시간까지 잠깐의 여유를 두면서 천천히 울린다. 법고 소리에도, 목어 소리에도, 운판 소리에도 깨어나지 못하고 밍기적거리며 아침잠을 떨쳐버리지 못한 모든 중생들을 한꺼번에 깨우는 소리다. 장엄한 소리의 여운이 천은사 계곡의 모든 중생들은 기지개를 켠다. 어두움이 완전히 가시기 전의 여명黎明이다. 심산유곡 산사의 새벽 날씨가 제법 싸늘하지만, 몸을 추스르고 눈을 비비면서 극락보전 앞으로 다가간다. 칠흑 같은 어둠이 아직도 산사 깊은 계곡에 드리워져 있지만, 극락보전의 촛불이 새벽을 밝힌다. 스님들이 정갈하게 가사장삼을 입고 줄을 맞춰 극락보전 안으로 들어와 정좌한다. 새벽 예불이 시작된다. 잠이 깨어 있는 사부대중 모두가 새벽 예불에 참여한다. 천은사 계곡의 모든 중생들도 새벽 예불에 참여하는 숙연한 분위기다. 부처님 앞에 지리산 야생 녹차 한 잔을 올린다. 극락보전에는 이미 많은 스님들이 가사장삼을 입고 와 있다. 진목 스님은 목탁을 들고 서 있다. 극락보전 안에 웅장한 부처님 좌상을 비추는 촛불은 희미하지만, 칠흑 같은 어둠 속에서는 오히려 환하기만 하다. 밖을 보다가 촛불을 바라보면 천지

차이가 날 만큼 비교가 된다. 밝은 빛과 어둠, 천당과 지옥, 현세와 속세의 차이가 이런 것일까? 세상은 더없이 환한데 쓸데없는 비교를 하다 보니 늘 부족하고 나만 불행한 것 같은 이치와 비슷한 것이다. 우주는, 세상은 가만히 있는데 나 홀로 번민한다. 목탁 소리에 맞춰 예불을 시작한다.

"아금청정수 변위감로다 봉헌삼보전 원수애납수 원수애납수 원수자비애납수 지심귀명례 삼계도사 사생자부 시아본사 석가모니불 지심귀명례 시방삼세 제망찰해…."

똑 똑 똑 똑 똑…

목탁 소리와 스님들의 독경 소리는 한목소리가 되어 울림이 점점 커져 간다. 그 울림으로 인하여 법당 안은 어떠한 소리도 들어올 틈이 없고, 스님들의 독경 소리로 열기가 점점 고조되어 간다.

"마하반야바라밀다심경 관자재보살 행심반야바라밀다시 조견오온개공 도일체고액 사리자 색불이공 공불이색 색즉시공 공즉시색… 아제아제 바라아제 바라승아제…."

또르르르…

목탁 소리와 함께 반배하는 것으로 새벽 예불이 끝난다. 무념무상의 자아를 고대한다. 나 자신을 불태워서… 경자도 스님들을 따라서 부처님 앞에 절을 계속 올린다.

"절을 하면서 백팔번뇌를 떨쳐버려야 합니다. 과거, 현재, 미래 즉 전생前生, 금생今生, 내생來生의 백팔번뇌를 버려야 밝은 세상을 볼 수가 있습니다. 눈, 귀, 코, 혀, 몸, 뜻意과 색깔, 소리, 냄새, 맛, 감각觸, 법法이 서로 작용해 일어나는 갖가지 번뇌가 좋고, 나쁘고, 좋지도,

싫지도 않은 평등의 세 가지 인식 작용이, 여러 가지 정황에 얽혀서 수도 없이 번뇌가 일어납니다. 부처님을 바라보면서 계속 절을 하십시오. 번뇌가 사라질 것입니다. 근심 걱정이 사라지고 맘이 편안해질 겁니다."

혜정 스님의 말을 떠올린다. 경자는 절을 하면 할수록 온몸에 열이 나고 몸과 마음이 불덩이가 되어 간다. 간절하면 간절할수록 소원하는 속으로 모든 것들이 빠져들어 간다. 염불을 중얼거린다.

"나무아미타불 관세음보살, 나무아미타불 관세음보살, 나무아미타불 관세음보살…"

서서히 날이 밝아 온다. 미명에 깨어나 푸드덕거리던 새들이 먼저 반긴다. 새소리가 간혹 들리더니 금세 많은 새들이 몰려들었다.

짹 짹 짹… 찍찍 찍찍… 찌직 찌직… 찌지직 찌지직… 찌르르르 찌르르르….

청록의 오월 아침은 온통 새들의 합창 소리가 먼저다. 그 소리는 숲에서 어우러진 교향악과도 같다. 청아한 산사의 공기가 폐부 깊숙이 스며든다. 극락보전 옆에 서 있는 보리수나무 아래서 잠시 머문다. 부처님이 보리수나무 아래에서 깨달음을 얻었다는, 불가에서 유명한 보리수나무다. 천은계곡의 우렁찬 물소리가 들려온다. 그 소리에 한껏 도취되어 본다.

쏴아….

물소리가 얼마나 우렁차게 들리는지 밤새 번민했던 걱정들이 모두 씻겨 내려가는 듯하다. 눈을 들어 계곡을 바라본다. 계곡과 숲의 어우러짐이 시야에 들어온다. 숲속은 청록의 푸르름으로 가득하다. 오월이 되어 파릇파릇한 숲의 생명이 피어오르고 있다.

땅 땅 땅.

공양 시간을 알리는 종소리다. 절에 있는 모든 사부대중들이 공양을 하기 위해 모여든다. 스님들과 함께하는 공양이다. 각자 먹을 만큼 국과 밥, 찬을 적당히 떠서 감사한 마음으로 합장을 한다. 삼라만상의 우주 속에서 수확한 양식에 대한 감사. 음식을 공들여 장만한 손길에 대한 감사. 자연이 인간에 베푼 모든 것에 대한 감사, 감사, 또 감사의 마음이다. 천천히 아주 느리게 꼭꼭 씹어서 밥알 한 톨도 남김없이 모두 먹는다. 마지막으로 그릇에 물을 부어 음식물 찌꺼기 하나 남기지 않고, 그릇을 통째로 헹구고, 그렇게 헹군 물까지 마신다. 공양을 통해 음식에 대한 과욕을 떨쳐 버리는 것이다.

절에서는 그냥 놀면서 밥을 먹는 법은 없다. 절에 들어왔으니 뭣이든 닥치는 대로 손을 보태야 한다. 텃밭에 가서 스님들과 울력을 해야 한다. 채마밭에 풀도 뽑아야 하고, 산에 올라가 찻잎도 수확해야 하는 일에 모두가 팔을 걷어 부친다. 경자도 난동댁과 함께 동참한다. 일하는 만큼 먹어야 하기 때문에 절에 있는 스님이고, 보살님들이고, 모두가 나선다. 절에 수백 명의 식솔들이 먹을 음식을 장만하는 것도 여간 고단한 일이 아니다. 때가 되면 그 큰 가마솥에 불을 지펴 밥을 해야 되고, 부처님 전에 불공을 드릴 공양물도 정성 들여 장만하는 데도 모두가 일손을 보탠다. 회승당에 기거하면서 보내는 동안에는 새벽 예불, 법회와 저녁 예불도 참여하고, 울력에 참여하느라 고단한 일정이 금방 지나간다.

숲길을 따라 도계암으로 향하는 길이다. 험하지도 아니한 오솔길을 따라 계단으로 이어진 길을 올라간다. 숲속에 난 길 옆에는 아름드리 소나무들이 울창하게 펼쳐진다. 오솔길을 지나서 도계암에 도착한다. 비구니들이 수도하는 암자다. 혜정과 함께 비구니들이 경자 일행을 맞이한다. 스님들이 먼저 합장을 한다. 경자와 함께 간 난동댁도 합장을 한다.

"오시느라 고생 많았습니다."

경자네 일행을 반긴다. 스님들이 기거하는 방으로 간다.

"몸이 불편하신 데는 없으신가요?"

혜정이 경자의 안부를 묻는다.

"예, 이렇게 절간에서 기도할 수 있도록 배려해 주셔서 감사합니다."

경자는 며칠 동안 회승당에서 지내 왔지만, 아직은 견딜 만하다.

"계시는 동안 맘 편하게 지내셔야 합니다. 부처님께 지극정성으로 불공을 드리다 보면 기도가 이루어질 것입니다. 어쨌든 마음을 비워야 합니다. 나무관세음보살."

혜정이 합장을 하자 경자도 따라 합장을 한다.

"이쪽으로 오십시오."

"예."

혜정이 공방 안으로 들어간다. 경자도 따라 들어간다.

"이리로 앉으십시오."

"예."

경자와 난동댁이 조심스럽게 스님들이 기거하는 공방에 앉는다. 스님의 공방에 처음으로 들어온지라 호기심으로 가득해 두리번거린다. 혜정이 차를 내놓는다.

"자, 이거 천은골에서 채취한 녹차인데… 드셔 보셔요."

"감사합니다."

혜정이 먼저 차를 한 모금 마신다. 경자도 차를 한 모금 마신다.

"차가 어떠신가요?"

"스님, 차 맛이 일품입니다. 은은한 향기가 입안을 맴돌고, 몸도 따라서 가벼워지는 것 같습니다."

"그러신가요. 차를 마시는 일도 마음을 가라앉히는 일입니다. 어쨌든 여기 계시는 동안에 마음을 다스려야 합니다. 욕심을 내려놓아야만 편하게 지낼 수 있습니다. 힘드시더라도 부지런해야 합니다. 일이 힘드시거나 불편하시면 언제라도 말씀해 주십시오."

"예, 스님."

"천천히 차를 음미해 보십시오."

절간에서의 다도가 처음이긴 하지만 혜정이 경자에게 편안한 맘을 가지게 하려고 애를 쓰는 눈치다.

"천은계곡을 바라보며 차를 한 모금 머금어 보십시오. 삼라만상이 이 녹차 한 잔과 함께 내 가슴속으로 들어옵니다. 삼라만상이 모두가 꽃입니다. 물소리, 바람 소리가 모두 내 안으로 들어와 쉬게 해보십시오. 모든 욕심을 놓아 버리면 마음의 평정이 찾아옵니다. 차한 잔에도 부처님의 은공이 있다고 감사한 마음을 가지시면 됩니다."

"예."

"자, 눈을 감고 숲속에서 나는 소리를 들어 보십시오. 바람 소리,

새소리, 물소리 그 소리에만 집중하여 보십시오. 그것만으로도 마음을 평정할 수 있습니다."

경자가 눈을 감고 소리에 집중하려고 애를 쓴다.

"여기는 산중의 절간이지만, 내 맘먹기에 달려 있습니다. 풍경 소리에도 귀를 기울이시고, 시원한 바람도 즐기시고, 오월이라 만발한 꽃들에 취해 보십시오. 우리 스님들과 울력도 같이하면서 땀을 흘리시다 보면, 눈 코 뜰 새 없이 하루해가 저뭅니다. 스님들과 함께 울력을 많이 하게 될 겁니다. 일하지 않으면 먹지도 말라고 했습니다. 수고한 만큼만 먹어야 한다고 했습니다. 고사리도 꺾으러 갈 것이고, 나물도 뜯으러 갈 것이고, 녹찻잎도 따러 나갈 일이 많을 겁니다. 기쁜 마음으로 자연 속에서 살아간다고 생각하시고 울력에 손을 보태면, 훨씬 절간에서 지내기가 수월할 겁니다."

"예."

절간에 있는 스님들과 경자 일행도 함께 나물을 채취하기 위한 복장을 갖추고 모였다. 서로 옷매무새를 챙겨 주고, 고쳐 주느라 시끄럽다. 며칠 동안 숙식을 같이하면서 서로가 많이 친해졌다.

"바구니는 챙기셨나요?"

혜정이 출발하기 전에 확인한다. 나물 담을 바구니를 각각 챙겼다.

"자, 출발합시다."

혜정이 경자와 함께 천천히 걷는다. 화창한 날씨다. 산들바람이 불어온다. 초목들도 기분이 좋아 바람과 함께 살랑거린다.

"때마침 오월에 잘 오셨습니다. 오월이라 꽃이 활짝 피었습니다.

다른 생각은 모두 내려놓으시고 초목에만 집중해 보십시오. 그 순간에는 모든 욕심과 걱정이 사라질 것입니다. 고사리와 봄나물도 지천입니다. 눈에 보이는 대로 천천히 꺾으시면 됩니다. 산나물도 땀을 흘리며 채취하다 보면 모든 시름이 사라집니다. 현 상태의 일에만 집중하시고, 다른 생각을 내려놓으시면 모든 근심이 사라집니다. 근심을 붙잡고 있기 때문에 행복하지 않은 겁니다. 행복은 늘 가까이에 있습니다. 행복하다고 마음먹으면 바로 행복해지는 것입니다. 나물을 뜯는 울력도 수행입니다."

"맞는 말인 것 같습니다. 숲속에서 많은 것을 배우고 있습니다."

경자는 신이 났다. 산나물을 뜯는 일이 이렇게도 신나는 일인 줄 몰랐다. 일행 모두가 숲에서 고사리며 봄나물을 채취하느라 바쁘다. 고사리가 고개를 내밀고 올라오고 있다. 일행들이 고사리를 꺾느라 손놀림이 분주하다.

"이게 취나물입니다."

혜정이 취나물 하나를 꺾어서 경자에게 보여 준다.

"예, 스님. 저도 취나물을 꺾어 봐서 알고 있습니다."

"아. 그러시구나. 산동에서 살았다니까 취나물에 대해 잘 아시겠네요. 천천히 채취하십시오. 급하게 서두를 필요는 없습니다."

"예, 스님."

경자의 대답이 한결 더 경쾌해졌다. 혜정 스님과 담소를 나누며 숲에서 나물을 채취하는 재미가 쏠쏠하다.

"오월까지 봄나물을 열심히 채취해 놓아야 합니다. 오월까지만 봄나물을 채취합니다. 단오가 지나면 나물에 독성이 올라와, 오월 이

후로는 채취를 금하고 있습니다. 각자의 생명들이 번식할 기회를 주는 거죠. 그래야 후년 봄에 더 많은 나물이 올라오거든요. 동물만이 윤회를 하는 게 아니라 삼라만상의 살아 있는 모든 미물들이 윤회를 합니다. 계절에 따라 식물들도 윤회를 하게끔 서로 도우며 살아가는 거죠. 이 귀한 나물이 절간에서는 중요한 식재료입니다. 식량 역할까지 해 주는 겁니다. 즉석에서 생으로, 혹은 데치거나 삶아서 나물 반찬으로 해 먹고, 일부는 장아찌도 담그고, 말려놨다가 일년 내내 부처님 불상에 올리기도 하고, 스님들의 밥상에 올리는 반찬으로도 요긴하게 쓰입니다. 그래서 봄철은 매우 바쁘게 움직여야합니다. 때마침 오셔서 손을 거들어 줘서 고맙습니다."

"아이 스님도, 별말씀을 다 하십니다. 저희도 신세를 지는데 일손을 보태야 하는 게 도리가 아니겠습니까?"

"그렇게 말씀해 주시니 고맙습니다."

"산에서 나는 봄나물이 아주 많은 일을 해내고 있군요. 그야말로 산나물이 보물이나 진배없군요."

"산나물이야말로 사람의 몸속에 들어가면 오장육부를 튼실하게 해 줍니다. 각 나물마다의 특성으로 우리 몸 구석구석을 따뜻하게도 해 주고, 몸에 달라붙는 염증도 다스려 줍니다. 이 음식을 먹음으로써 기운도 나게 합니다. 우리가 살아가는 동안 이 삼라만상과 함께 어우러지도록, 자연과 늘 가까이하라는 것과 같습니다. 불가에서는 살생을 하지 말라고 합니다. 살생을 하여 육식으로 배를 채우지 않고도 얼마든지 살아갈 수 있도록, 모든 걸 이 자연이 채워 줍니다. 육식으로 식욕을 채울 때보다도, 채식을 하다 보면, 모든 욕심을 내려놓게 되는 겁니다. 육식을 멀리하고, 채식만으로도 얼마든지 우리 몸에 꼭 필요한 영양분들을 채울 수가 있습니다."

경자가 고개를 끄덕인다. 자연 속에서 욕심을 버리고 살아가면, 더 큰 것으로 채워 준다는 진리를 알려 주는 것이다. 나물 바구니가 점점 차오른다. 경자는 스님들과 산나물을 채취하는 일이 즐겁다. 즐거운 정도가 아니라 산속을 붕붕 떠다니는 기분이다. 울력이라고는 하지만 너무나도 신나는 일이다.

"좀 쉬었다가 합시다."

바위에 걸터앉아 잠시 쉬어 가기로 한다. 일행들도 나물 바구니를 들고 바위 주위로 모여든다. 경자가 나물 바구니를 들고 다가오자 혜정이 반긴다.

"힘드시진 않았나요?"

"힘들지 않습니다. 기분이 너무너무 상쾌합니다."

경자도 혜정을 보며 웃음짓는다.

"어머! 많이도 캐셨네! 고사리, 취나물, 돌나물, 엄나무 순, 머위까지 골고루 많이도 뜯으셨네요. 나물을 많이 뜯어 봤나 봐요?"

"뭘요. 스님들께서 훨씬 많이 뜯으셨는데요. 저도 어려서부터 나물 뜯는 일이 몸에 익숙해져 있거든요. 어려운 살림에 나물이야말로 배를 채우는 일이나 다름없었습니다. 그래서 신나게 나물을 뜯었습니다."

수북해진 나물 바구니를 보고 서로를 칭찬하기에 바쁘다. 나물 채취에 나섰던 일행들이 나물 바구니를 들고 암자로 향한다. 채취한 나물을 가지고 공양간으로 모인다. 나물을 종류별로 분류해서

씻고, 삶아 데치는 작업으로 분주하다. 삶은 것은 널어 말린다. 장 아찌로 담글 나물은 항아리에 차곡차곡 채운다. 삶아 데친 취나물은 찬물로 헹구고, 물기를 꽉 짜서 간장과 들기름과 통깨를 넣어 조물조물 무친다.

"자, 이쪽으로 와서 간 좀 보셔요."

혜정이 나물을 무치면서 경자에게 간을 보라 한다.

"나물 맛이 일품입니다. 스님, 너무너무 맛있는데요. 간장, 된장의 감칠맛이 입에 닿는 순간 침샘을 자극하여 입맛을 돋우게 합니다."

경자가 나물을 오물거리며 나물 맛에 칭찬을 아끼지 않는다. 혜정도 경자의 음식 칭찬에 덩달아 기분이 좋아 빙그레 웃는다. 혜정도 나물 무침을 입으로 가져가 맛을 본다.

"간이 딱 맞네요. 절간 음식에는 이렇게 간단한 양념만 해도 맛이 일품입니다. 나물 무침에는 된장이나 간장만으로 맛을 냅니다. 그야말로 순수하고, 건강한 자연의 맛을 즐기는 셈이지요. 절간 음식에는 성질이 맵고, 향이 강한 오신채五辛菜를 금기시하고 있습니다. 마늘, 파, 부추, 달래, 홍거(홍거 대신 양파를 금기시함.)를 넣지 않아도 다른 양념을 넣어서 영양의 균형을 맞춰 나갈 수 있습니다. 천은사 공양간에서는 지리산에서 흔하게 구할 수 있는 젠피(제피)가루나 버섯가루, 들깻가루를 넣어서 음식 맛을 내고 있습니다. 날씨가 따뜻해지면 김치를 담가 먹는데 젠피(제피)가루를 넣으면 음식도 상하지 않고 오래 보관이 가능할뿐더러, 오신채 대신 양념으로도 충분합니다. 알싸한 맛이 나기는 하지만, 먹어 버릇하면 음식에도 풍미가 생기고, 김치 맛을 한층 돋우어 주는 마력이 있습니다. 젠피(제피)가루는 몸에 들어가면 은근하게 더운 기운을 북돋아 주기도 합니다."

점심 공양이 산나물로 인해 거나하게 차려졌다. 한 상에 둘러앉아 산나물 잔치를 벌인다.

"머위 쌈에 된장을 얹어 드셔 보셔요. 꿀맛입니다."

"머위 쌈이 그야말로 쌉싸르하니 입맛을 돋구는 맛입니다. 쓴맛이 몸에는 이롭습니다."

"공기 좋은 곳에서 자란 산나물이라, 더 고유한 맛을 가지고 있는 거 같습니다."

"그런 거 같아요."

"돌나물도 초장에 찍어서 드셔 보셔요. 너무너무 입맛 당기는 맛입니다."

"돌나물은 상큼하고, 피를 맑게 하는 효능이 있으니 많이 드십시오. 음식에서 생명도 받을 수 있고, 기氣를 받을 수도 있습니다."

공양을 마친 경자가 불상 앞에 서 있다. 경자는 지극정성으로 합장을 하면서 절을 올린다.

"비나이다. 비나이다. 아이 하나만 점지하여 주십시오. 비나이다. 비나이다."

경자는 몸이 점점 뜨거워짐을 느낀다. 무념무상의 세계로 들어가고 싶다. 그동안의 맘고생도 모두 잊고 싶다. 마음을 비워야 삼라만상이 보이고, 부처가 보인다는 말을 되새긴다. 경자의 기도는 날이 갈수록 정성이 더해져 간다. 절에서의 고단한 생활에 밤이 되면 깊은 잠에 빠져든다.

화창한 봄날이다. 고사리가 지천으로 올라온다. 땅 기운을 받은 고사리는 새로운 생명을 잉태하고 있는 것이다. 온천지가 고사리밭이다. 그 속에서 하얀 고사리가 군계일학처럼 빛을 내고 있다. 경자가 그 고사리를 발견하고 쫓아가느라 정신이 없다. 경자의 눈에는 수많은 고사리 중에서 하얀 고사리만 눈에 들어온다. 발이 계곡에 빠진지도 어쩐지도 모른 채, 첨벙첨벙거리며 다가간다. 온몸은 땀으로 범벅이 되고, 머리는 헝클어졌다. 옷매무새도 흐트러지고 계곡을 기어오르느라 손은 온통 흙투성이다. 푸른 고사리들의 색깔이 바뀐다. 붉은색으로 바뀌었다가 파란색으로 바뀐다. 계곡의 고사리 색이 바뀌는 건지, 경자가 색을 바꾸는 건지 알 수가 없다. 다시 본연의 색으로 바뀌다가 녹색으로 짙푸르러 간다. 하얀 고사리는 늠름하게 색이 바뀌지 않고 그 자태를 뽐내며 빛을 내고 있다. 고사리와 함께 계곡이 하늘하늘 너울거린다. 계곡이 기울어지는 건지, 경자가 계곡을 빙빙 돌리고 있는 건지? 경자가 중심을 못 잡고 허공중에 떠 있다. 계곡은 여전히 고사리로 넘실거린다. 고사리 밭에서 함께 덩실덩실 춤을 추다가 하얀 고사리에 매료되어 허리를 숙이는 순간 하얀 고사리가 허공에서 춤을 춘다. 그걸 잡으려 손을 뻗어 본다. 잡힐 듯 잡힐 듯 하면서도 잡히지 않는다. 땀을 흘리면서 잡으려 애를 써보지만 땀만 뻘뻘 흘리면서 몸은 천근만근, 발이 떨어지지 않는다. 조금만 손을 더 뻗으면 손에 잡힐 듯도 하건만… 하얀 고사리가 드디어 손에 잡힌다.

"앗!"

그 순간, 뱀이 경자의 다리를 콱 물었다. 불그스레한 꽃뱀이다.

"아야!"

겁에 질린 경자가 소리를 지르며 도망가려고 하지만 다리가 떨어지지 않는다. 몸이 천근만근이다. 꽃뱀 하나 물리칠 힘도 없다. 고사리를 꽉 쥐고 있는 손을 조심스럽게 펴보니 흰 고사리가 보이지 않는다. 흰 고사리 대신 원추리 꽃봉오리가 빛을 발한다. 봉오리가 제법 뭉툭하고 탐스러운 원추리 꽃봉오리다. 뭉툭하게 생긴 것이 어린아이의 성기를 닮았다. 꽃봉오리가 으스러질까 봐 살며시 손바닥을 오므린다. 순간 발을 헛디뎠다. 손에 쥔 원추리 꽃봉오리를 꼭 쥔다. 경자가 추락한다. 천은사에 발을 들이기 전에 건넜던 수홍루의 낭떠러지 계곡 아래로 떨어지고 있다. 떨어져도 끝이 없는 계곡, 수백 리도 넘는 계곡이다. 가속도가 붙어 계곡 속으로 곤두박질친다. 원추리 꽃봉오리를 손에서 놓칠세라 꽉 붙들고 하강은 계속된다. 떨어지는 속도가 너무 빨라 몸을 순간적으로 움츠린다.

경자가 눈을 떴다. 온몸이 땀으로 흠뻑 젖었다. 뒤척이는 꿈결에 그래도 뭔가를 잡았었는데…. 그 원추리 꽃봉오리를 쥐었던 손을 확인한다. 빈주먹이다. 창문이 훤하다. 몸을 일으킨다. 문을 열고 밖으로 나선다. 산사의 시원한 공기가 몸을 파고든다. 시원한 공기에 크게 심호흡을 한다. 초록이 점점 짙어진 천은계곡이 점점 눈에 익어 간다. 꿈속에서 경자 다리를 물었던 뱀과 원추리 꽃봉오리가 눈에 아른거린다. 태몽인가?

경자가 새벽 예불에 참여한다. 그동안 깊은 잠에서 깨어날 수가 없었는데… 산사의 생활이 익숙해졌다.

"인연에 집착하지 말거라. 인연은 언젠가 다시 맺는 법이다. 인연에 연연하면 속세에서는 아무것도 할 수 없느니라. 마음을 비워야 새로움이 들어올 수 있단다. 내가 그동안의 경험과 아집 속에서만 맴돌았기 때문에 새로운 세계를 볼 수 없다는 것을 깨닫는 순간 진리가 보이기 시작한다. 한낱 미물에 불과한 꽃이 나를 옭아맬 수도, 나를 허공중으로 불려 갈 수도 있는 게 우주의 이치다. 나를 버려라. 나를 버려야 한다."

똑 똑 똑 똑 똑….

스님의 목탁 소리가 아련히 들려온다. 법당 가까이 다가갈수록 소리는 커져 간다. 그 소리가 나를 진정시킨다. 그 소리가 나를 받아 줄 것 같다. 그 소리가 나를 기쁘게 한다. 그 소리에 모든 미물들이 몰려들 것만 같다. 꿈자리에서 보았던 그 원추리 꽃봉오리가 이 목탁 소리에 다시 돌아올 것만 같다. 스님의 목탁 소리 옆에 가까이 가서 두 손을 모은다. 목탁 소리는 점점 커진다. 스님의 독경 소리도 점점 청아해진다. 불상에 절을 한다. 절을 하면 할수록 무념무상에 빠져든다. 절을 하면서 모든 생각을 버린다. 절을 하면 할수록 내 욕망이 점점 사라진다.

"수도암에 잠시 다녀오겠습니다."

혜정이 바랑을 챙겨 메고 암자로 떠나면서 경자와 난동댁에게 합장을 한다.

"스님! 수도암이 여기서 먼가요?"

"산을 타고 한참을 올라가야 합니다. 그럼!"

혜정이 공손히 합장을 한다. 경자와 난동댁도 합장으로 배웅한다.

"스님! 조심해서 다녀오십시오!"

혜정의 뒷모습이 사라질 때까지 서 있다. 그 방향을 향해 합장으로 인사를 다시 건넨다. 경자 일행도 도계암을 내려온다.

2권에서 계속

작가의 말

노고단老姑壇은 구름, 바람, 태양과 함께 수억만 가지의 얼굴을 만들어 내는 요술쟁이다. 어떤 날은 하루 종일 하얀 뭉게구름 속에 숨어서 무엇을 하는지 얼굴을 보여 주지 않는다. 숨바꼭질하듯 수시로 구름 속에 아스라이 보일 듯 말 듯 얼굴을 감추었다가, 다시 얼굴을 내밀기도 한다. 볼 때마다 시시각각 느낌이 다르게 다가오는 신령한 영산靈山이다. 구례골 사람들에게는 기분이 좋을 때나 나쁠 때나 언제나 가슴을 활짝 열어 놓고 있다. 노고단을 바라보며 소원도 빌고, 장차 무엇을 할 것인지 미래도 설계한다. 기분이 좋으면 좋아서 함께 웃고, 억울한 일이 생기면 노고단을 바라보면서 소리를 한번 지르고 나면 가슴이 후련해지고, 슬프면 슬픔을 함께 나누는 다정다감한 친구이다.

노고단이야말로 수천 년 동안 매년 봄과 가을, 국가에서 내리는 향으로 제향, 제례를 올렸다. 하늘과 산에 제사를 올리고, 국태민안國泰民安과 시화연풍時和年豐을 기원하였다. 일제에 의한 병탄倂呑으로 강제로 을사늑약이 체결되자 노고단 제단은 일본에게 눈엣가시였다. 노고단에 쇠말뚝을 박고, 제단을 서서히 없애 버렸다. 노고단 고원 분지는 구름으로 인해 안개비와 겨울에는 눈이 유난히 많이 내린 지역이어서, 고원에서 물이 콸콸 솟아 흐르는 특이한 곳이다. 고원 분지에 1920년대, 풍토병으로 죽어 나가는 외국인 선교사들에게 휴양소 허가를 내주었다. 3층 호텔(여관 형태를 갖춘 숙소), 예배당, 정구장, 간이 야외 수영장, 골프장, 주택(별장) 등 60여 채의 시설이 지어졌다. 그 시설을 이용하기 위해 수백 명이 들락거리면서 그야말로 서양인 마을을 방불케 했다. 일제의 신사참배 강요로 인한 갈등이 고조되자 노고단 출입도 금지되었다. 선교사들도 본국으로 추방되는 바람에 시설이 방치되었다. 해방 후 여순 사건으로 인해 반란군들이 여수, 순천을 피해 지리산으로 숨어들었다. 구례에서 가장 접근성이 좋은 노고단은 반란군과 진압군의 격전으로 인해 시설이 몽땅 파괴되어 버렸다. 그 후에도 우리나라 최초의 지리산 국립공원이 지정되는 과정에서, 지리산 동식물을 비롯한 전반적인 생태조사와 연구를 하는 과정에서 학자들과 연구자, 담당 공무원들이 지리산을 등반하는 시발점이 노고단이었다. 그 당시에 전국에서 유일하게 구례 군민들이 국립공원 지정을 위한 노력을 기울였다. 각 가구마다 1차 때 10원씩(화폐개혁 전의 1천 원에 해당), 2차 때 20원씩 각각 기금을 거출하여 비용으로 충당하였다. 마침내 지리산에 국내 국립공원 제1호가 탄생되는 과정을 거칠 만큼 노고단은 구례와 긴밀한 관계를 유지해 왔다.

소설 쓰기에 대해서 얘기하려면, 나의 고등학교 학창 시절로 거슬러 올라가야 한다. 그 당시에 대하소설 『토지』를 드라마와 책으로 접하였다. 『토지』의 무대가 구례와 인접한 하동이다. 필자의 고인이 되신 어머니는 하동에서 일곱 살에 만주로 들어갔다가 열일곱 살이 되던 해에 해방이 되자 귀국했다. 만주 이야기를 자주 들었던 터라, 권씨 종갓집과 함께 소설 『토지』가 오버랩되었다. 나도 언젠가는 『토지』와 비슷한 대하소설을 쓰겠노라고 다짐하고, 장래 희망란에 '소설가'라고 써냈다. 수시로 지인들에게 내 꿈을 얘기해 왔다. 꿈을 가진다고 다 이루지 못하는 게 우리 인생사인데, 대하소설 완성이 어디 호락호락한 일인가? 서울에서 30여 년간 직장을 다니면서도 소설 쓰기는 늘 마음 한구석에 자리 잡고 있었다. 고향에 내려갈 때마다 각 마을을 돌아다니면서 마을 회관에서 주민들을 만나 해방 전후의 일을 수집했다. 구례 지역 향토사 자료를 구하고, 각 분야의 인사들을 만나 취재를 하고, 도움을 요청하였다. 지리산 둘레길이 지정되기 훨씬 이전부터 매주 토요일마다 시작한 '지리산 만인보' 걷기 모임에 동참하여 많은 사람들과 함께 걷고, 지리산 주변 곳곳에 살아가고 있는 사람들을 만나는 일이 즐거웠다. 빨치산 비트를 향한 산행 팀을 따라 지리산 깊은 계곡까지 수년 동안 탐방하고, 탐방한 분들이 공유한 자료를 계속 수집하고 참조하였다. 소설에 필요한 역사 자료와 논문, 관련 서적들을 보기 위해 수시로 국회도서관을 찾았다. 소설 학교 몇 군데를 다니기도 하고, 대학원에서 문예창작 소설 전공을 하면서, 소설 쓰기를 여러 번 시도했지만, 항상 그 자리에서만 맴돌았다. 하지만 "꿈은 이루어진다." 『노고단』 1, 2, 3, 4권이 내 나이 60 되는 해에 드디어 출간되었다. 참으로 긴 세월 동안 가슴 깊은 곳에 묻어 두었던 일을 해내고야 말았다. 퇴직 후에 본격적으로 소설 쓰기에 전념하여 전반부를 겨우 완성하였지만, 이제 시작에 불과하다. 후속 편을 쓰기가 훨씬 수월해진 단계다.

　여순 사건은 소설 전체 중에 그야말로 일부분에 불과하지만, 그 부분이 가장 어렵고, 민감한 부분이 아닐 수 없었다. 그동안 잘 알려지지도 않았거니와 어떻게 형상화할지 수많은 고민을 해 왔다. 그러던 차에 본격적으로 소설 쓰기에 발동이 걸린 계기는 '진실화해위원회'의 「2008년 상반기 조사 보고서: 집단희생규명위원회사건(구례 지역 여순 사건)」 발표문을 접하고 나서부터다. 과거의 사건, 사고에 대해 진실을 밝히고, 용서와 화해의 시대를 열어 가는 획기적인 역사의 시발점이었다. 여순 사건을 최초로 국가에서 정식으로 조사를 한 셈이다. 민간인 학살에 대해서 정식 조사 자료로써 언급된 것이다. 그전에는 군인이나 경찰이 민간인을 학살했다는 표현은 용납이 되지 않았다. 제주 4·3 사건을 소설화한 작가는 끌려가서 고문에 시달렸다고 한다. 실제로 생생하게 겪었던 억울한 사실을 말하기만 해도, 국가보안법의 잣대를 들이대면서, 용공분자로 낙인이 찍혀 버리는 암흑의 시대였다. 진실화해위원회를 통해 국가에서 피해 조사를 한다고 하니까, 피해를 입은 구례 사람들은 후환이 두려워 입을 다물어 버린 경우가 다반사였다고 한다. 그동안 피해를 당하고 버텨 온 세월이 너무 무서워서, 또 어떤 피해가 닥칠지 두려움만 가중되었으리라 본다. 조사를 하긴 했지만, 제대로 된 조사가 이루어지지 못한 셈이다. 너무 오래된 일이라서 기억도 가물가물하거니와, 피해 당사자들이 이미 죽었거나 증언조차 할 수 없는 일이었다. 살아

남은 자녀들조차 가족이 해체되어 버렸다. 집도 불에 타 없어져 버렸고, 고아원에서 지내다가, 이미 고향을 떠나 버린 후의 일이라 연락도 되지 않아 참으로 안타까울 뿐이었다. 그야말로 수십 년 동안 금기시되어 왔던 일들이 역사의 소용돌이와 함께 막 분출되고 있었다. 빨치산 수기 관련된 책도 스스럼없이 우후죽순처럼 많이 출판되는 걸 보면서, 참으로 세상이 많이 변하고 있구나를 실감했다. 빨치산 책을 발간한 저자를, 국가보안법을 들이대며 용공분자로 매도해 버리고, 끌고 가서 고문을 하거나, 재판에 넘기거나 하지 않는 세상이 도래한 것이다. 여순 사건과 관련된 소설과 기록물들이 많이 출판되고, 유명세를 이미 얻은 작품들도 많지만, 구례 지역에서 1948년에 벌어졌던 참혹한 일은 대한민국 현대사에 있어서 씻을 수 없는 상처임에 틀림없다. 상상할 수 없을 만큼 잔혹했다. 제주 4·3 사건에 이어 여수, 순천이 아닌 지리산 노고단 인근에서 진짜로 그런 일이 벌어졌단 말이야? 6·25 전쟁 때 벌어진 일이 아니라, 그 이전에 노고단 인근에서 그야말로 전쟁이 벌어졌었다는 얘기야? 의구심을 가질 만큼 수많은 사람(반란군, 군인, 경찰, 민간인)이 죽어 나간 곳이 노고단 일대다. 70여 년이 지났지만, 여순 사건 당시에 구례 지역에서 무슨 일이 일어났는지조차 잘 알려지지 않고 있음이 안타까웠다. 이제는 말을 할 수 있는 시대가 도래했지만, 아직도 공론화가 부족하고, 잘 알려지지도 않고 있다. 구례에서 48개 마을이 세간살이 하나 건지지 못하고, 몽땅 불타 버리는 참혹한 일이 벌어졌다. 주민들을 학살하고, 마을을 몽땅 불태워 버린 것은, 광의면 방광리 마을이 반란군들에 의해 저질러진 일이기도 하지만, 대부분은 진압군에 의해

저질러진 일이었다. 반란군 토벌을 핑계로 무시무시한 견벽청야堅壁
淸野 작전을 시행하여 구례의 산간 마을을 초토화시켜 버렸다. 반란
군들을 토벌하기 위한 작전이라고 하지만, 피해를 당한 주민들은 살
아갈 터전을 잃어버렸다. 반란군들에게 진압군이 기습 공격을 번번
이 당하고 큰 피해를 입자, 진압군들은 가족 중에 좌익이 없는, 선
량한 군민들에게까지 무자비한 보복을 자행하였다. 반란군들이 총
을 들이대는 바람에 무서워서 짐을 지고 산에 올라갔다 왔을 뿐인
데, 반란군에게 협조하였다는 죄목을 씌워 총살시키고, 빨갱이 가
족이라고 몰아붙여 버린 세상을 겪었다. 생활 터전을 모두 잃어버린
주민들은 토굴이나 움막 속에서 겨우 목숨만 유지하는 피폐해진 삶
이었다. 죽지 않고 살아남은 사람들은, 얼마나 많은 고통을 당했는
지. 더더욱 억울한 일은, 그 후로도 연좌제 굴레에서 얼마나 큰 고통
의 연결선상에서 피해를 당하고 살아왔는지? 너무 안타깝고, 한이
맺힌 일이다. 여순 사건 부분은 사건, 사고 중 빙산의 일각에 불과
한 실록 일부분을 소설화fictionalization하였다.

　얼마나 많은 가장들이 죽어 나갔고, 주민들의 삶은 어렵게 되었는
지? 남편을 잃은 부인과 고아들이 넘쳐났다. 거처를 마련하지 못한
주민들은 시장터 주변과 교회 마당에 움막을 치고 견디어 내기도
했다. 한국에서 전쟁이 발발하자 군종병으로 참전한 기독교 선교사
들이 전쟁 후에 다시 구례로 돌아온다. 본국으로부터 교인들이 십
시일반 모은 선교 헌금으로, 가장 피해를 많이 받은 산동 지역에 교
회를 통해서 고아원과 모자원, 중등학교까지 세우는 일이 소설 후
속편에 전개된다.

구례에 먼저 들어온 군인은 군복을 입고, 철모를 쓴 군인이다. 뒤따라 구례로 들어온 군인도 군복을 입고, 철모를 썼다. 진압군에게는 철모에 흰 띠를 두르게 했다고 하지만, 누가 진압군이고 누가 반란군인지 알아차리기 힘든 상황이었다. 수많은 각각의 기록물을 접할 때마다, 보는 시각에 따라 명칭이 천차만별이었다. 구례로 먼저 들어온 군인은 혁명군, 항쟁군, 반란군, 봉기군, 반군, 폭도, 14연대…. 나중에 들어온 군인은 진압군, 계엄군, 토벌군, 국군…. 시간, 장소, 호칭하는 사람에 따라 각각 다르게 호칭되었던 점을 감안하였다. 소설을 쓰면서도 명칭을 일관되게 쓰기가 쉽지 않았다. 상황에 따라서 적절히 섞어 가면서 호칭을 선택하여 쓸 수밖에 없었다.

구례 지역의 향토 역사에 대하여도 무시할 수 없는 부분이다. 특히 지명에 대한 부분이다. 『속수구례지』, 『구례군지』 사진 자료에 의하면 예전부터 석축으로 지은 '구례읍성'이 있었다. 그 읍성을 기준으로 동문, 남문, 북문의 명칭이 현재까지 사용되고 있다. 읍으로 승격되기 이전에도 곳곳에서 읍으로 불려 온 전례가 남아 있다. 행정구역상 읍 승격이 1963년도에 이루어졌지만, 구례면을 구례읍으로 칭하여 쓰는 것이 지역 표기의 혼동을 줄일 것 같아 구례읍으로 표기하였다.

도움을 받았던 수많은 자료와 서적은 참고 문헌으로 별지에 첨부해 두었다. 소설을 쓰는 동안 많은 도움을 주신 분들과 기관, 단체에 이 자리를 빌려 감사를 드린다. 불교 용어에 세심한 조언을 해 주셨던 화엄사 ○○ 스님께도 감사를 드린다. 소설이 완성되기까지 나의 든든한 힘이 되시고, 이끌어 주신 하나님께 감사와 모든 영광을 올린다.

참고 문헌

▊ 단행본

- 광의교회100년사편찬위원회, 『광의교회 100년사』, 평화문화사(2008)

- 구재회, 『생명의 불꽃 꺼지지 않으면』, 누리기획(1999)

- 국립순천대학교 지리산권문화연구원 여순연구센터, 『여순사건 자료집』(총 4권), 김득중·임송자·주철희·최선웅 엮음, 도서출판 선인(2015)

- 권경안, 『큰 산 아래 사람들: 구례의 역사와 문화』, 향지사(2000)

- 김득중, 『빨갱이의 탄생: 여순사건과 반공 국가의 형성』, 선인(2009)

- 김용삼, 『대구 10월 폭동, 제주 4·3 사건, 여순 반란사건』, 백년동안(2017)

- 김용옥, 『우린 너무 몰랐다: 해방, 제주4·3과 여순민중항쟁』, 통나무(2019)

- 김정선, 『지리산 푸른솔은』, 우진기획(2000)

- 문동규·박찬모, 『지리산과 구례연하반』, 우두성 감수, 태학사(2017)

- 민경배, 『한국기독교회사』, 연세대학교출판부(1993)

- 박성수, 『독립운동의 아버지 나철』, 북캠프(2003)

- 서재복, 『교육사·교육철학』, 학이당(2008)

- 순천대학교 여순연구소, 『한 번도 불러보지 못한 이름 그리운 아버지—여순 10·19 증언록』, 심미안(2020)

- 이경엽, 『씻김굿 무가』, 박이정출판사(2000)

- 이장희, 『역주 매천야록』(총 3권), 경인문화사(2011)

- 이태, 『여순병란』(총 2권), 청산(1994)

- 주철희, 『불량 국민들』, 북랩(2013)

- 주철희, 『동포의 학살을 거부한다』, 흐름출판사(2017)

- 초량교회100년사편찬위원회, 『초량교회 100년사』, 1994

- 한승연, 『소설 매천야록』(총 2권), 한누리미디어(2009)

- 한장원, 『구례의 지명』, 동인출판문화원(2016)

- 황현, 『매천집』(총 4권), 임정기·박헌순·권경열·이기찬, 한국고전번역원(2010)

- Arthur Tonne, 『종군 신부 카폰』, 가톨릭출판사(1991)

- Oliver R. Avison 『구한말비록』(총 2권), 대구대학교출판부(1986)

② 논문 및 연구 자료

- 노영기(2005), "여순 사건과 구례: 여순 사건 직후 군대의 주둔과 진압을 중심으로", 사회와 역사 제68권

- 손세희(2009), "개화기 선교사들의 교육 사업의 성격: The Korean Repository 와 The Korea Review를 중심으로", 광주교육대학교 학위논문(석사)

- 진실화해위원회(2008), "2008년 상반기 조사 보고서" 집단 희생 규명 위원회 사건(구례 지역 여순 사건)

- 최정기(2005), "국가 형성 과정에서의 국가 폭력—1948년 이후 구례 지역의 민간인 학살을 중심으로", 사회와 역사 제68권

- 최정기(2006), "한국전쟁기 연파리의 갈등과 제노사이드—지리산 아래 면 소재지에서의 폭력 사례를 중심으로", 지방사와 지방문화 제9권 제2호

- 한규무(2010), "지리산 노고단 '선교사 휴양촌'의 종교문화적 가치", 종교문화 연구 제15호

❸ 지역 역사 기록물

- 광의면지편찬위원회, 『광의면지』, 흐름출판사(2011)
- 구례군지편찬위원회, 『구례군지』(총 3권), 2005
- 산동면지편찬위원회, 『산동면지』, 지영사(2018)
- 연파정지편찬위원회, 『연파정지』, 1992
- 하동군지편찬위원회, 『하동군지』(총 2권), 1996

❹ 웹사이트

- 대한불교 조계종 제19교구 본사 지리산대화엄사, hwaeomsa.idanah.net
- ㈔지리산기독교선교유적지보존연합, www.jcms.kr
- 사단법인 여수지역사회연구소, www.yosuicc.com